De professionals

Owen Laukkanen

De professionals

Karakter Uitgevers B.V.

Oorspronkelijke titel: *The Professionals*

This edition published by arrangement with G.P. Putnam's Sons, a member of Penguin Group (USA) Inc. through Ulf Töregård Agency AB.
Vertaling: Peter de Rijk

Opmaak binnenwerk: The DocWorkers, Almere
Omslagontwerp: Studio Jan de Boer

ISBN 978 90 452 0117 7
NUR 332

MIX
Papier van verantwoorde herkomst
FSC® C013683

1

Martin Warner keek op zijn horloge, terwijl de trein afremde voor Highland Park. Kwart voor zeven. Niet vroeg, maar ook niet vreselijk laat; tijd genoeg om rustig te eten en een paar uur met de kinderen te spelen voordat Sarah en Tim naar bed moesten.

De trein schudde, de remmen piepten en Warner stond op, denkend aan een hete lasagne en een koud biertje en misschien, als Leanne niet te moe was, nog wat pret in de slaapkamer voordat het mooi was geweest en ze gingen slapen.

Het schemerde toen hij het perron op stapte. Uit de heldere oktoberlucht en de kille bries vanaf het Michiganmeer bleek dat de lange winter niet ver weg meer was, en Warner trok onwillekeurig huiverend zijn jas wat steviger om zich heen, terwijl hij zich bij de rest van de Highland Park-forenzen voegde, een uniforme menigte van maatpakken, smaakvolle dassen en aktetassen van duizend dollar, een meute met een collectief verlangen om naar huis te gaan, waar warmte en eten in het verschiet lagen.

De passagiers stroomden het station uit, en Warner liet zich meevoeren naar het einde van de parkeerplaats, waar uiteindelijk nog slechts een paar verspreide forenzen naar hun auto liepen. Toen hij nog maar in zijn eentje was, bleef hij staan en overzag de rijen auto's, tevergeefs naar de zijne zoekend. In de verste hoeken van de parkeerplaats was het al zo schemerachtig dat hij zijn auto niet kon zien. Hij tuurde naar de donkere schaduwen, draaide zich om en realiseerde zich een moment later dat iemand een bestelbus – een witte Ford – voor zijn auto had geparkeerd.

Ik ben vast moe, dacht hij, terwijl hij om de bestelbus heen naar zijn Lexus liep, met de sleutels in zijn zak friemelend. Hij drukte een knop op zijn autosleutel in, waarop de auto als antwoord even piepte. Hij stak zijn hand uit naar de portiergreep, maar nog voordat hij het portier kon openen, hoorde hij achter zich een vrouwenstem.

'Marty?' zei ze. 'Martin Warner? Ben jij dat?'

Het was de stem van een jongere vrouw, een blije wat-een-toevalstem, en Warner zette zijn aktetas neer en draaide zich met een al even blije glimlach om. Maar toen hij zich omdraaide om de mysterieuze vrouw te begroeten, zich erop betrappend dat hij hoopte dat haar gezicht even aantrekkelijk was als haar stem, zag hij geen glimlachende schoonheid, maar in plaats daarvan twee mannen wier gezichten achter zwarte bivakmutsen verborgen bleven. Achter hen stond het busje, met de schuifdeur helemaal open. Warner staarde vol onbegrip naar binnen, totdat er opeens iets voor zijn ogen werd gebonden en hij niets meer kon zien.

Hij voelde hoe zijn schouders vastgegrepen werden en hij achter in het busje werd geduwd. Warner hoorde de mannen om hem heen zachtjes maar geagiteerd praten.

'Heb je hem?'

'Alles veilig.'

De deur werd dichtgeslagen en terwijl Warner perplex achterin lag, werd de motor gestart en reed de auto achteruit weg. Hij was geblinddoekt, met zijn handen op zijn rug gebonden. Opeens raakte hij bevangen door nachtmerrieachtige visioenen; beelden drongen zich op van zijn eigen geschonden lichaam, onder het bloed, een anonieme dode. 'Jullie vergissen je,' zei hij zwakjes kreunend. 'Ik weet niet naar wie jullie op zoek zijn, maar ik ben het niet.'

Weer klonk de vrouwenstem. 'Jij bent toch Martin Warner van Linden Park Place 15? Getrouwd met Leanne Warner, de vader van Sarah en Tim Warner?'

Warner was bang dat hij ging kotsen. 'Laat ze met rust,' zei hij.

'Maak je geen zorgen over je kinderen, Martin. Gewoon kalm blijven.'

'Waarom doen jullie dit?' Hij probeerde zich ondanks zijn vastgebonden handen om te draaien, zijn nek in de richting van haar stem draaiend. 'Waar brengen jullie me naartoe?'

'Maak je daarover nu maar geen zorgen,' zei ze. 'Als we daar zijn, zullen we alles uitleggen.'

Nadat het busje een kwartier of misschien twintig minuten lang had gereden, minderde het vaart en stopte het. Iemand zette de motor af. 'Kijk jij rond?' Er werd een portier geopend en weer dichtgesmeten.

Een minuut later werd het achterportier opengeschoven. 'Alles veilig.'

Iemand trok Warner rechtop en duwde hem het busje uit. 'Schiet op.' Hij liet zich een trap op en door een lange gang leiden, waarna hij linksaf werd geduwd, nog een paar passen liep en werd neergeduwd op iets wat op een bed leek.

'Ga zitten,' zei de man. 'Luister.'

Warner ging rechtop zitten. Hij luisterde naar de geluiden om hem heen: schuifelende voeten op het tapijt, stoelen die werden verplaatst. Er werd een deur gesloten en op slot gedraaid.

'Oké, Marty.' Een derde stem, van een man. Vrij jong, maar zelfverzekerd. 'Sorry voor die blinddoek. Dat was uit voorzorg. Als je belooft hem niet weg te halen, maak ik je handen los. Afgesproken?'

Warner knikte. 'Goed.'

'Als je de blinddoek wegtrekt en onze gezichten ziet, Marty, zullen we je moeten doden.'

Warner slikte. 'Ik beloof dat ik niet zal kijken.'

Iemand maakte zijn handen los en hij wreef voorzichtig over zijn polsen. Er werd een glas in zijn handen gedrukt, dat hij naar zijn lippen bracht. Water. Hij realiseerde zich dat hij dorst had en dronk het glas helemaal leeg.

'Je vraagt je natuurlijk af waarom we je hierheen hebben gebracht,' vervolgde de derde stem. Warner had hem alvast tot de baas benoemd. 'Ja toch?'

Warner knikte. 'Ja... zeker.'

'Het is heel simpel. Je bent ontvoerd, Marty. We houden je vast om losgeld te krijgen. We willen je geen haar krenken. We willen je zelfs niet al te veel ongemak bezorgen. Als alles volgens plan verloopt, zorgen we ervoor dat je morgen weer thuis bent.'

'De politie zal jullie vinden,' zei Warner. 'Zeker weten.'

'Zeker weten van niet,' zei de man. 'Want de politie zal er helemaal niets vanaf weten. We houden je huis in de gaten, Marty. Je gezin wordt momenteel geobserveerd. Als iemand de politie belt, weten we dat meteen. En dan zullen we moeten reageren.'

Warner slikte opnieuw. 'Geen politie.'

Iemand drukte een telefoon in zijn hand. 'Dit is echt niet moeilijk,' zei de man. 'Je belt Leanne op en zegt tegen haar dat alles goed met je is. Je zegt tegen haar dat ze de politie niet moet bellen. Je zegt tegen haar dat als ze de politie belt, ze jou nooit meer terugziet.'

'Hoeveel willen jullie hebben?'

'Dan zeg je tegen haar dat je morgen weer bij haar kunt zijn. Zo goed als nieuw. Het enige wat we willen, is een bescheiden vindersloon.'

'Hoeveel, verdomme?' zei Warner.

'Zestig mille, Marty,' zei de man. 'Ongemerkte biljetten van twintig. En die moeten we binnen vierentwintig uur hebben. Zeg tegen je vrouw dat ze hoort waar ze het geld moet neerleggen zodra ze het binnen heeft.'

'Zestigduizend dollar?' zei Warner. 'Dat is absurd. Ik heb alleen afgelopen jaar al meer dan zestig mille aan onkosten gehad.'

'Dat weten we,' zei de man. 'En we weten ook dat je afgelopen jaar een miljoen dollar hebt verdiend door in oliefutures te speculeren, niet? Zestig mille moet voor jou peanuts zijn.'

Warner zweeg even. 'Hoe weten jullie dat allemaal?'

'We hebben ons huiswerk gedaan, Marty.' Hij voelde dat er iemand naast hem was die toetsen op een telefoon indrukte. 'En nu ga jij dat telefoontje plegen.'

2

Arthur Pender staarde uit het raam van het restaurant naar de aankomende en vertrekkende auto's op de parkeerplaats, terwijl het buiten langzaam donker werd. Het is weer perfect verlopen, dacht hij. Dit is zelfs nog makkelijker dan borden wassen in een restaurant.

Sawyer had de bestelbus maandag gekocht in Kansas City, op de dag nadat LaSalles vrouw het losgeld voor hem had betaald. Ze waren die avond met zijn vieren naar Chicagoland gereden en rond vier uur 's nachts in Highland Park aangekomen. Ze hadden een goedkoop motel langs de snelweg gevonden, waar ze in de ochtendschemering hadden ingecheckt. Voor Pender was het de eerste keer in een week geweest dat hij weer eens echt had geslapen.

Dinsdag was een ontspannen dagje geweest. Mouse en Sawyer hadden een kleine Toyota gehuurd en waren naar Chicago gereden om een wedstrijd van de Blackhawks te bezoeken. Pender en Marie waren naar het Michiganmeer gegaan. Een lange wandeling, lekker uit eten, een beetje dronken worden; ze hadden zo veel mogelijk genoten van de tijd dat ze alleen waren.

De woensdag was besteed aan informatie verzamelen. Warner in de gaten houden, zijn vaste gewoonten doorkrijgen. Te weten komen wanneer hij onderweg was. Het computerwerk van Mouse nog eens checken met ouderwets observeren.

Donderdag: generale repetitie. Iedereen was een beetje gespannen. Humeurig en prikkelbaar. Alles was geregeld en er was niets te doen. Sawyer en Mouse die ruziemaakten om de afstandsbediening. Marie teruggetrokken, bezorgd.

Vrijdag was D-day. Pender had niet veel geslapen, zoals meestal. Op de dag zelf had hij altijd een heerlijk gevoel. Alsof je op kerstavond op de Kerstman wachtte.

Hij had Marie uit haar slaap gehouden met zijn gewoel en gedraai en was om een uur of drie 's ochtends opgestaan, waarna hij naar de kamer van Sawyer en Mouse was gelopen. Die zaten tv te kijken, actiefilms. Hij had een tijdje meegekeken en was in een gemakkelijke stoel in slaap gevallen.

De ochtend was opgegaan aan de laatste verkenningen. Hij had de bestelbus naast de Lexus van Warner op de Metra-parkeerplaats neergezet, waarna hij Leanne Warner de hele dag in de Toyota in de gaten had gehouden. Daarna terug naar het hotel. De gijzelingskamer was inmiddels helemaal in orde gebracht. Marie had zich opgesloten in de badkamer om haar tekst voor de spiegel te repeteren. Sawyer deed een dutje en Mouse zat tv te kijken. Ongehinderd.

Aan het eind van de middag gingen ze op weg naar de parkeerplaats. Pender en Sawyer in de bus. Mouse in de Toyota. Marie op het perron. Iedereen geconcentreerd. Iedereen kalm.

Tien voor zeven. De trein arriveerde. Marie ontdekte Warner op het perron. Ze volgde hem naar de parkeerplaats. Pender belde Mouse en liet weten dat alles veilig was. Mouse seinde met zijn koplampen naar Marie. Geen weg terug meer. Stoppen kon niet meer. Hup hup hup.

Het was allemaal precies verlopen zoals ze uitgedacht hadden. Geen enkel probleem om Warner bij de kladden te grijpen, hem naar het hotel te brengen, de teksten op te dreunen.

Warner had zijn vrouw gebeld. Was een beetje gekalmeerd. Wat was zestig mille nou helemaal voor die vent? Waarschijnlijk bewaarde hij dat geld gewoon in een jampot in zijn kelder. Geld voor de dagelijkse boodschappen.

Het had Leanne Warner geen moeite gekost het losgeld bij elkaar te krijgen. Ze had het geld zaterdagmiddag al, ruim op tijd. Geen politie. Mouse had haar voor alle zekerheid in de Toyota gevolgd.

Ze was in een zwarte Lincoln Navigator naar de afgifteplek gekomen. Alleen, zoals haar opgedragen was. Ze had het geld in een plunjezak op de afgifteplek achtergelaten en had in de buurt geparkeerd, waar ze bleef wachten.

Mouse had alles vanuit de Toyota in de gaten gehouden en had gebeld dat alles veilig was. Sawyer en Pender waren er in het busje naartoe gereden, met zonnebrillen op en omlaag getrokken petten. Pender had de zak met geld gepakt. Hij had die gecontroleerd, het geld geteld, geconstateerd dat alles in orde was. Allemaal prachtige, veelgebruikte biljetten van twintig. Hij had de geblinddoekte Warner het busje uit geschopt, de deur achter hem dichtgeschoven en was het verkeer weer in gereden.

Perfecte uitvoering.

Leanne Warner had zich goed aan de instructies gehouden. Ze had niet geprobeerd hen te volgen. Volgens Mouse was alles volgens het vaste stramien verlopen: ze rende op haar man af, omhelsde hem, trok de blinddoek weg, hereniging met veel tranen. Daarna waren ze naar huis gereden.

'Geen politie,' had Pender hen beiden gewaarschuwd. 'Ook niet na afloop. We blijven het huis in de gaten houden. Als jullie de politie bellen, komen we de kinderen halen.'

Ze hadden het geld verdeeld in Racine, vlak over de staatsgrens. Pender had twintigduizend opzijgelegd voor onkosten: bestelbus, huurauto, mobieltjes, motel, eten en benzine. Er bleef dus veertigduizend voor het team over. Tienduizend voor ieder. Eerlijk delen. Tienduizend voor de Warner-ontvoering en tienduizend uit Kansas City, dus twintig mille deze maand. Als je daarbij de vijfentwintigduizend of zo van de klussen in september optelde, had je toch een aardig bedrag voor de herfst bij elkaar.

Ze hadden de bestelbus helemaal uitgeruimd en die achter een magazijn in Waukegan achtergelaten. Pender en Sawyer hadden bij een dealer in tweedehandsauto's in Lake Forest contant voor de lease van een GMC Savana betaald en de mobieltjes en de oude kentekenplaten in het Michiganmeer gegooid toen ze de huurauto gingen inleveren.

Nu zaten ze in een fastfoodtent in Racine te bespreken wat ze gingen doen. 'We kunnen volgende week naar Milwaukee gaan,' zei Mouse. 'Het zal vast niet moeilijk zijn iets geschikts te vinden.'

'Milwaukee is te dichtbij,' zei Pender. 'Als we in Wisconsin aan de slag gaan, loop je de kans dat iemand het in de gaten krijgt. Ik zat te denken aan Minneapolis. Snel, voordat het te koud wordt. Dan terug naar Detroit en dan zuidwaarts naar de zon.'

'Dat hoor ik graag,' zei Marie. 'Kunnen we naar Florida gaan?'

'Disney World,' zei Mouse.

'Disney World,' zei Pender. 'Wil je Mickey Mouse ontvoeren?'

'Je weet dat die stinkend rijk is,' zei Mouse. 'Als Minnie het losgeld betaalt, zijn we binnen.'

Pender lachte. 'Wat denk je ervan, Sawyer? Florida?'

Sawyer keek op van zijn Extra Uitgebreide Ontbijt. Hij knikte. 'Het zou heerlijk zijn om weer eens te surfen.'

'Proost dan maar,' zei Mouse, zijn glas optillend.

Ze dronken op het plan en aten zwijgend verder, terugdenkend aan de geslaagde acties, en toen de borden waren afgeruimd en de rekening op tafel lag, schraapte Pender zijn keel. 'Goed,' zei hij.

'Sawyer en Mouse, jullie rijden vanavond naar Minnesota. Jullie nemen daar een motel en zoeken iemand op wie we ons kunnen richten.'

Pender glimlachte naar Marie. 'En wij nemen de trein, jij en ik. Deze jongens kunnen ons morgen op het station afhalen.' Hij trok zijn portemonnee en legde een bankbiljet op de rekening. 'Goed werk, jongens,' zei hij. 'We zien elkaar in Minnesota.'

3

Kirk Stevens staarde naar het lichaam op de stoep en huiverde. Hij blies op zijn handen, wreef ze en keek verlangend achterom naar zijn Cherokee, die een meter of dertig verderop in de schaduw geparkeerd stond. Hij huiverde weer, keek omlaag naar het lichaam en daarna in de wijd open cabine van de Peterbilt-truck die erachter stond.

De hulpsheriff wierp een blik in de taxi en keek toen weer naar Stevens. Het was een jonge, ietwat onbehouwen vent met een crewcut. 'Geen idee waarom ze jou helemaal hierheen hebben laten komen,' zei hij fronsend. 'Alsof wij geen moord kunnen oplossen hier.'

Stevens hurkte neer om het lichaam beter te bekijken. 'Daar weet ik niets van,' zei hij.

De dode man was zelf bijna nog een jongen. Hij droeg een Twins-pet met de klep opzij en had een grote camouflageparka aan. Zijn 9 mm-pistool was achter hem op het trottoir gevallen. Zijn borst was één bloederige massa, vol ganzendons en hagel.

De hulpsheriff stond tegen de cabine van de Peterbilt geleund. Hij keek naar de nog steeds hurkende Stevens. 'Wat is er volgens jou gebeurd?' zei hij.

Stevens keek naar hem op en daarna naar de truck, die in het blauw-rode schijnsel van de zwaailichten van de surveillanceauto van de hulpsheriff oplichtte. Op de vrachtwagen, de surveillanceauto en Stevens' oude Cherokee na was de parkeerplaats verlaten, maar Stevens kon tussen de bomen door de koplampen zien van de auto's die op de Interstate 35 noordwaarts naar St. Paul reden.

Het cabineportier stond open. De dode jongen was werkelijk met hagel doorzeefd. De vrachtwagenchauffeur was verdwenen.

'Ik zal je vertellen wat er gebeurd is,' zei de hulpsheriff. 'Deze gozer heeft geprobeerd de vrachtauto te overvallen. De chauffeur heeft hem de volle laag gegeven. Toen raakte hij in paniek en sloeg op de vlucht. Hij heeft de auto van die jongen gejat en is daarmee verdwenen. Klinkt plausibel, toch?'

Stevens keek naar hem op. 'Misschien wel,' zei hij.

De hulpsheriff snoof. 'Het klinkt meer dan plausibel. Dit is zo klaar als een klontje. Niet nodig om een rechercheur van de BCA hierheen te halen.'

Daar viel niet over te bakkeleien, dacht Stevens, wiens spieren pijnlijk protesteerden toen hij opstond. Hij had met Nancy en de kinderen een film zitten kijken – ook nog eens een goede film – toen het telefoontje was binnengekomen. Stevens was aan de beurt volgens de dienstlijst, en daarom had hij een rit van bijna honderd kilometer mogen afleggen en zat hij nu in het ijskoude achterland van Minnesota met een wijsneuzerig aspirantje opgescheept. Een beetje rust of ontspanning zat er voorlopig niet in.

Zo was het leven bij het *Bureau of Criminal Apprehension*, de recherche van Minnesota. Stevens was ooit stadsagent geweest, maar dat was inmiddels vijftien jaar geleden. Vijf jaar in Duluth. Vijf jaar was genoeg. Hij had helemaal zijn bekomst gekregen van de moorden, de drugsafrekeningen en de overvallen op winkels met prullaria, de strontvervelende wanhoopsmisdrijven. Toen er een baan bij de BCA vrijkwam, had hij meteen gesolliciteerd. Hij had ervoor naar St. Paul moeten verhuizen, maar had er nooit spijt van gehad. Maar de laatste tijd leek het leven bij de staatspolitie voornamelijk uit papierwerk en doodsimpele moorden te bestaan. Weer een provinciestadje, weer een lijk, en dat een paar keer per maand.

Uit de hand gelopen overvallen, uit de hand gelopen drugsdeals, uit de hand gelopen echtelijke ruzies. Niet bepaald wereldschokkende voorvallen.

Stevens keek rond op de plaats delict. De cabine van de grote vrachtwagen zat vol gaten en de buitenspiegel was half van de steun af geschoten. Stevens liep naar de achterkant van de vrachtwagen, waar de laadklep opengewrikt was. De lading – een berg dvd-spelers in smalle kartonnen dozen – lag over de vloer van de trailer verspreid. Hij tuurde naar binnen, maar liep verder.

Hij liep langs de trailer naar het passagiersportier. De vrachtwagen stond vlak langs de bomen geparkeerd en het blauw-rode licht van de surveillanceauto drong hier nauwelijks door. Stevens tuurde in de duisternis naar het portier. Hij stak zijn hand uit naar de portiergreep en merkte dat het portier meegaf. Hij liet los en zag hoe het weer dichtviel en op een kier open bleef staan.

Stevens riep de hulpsheriff, die met een zaklamp rond de auto naar hem toe liep. Hij richtte de lichtstraal eerst op Stevens en vervolgens op het portier. 'Verdomme, zeg,' zei hij. 'Wat heeft dit te betekenen?'

Stevens keek naar het tegelpad dat richting het struikgewas liep. 'Schijn hier eens op,' zei hij.

De hulpsheriff deed wat hem werd gevraagd. 'Verdomme,' zei hij.

'Dat lijkt verrekte veel op bloed,' zei Stevens. Hij keek in de richting van de struiken. In het schemerlicht kon hij nog net zien dat er een soort pad was gemaakt. 'Schijn me bij met die lamp.'

Ze vonden de vrachtwagenchauffeur een meter of vijf verderop in het struikgewas, met het geweer naast zich en een kogelgat in zijn hoofd. Stevens keek weer naar de hulpsheriff. 'Er is een derde man in het spel,' zei hij. 'Die is vast noordwaarts naar St. Paul gereden.' De hulpsheriff knikte en verdween, het pad volgend. Stevens keek even naar de dode vrachtwagenchauffeur in de schaduw. Daarna draaide hij zich weer naar de vrachtwagen om. De wind gierde door de bomen en hij huiverde weer, denkend aan Nancy en de kinderen en de film die hij had gemist. Hij liep terug naar de stoep en keerde langs de truck terug naar de plek waar de hulpsheriff in zijn auto inmiddels opgewonden instructies in zijn portofoon zat te roepen.

Stevens bleef naast de surveillancewagen staan wachten totdat de hulpsheriff klaar was. In Duluth, dacht hij, was ik net als deze jongen. Ik dacht dat elke zaak me tot een held maakte.

Hij zag zijn weerspiegeling in de donkere achterruit van de surveillanceauto en keek een moment lang naar die carrièresmeris met dunner wordend haar en een buikje, wiens vermoeide ogen een steeds grotere uitputting verrieden. Vroeg of laat zouden ze de derde betrokkene wel pakken. Het zou natuurlijk weer een kansarme jongen met een geweer en een kofferbak vol elektronica zijn. Ze zouden hem opsluiten, hij zou de overval bekennen, een tijdlang opgesloten zitten en alles kwijt zijn, en dan zou er een ander in het gat springen en trucks met oplegger gaan jatten, en uiteindelijk eindigden ze zelf als lijk.

De zoveelste mislukte overval, dacht Stevens bij zichzelf. De zoveelste dag in een baan vol glamour.

4

Op zondagmiddag kwamen ze in Minnesota aan, en de dinsdag daarop hadden ze een doelwit uitgekozen.

'Hij heet Terrence Harper,' zei Mouse, de naam van het scherm van zijn laptop aflezend. 'Tweede vicepresident bij North Star Investors' Group. Zevenenveertig jaar. Vrouw Sandra Harper, dochter Alice. Woont dicht bij het centrum en twee grote doorgaande wegen.'

Pender tuurde over de schouder van Mouse naar het scherm. 'Financiële situatie?'

'A-1,' zei Mouse. Hij draaide zich om in zijn stoel en keek Pender aan. 'Er staat dat deze meneer miljoenen heeft verdiend met speculeren in de instortende onroerendgoedmarkt. En dat komt dus nog boven op zijn salaris van een half miljoen dollar, plus bonussen.'

Mouse draaide zich weer naar de laptop toe en bracht Harpers bankafschriften op het scherm. Het doelwit had in elk geval genoeg contanten. Het zou voor zijn vrouw geen probleem zijn het vindersloon bij elkaar te krijgen.

Bovendien leek Terrence Harper precies het type doelwit dat Pender in gedachten had gehad toen hij met de ontvoeringen was begonnen. Een stinkend rijke daghandelaar, die zijn centen had verdiend met short gaan op de American Dream, terwijl de rest van het land krom lag om de hypotheek te betalen.

Jongens als Harper, dacht Pender, waren de reden dat ze juist bankiers ontvoerden.

Aanvankelijk was deze hele handel vooral Maries idee geweest. Het was als een grap begonnen, als een toevallige opmerking op een regenachtige avond in Seattle, waar de bende bij Sawyer onder het genot van goedkoop bier en pizza over de slechte banenmarkt had zitten jeremiëren, vlak voor hun afstuderen. Op Mouse na hadden ze geen van allen veel toekomstmogelijkheden, zo bleek.

'Luister,' zei Marie. 'Misschien kan Mouse met hacken een miljoen verdienen, maar voor mij komt het neer op banken beroven dan wel cappuccino's bereiden.'

Ze moesten lachen om die opmerking, in hun halfdronken zelfbeklag, terwijl op de achtergrond het lawaai van ontploffende gebouwen en ratelende machinegeweren in een of andere waardeloze actiefilm klonk. Pender pakte de afstandsbediening en zette een andere zender op. Het nieuws, met sombere vooruitzichten: werkloosheid, faillissementen.

'Dat bedoel ik nou,' zei Marie. 'Mijn ouders zijn alleen het afgelopen halfjaar al de helft van hun spaargeld kwijtgeraakt.'

Mouse knikte. 'Mijn vader heeft zijn huis bijna moeten verkopen.'

'Denk je dat iemand iets overheeft voor drie jongeren met drie nutteloze diploma's?' zei Marie. 'De enigen die nog geld verdienen zijn de zakenbankiers. En die worden van onze belastingcenten betaald.'

'De bouw,' zei Sawyer.

'Misschien kun jij huizen gaan bouwen,' zei Marie tegen hem. 'Maar ik ben er niet sterk genoeg voor. Hoe dan ook, de hausse op de huizenmarkt is voorbij. Bouwvakkers krijgen ook al niet meer betaald.'

'Wat dan?' vroeg Pender haar. 'Wil je op Wall Street werken?'

'Nee,' zei Marie. 'Ik wil die klootzakken beroven.' Ze zei het glimlachend en trof Penders blik. 'Ga maar na. Na een paar succesvolle acties kunnen we op ons luie gat gaan zitten.'

Pender lachte weer. Hij keek even naar Sawyer. 'Nog eens, Marie,' zei Pender. 'Dus je wilt bankrover worden om je geld mee te verdienen?'

'Ik ben afgestudeerd historica, Pender.' Marie draaide zich om en keek hem vanaf de vloer aan. 'Ik wil niet mijn hele leven koffie serveren.'

Pender keek de kamer rond. Ze hadden allemaal genoeg redenen om wanhopig te zijn – al zijn vrienden. Dat Marie historica was, betekende alleen maar dat ze voor de meeste eenvoudige banen niet meer in aanmerking kwam. Als ze een carrière ambieerde, zou ze weer moeten gaan studeren; en haar ouders, die allebei arts waren, hadden er nog steeds moeite mee dat hun dochter voor een alfavak had gekozen, in plaats van een behoorlijke bètaopleiding. Die zouden echt geen collegegeld meer voor haar betalen.

Omdat Sawyer zes jaar vooral had gefeest en steeds weer voor tentamens was gezakt, was afstuderen voor hem nog een heel probleem geweest. Hij had diverse keren bijna de brui aan zijn studie gegeven en had zelfs een paar nachten in de cel gezeten; alleen met Penders hulp was het hem gelukt alsnog met de hakken over de sloot zijn bul te halen.

Mouse stond er het beste voor van allemaal. Hij had een programmeerstage bij Microsoft weten te bemachtigen, met uitzicht op een fulltime baan daar. Maar Mouse was een anarchist in hart en nieren, een hacker die er op zijn zestiende in was geslaagd toegang te krijgen tot het kentekenregister van Washington en zichzelf een rijbewijs had toebedeeld zonder ooit achter het stuur van een auto te hebben gezeten. Dergelijke akkefietjes pasten slecht in de Microsoft-ethiek, en aan het eind van het semester zat Mouse weer zonder werk. Nu zijn vader werkloos thuis zat en zijn eigen spaarcenten opraakten, had Mouse geld nodig, en snel ook.

Ze hadden allemaal geld nodig. Ze hadden allemaal een universitair diploma, dat de weg naar een mooie loopbaan had moeten plaveien. Dat was niet gebeurd, en nu moest er een andere oplossing komen. Maar om de criminaliteit in te gaan leek wel een heel grote stap. Pender schudde zijn hoofd. 'Een bank beroven is echt niet makkelijk. En ook nog riskant.'

'Wat dacht je van ontvoeringen?' Dat was Sawyer, op langzame, bedachtzame toon.

'Ontvoeringen, ja zeg.' Marie knikte. 'Mouse kan ons in de buurt van Bill Gates brengen.'

'Rot op.'

'We kunnen met één actie zeker een miljoen dollar verdienen.'

'Nee,' zei Pender. 'Zo worden de mensen gepakt. Hebzucht. Als je iemand ontvoert en niet tegen de lamp wilt lopen, zul je je gedeisd moeten houden.'

'Hoe bedoel je?' zei Mouse. Niemand lachte meer.

'Nou, je kunt bijvoorbeeld een filmster ontvoeren en om een miljoen dollar vragen, maar je kunt ook tien gewone burgers pakken en om een ton vragen,' zei Pender, de voorbeelden ter plekke verzinnend. 'Je pakt een directeurtje van een *Fortune 500*-bedrijf en zegt tegen zijn vrouw dat ze binnen vierentwintig uur een ton moet klaarleggen. Dat zal ze zonder nadenken doen. Als je met zulke grote bedragen omgaat, is zoiets alleen maar een lichte ergernis, geen misdaad.'

'Wil je tien mensen gaan ontvoeren? Zal de politie je dan niet oppakken?'

'Niet zolang je je blijft verplaatsen,' zei Sawyer.

'Precies,' zei Pender. 'Je slaat je slag, rijdt naar de volgende stad en daar is het van hetzelfde laken een pak.'

Een paar minuten lang zei niemand een woord. Niemand maakte oogcontact. Sawyer staarde naar de vloer, Mouse tuurde in zijn bier en Marie keek naar de straat, waar de ene na de andere dronken student passeerde. Pender zette een ander tv-kanaal op; weer die actiefilm. Ditmaal bleef hij naar het scherm kijken. Ondertussen werd hij steeds onrustiger en dacht hij koortsachtig na.

Marie rechtte haar rug. 'Tja,' zei ze, 'we hoeven er geen echte carrière van te maken.'

Pender knikte. 'Natuurlijk niet.'

Mouse ging overeind zitten. 'Als we eenmaal succes hebben, zoals je zei, gaan we er met een ton vandoor. Dat is vijfentwintig mille de man. Geen slecht zomerproject.'

'We doen er niemand pijn mee.'

'Ik zou van de herfst naar Microsoft terug kunnen gaan.'

'En we kunnen tijd winnen om onze mogelijkheden te onderzoeken,' zei Marie. Ze zat rechtop en keek Pender grimmig aan. 'We doen het gewoon,' zei ze. 'Een eenmalige actie. Alleen om te zien of we het kunnen.'

Pender keek naar Sawyer. Sawyer keek naar Pender, maar zei niets. Hij wachtte af. 'Wat mij betreft doen we het,' zei Mouse. 'We zijn er gewiekst genoeg voor. Het zal ons vast wel lukken.'

Pender aarzelde een moment. Daarna knikte hij. 'We gaan het proberen,' zei hij. 'Alleen om te zien of we het kunnen.'

En nu, twee jaar later, zat Pender in de bestelbus bij een torenhoog bankgebouw te wachten totdat Terrence Harper naar buiten kwam, zich afvragend of zijn vrienden zich ooit hadden voorgesteld nog eens als beroepscriminelen te eindigen. Misschien wilden we elkaar alleen maar uitdagen, dacht hij. Misschien wilde geen van ons de pret bederven.

Mouse wees naar het trottoir aan de overkant, en Pender schrok op uit zijn dagdromerij. Een gedrongen man van middelbare leeftijd was net uit het North Star-gebouw naar buiten gekomen en liep in stevig tempo over het trottoir weg. 'Hem moeten we hebben.'

Pender keek op het laptopscherm. Hij vergeleek de foto op het scherm met de man buiten. Dezelfde kaak, dezelfde wijkende haargrens. Een buikje en een kreukelige das, de blik van een man die zijn tijd niet wilde verspillen. Pender keek weer op de laptop. Hij opende het portier van de bestelbus. 'Dat is hem,' zei hij. 'We gaan een eindje lopen.'

5

Op vrijdagavond grepen ze Terry Harper op het trottoir beet, op het moment dat hij de laatste hoek naar zijn huis om sloeg. Hij stribbelde flink tegen, probeerde Sawyer te bijten en schreeuwde hard toen die grote kerel hem vloekend en bloedend de bestelbus in sleepte.

Ze brachten Harper naar het Super 8-motel en verbonden Sawyers verwondingen. Marie vertrok in de huurauto om de woning van de Harpers in de gaten te houden en Pender stak zijn verhaal af tegen Harper. Hij beloofde de mondprop weg te halen en zijn polsen los te maken als hij zou beloven zich te gedragen.

Harper beloofde dat. Hij leek helemaal van streek door de situatie en evenals alle anderen geloofde hij niet dat er zo'n laag bedrag aan losgeld werd gevraagd. Pender belde naar zijn huis en drukte de telefoon tegen Harpers wang, en het doelwit speelde het spel perfect mee, tot aan het eind toe.

'Het gaat maar om zestig mille, schatje,' zei hij tegen zijn vrouw. 'Haal het morgenochtend meteen van de spaarrekening.' Daarna zweeg hij. Ondanks zijn blinddoek draaide hij zijn hoofd om rond te kijken. 'Ze zijn met zijn drieën, misschien met zijn vieren. Eén vrouw. Ik denk dat ik in een flat zit...'

Sawyer gaf hem een harde klap met de rug van zijn hand, waarop hij meteen neerging. Pender verbrak de verbinding voordat Sandra Harper zich kon realiseren wat er gebeurde, terwijl Sawyer met een van woede vertrokken gezicht met zijn vuisten op de gijzelaar bleef timmeren.

'Heb het lef niet om nog eens zo bijdehand te doen,' beet hij hem toe. Harper kromp snikkend op de grond ineen om zich tegen de vuistslagen te beschermen.

Pender legde zijn arm op zijn schouder. 'Oké.'

Sawyer richtte zich weer op. Hij keek naar Pender. 'Dat moest even,' zei hij hijgend.

Pender wist dat Sawyer gelijk had, ook al vond hij het geen prettig schouwspel. Harper moest ervan doordrongen raken dat hij met professionals van doen had, en Sawyer had hem die les op meedogenloze, effectieve wijze geleerd.

Soms sloeg Pender de schrik om het hart als hij zijn vriend zo tekeer zag gaan. Matt Sawyer kon ad rem, welbespraakt en ongelooflijk grappig zijn, en met zijn aanstekelijke lach en beheerste baritonstem was hij heel geliefd bij de vrouwen op de campus. Maar Sawyers ouders waren gescheiden toen hij nog een tiener was, en dat had hem wispelturig en gewelddadig gemaakt, een licht ontvlambare, imposante vechtersbaas, en zelfs tien jaar later kon hij nog zo buiten zichzelf van woede raken dat hij een black-out kreeg en met zijn vuisten bleef zwaaien totdat zijn problemen opgelost waren. Pender herinnerde zich zijn eerste ontmoeting met Sawyer, een ruziezoekende eerstejaars die in een verkeerd soort bar was beland. Pender had de forsgebouwde student weten te kalmeren en hem naar buiten geleid voordat ze door een tiental dronken havenarbeiders tot pulp zouden worden geslagen.

Maar zelfs in hun nieuwe leven als ontvoerders had Pender gehoopt meer gebruik te kunnen maken van Sawyers denkkracht dan van zijn spierkracht. Hij rekende erop dat ze ook in de toekomst niet vaak met bijdehandjes als Terry Harper geconfronteerd zouden worden.

Marie belde om de paar uur op via de nieuwe prepaidtelefoons. Ze had de huurwagen een paar huizen verderop geparkeerd en liep af en toe om het huizenblok heen om zich ervan te verzekeren dat Sandra Harper niet even uitgekookt was als haar man.

Marie meldde dat het licht in het huis van de Harpers tot één uur 's nachts had gebrand; op dat moment was de laatste lamp op de eerste verdieping uitgegaan. Ze bleef onderuitgezakt in de chauffeursstoel van de Hyundai zitten en luisterde naar zachte rockmuziek op de radio. Tot aan de ochtendschemering belde ze geregeld met de anderen.

Pender bleef de hele nacht op om de telefoontjes te beantwoorden. Hij sliep toch al niet als Marie aan het observeren was. Verdomme, hij kon nauwelijks blijven zitten. Hij bleef maar door de kamer ijsberen. Zette de tv aan, zapte langs de zenders. Op het tweede bed draaide Terry Harper zich om in zijn slaap, steeds kreunend als Pender een beweging maakte.

'Blijf je soms de hele nacht op?' zei hij uiteindelijk. 'Ik dacht dat ik in elk geval eens goed zou slapen dankzij deze deal.'

Pender stopte met ijsberen en keek Harper een tijdje aan. 'Ja, goed,' zei hij. 'Sorry. Ik zal zachtjes doen.'

'Ik heb nog wel een vraag voor je.' Harper wees met zijn hoofd vaag in Penders richting. 'Waarom ik? Ik ben echt niet zo speciaal.'

Weer diezelfde vraag. 'Je bent voor mij wél speciaal,' zei Pender.

'Serieus, waarom ik? En waarom zo weinig geld?'

'Daar hoef je niet over in te zitten. Ga maar weer slapen.'

Harper ging weer op het bed zitten. 'Ik neem aan dat je denkt dat het gemakkelijker is om zestigduizend te krijgen dan zeshonderdduizend. Sneller.' Hij zuchtte. 'Nou, vriend, ik kan je vertellen dat je wel zeshonderdduizend voor mij had kunnen krijgen. Met gemak.'

'Ga slapen,' zei Pender. 'Nu.'

Ik ben blij dat niemand hem dat heeft horen zeggen, dacht hij, terwijl Harper zich weer op zijn zij draaide en als een varken begon te ronken. We riskeren al genoeg met dit soort acties. We mogen daarbij niet al te hebberig worden.

Van alle zorgen die hij had, was het vooral de hebzucht die Arthur Pender 's nachts uit zijn slaap hield. Het was niet zijn eigen hebzucht die hem zorgen baarde; Pender was tevreden met opbrengsten van zestigduizend dollar. Maar hij maakte zich er zorgen over dat zijn team verzwakt zou raken door alle vermoeienissen.

De meeste aspirant-ontvoerders richtten zich op een eenmalige klapper. Ze probeerden een directievoorzitter of een popster op te pakken, daarmee tien miljoen te verdienen en na die ene grote klapper voorgoed te verdwijnen. Eenmaal toeslaan en dan eeuwige glorie. Voor Pender was dat een ronduit stompzinnige gedachte. De helden die voor de grote kluiven gingen, trokken altijd enorme belangstelling. Politie, FBI, tv-camera's. Met zo veel publiciteit kon je onmogelijk anoniem blijven. Zo veel publiciteit betekende recherchewerk, klopjachten, opsporingsposters met foto's en namen. Uiteindelijk betekende zo veel publiciteit de cel of de dood. Niemand kon de Grote Amerikaanse Machinerie ontlopen.

Het was daarom veel beter om voor snelle acties te gaan. Minder geld, maar meer volume. De Pender-methode. Jongens als Terry Harper en Martin Warner oppakken. Lijnmanagers, hedgefundmanagers, lui met genoeg cash om de klus de moeite waard te maken, met een gezin om het losgeld te betalen, maar verder onbekend bij het publiek. Geen romantiek. Anonieme mannen uit de betere kringen die alleen maar wilden dat alles zo snel mogelijk weer normaal werd.

Hun eerste doelwit was een systeembeheerder uit Silicon Valley geweest, die miljonair was geworden dankzij de internetzeepbel en wiens vriendin het losgeld in een felrode Ferrari had afgeleverd. Marcus Sinclair, een arrogante opschepper met sneakers van duizend dollar aan zijn voeten en een Rolex van massief goud om zijn pols, een brallerige kletsmajoor met een zonnebankbruine kop. Voor een bende van verarmde studenten die gewend waren aan slecht betaalde bijbaantjes en noedelsoep van de afhaalchinees leek die honderdduizend dollar van Sinclair niets minder dan een fortuin.

Toen ze na afloop langs een lang, verlaten Californisch strand liepen, had Marie haar armen om Pender heen geslagen, haar wijd open ogen op de Stille Oceaan gericht en hem gevraagd of hij echt dacht dat ze er meteen mee moesten ophouden of misschien toch nog één klus moesten doen.

De vraag had hem verrast. Hij had zich hetzelfde afgevraagd. Vanaf het begin had hij geloofd dat ze een loopbaan als ontvoerders konden oppakken, maar dat was voor Pender alleen maar dagdromerij geweest, een theorie. Hij was ervan uitgegaan dat ze de cash zouden incasseren, naar huis zouden terugkeren en zouden proberen een normale baan te vinden. Het was nooit bij hem opgekomen dat Marie er net zo'n kick van zou krijgen als hij. Hij draaide zich naar haar toe. 'Je meent het, hè?'

Ze glimlachte naar hem, dronken van het succes. Ze zag er mooi uit in de avondschemering. Ze kuste hem. 'Nog één keertje,' zei ze.

'Je weet dat we hiervoor de cel in gaan,' zei hij. 'Ontvoering is een ernstig misdrijf.'

'We gaan de cel niet in,' zei Marie. 'We worden niet gepakt. En we doen toch niemand kwaad? Niet echt.'

'Die vent was een klootzak.'

'Hij was een klootzak,' zei ze. 'We hebben hem niets aangedaan. Wat is nou honderdduizend dollar voor zo'n man?'

'Niets,' zei Pender. 'Minder dan niets.'

'Maar voor ons wel.' Ze kuste hem weer. Ze glimlachte. Ze was mooi die avond, nog mooier dan gewoonlijk, zoals haar ogen het licht opvingen en haar weelderige kastanjebruine haar over haar schouders viel – en dan nog die volmaakte, zorgeloze lach. Ze was vanavond gelukkig, realiseerde Pender zich. Hij had haar in weken niet zo gelukkig gezien.

'Ik wil niet terug naar Seattle,' zei ze. 'Ik vraag me af wat ik met mijn leven ga doen. Nog niet, Arthur. Bedenk eens wat we met nog eens een ton allemaal kunnen doen.'

Ze had visioenen van een lange vakantie, een kans om de wereld te zien – Machu Picchu, Zuid-Afrika, Rome – en dan afstuderen in iets nuttigs en een kans om een loopbaan op te bouwen. Nog één keer toeslaan om een vliegende start te kunnen maken in het echte leven. Nog één perfecte misdaad.

Maar Penders dromen waren nog veel groter. En toen hij haar vertelde dat ze over vier jaar stil konden gaan leven op de Malediven of in Nieuw-Zeeland, had ze hem ongelovig uitgelachen. Maar hij had het voor haar uitgetekend, en voor het team, en hij had hun zijn toekomstverwachtingen geschilderd, en nu klemden ze zich vast aan dat beeld van dat hutje met een dak van palmbladeren, aan de rand van een schitterend blauwe zee, duizenden kilometers overal vandaan.

Het doel. De Droom. Penders vijfjarenplan. Een korte periode als crimineel. De enige manier om vooruit te komen. Geen banenmarkten, niet in de rij staan voor een baantje, geen uitkeringen of faillissementen. Geen pensioenconstructies op kosten van de belastingbetaler. Nog maar vijf jaar geweldloze ontvoeringen zonder veel risico en dan voorgoed een zorgeloos bestaan.

Sawyer en Mouse hadden soortgelijke aspiraties, dat wist hij. Misschien niet de Malediven en misschien ook geen palmbladhutje, maar niettemin dromen. Hij herinnerde zich dat Sawyer diep onder de indruk was geweest van de Ferrari van die Silicon Valley-man. Mouse had het meer op de vriendin van die vent voorzien, een blondine met opgepompte tieten en eindeloos lange benen. Beide mannen zagen hun huidige bezigheden als een middel om uiteindelijk dat leven vol vrije tijd en luxe te bereiken, een leven vol snelle auto's en meiden met nepborsten.

Nu ze twee jaar met het project bezig waren en in het ijskoude Minnesota deals van zestig mille sloten, zouden ze de problemen maar al te gemakkelijk vergeten, realiseerde Pender zich. Het was verleidelijk om hebzuchtig te worden en als afsluiting nog één grote slag te slaan, zodat ze goed voorbereid waren op het echte leven. En hoewel niemand in het team iets dergelijks had gezegd, lag Pender toch nachtenlang wakker, de hebzucht van zijn teamgenoten vrezend, en bad hij dat ze zo lang aan het project – zijn project – zouden blijven deelnemen als de realisering van de Droom vereiste.

6

Sandra Harper betaalde het losgeld tegen zonsondergang.

Pender had een McDonald's in een buitenwijk als afleverpunt uitgekozen en gaf de vrouw een kwartier om daarheen te rijden. Hij had haar opgedragen het geld in een vuilniszak te stoppen en die bij de container achter het gebouw neer te zetten. *Kom alleen. Parkeer in de noordwesthoek van de parkeerplaats. Helemaal achteraan. Volg ons niet nadat je het geld hebt achtergelaten. Elke afwijking van deze regels zal je man bezuren.*

Ze waren er zelf het eerst. Pender keek vanuit het busje toe hoe Sandra, een tengere, grijzende vrouw in een marineblauwe Infiniti, een paar minuten later kwam aanrijden. Ze legde de zak met geld naast de container neer en parkeerde volgens de instructies.

Sawyer reed erheen en Pender telde het geld. Het hele bedrag was er. Pender knikte, Mouse schopte Harper de bus uit en de mannen reden weg.

Marie bleef op de parkeerplaats in de gehuurde Hyundai zitten en zag hoe Terry Harper zich van het plaveisel oprichtte en met een van woede vertrokken gezicht naar zijn auto liep, waar zijn vrouw de chauffeursstoel had vrijgemaakt en aan de passagierskant zat te wachten, terwijl ze nerveus eerst naar haar man en dan weer naar de parkeerplaats keek.

Marie volgde hen naar huis en bleef nog een paar uur bij het huis in de auto zitten, terwijl ze toekeek hoe de lampen aan en uit gingen en de schaduwen en silhouetten in de ramen bewogen. Op zeker moment belde Pender met de melding dat de kust vrij was en Marie terug kon keren.

Ze reden in de Savana naar een natuurgebied ten noordwesten van de stad. Marie wachtte hen in de verlatenheid in de Hyundai op, waarna ze het busje helemaal uitkamden en het diep in het bos aan het eind van een lange onverharde weg parkeerden, hopend dat er dat jaar al vroeg een pak sneeuw zou vallen. Ze reden in de Hyundai terug naar Minneapolis, waar ze uitcheckten uit het Super 8-motel en een kamer namen in een Best Western aan de andere kant van de stad. Daar verdeelden ze in de hotelkamer het geld.

De volgende dag trokken Pender en Marie er in de huurauto op uit om een nieuw busje te kopen. Ze betaalden contant voor een rode E-serie-Ford in passagiersversie en gebruikten een van de valse identiteitskaarten van Mouse voor de tenaamstelling. Ze leverden de huurauto weer op het vliegveld af en reden naar het Best Western terug om Mouse en Sawyer op te halen.

Daarna reden ze met Pender achter het stuur van de bus naar de snelweg en koersten in noordoostelijke richting naar Green Bay en Michigans Upper Peninsula, terwijl de ondergaande zon de Twin Cities in de binnenspiegel in vuur en vlam zette.

'Geen politie, zeiden ze,' verzuchtte Sandra Harper, terwijl ze door de jaloezieën in de woonkamer naar het duister buiten tuurde. 'Ze zeiden dat ze Alice iets zouden aandoen als we dat toch deden.'

'Gelul.' Terry Harper beende achter zijn vrouw in de kamer op en neer. 'Ze zijn inmiddels al weg. Ze houden ons echt niet meer in de gaten.'

'Maar hoe weet je dat?'

'Ze hebben hun geld toch? Het is zinloos om dan nog langer te blijven rondhangen. Ze bedreigen ons nog eens en maken dat ze wegkomen in hun Dodge of zo.'

'Maar hoe weet je dat?'

'Verdomme, Sandra, dat weet ik gewoon.'

In een hoekje van de woonkamer zat Alice Harper te kijken hoe haar vader door de kamer op en neer liep, terwijl haar moeder naar de straat tuurde. Sandra sloot het gordijn weer, keek naar achteren en zag dat haar dochter grote ogen had opgezet. 'We zijn veilig, Terry.'

Haar man stopte met ijsberen. 'Wat?'

'We zijn veilig. Wij allemaal. Veilig.' Ze maakte een weids gebaar. 'Jij bent veilig. Alice is veilig. Ik ben veilig. Goed, we zijn wat geld kwijtgeraakt, maar wat dan nog? Wil je echt ons leven op het spel zetten om dat terug te krijgen?'

Voor de eerste keer die avond keek Terry Harper zijn vrouw in de ogen. 'Ja,' zei hij. 'De boodschap moet duidelijk zijn. Niemand mag denken dat hij Terry Harper ongestraft een loer kan draaien. En het maakt niet uit of het om twee dollar of twee miljoen dollar gaat.'

Sandra plofte op een bank neer. 'Ik wil gewoon dat dit afgelopen is.'

Haar man liep naar haar toe en keek op haar neer. 'Als we geen actie ondernemen, is het nooit afgelopen,' zei hij. 'Jij kunt de volgende zijn, of Alice, wat God verhoede. We moeten in actie komen.'

Zijn vrouw keek met vermoeide, gezwollen ogen naar hem op. Zijn dochter kroop uit de hoek naar hen toe. 'Papa,' zei ze. 'Als er nou nog iemand wordt ontvoerd, net als jij, wat dan?'

Harper keek naar zijn dochter en toen naar zijn vrouw. Sandra staarde naar Alice. 'Je hebt gelijk,' zei ze uiteindelijk. 'We bellen de politie.'

7

Het bleek helemaal niet moeilijk te zijn om de derde betrokkene te vinden in de zaak waar Kirk Stevens mee bezig was.

Een Burger King-medewerker vond een pistool in de prullenbak bij een restaurant in Bloomington en uit ballistisch onderzoek bleek dat dat gebruikt was bij de overval op de vrachtwagen. Stevens trok de registratiegegevens over het pistool na en kwam terecht bij een gepensioneerde leraar in Dayton's Bluff. De leraar trof geen blaam; hij had het pistool gekocht als zelfbescherming en het een week daarvoor als gestolen opgegeven, maar Stevens besloot zijn collega's in St. Paul om hulp te vragen, en die kwamen met het nieuws dat de leraar een gewezen leerling van hem af en toe een karweitje liet doen, zoals bladeren opruimen of boodschappen doen. Die jongen heette Wayne Harris.

Stevens en de politie van St. Paul gingen op onderzoek uit. Ze vonden Wayne Harris in het huis van zijn grootmoeder in Burns Park. De jongen deed eerst alsof hij van niets wist en zei tegen de politie van St. Paul dat hij die avond op een feestje was geweest. Stevens arriveerde wat later en volgde de jongen naar een pandjeshuis in het centrum, waar Stevens zag hoe hij vier of vijf dvd-spelers uit de kofferbak van de Corolla van zijn moeder haalde.

Stevens hield de jongen aan en toen was het allemaal snel gebeurd. Een paar uur in een verhoorkamer, een paar hints naar een lange gevangenisstraf en een intens verdrietige grootmoeder waren genoeg om Harris in tranen te doen uitbarsten en een volledige bekentenis te laten afleggen. Dit was helemaal niet de bedoeling geweest, zei hij. Er hadden geen slachtoffers mogen vallen.

Stevens kocht een broodje en een cola voor de jongen en zette hem vast. De rest van de middag bracht hij achter zijn bureau door om het nodige papierwerk te doen, en toen rond acht uur zijn maag begon te knorren, besloot hij de zaak als afgedaan te beschouwen.

Hij schakelde zijn computer uit en stond net uit zijn stoel op toen zijn telefoon in het bijna lege BCA-hoofdbureau irritant luid begon te rinkelen. Stevens keek er even naar, terwijl zijn maag nog eens hevig rommelde. Hij zuchtte, liet zich weer in zijn stoel vallen en nam de hoorn van de haak. 'Met Stevens.'

'Spreek ik met Ernstige Delicten?'

'Inderdaad,' zei Stevens. 'Met wie spreek ik?'

'Powell, Minneapolis Metro. Collega, we hebben hier een zaak die je waarschijnlijk wel zal interesseren.'

Zo zo, Minneapolis Metro, dacht Stevens. Dat klonk goed. Meestal werkte het gemeentelijke politiekorps van de Twin Cities onafhankelijk van de BCA-collega's. Als Minneapolis Metro dan toch belde, moest er echt iets aan de hand zijn.

'Ga je gang,' zei Stevens, zijn notitieblok pakkend. 'Ik ben een en al oor.'

'Nou, collega,' zei de rechercheur, 'het gaat om een ontvoering.'

Stevens rechtte zijn rug en dacht geen moment meer aan eten. 'Je meent het.' Ontvoeringen waren in Minnesota bijna even zeldzaam als zwembroeken in januari. 'Als het om een vermist kind gaat, moet je ermee naar de FBI.'

'Het gaat niet om een kind,' zei Powell. 'Het betreft een volwassene. Zijn naam is Terrence Harper. Eind veertig. Hij is eergisteren van het trottoir geplukt bij zijn huis in Lowry Hill, terwijl hij van zijn werk naar huis liep.'

Stevens boog zich over zijn bureau heen en noteerde de woorden van Powell, terwijl zijn hart sneller begon te kloppen. Een ontvoering in Minneapolis, dacht hij. Een echte. 'En wie is die Harper?' zei hij. 'Is hij rijk? Arm?'

'Hij is rijk,' zei Powell. 'Een soort beurshandelaar.'

'Goed. Heeft de familie een boodschap gekregen? Een telefoontje? Is er losgeld geëist?'

'Een telefoontje op de avond van de ontvoering. Harper kwam zelf aan de lijn, vroeg om zestig mille in ongemerkte biljetten van twintig.'

'Amateuristisch tuig.'

'Jij zegt het. Zijn vrouw heeft de volgende dag alles betaald. Harper werd vrijgelaten zonder dat hem een haar gekrenkt was.'

Stevens' maag begon weer te rommelen. 'Dus meneer zit weer veilig thuis.'

'Jawel.'

'En hij mist geen vingers, tenen, oren of ogen?'

'Er ontbreekt helemaal niets.'

Stevens zuchtte. Hij wreef in zijn ogen. Waarschijnlijk een paar straatjongens die eens een gokje wilden wagen. Daar viel hoogstwaarschijnlijk geen lol aan te beleven.

'Sorry dat ik je moet teleurstellen,' zei Powell. 'Als je er geen zin in hebt, zeg ik wel tegen de brigadier hier dat je ervoor past.'

Stevens leunde achterover in zijn stoel. Hij keek de kamer rond en zag hoe zijn eigen gezicht in een donker raam weerspiegeld werd. Weer zag hij de carrièreagent, de wallen onder de ogen en de steeds diepere kraaienpootjes, het gezicht van een politieman die er ooit over gedroomd had echt iets te kunnen betekenen, maar wiens dromen inmiddels plaats hadden gemaakt voor een bewonderenswaardige staat van dienst, heel behoorlijke vooruitzichten en een comfortabele stoel in een comfortabel kantoor.

Kop op, hield hij zich voor. Een man van middelbare leeftijd wordt ontvoerd en binnen een etmaal weer teruggebracht. Een losgeld van zestig mille. Het was misschien geen wereldschokkende zaak, maar het was in elk geval een stuk interessanter dan al dat papierwerk.

'Ik doe het,' zei hij tegen Powell. 'Wat ga ik vanavond nog meer doen?'

8

Terry Harper was een terriër, een vat vol verontwaardiging dat zich niet liet kalmeren, ondanks de aanwezigheid van de staatspolitie en pogingen van zijn vrouw en dochter om hem te kalmeren. Ze hadden het allebei inmiddels opgegeven en zaten verslagen in een hoek van de kamer.

Stevens stond in de deuropening van de woonkamer te kijken hoe hij door de kamer beende en voelde zijn maag rommelen. Op weg hierheen was hij bij Taco Bell gestopt, en de gesmolten kaas en het inferieure rundvlees deden nu een aanval op zijn spijsverteringskanaal. Hij slikte een boer in en richtte zijn blik op Harper. 'Vertel het hele verhaal eens vanaf het begin,' zei hij.

Zonder zijn pas in te houden begon Harper aan zijn verhaal. Hij was vlak voor het donker van zijn werk naar huis gelopen, zei hij. Toen hij de hoek naar zijn huis omsloeg, had een jonge vrouw zijn naam geroepen. Nee, hij had die vrouw niet gezien; ze bevond zich achter hem. Maar misschien had hij een glimp van bruine krullen gezien. Ze was blank, dacht hij.

Voordat hij ook maar iets kon zien werd hij opgepakt en achter in een bestelbus gegooid, met vastgebonden armen, een blinddoek voor zijn ogen en een prop in zijn mond. Hij werd naar een of ander gebouw gebracht – het leek een soort appartement – waar hij opdracht kreeg zijn vrouw te bellen en vervolgens door een van die gasten bont en blauw werd geslagen.

Waarschijnlijk waren er drie ontvoerders, dacht hij, inclusief het meisje, en die nacht had hij met een van hen nog zitten praten. 'Die vent sliep helemaal niet,' zei Harper. 'Hij bleef maar in de kamer op en neer lopen. Steeds maar langs de tv-zenders zappen.'

Uiteindelijk was Harper in slaap gevallen en 's ochtends had hij naar de tv geluisterd, voorat hij weer in die bus was gegooid en naar een parkeerplaats van McDonald's was gebracht. Nee, hij had die bestelbus niet goed gezien. Het was een blauwe auto. Marineblauw. Merk? Geen idee.

'Ze zeiden dat ze het huis in de gaten hielden,' zei hij. 'En we mochten niet naar de politie gaan.'

Sandra Harper keek Stevens aan en stapte naar voren. 'Ze zeiden dat ze dan Alice zouden ontvoeren,' zei ze.

'Ze zullen uw dochter niet ontvoeren,' zei Stevens. 'Jullie zijn allemaal veilig.'

'Ik weet dat we veilig zijn,' zei Harper. Hij stopte met ijsberen en keek Stevens woedend aan. 'Ik ben niet bang. Ik ben ontzettend kwaad. Jullie moeten verdomme je werk doen en die gasten opsporen.'

Stevens zuchtte zachtjes. Je zou bijna willen dat zo'n vent ontvoerd bleef, dacht hij. 'Dus het ging om twee mannen en een vrouw,' zei hij. 'Allemaal blank?'

'Voor zover ik kon nagaan wel.'

'Wapens?'

Harper haalde zijn schouders op. 'Ik was geblinddoekt. Misschien een pistool.'

'Hoe oud waren ze?'

'Jong.' Hij begon weer te ijsberen. 'Eind twintig, begin dertig.'

'Hebt u namen gehoord?'

'Nee, alles was strak geregisseerd. Niemand zei een woord te veel. Alles ging heel snel.'

'Vertel hem de rest ook,' zei Sandra Harper. 'Over dat geld.'

'Zestig mille,' zei Harper. 'Dat is nogal weinig, vindt u niet?'

'Zeker.'

'Je zou denken dat als je iemand ontvoert, je om meer geld vraagt. Een hele hoop geld. Ik heb geld zat. En dat heb ik die vent gezegd ook. Hij had wel een miljoen kunnen vragen, en hij had dat gekregen ook.'

Stevens krabde op zijn hoofd. 'Wat zei hij?'

'Hij zei niets. Hij zei dat ik moest gaan slapen. Maar ik denk dat ze me snel weer kwijt wilden, voordat anderen zich ermee gingen bemoeien. Vierentwintig uur.'

'Dat was uw inschatting.'

'Waarom zouden ze anders zo weinig geld willen?'

Misschien waren het junks, dacht Stevens. Verslaafden die snel wat geld wilden versieren. Maar junkies zouden slordig en wanhopig te werk gaan. Ze zouden fouten maken. Misschien hadden deze lui ook fouten gemaakt, maar die hadden ze nog niet ontdekt.

Een vrouw met krullend bruin haar. Een blauwe bestelwagen. Een laag losgeld en een snelle afhandeling. Een bliksemactie.

Agent Stevens kon het aantal ontvoeringen waaraan hij had gewerkt op de vingers van één hand tellen. En die waren allemaal een makkie geweest, vergeleken bij deze: een jaloerse ouder die de kinderen meenam, een drugsdealer die zijn rivaal van een straathoek wegplukte. De kinderen waren teruggekomen nadat ze overvoerd waren met ijs en de rivaal was in een blok beton teruggekomen. Dat waren niet bepaald misdrijven geweest waarbij je moeizaam naar de dader moest zoeken. Heel anders dan deze zaak.

Maar hij moest ergens beginnen. Een groep jongeren in een flat. Een stel studenten misschien, die een grap wilden uithalen. Een geraffineerde grap. Minneapolis telde een aantal universiteiten. Een patrouille van de uniformdienst zou op de campussen rondvraag moeten doen.

De McDonald's had vast wel een beveiligingscamera. En dan was er nog dat blauwe busje. Er moesten er honderden van rondrijden in de Twin Cities, maar het kon geen kwaad om een signaleringsbericht rond te sturen en iedereen te laten rondkijken. Misschien viel er ook nog wat op te maken uit de telefoonlogs. Uitzoeken waar de telefoontjes vandaan waren gekomen, dan wist je gelijk waar de ontvoerders zaten. Hoe meer Stevens erover nadacht, hoe leuker hij het begon te vinden. Misschien was dit toch niet zo'n hopeloze zaak.

Stevens draaide zich naar Harper toe. 'Hebt u vijanden? Iemand die u iets wil aandoen?'

Harper keek hem met een vernietigende blik aan. 'Ik ben geen klootzak, vriend. Ik handel op de beurs, god nog aan toe.'

'Tegenwoordig kan dat juist betekenen dat je een klootzak bent,' zei Stevens.

9

Ze reden door de punt van Noord-Michigan, waar ze voor de nacht stopten bij een verlaten motel, vlak ten noorden van de Mackinaw Strait. 's Ochtends sneeuwde het licht – wat verdwaalde vlokken en een ijzige wind vanaf het meer. Het kostte Sawyer tien minuten om het ijs van de ramen van de bestelbus te schrapen.

Het was een mooi plekje, dacht Pender, ondanks de kou. In de zomer zou het hier fantastisch zijn. Vissen, varen, misschien een beetje zwemmen. Een stukje van de hemel.

Ze sliepen die ochtend uit; Sawyer en Mouse in de ene kamer en Pender en Marie in de andere.

Marie werd het eerste wakker en toen Pender zijn ogen opende, zag hij dat ze een wijd universiteitssweatshirt had aangetrokken en met opgetrokken benen behaaglijk een pocket lag te lezen. Ze glimlachte naar hem toen hij rechtop ging zitten. Haar blik was nog slaperig en haar bos krulhaar stond alle kanten op. Hij boog zich naar haar toe en kuste haar. 'Zware kost?' zei hij.

Ze schudde haar hoofd. 'Het is een liefdesverhaal.'

'Wat moet jij met een liefdesverhaal?' Hij kuste haar opnieuw. 'Je hebt mij toch.'

Ze glimlachte weer en zoende hem op haar beurt, waarna hij zich weer op het bed liet terugvallen en naar het plafond staarde. 'Het is hier mooi,' zei ze.

''s Zomers zou het beter zijn.'

'Ik zat te denken,' zei ze. 'Het zou fijn zijn als we hier konden blijven.'

Hij keek haar aan. 'O ja?'

'Hadden we maar niet altijd zo veel haast.' Ze zuchtte. 'Soms zou ik willen dat we een normaal leven konden leiden.'

'Over een paar jaar zijn we klaar met dit gedoe. Dan kunnen we de rest van ons leven normaal doen.'

Ze ging weer rechtop zitten. 'Ik ben gewoon een beetje moe,' zei ze. 'Motelkamers, minibusjes en al die onzin. Ik voel me smerig, Pender. Ongezond. Dit is nou niet bepaald wat ik in gedachten had toen ik zin kreeg wat van de wereld te gaan zien.'

Hij draaide zich naar haar toe en liet zijn handen over haar heup en zij glijden. Zijn ene hand gleed onder haar sweatshirt en volgde de contouren van haar lichaam. 'Je maakt op mij anders een behoorlijk gezonde indruk,' zei hij tegen haar.

Ze zuchtte weer. 'We moeten meer aan lichaamsbeweging doen, Pender,' zei ze. 'Misschien moeten we aan yoga gaan doen of zo.'

'Ik heb een beter idee.' Hij trok haar naar zich toe en kuste haar lang en hartstochtelijk, genietend van haar lichaam dat zich om het zijne kromde. Hij trok aan haar sweatshirt, waarna ze rechtop ging zitten en het over haar hoofd uittrok, van opzij naar hem kijkend.

'Is dit jouw idee van lichaamsbeweging?' zei ze.

Hij grijnsde naar haar. 'Sorry, maar dit is leuker dan yoga.'

Ze deed alsof ze hem wilde slaan en hij trok haar weer tegen zich aan. Hij bleef haar nog een tijdlang bewonderend aankijken, sloot zijn ogen en kuste haar weer.

Ze bleven tot de middag in bed, tot de telefoon ging. Het waren Mouse en Sawyer, die gereed waren voor vertrek. Ze douchten, kleedden zich aan en ontbeten met de twee jongens in een leeg wegrestaurant, waarna ze weer in de bestelbus stapten en hun weg vervolgden.

Halverwege de middag bereikten ze Detroit, waar ze over de I-75 door de groezelige buitenwijken van de stad reden, terwijl de hemel al even grauw was als de omgeving. Ze vonden een Super 8-motel in de buurt van de snelweg en betaalden contant voor twee tweepersoonskamers. Toen ze zich geïnstalleerd hadden, zette Mouse zijn laptop aan en ging op zoek naar kandidaten.

'Dat is mooi,' zei hij, naar de kaart op zijn scherm turend. 'Het lijkt erop dat we vlak bij een aantal rijke buurten zitten.'

'Rijke buurten?' zei Sawyer. 'Wie moeten we in godsnaam ontvoeren in deze pauperstad?'

'Niet om het een of ander,' zei Marie, 'maar als we de president van GM ontvoeren, laten ze ons nog betalen om hem terug te brengen.'

Daar zat wat in, dacht Pender. Hij maakte zich lichtelijk zorgen over de mogelijke doelwitten in dit deel van het land. De gehele zuidelijke helft van de staat leek wel door een atoombom getroffen en Detroit zelf was tegenwoordig niet bepaald een reservaat voor miljonairs. Het leek bijna ongepast om de mensen hier van hun geld te beroven.

Maar Mouse had er alle vertrouwen in, en op hem kon je bouwen. De volgende ochtend had hij al drie geschikte kandidaten uitgekozen, die geen van allen onder de recessie gebukt leken te gaan. Rond het middaguur had Pender zijn besluit genomen.

Het doelwit was Sam Porter, tweeënveertig jaar, directeur van een bedrijf in landbouwtechniek, met het hoofdkwartier vlak buiten de stadsgrens van Detroit. Porter woonde met zijn jonge gezinnetje in Royal Oak, een welvarende slaapstad die vanuit het Super 8-motel over de snelweg goed te bereiken was.

'Zijn huis is ongeveer een miljoen waard en hij is grootaandeelhouder,' zei Mouse. 'Hij is blijkbaar al vroeg met zijn bedrijf begonnen en heeft zich hier in het noorden gevestigd. Hij is een perfecte kandidaat.'

Nu ze het doelwit hadden uitgekozen, gingen ze aan de slag. Er was genoeg te doen. Ze moesten prepaidtelefoons kopen en een auto huren, procedures vaststellen en informatie vergaren. Het team functioneerde het best als er werk aan de winkel was, geloofde Pender, en dat gold ook voor hemzelf. Nu er van alles gedaan moest worden, kon hij zijn grotere zorgen even vergeten en zich op dit karwei storten. En dat deed hij, net als de anderen. Ze genoten van een nieuwe klus die geklaard moest worden, een nieuwe D-day, niet meer dan twee dagen later.

10

Hoe enthousiast agent Stevens aanvankelijk ook was, de zaak-Harper bleek niet bepaald een succesnummer. Om te beginnen waren er weinig sporen, en die leken stuk voor stuk niet veel op te leveren.

De McDonald's waar het geld was gedeponeerd had inderdaad een beveiligingscamera, maar Harpers ontvoerders hadden blijkbaar hun uiterste best gedaan om buiten beeld te blijven. Stevens had wel acht of negen keer gezien hoe Harper naar zijn Infiniti strompelde en had alle hoeken van het beeld bestudeerd om te zien of er iets van de auto van de ontvoerders te zien was, maar dat had niets opgeleverd. Wat dat betreft had hij geen geluk.

En dat gold ook voor de universiteitscampus. De politie van Minneapolis had op de campus van de universiteit van Minneapolis onderzoek gedaan, evenals op de hogescholen North-Central, Capella, Walden en St. Thomas. Niemand had iets over een ontvoering gezegd, en wat de meisjes met bruin krullend haar betrof, tja, daar waren er ongeveer achtduizend van.

Stevens had de politie en de diverse campusbeveiligingsdiensten gevraagd uit te kijken naar studenten die met geld strooiden, en ze hadden zelfs een tweedejaars in een Hummer aangehouden om die bij de BCA te ondervragen. Maar die jongen bleek een basketbalspeler te zijn en de Hummer was van een sponsor geleend, wat een overduidelijke inbreuk op de regels van de sportbond was, maar niet iets waar de BCA zich druk om maakte.

Hij betwijfelde nog steeds of de ontvoerders verslaafden waren, maar voor alle zekerheid vroeg Stevens de collega's van de surveillancedienst van Minneapolis Metro om naar blauwe bestelbussen en rijke junks in de armere buurten uit te kijken.

Blauwe bestelbusjes. Telkens als Stevens een blauw busje zag, had hij de neiging het aan te houden. Dat gebeurde waarschijnlijk vijf of zes keer per dag. In elk geval keek hij goed naar elk busje dat hij zag, hopend op die perfecte combinatie, op een meisje met bruin haar achter het stuur.

De telefoonlogs bevatten ook niet veel nuttigs. De ontvoerders hadden twee telefoontjes gepleegd naar de woning van de Harpers, elk met een andere prepaidtelefoon van T-Mobile. Simpel zat. Maar de telefoonprovider wilde de locaties van de bellers zonder gerechtelijk bevel niet doorgeven.

Advocaten, dacht Stevens. Het is toch een ontvoeringszaak? En dit zijn de ontvoerders die telefonisch om losgeld vragen. Het is toch duidelijk dat er een strafbaar feit wordt gepleegd? De provider moet weten dat we heus wel met een gerechtelijk bevel komen. Ze vertragen de opsporing alleen maar door zo rigide aan de procedures vast te houden. Ondertussen wordt het met de minuut moeilijker nog sporen te volgen.

De telefoonprovider had nog wel prijsgegeven dat de telefoons de maandag voor de ontvoering in de T-Mobile-kiosk in de Mall of America gekocht waren. Een medewerker die Aziz heette had de telefoons verkocht.

Eerder die dag was Stevens naar de Mall gereden, waar hij Aziz en de T-Mobile-kiosk met een bezoekje had vereerd. De jongen leek net van de middelbare school af te zijn en was ook nog half stoned, maar Stevens waagde desondanks een poging. Hij vroeg Aziz of hij zich herinnerde dat hij de maandagmiddag daarvoor twee prepaidtelefoons aan iemand had verkocht.

Het antwoord was voorspelbaar. Aziz haalde zijn schouders op. 'Er komen hier zo veel mensen om een telefoon te kopen.'

'Maar deze mensen hebben twee telefoons gekocht. En nog wel tegelijkertijd.'

'Er komen hier zo veel mensen om twee telefoons te kopen.'

Stevens keek de jongen doordringend aan. 'Kom op,' zei hij. 'Help me eens. Jonge mensen. Een blank meisje met krullend bruin haar.'

Aziz haalde zijn schouders op en gebaarde naar het plafond. 'Hebt u de opnames van de beveiligingscamera's al bekeken?'

Stevens ging meteen naar de beveiliging en legde de situatie uit, maar hij trof een tegenwerkende bewaker, die meende hem de les te kunnen lezen.

Het management was wat toeschietelijker, maar de beelden werden in een cyclus van drie dagen opgenomen, zeiden ze. Om de drie dagen werden ze gewist en opnieuw gebruikt. Maandag was vijf dagen geleden. Er waren dus geen opnamen.

Politiewerk... Soms vond Stevens het jammer dat hij geen vrachtwagenchauffeur was.

Avonden lang zat hij met wazige ogen en een bonkende koppijn aan zijn BCA-bureau gekluisterd, tot ver na zonsondergang, en zijn vrouw en kinderen rekenden er allang niet meer op dat papa nog mee-at 's avonds. Tim Lesley, speciaal agent belast met Ernstige Delicten, viel hem steeds weer lastig met vragen naar het resultaat, en Lesley, een lange, gemene klootzak wiens metalen bril je op het verkeerde been zette aangaande zijn verleden als rechercheur Moordzaken die met zijn poten in de modder had gestaan, wilde niets weten van de moeizame voortgang van Stevens' onderzoek. Een zaak was een zaak, en in Minnesota vonden er goddomme geen ontvoeringen plaats zonder dat er iemand voor in de cel werd gesmeten.

En nu zat Stevens op het BCA-bureau naar de wijzers van de tikkende klok te kijken, wachtend tot het pauze was. De zoveelste stomvervelende avond.

Opeens ging de telefoon zo hard dat hij zich het lazarus schrok. Stevens schoot rechtop achter zijn bureau. Op hoop van zegen, dacht hij. 'Met Stevens.'

'Hoi, schat.' Nancy.

'O, hoi,' zei Stevens. 'Ik zat net aan je te denken.'

'O ja?'

'Natuurlijk. Je wordt gezocht voor een gewapende overval. De kinderen hebben een getuigenverklaring afgelegd.'

'Wat een snotapen. Ik had ze nooit mee hiernaartoe moeten nemen.'

'Het valt niet mee om een goede oppas te vinden.'

'Ik had nooit gedacht dat ze zouden klikken.' Hij hoorde het lachje in haar stem. Het was vooral Nancy Monroes bijzondere gevoel voor humor dat Stevens bij zijn vrouw zo aantrekkelijk had gevonden. En ze was natuurlijk het mooiste meisje dat hij ooit had gezien.

Vanavond kon hij haar niet zien, maar hij zag haar glimlach voor zich, en dat was bijna genoeg. Ze belde alleen even om gedag te zeggen, zei ze, en om Stevens eraan te herinneren hoe gelukkig hij zich mocht prijzen dat hij een vrouw had die begreep dat een staatspolitieman lange uren moest maken – al hoefde hij daar nauwelijks aan herinnerd te worden. Dat hij haar stem weer hoorde monterde hem op, en hij hoopte dat ze nog wakker was als hij eindelijk thuiskwam.

Terwijl zij verslag deed van de dagelijkse gebeurtenissen, zat Stevens naar de beveiligingsbeelden van de afleverplaats te kijken.

Hij staarde naar de constant herhaalde, korrelige zwart-witbeelden en zag hoe de pixels over zijn scherm heen en weer bewogen.

'Dus de leraar zegt dat J.J. bijles in wiskunde moet nemen,' zei Nancy. 'In elk geval totdat hij de staartdelingen beheerst.'

'Staartdelingen?' zei Stevens. 'Dat is iets van vroeger. Wie heeft die nu nog nodig?'

'Dat betekent dat hij tijdens de lunch binnenblijft bij meneer Davidson en nog een paar kinderen. Maar dat zal toch niet zo erg zijn?'

'Lijkt me prima.' Stevens knipperde met zijn ogen. Naar het scherm turend speelde hij de opname nog eens terug. Terrence Harper die naar zijn auto rent. Sandra Harper die aan de passagierskant instapt. De Harpers die een paar minuten in de auto blijven zitten, Terrence die iets roept tegen zijn vrouw. Dan de koplampen die aangaan en Terrence die de binnenspiegel bijstelt voordat hij langzaam van de parkeerplaats wegrijdt.

Allemaal bekend. Stevens had de beelden al honderd keer gezien vandaag.

Maar nu bleef hij kijken en zag hij een kleine Koreaanse personenauto het beeld binnen rijden. De auto bleef recht voor de camera even stilstaan, zodat Stevens een halve seconde lang een glimp van de chauffeur zag, voordat de auto weer van de parkeerplaats wegreed, in dezelfde richting als de Harpers.

'Schat?'

'Wat?'

'Ik zei net dat Andrea morgen van de volleybaltraining opgehaald moet worden.'

'O.' Stevens zette het beeld met bonzend hart stil. 'Natuurlijk. Dat doe ik wel.'

'Mooi.'

'Luister,' zei hij. 'Kan ik je terugbellen? Ik geloof dat ik zojuist iets heb gevonden.'

Nancy zweeg even. 'Goed,' zei ze met een zucht. 'Kom snel naar huis.'

Nadat Nancy had opgehangen richtte Stevens zijn aandacht weer op het scherm. Hij spoelde de band terug en speelde die af tot het moment dat de chauffeur van de personenauto een moment lang voor de camera zichtbaar was.

Het was een blanke vrouw, en zo te zien nog jong. De camerabeelden waren korrelig en Stevens kon haar gezicht niet goed zien. Maar wat hij wel kon zien was haar haar: een massa donkere krullen die over haar gezicht en haar schouders vielen en haar ogen deels verborgen.

11

Sam Porter bleek een grote teleurstelling.

En hij had nog wel het perfecte doelwit geleken. Hij had een groot huis, een paar mooie buitenlandse auto's en een blonde vrouw die zeker tien jaar jonger was dan hij. Hij was het type man dat ervan genoot om rijk te zijn en verwachtte dat als je maar genoeg geld aan een probleem besteedde, het vanzelf zou verdwijnen. Het type man dat met een zelfgenoegzaam lachje zestig mille zou betalen, naar huis zou gaan en het de volgende dag met rente zou terugverdienen op de aandelenmarkt.

Hij was het type man dat de novembermaanden doorbracht op een strand in de Turks- en Caicoseilanden.

Donderdagochtend, een dag voor D-day, waren ze hem kwijtgeraakt. Mouse schaduwde hem. Hij stond verderop in de straat waar hij woonde en volgde hem tijdens de rit naar zijn werk. Maar op donderdag was Porter te laat. Mouse reed een paar rondjes rond het huis, in de veronderstelling dat hij hem gemist had, maar beide auto's bleven op de oprit staan, en na een poosje besefte Mouse dat hij de kinderen van de man ook niet naar school had zien gaan.

Om kwart voor tien stapte het hele gezin – Porter, zijn vrouw en hun zoon van veertien – in Grace Porters Mercedes-SUV en reed achteruit de straat op. Mouse volgde hen in de gehuurde Impala en reed achter de Mercedes in zuidwestelijke richting naar het vliegveld, waar de Porters de auto op de parkeerplaats voor lang parkeren achterlieten en in de terminal verdwenen.

Mouse belde Pender in paniek. Pender belde Porters kantoor en werd op de hoogte gesteld door een secretaresse. Het gezin was drie weken weg. Caribisch gebied. Lekker toch? Howard Bartley nam zolang Porters accounts waar.

Pender overwoog even om dan Bartley maar te ontvoeren, om bij hetzelfde thema te blijven, maar toen Mouse zijn laptop raadpleegde, bleek al snel dat Bartley een vrijgezel met ernstige krediet-problemen was. Het was uitgesloten dat ze ook maar een cent aan losgeld zouden ontvangen.

Pender riep de bende die middag in het Super 8-motel bij elkaar. 'Wat nu?' vroeg hij hun. 'Wat willen jullie doen?'

'Maak je geen zorgen,' zei Mouse. Hij begon weer te typen. 'We kunnen in een paar minuten een ander doelwit vinden. Makkelijk zat.'

Pender tuurde naar het laptopscherm van Mouse. 'We kunnen er ook van afzien en op vakantie gaan.'

Sawyer keek fronsend. 'Waanzin om naar Detroit te gaan en er dan niet voor betaald te krijgen.'

'Trouwens, wie moet het hotel betalen als het doelwit dat niet doet?' zei Mouse. 'En de huurauto? Zeker weten dat dat geld niet uit mijn aandeel komt.'

Pender keek naar zijn vriendin. 'Wat denk jij, Marie?' zei hij.

Ze bleef even stil, slaakte een zucht en keek op. 'Laten we het gewoon maar doen.'

'Weet je dat zeker?'

'Ja,' zei ze. 'Laten we de buit binnenhalen en er dan meteen vandoor gaan naar een warmere plek.'

Pender staarde haar even aan; hij vond het bijna jammer dat ze niet meteen wilde wegvliegen. Ik hou helemaal niet van dit soort geïmproviseerde confrontaties, dacht hij. We werken het best als we goed voorbereid zijn. Maar toen hij er nog wat langer over had nagedacht, zei hij tegen zichzelf: kom op, man. Je klaart deze klus en gaat een week aan het strand liggen. Geen probleem. Hij keek de kamer rond en zag dat de anderen hem afwachtend aankeken. Hij rechtte zijn schouders en keek naar het laptopscherm van Mouse. 'Goed,' zei hij tegen Mouse. 'Kom maar op met die doelwitten. Laten we een goede kandidaat uitkiezen.'

Ze kozen voor Donald Beneteau. Maar Donald Beneteau liet zich niet zo gemakkelijk pakken.

Ze grepen hem in zijn kraag in Birmingham, een paar straten van zijn huis vandaan, toen hij met een paar pakken melk en een gratis krant van de kruidenier kwam. Hij draaide zich weliswaar netjes om toen Marie zijn naam riep, maar toen Sawyer en Pender hem vastgrepen, rukte hij zich los en smeerde hij 'm.

Hij wist een meter of vijftig weg te komen voordat ze hem in de bestelbus konden slepen, waarbij hij stompte en schopte en luidkeels vloekte. Nadat Sawyer hem een rechtse directe had toegediend, kalmeerde hij zodanig dat Pender hem kon vastbinden, maar de man trok zijn benen in en schopte Pender precies op zijn kaak terwijl die probeerde de prop in zijn mond te stoppen.

'Weet je wel wie ik ben?' zei hij steeds weer. 'Weet je godverdomme wel wie ik ben?'

Pender en Sawyer keken elkaar aan. Ze wisten wat Mouse wist. Beneteau was ondernemer in de kleinmetaalindustrie. Vier fabrieken. Jaaromzet dertig miljoen dollar. Hij reed dagelijks naar zijn werk in een Mercedes. Hij was vijftien jaar getrouwd met Patricia Beneteau, veertig jaar, vicepresident Marketing bij Motown Casino. Drie zoons. Anderhalf miljoen dollar aan onroerend goed, een paar miljoen op de bank. Een perfect doelwit.

Maar perfecte doelwitten stribbelden meestal niet zo hevig tegen. Perfecte doelwitten riepen niet steeds dat hun ontvoerders moesten weten wie ze waren.

Ze brachten Beneteau naar het Super 8-motel en lieten hem wat tot bedaren komen. Ondertussen werd Mouse in de andere kamer door Pender aan de tand gevoeld. 'Waarom doet deze man alsof hij een of andere hotemetoot is?' vroeg hij. 'Moeten we misschien iets over hem weten?'

Mouse haalde zijn schouders op. 'Die vent denkt dat hij een hoge pief is. Dat is alles.'

'Weet je dat zeker?'

'Ja.' Mouse keek hem met een lachje aan. 'Alles loopt gesmeerd, chef. Doe wat je moet doen.'

Pender dacht er nog even over na. Hij haalde zijn schouders op. Natuurlijk liep alles gesmeerd. Die vent was alleen maar over de rooie, dat was alles. 'Goed,' zei hij. Hij ging weer naar Beneteaus kamer.

Daar hield Pender zijn verhaal, en hij sloot dat af met een losgeld van honderdduizend dollar. Beneteau lachte hem in zijn gezicht uit.

'Goed geregeld toch?' zei Pender. 'We willen niemand iets aandoen.'

'Goed geregeld?' zei Beneteau. 'Jullie krijgen geen cent van me.'

Sawyer gaf hem een dreun. Beneteau zat onder het bloed, maar hij bleef lachen.

'We brengen je zo meteen telefonisch in contact met je vrouw,' zei Pender, die kalmer probeerde te klinken dan hij zich voelde. 'Dan kun je de situatie uitleggen. Erover praten.'

'Denk aan je vrouw,' zei Sawyer. 'Denk aan je kinderen.'

'Ik denk dat jullie de klere kunnen krijgen,' zei Beneteau. 'Laat me gaan, dan is er een kans dat jullie het overleven.'

Pender pakte de telefoon. 'Bel je vrouw.'

'Laatste kans. Als ik dit telefoontje pleeg, zijn jullie er geweest. Stelletje klootzakken.'

Sawyer gaf hem weer een dreun. 'Kies het nummer.'

Pender toetste het nummer in. Beneteau hield de telefoon tegen zijn oor. Na een paar seconden begon hij te praten. 'Schatje,' zei hij. 'Ik ben ontvoerd. Een paar sukkels. Met mij gaat het goed. Ze willen losgeld. Nee, luister. Een ton. Dat is de prijs. Vierentwintig uur. Je weet wat je moet doen. Goed. Goed.'

Beneteau verbrak de verbinding. Hij draaide zijn gezicht naar Sawyer toe en grijnsde hem met zijn bebloede gezicht toe. 'Jullie hebben net de grootste fout van jullie leven gemaakt, stelletje klerelijers.'

12

'Ja, haar herinner ik me nog. Hoe zou ik haar kunnen vergeten?'

Agent Stevens stond aan de Avis-balie op Minneapolis-St. Paul International Airport naar de employé te luisteren, die bijna klaarkwam terwijl hij probeerde het meisje te beschrijven dat de week daarvoor die bruine Hyundai had gehuurd.

Het had Stevens weinig moeite gekost om van de McDonald's-bewakingsopnamen bij de autoverhuurder uit te komen. Iets verderop in de beelden was te zien dat de auto moest wachten om in het verkeer in te voegen, en op dat moment kon Stevens bijna het hele nummerbord zo van het scherm aflezen. Een paar toetsaanslagen later had hij ontdekt dat het een huurauto van Avis was. Als al het politiewerk zo gemakkelijk was...

'Het was echt een lekker wijf, man,' zei de employé, een dikke twintiger die Brian heette. Hij keek Stevens schuin aan terwijl hij sprak. 'Grote bruine ogen, mooie glimlach. Goeie tieten. Echt een lekker mokkel.'

'Krullend haar?'

'Krullend haar.' Brian knikte. 'Een hele bos.'

'Was ze alleen?'

'Neuh, er was een grote vent bij haar. Die hing zo'n beetje rond op de achtergrond.'

Stevens pakte zijn notitieboekje. 'Kunt u hem beschrijven?'

'Misschien één meter vijfentachtig, één meter negentig. Een jaar of vijfentwintig of iets ouder. Kort bruin haar. Kinbaardje. Zo'n negentig kilo, denk ik.' Hij haalde zijn schouders op. 'Ik keek naar dat meisje, snapt u?'

'Waren ze met het vliegtuig aangekomen?'

Brian haalde zijn schouders op. 'Moeilijk te zeggen. Ik geloof niet dat ze bagage bij zich hadden.' Hij keek op naar Stevens. 'Wat zouden ze met die auto hebben gedaan?'

'Ze zijn ermee naar McDonald's gereden,' zei Stevens. 'Hebt u de papieren?'

Brian knikte en knielde achter de balie neer. Hij stond op met een stapeltje papieren in zijn hand en gaf die aan Stevens. Stevens bekeek ze.

Volgens het dossier was de auto gehuurd door Ashley McAdams. Ze had een adres in Atlanta in Georgia opgegeven, een 404-postcode. Zesentwintig jaar. Betaald met een Visa-creditcard.

Stevens legde de dossiermap neer. 'Was u hier toen ze de auto terugbracht?'

'Neuh. Maar dat had ik wel gewild.'

'Ja,' zei Stevens. 'Kunt u morgen naar de BCA komen en met een tekenaar over deze twee mensen praten?'

'Ik denk het wel.' Brian haalde zijn schouders op. 'We kunnen het vanavond ook wel doen als u wilt. Ik ben over een halfuur vrij.'

'Nee, bedankt,' zei Stevens, die al wegliep. 'Ik moet mijn dochter van volleybaltraining ophalen.'

Toen Andrea een paar uur later van de training opgehaald was, het avondeten verorberd was, de afwas gedaan en de kinderen naar hun kamer waren verdwenen, liet Stevens zijn vrouw achter bij haar dossiers en sloop hij naar de voordeur. Hij had zijn hand al op de deurknop toen hij opeens haar stem achter zich hoorde. 'Weet je, een vrouw die minder goed van vertrouwen was, zou je ervan beschuldigen dat je je stiekem gedraagt,' zei ze met een stapeltje papieren in haar hand. Ze had een diepe frons op haar gezicht, maar haar ogen twinkelden.

'Ik doe inderdaad stiekem,' zei Stevens tegen haar.

'Heb je een nieuwe vriendin?'

Stevens haalde zijn hand van de deurknop en legde die op de heup van zijn vrouw. 'Inderdaad,' zei hij. 'En ze heet Lesley.'

Nancy kwam nog dichterbij en hij legde zijn hand nu hoger op haar trui. 'Dat klinkt sexy.'

'Heel sexy,' zei Stevens. 'En zijn voornaam is Tim.'

'Tim Lesley. Smeerlap.'

'Ik geloof dat ik een probleem heb.' Hij had zijn hand nu op haar borst gelegd en zag hoe ze haar ogen half sloot toen hij haar aanraakte.

'Je hebt meer dan één probleem,' zei ze. 'En dat je mij laat schieten voor Tim Lesley is je grootste probleem.' Ze liet haar hand langs de voorkant van zijn broek omlaag glijden.

Hij dwong zichzelf om een stap terug te doen. 'Ik ben zo terug.'

'Dan slaap ik al.'

'Dat heeft me nog nooit weerhouden.'

Ze sloeg hem op zijn arm. 'Wegwezen! Maar kom snel terug, begrepen?'

Hij liet haar in de deuropening achter en stapte de kou in, zich afvragend welke idioot een lekkere wip en een warm huis op een avond als deze aan zich voorbij liet gaan. Een zwakzinnige agent met een zaak die leek dood te lopen, blijkbaar, maar de zaak werd intussen wel steeds boeiender. De pedante jurist van T-Mobile was er met de staart tussen de benen vandoor gegaan toen Stevens met een gerechtelijk bevel was gekomen, waarna het bedrijf had beloofd de locaties vanwaar gebeld was die middag nog te faxen. En het spoor naar Ashley McAdams was tot nu toe toch wel het meest veelbelovend.

Stevens parkeerde op de parkeerplaats van het bureau, die op dit late uur vrijwel leeg was. Boven brandden nog een paar lampen: de nerds. De jongens zonder vrouwen en zonder leven.

Eenmaal binnen vond hij de informatie van T-Mobile op zijn bureau. Drie vellen papier: een adresblad en twee lijsten, een voor elke telefoon. Elke lijst bestond uit een opsomming van de uitgaande en binnenkomende telefoongesprekken, met een overeenkomende mobieletelefoonmast voor elk gesprek. De eerste telefoon werd hoofdzakelijk gebruikt rond een mast in Brooklyn Center, ten noordwesten van Minneapolis langs de 694. Dat was de telefoon waarmee naar het huis van de Harpers was gebeld.

De tweede telefoon was wat minder honkvast. Er was een paar keer via een mast bij het vliegveld gebeld en daarna zes of zeven keer via een mast bij Harpers woning op de avond dat hij was ontvoerd, en daarna een paar uur nadat hij was vrijgelaten. Opmerkelijk.

Het laatste telefoontje op elke lijst was raadselachtig. Beide telefoons hadden een mast een eind ten noordwesten van de stad gebruikt, langs de I-94-snelweg in de buurt van het Crow Hassan-reservaat. Interessant.

Stevens bekeek de T-Mobile-lijsten nog eens, tevergeefs naar meer informatie zoekend. Hij draaide zich naar zijn computer toe en bracht de Nationaal Misdaad Informatie Centrum-databank van de FBI op het scherm. Hij tikte 'Ashley McAdams' in en drukte op de zoektoets, waarop de digitale FBI-bloedhonden op jacht gingen naar het strafblad van mevrouw McAdams.

Een paar minuten later was de zoektocht van de federale computers beëindigd. Ashley McAdams was brandschoon.

Een kwartier later reed Stevens westwaarts over de 694 aan de overkant van de Mississippi. Zijn kleine buitenschoolse excursie betekende dat Nancy de nodige *quality time* tegoed hield, maar Stevens was iets op het spoor en wist dat hij, als hij naar huis zou gaan, het grootste deel van de nacht wakker zou liggen, zichzelf vervloekend dat hij zijn intuïtie niet had gevolgd.

Onder het rijden maakte hij een lijstje van dingen die hem te doen stonden. Hij zou de gangen van McAdams moeten nagaan en zo veel mogelijk over het meisje met de krullen uit Georgia te weten moeten komen. En hij zou de telefoontjes bij het Crow Hassanreservaat moeten onderzoeken.

Maar eerst moest hij de buurt rond de eerste telefoonmast van de ontvoerders uitkammen. Het was nogal ambitieus om in een buurt vol flatgebouwen naar één flatje op zoek te gaan, maar Stevens had nog nooit een zaak moeten opgeven omdat er te veel langdurig veldwerk aan te pas was gekomen. Terwijl hij noordwaarts reed, neuriede hij met een oud Springsteen-nummer op de radio mee, en toen de 694 zich bij de I-94 voegde en hij Brooklyn Center in reed, zag Stevens precies wat hij zocht.

Langs de snelweg lag een reeks goedkope motels: sommige zelfstandig en andere van nationale ketens, en sommige eenvoudig en andere ronduit verlopen. Harper dacht dat hij in een appartement was vastgehouden. Had hij het misschien bij het verkeerde eind gehad?

Stevens nam de afslag van de snelweg en reed in de richting van de motels. Hij parkeerde bij het eerste motel, een verlaten ogende schoenendoos van twee verdiepingen, Stay Inn geheten. Hij stapte uit de Crown Vic en liep naar de receptie, met zijn blik op een weg vol neonverlichting en identieke, fantasieloze hotellobby's.

13

Na drie motels had Stevens eindelijk beet, maar dat had het nodige doorzettingsvermogen gekost.

De Stay Inn leverde niets op, en dat gold ook voor Motel 6. De beide receptionisten schonken hem slechts een onheilspellende blik, waarna ze zonder veel enthousiasme de gastenlijst doorzochten. Niemand herinnerde zich iets, niemand wilde praten.

Bij het Super 8-motel ging het beter, ook al had de receptioniste de nodige aanmoediging nodig. Het was een jong meisje van begin twintig. Op haar naamplaatje stond 'Sheena', en ze keek lang genoeg van haar pulpromannetje op om Stevens' penning te zien, waarna ze zich weer op haar boek concentreerde. 'Neuh,' zei ze, met haar kauwgum klappend, 'ik heb niemand gezien.'

'Werkte je hier afgelopen vrijdag?'

'Ja,' zei ze. 'Ik heb al een maand geen vrijaf meer gehad.'

'En heb je altijd avonddienst?'

Het meisje maakte zuchtend een ezelsoor in haar boek. 'Ja,' zei ze. 'Jimmy en ik doen de avonden en nachten. Hij is de onderhoudsman. Ze zorgen dat hij in de buurt is, zodat niemand me probeert te verkrachten.'

'Waar is Jimmy nu?'

'Die doet een dutje achterin,' zei ze. 'Hij slaapt bijna altijd.'

'Lekkere waakhond,' zei Stevens. 'Weet je zeker dat je je niemand herinnert? Een mooi meisje van in de twintig met lang krullend haar? Een grote man met bruin haar en een smal ringbaardje? Waarschijnlijk reed hij in een blauwe bestelbus, waarschijnlijk met nog een derde persoon erbij.'

Het meisje knipperde met haar ogen. 'Wacht even,' zei ze. 'Zaterdagnacht is hier inderdaad een grote kerel zoals u beschrijft aan komen rijden. Maar hij had geen meisje met krullen bij zich. Hij had een klein ventje bij zich. Jong nog, misschien van mijn leeftijd. Ze namen twee kamers.'

'En waarin reden ze?'

'Dat heb ik niet gezien,' zei ze. 'Ik kan het wel nagaan in het gastenregister.'

'Graag.'

Ze legde haar romannetje weg en drukte op een paar toetsen op haar computer. 'Goed nieuws,' zei ze. 'Gevonden.'

Ze draaide de monitor rond zodat Stevens mee kon kijken en wees op de bewuste boeking. Adam Tarver en Eugene Moy. Een adres in Maryland. 'Contant betaald?'

'Jawel,' zei Sheena. 'Voor zover ik me herinner.'

Stevens bekeek de gegevens. Onder het kopje 'voertuig' stond een blauwe GMC Savana vermeld. Geen kenteken. 'Heb je het kenteken van die bus niet genoteerd?'

'Staat dat er niet bij?'

Stevens schudde zijn hoofd.

'Dat zal dan wel niet. Daar zijn we niet erg precies in. Zolang je het merk en het model maar vermeldt.'

'Kun je je verder niets over die twee mannen herinneren? Hadden ze niet een meisje met krullend haar bij zich?'

'Wacht even,' zei ze. Ze leunde achterover achter de balie. 'Jimmy!' Daarna draaide ze zich weer naar Stevens toe. Ze haalde haar schouders op. 'Dat weet ik echt niet meer.'

Er kwam een man van middelbare leeftijd aanschuifelen, met zijn ogen knipperend tegen het felle licht en erin wrijvend. 'Jimmy,' zei Sheena. 'Dit is agent Stevens. Hij heeft een paar vragen.'

Jimmy hief zijn handen op. 'Onschuldig.'

'Vast wel. Herinnert u zich de twee mannen in die blauwe bestelbus van vorige week nog? Een lange en een kleine. Ze kwamen heel laat aan en zijn een paar dagen gebleven.'

Jimmy krabde op zijn hoofd. 'Die twee die bij die andere twee hoorden?'

Twee, dacht Stevens. Interessant. 'Welke twee, Jimmy?'

'Een vrouw en een man. Mooi meisje. Krullend haar. Ze kwamen later. Zij zaten in de ene kamer en de andere twee namen de eerste kamer. Ze reden in een kleine Japanner.'

'Misschien een Hyundai?'

Jimmy haalde zijn schouders op. 'Als u het zegt.'

'Hoe zag de derde man eruit?'

'Nou, lang. Misschien één meter tachtig. Magerder. Blond haar. Het was donker toen ik ze zag.'

'Dat snap ik. Herinnert u zich nog iets meer over hen? Misschien over de bestelbus?'

'Neuh.' Hij schudde zijn hoofd. 'Behalve dat het busje een kenteken uit Illinois had. Ik dacht dat ze op doorreis waren, maar ze bleven een paar dagen.' Hij krabde op zijn hoofd en geeuwde. 'Dat is zo'n beetje alles wat ik weet, agent.'

'Oké,' zei Stevens. 'Gaat u maar weer slapen.'

Jimmy verdween en Stevens richtte zich weer tot Sheena. 'Hebben er andere mensen in die kamers gelogeerd nadat de bende verdwenen was?'

'Ja,' zei Sheena. 'Een paar nachten geleden in de ene kamer, en vandaag in de andere. Ze zijn schoongemaakt en alweer in orde gebracht.'

'Dat verwachtte ik al,' zei Stevens. Hij richtte zich op. 'Waarschijnlijk zul je binnenkort met Jimmy naar de stad moeten komen om met een tekenaar van de politie te praten.'

Sheena knikte afwezig en pakte haar boekje. Stevens keek haar een moment lang aan. Daarna draaide hij zich om en liep de lobby uit.

Eenmaal buiten pakte hij zijn mobieltje en toetste een nummer in. De telefoon ging een paar keer over, waarna de slaperige stem van Tim Lesley, speciaal agent van dienst, aan de lijn kwam. 'Ja?'

'Hallo, met agent Stevens.'

'Stevens. Hoe laat is het?'

'Het is heel laat. Sorry dat ik u wakker maak.'

'Je hebt me niet wakker gemaakt, Stevens. Wat is er?'

'Ik heb vooruitgang geboekt in de ontvoeringszaak,' zei Stevens. 'Ik heb hulp nodig om de sporen na te trekken.'

'Wat heb je nodig?'

'Nou, misschien moeten we de FBI op de hoogte brengen. Het gaat om lui van buiten de staat. Mogelijk zijn het professionals.'

Lesley bleef even stil. 'Wat is er gebeurd met het spoor dat naar de universiteit leidde?'

'Dat was niks,' zei Stevens. 'Die kerels hebben woonadressen in Maryland en Georgia en hun auto heeft een kenteken uit Illinois. Ze verbleven in een Super 8-motel om de klus te klaren.'

'Je kunt Singer en Rotundi krijgen,' zei Lesley. 'Laat de FBI er voorlopig buiten. Wij kunnen deze zaak zelf wel aan. En ik ben er niet van overtuigd dat dat studentenspoor doodloopt. Het kan om studenten van buiten de staat gaan die wisten waar ze mee bezig waren.'

'Dat is waar.'

'Schrijf de universiteit nog niet af, Stevens. Hou me op de hoogte.'

'Zal ik doen, meneer Lesley,' zei Stevens. 'Goedenavond.'

Misschien had Lesley gelijk, dacht Stevens, terwijl hij in de Crown Vic klom. Misschien betekende dat hotel niet meer dan dat de ontvoerders hun zaken op doorreis en anoniem wilden doen.

Misschien zijn het studenten, dacht hij. Misschien zijn deze lui de hele tijd al vlak onder onze neus bezig.

Maar om een of andere reden wist hij wel beter. Zijn oerinstinct als politieman zei hem dat Lesley het bij het verkeerde eind had.

14

Patricia Beneteaus blik was ijzingwekkend scherp toen ze de telefoon neerlegde. Ze ademde langzaam in, keek de studeerkamer rond en probeerde haar hartslag onder controle te houden. Ze hoorde voetstappen voor de deur, en Matthew, de oudste, kwam de kamer binnen rennen.

'Mama,' zei hij hijgend. 'Ian heeft een vogel op de grond gevonden. Ik denk dat zijn vleugel gebroken is.'

Beneteau keek haar zoon aan. Met moeite bracht ze een lachje op haar gezicht. 'Ik heb het nu een beetje druk, schatje,' zei ze. 'Ik kom straks naar je vogel kijken, goed?'

De veertienjarige staarde haar even aan, haalde zijn schouders op en verdween in de gang. Beneteau luisterde naar zijn voetstappen. Ze hoorde de achterdeur dichtslaan en wist dat ze weer alleen was.

Een ontvoering, dacht ze. Wat een gestoorden. Ze ontvoeren mijn man voor honderdduizend dollar. Mijn man. Het zijn vast dopeverslaafden. Dopeverslaafden of gestoorden. In elk geval staat hun een verrassing te wachten.

Ze liep naar de telefoon terug en belde Rialto. 'Met mevrouw B,' zei ze. 'We hebben een probleem.'

Pender voelde zijn maaginhoud omhoogkomen terwijl hij naar het scherm van Mouse' laptop keek. Mijn god, dacht hij. We hebben een maffioso ontvoerd.

Een paar minuten eerder had Mouse hem uit de gijzelingskamer meegetrokken, waar Beneteau vastgebonden en geblinddoekt op bed lag. Met een asgrauw gezicht sleepte hij Pender mee naar de kamer ernaast.

'Er is misschien een probleempje,' zei Mouse tegen hem. 'We hadden gelijk met die Beneteau. Hij is eigenaar van gereedschapswinkels of zo. Hij is een gewone boerenkinkel, meer niet.'

'Ja, ja,' zei Pender. 'En wat is daarmee? Wat is er in vredesnaam aan de hand?'

'Het gaat om zijn vrouw, chef,' zei Mouse met opengesperde ogen. 'Zijn vrouw is bepaald geen dertien-in-een-dozijntype.'

Pender keek over Mouse' schouder mee en moest bijna overgeven. In nog geen twintig minuten had Mouse een hele encyclopedie aan nieuwsberichten verzameld die allemaal betrekking hadden op Patricia Beneteau en haar veronderstelde georganiseerde-misdaadconnecties met het Motown Casino in de stad. Volgens die nieuwsberichten werd het casino gerund door een zich op de achtergrond houdend lid van een prominente New Yorkse misdaadfamilie en onderhield het merendeel van de bestuursleden van het bedrijf nauwe banden met het moederkantoor in Manhattan. Beneteau – meisjesnaam Liakos – werd herhaaldelijk met naam en toenaam genoemd.

'Godsklere,' zei Pender. 'Dit komt regelrecht uit een maffiafilm.'

Mouse keek naar hem op. 'Wat doen we nu, chef?'

'Ik weet het nog niet precies,' zei hij. 'Het belangrijkste is dat we niet worden omgelegd.'

Zijn telefoon ging. Marie, die bij het huis van de Beneteaus de wacht hield. Penders hart begon nog heviger te bonzen. Ze had net zo goed een schietschijf voor haar borst kunnen houden, dacht hij. 'Arthur?'

'Ja,' zei hij, terwijl hij probeerde rustig te blijven praten. 'Hoe gaat het daar?'

'Ik weet het niet, hoor,' zei Marie. Ze klonk nerveus. 'Nog geen politie in elk geval.'

'Geen politie,' zei Pender. Waarschijnlijk het laatste waarover we ons nu zorgen moeten maken. 'Goed. Wat nog meer?'

'Arthur, er kwam net een stel auto's aanrijden. Misschien een kwartiertje geleden. En toen gingen er allemaal mensen het huis binnen.'

'Wat voor auto's? Wat voor mensen?'

'Grote zwarte auto's,' zei ze. 'Cadillacs. En een grote vrachtauto. Er zijn overal mensen, Arthur. Mensen die er angstaanjagend uitzien.'

'Goed,' zei Pender. 'Maak dat je wegkomt daar. Kom meteen naar het hotel terug.'

'Stel dat ze de politie bellen?'

'Ze bellen de politie niet, Marie,' zei hij. 'Dit is niet het type mensen dat de politie belt. En nu wegwezen daar. Opschieten.'

Twintig minuten later was Marie in het Super 8 en riep Pender het team bij elkaar. Ze lieten Beneteau vastgebonden in de eerste kamer achter en verzamelden zich met zijn vieren in de tweede. Iedereen was nerveus, verward en bang.

'Dit is er aan de hand,' zei Pender. Hij schraapte zijn keel en probeerde zelfverzekerd te klinken. 'Beneteaus vrouw heeft connecties.'

'Connecties?' zei Marie. 'Wat bedoel je daarmee?'

'Hij bedoelt dat ze bij de maffia zit,' zei Mouse. 'Ze kent mensen die weer andere mensen kennen. Je weet wel, *Sopranos*-toestanden.'

'De mensen die je bij haar huis hebt gezien waren schurken,' zei Pender. 'Gangsters? Handlangers? Ik weet niet eens hoe ze die gasten noemen.' Hij keek de kamer rond. 'Het gaat nu om deze vraag: wat staat ons nu te doen?'

'We laten hem vrij,' zei Marie. 'Ja toch, Pender? We nemen ons verlies en laten hem ergens langs de weg vrij. En dan smeren we hem meteen uit Detroit en vergeten we dit hele hoofdstuk.'

'Ja,' zei Mouse. 'Dit soort problemen kunnen we niet gebruiken. Die kerels zullen ons vermoorden.'

'Gelul.' Opeens had Sawyer een groot, zwart pistool in zijn handen dat alles en iedereen in de kamer deed verstijven. 'Niemand gaat ons vermoorden.'

Maries mond viel open. Het was doodstil in de kamer. Pender staarde naar het wapen alsof het een staaf dynamiet was, en ineens begon de hele kamer steeds sneller rondom hem te bewegen. Hij keek naar Mouse. De jongen keek hem met een opgetrokken wenkbrauw aan.

'Jezus, Sawyer,' zei Marie eindelijk. 'Waar heb je dat ding in hemelsnaam vandaan?'

Sawyer hield zijn blik op Pender gericht. 'Ik dacht dat we het misschien wel nodig hadden.'

'En waarvoor dan precies?'

'We hebben nog nooit vuurwapens nodig gehad,' zei Pender.

'Mijn god, Sawyer. Is het je in je bol geslagen? We zijn toch geen moordenaars?'

Marie leek elk moment in hysterie te kunnen uitbarsten. Pender sloeg zijn arm om haar heen. 'Maak je niet druk,' zei hij. 'We regelen dit wel.'

'Hij heeft verdomme een pistool, Pender.'

'Weet ik. Ik weet echt niet waar het vandaan komt.' Hij keek Sawyer woedend aan. 'Maar dat is op dit moment niet ons grootste probleem. We moeten eerst een oplossing vinden voor Beneteau. Berg dat pistool weg, Matt.'

Sawyer haalde zijn schouders op. Het pistool verdween.

Pender keek de kamer rond. Schemerlicht, claustrofobische muren. Hij probeerde de opkomende paniek te bedwingen. 'Laten we een plan maken. We ontdoen ons vanavond van Beneteau en gaan ervandoor.'

'Jullie kijken te veel maffiafilms,' zei Sawyer. 'Dit gaat om zakenlui. Die betalen echt wel.'

'Jullie kijken niet genoeg maffiafilms,' zei Mouse. 'Ze zullen naar ons op zoek gaan.'

'Nou en? We laten de bus ergens achter en nemen het vliegtuig naar een plek waar ze ons niet kunnen vinden.'

'Het doet er niet toe waar we heen gaan, Sawyer. Ze zullen ons zeker vinden.'

'Hoe dan?'

'Kijk,' zei Pender. 'Misschien betalen ze. Misschien vinden ze ons niet. Maar waarom zouden we dat risico nemen? Zo erg zitten we nou ook niet om dat geld verlegen. We ontdoen ons van die man en volgende week zoeken we een nieuw doelwit. Als we zorgvuldiger research plegen, zitten we zo weer op het goede spoor. Het is nergens voor nodig om de maffia tegen ons in het harnas te jagen. In elk geval niet als we zelf schoon willen blijven.'

Sawyer staarde hem aan. Hij zei niets.

'Alsjeblieft, Matt,' zei Marie. 'Deze moeten we echt laten lopen.'

Sawyer zuchtte. 'Tja,' zei hij. 'Ik denk dat ik weggestemd ben.'

Patricia Beneteau staarde naar de straat buiten, waar het laatste daglicht aan het verdwijnen was. Achter haar zaten de drie wachtende bewakers van Rialto op haar bank en in gemakkelijke stoelen, waar ze nauwelijks in leken te passen. Ze draaide zich om en bekeek hen eens goed: twee Italianen en een Griek. Eén bonk spieren. Kaalgeschoren hoofden, dode ogen, lange littekens. Het hadden net zo goed klonen van elkaar kunnen zijn.

Buiten werd een autoportier dichtgeslagen. Beneteau draaide zich weer naar het raam toe en zag een nieuwe kleerkast uit zijn Escalade stappen en naar het huis toe lopen. Even later was hij binnen, een man met blozende wangen en heldere ogen, die in zijn handen stond te wrijven. Hij ziet eruit als een te groot kind, dacht ze. Een teddybeer. Hij trok zijn jas uit en staarde haar aan. 'Bent u mevrouw B?'

'Inderdaad,' zei ze. Ze keek toe hoe hij de kamer in liep. Hij keek onderzoekend naar de spierbundels, knikte kort en bekeek haar daarna op dezelfde manier.

'Dan bent u meneer D'Antonio,' zei ze. Hij leek ineens niet meer op een teddybeer, in elk geval niet als zijn blik zo kil werd. 'Wilt u misschien een kopje koffie?'

'Alleen D'Antonio. En geen koffie.' Hij gebaarde naar een lege stoel. 'Mag ik plaatsnemen?'

'Natuurlijk.'

'Verderop in de straat stond een Chevy Impala met een meisje erin dat dit huis in de gaten hield en met een mobieltje telefoneerde.'

Patricia draaide zich driftig naar hem toe. 'Die is niet van ons. Ga terug naar buiten om haar op te pakken.'

D'Antonio schudde zijn hoofd. 'Ze is ervandoor. Of ze werd door iets opgeschrikt of ze werd teruggeroepen naar de thuisbasis.'

Ze staarde hem aan. 'Dus je bent haar kwijtgeraakt?'

Hij haalde zijn schouders op. 'Ik heb haar kenteken genoteerd. We vinden haar wel weer.'

Patricia liep van het raam weg en ging tegenover hem zitten. De spierbundels keken met volstrekte desinteresse naar haar. Ze negeerde hen en bleef D'Antonio aankijken. 'Wat gaan we nu doen?' zei ze. 'Hoe gaan we deze lieden straffen?'

15

Ashley McAdams was geen student, evenmin als Adam Tarver of Eugene Moy. Stevens had Singer opdracht gegeven dat bij elke universiteit in de staat te controleren. Geen resultaten. Geen studenten.

Maar het waren ook geen criminelen. In de NCIC-databank kwamen Tarver en Moy niet voor. Geen strafblad, geen gerechtelijke bevelen, niets.

Het waren dus beginners, of ze waren gewoon nooit gepakt. Of ze maakten gebruik van schuilnamen. Het zou best kunnen dat ze hun eigen namen niet wilden prijsgeven.

Rotundi bracht Sheena en Jimmy naar het bureau, en nadat die een paar uur met een politietekenaar hadden doorgebracht, beschikten ze over tamelijk nauwkeurige tekeningen van Tarver en Moy. Daarna kwam Brian van Avis, die hun een tekening van het meisje, McAdams, leverde, zodat ze nu alleen nog niets hadden van de vierde verdachte, een anonieme man die met McAdams was gearriveerd. Jimmy liet het afweten bij de laatste tekening. Het was donker geweest, zei hij. En zelfs overdag zag hij al slecht.

Stevens bestudeerde de getekende gezichten van zijn verdachten nauwkeurig. Wie zijn jullie, vroeg hij zich af. Waar zitten jullie?

Hij droeg Rotundi op de tekeningen op het netwerk te zetten. Alle politieagenten in de regio zouden de tekeningen zien. Lesley was nog altijd bezig met het universiteitsspoor, dus alle instituten voor hoger onderwijs in de staat kregen een mooie poster voor de campusbeveiliging. Wat Georgia, Maryland en Illinois betrof: niet over lullen. 'Die klootzakken van de FBI moeten niet denken dat we niet aan hen kunnen tippen,' had Lesley hem voorgehouden. 'We lossen dit zelf op, begrepen?'

Stevens zocht een paar uur lang door de FBI-lijsten van voortvluchtige verdachten, waarbij hij de foto's op aanknopingspunten onderzocht, maar hij kwam niet verder dan dat Tarver op James

Walter Lawson leek, een voortvluchtige man uit Alaska van eind dertig die op de vlucht was geslagen na een mislukte gewapende overval en waarschijnlijk ergens in de wildernis was omgekomen. Het leverde allemaal niks op.

Stevens klikte de FBI-databank weg en liep naar Nick Singer, die achter zijn computer een broodje rosbief zat weg te kauwen. 'Zeg, Nick,' zei hij. 'Misschien moet je Avis of andere autoverhuurders bellen. Ga eens na of McAdams, Tarver of Moy ooit elders een auto van hen hebben gehuurd.'

Singer kauwde langzaam verder. 'Daar zullen we dan wel een gerechtelijk bevel voor nodig hebben.'

'Prima,' zei Stevens, Tim Lesley in stilte vervloekend. Singer en Rotundi waren niet bepaald de grootste lichten van de BCA. 'Misschien moet je dan een gerechtelijk bevel regelen.'

Singer knikte en kauwde verder. Stevens wilde nog iets zeggen, maar juist op dat moment ging zijn telefoon. Hij nam op.

'Met agent Stevens?'

'Spreekt u mee.'

'Met Stu Courtney van de verkeerssurveillance. Ik hoorde dat u op zoek was naar blauwe busjes.'

'Absoluut,' zei Stevens. 'Met name GMC's. Savana's.'

'Heel goed,' zei Courtney. 'Ik heb precies zo'n auto voor u.'

Tien minuten later reed Stevens in zijn Crown Vic over de I-94 in noordwestelijke richting de stad uit. Hij wierp een blik op Courtneys instructies. De plaats heette Rogers, had de verkeersagent gezegd. Vlak bij het Crow Hassan-reservaat.

De verdachten hadden de dag na de ontvoering bij het Crow Hassan-reservaat met elkaar gebeld. Er was vast en zeker een link. Er wordt zeker op ons gelet, dacht hij.

Hij nam de afslag van de I-94 bij Rogers en reed over secundaire wegen westwaarts naar de parkgrens. Via een paar T-kruisingen kwam hij een kwartier later bij een onverharde weg uit. Hij tuurde de weg af om te zien of hij ergens een auto zag staan.

Toen hij een eindje gereden had, zag hij de surveillanceauto staan, met Courtney erin. De ramen waren aan het beslaan en uit de uitlaat kwam witte rook, die rond de achterkant omhoog kringelde. Stevens parkeerde zijn auto erachter en stapte huiverend de kou in, terwijl Courtney zijn contact uitzette. Stevens keek om zich heen en zag dicht, donker bos in alle richtingen.

'Een paar jagers hebben hem gevonden,' zei Courtney. 'Ik vond het nogal merkwaardig dat dat busje op zo'n afgelegen plek geparkeerd stond. Ik heb het aan een collega gemeld, en die herinnerde zich dat jullie op zoek waren naar bestelbusjes. Het leek ons goed dat jullie een kijkje kwamen nemen.'

Stevens trok zijn jas strakker om zich heen. 'Waar staat die bus?'

Courtney wees naar een plek voor zijn auto, en Stevens zag het busje nu staan, half verborgen tussen het struikgewas. Het General Motors-logo was tussen het gebladerte nog net zichtbaar.

'Ik denk dat ze geprobeerd hebben de auto te verbergen,' zei de verkeersagent. 'Ze dachten natuurlijk dat hier voorlopig niemand langs zou komen.'

'Ze hadden zeker geen rekening gehouden met het jachtseizoen. Zitten er nog kentekenplaten op?'

Courtney schudde zijn hoofd. 'Nee. Ook geen persoonlijke bezittingen meer, voor zover ik kan zien. Gaat u hem op vingerafdrukken doorzoeken?'

'Absoluut,' zei Stevens. 'Ik betwijfel of ze die hebben achtergelaten, maar misschien hebben we geluk.'

'Oké dan.' Courtney huiverde. 'Hebt u mij nog nodig hier?'

Stevens schudde zijn hoofd. 'Ik roep mijn team wel op. Bedankt.'

De verkeersagent tikte tegen zijn pet en stapte weer in zijn surveillanceauto. Stevens keek hem na toen hij wegreed, en heel even benijdde hij de man om zijn warme auto. Daarna draaide hij zich naar de bestelbus om en elke jaloezie was verdwenen. Hij was veel te opgewonden om het nog koud te hebben.

16

Stevens keek toe hoe de takelwagen de waggelende bus tussen de bomen vandaan sleepte, de onverharde weg op. Het balletje begint eindelijk te rollen, dacht hij. Geduld is een schone zaak.

Een uur daarvoor had Nick Singer hem gebeld met goed nieuws. Volgens het meisje bij Hertz had Eugene Moy ongeveer anderhalve maand geleden op het vliegveld in Memphis een Ford Taunus gehuurd. Hij had die een paar dagen lang gebruikt, van vrijdag tot en met maandag, en had hem toen teruggegeven. Betaald met een Visa-creditcard. 'Dat is alles wat ik heb,' zei hij. 'Verder heeft niemand zelfs maar van die mannen gehoord.'

'Dat is al heel mooi,' had Stevens tegen hem gezegd, terwijl hij dacht: Memphis? Hoe waren ze daar in vredesnaam terechtgekomen?

Daarna belde Rotundi met nog meer nieuws.

Nadat Courtney Stevens met zijn eigen opgegraven schat alleen had gelaten, had de agent een team van de technische recherche opgeroepen voor een forensische analyse. Zoals verwacht hadden ze in de bus niet veel aangetroffen. Geen latente vingerafdrukken, geen bloed. Geen lange, krullende bruine haren.

Maar ze hadden wel het chassisnummer van de bestelbus gevonden. Rotundi voerde het nummer in de databank van de Rijbewijs-en Voertuigdienst in en belde terug met goed nieuws: de bus was een paar weken eerder gekocht bij een dealer in Lake Forest, Illinois. De koper was een zekere Ryan Carew.

Ryan Carew, dacht Stevens. Verdomme zeg, de vierde man.

De chauffeur van de takelwagen gaf nog een laatste ruk aan de bestelbus en kwam naast hem tot stilstand. De chauffeur leunde uit het raam. 'Zijn we hier helemaal klaar?'

'Zeker,' zei Stevens. 'Je mag hem terugbrengen naar de stad.'

Drie kwartier later was hij weer terug op het bureau. Naar zijn telefoon starend vroeg hij zich af of hij nog tijd had voor een paar telefoontjes voor het avondeten. Ik ben nu toch lekker bezig, besloot hij. Ik moet de vaart erin houden. Hij pakte de telefoon.

Eerst belde hij de dealer in tweedehandsauto's in Lake Forest. Millennium Auto heette het bedrijf. Hij koos het nummer en werd begroet door een schorre stem. 'Millennium.'

Stevens stelde zich voor. 'Ik heb een paar vragen over een bestelbus die u een paar weken geleden hebt verkocht. Die is gebruikt om hier in Minneapolis een misdrijf te plegen.'

'Hebt u een gerechtelijk bevel?'

'Nog niet,' zei Stevens. Ik kan geen bevel krijgen zonder dat ik de jurisdictie heb, dacht hij.

'Waarom zou ik uw vragen dan moeten beantwoorden?' zei de man. 'Ik hoef u helemaal niks te vertellen.'

'Ik dacht eigenlijk dat u een verantwoordelijk burger was.'

'Verantwoordelijk burger.' De man lachte. 'Je hebt het verkeerde nummer gedraaid, vriend.'

'Zeker,' zei Stevens. 'Misschien denk ik inmiddels wat anders. Misschien denk ik dat u er helemaal geen zin in hebt om de Lake Forest-collega's met een gerechtelijk bevel en een stofkam op bezoek te krijgen.'

'Ik heb niets gedaan.'

'Ik heb alleen maar een paar vragen,' zei Stevens. 'Het was een blauwe GMC Savana uit de verhuur. De man heeft contant betaald.'

De dealer zuchtte. 'Oké.'

'Een zekere Ryan Carew heeft hem gekocht. Herinnert u zich dat nog?'

'Ja, misschien wel. Gemiddelde lengte. Misschien één meter tachtig. Blond haar. Zonnebril. Wat wilt u dat ik zeg?'

'Heel goed. Hoe is hij bij u gekomen?'

'Hij had een vriend meegenomen. Ik geloof dat die in een Camry reed. Een heel grote vent. Bruin haar. Een soort baardje. Ik dacht eigenlijk dat die mee was om me te intimideren, maar uw vriend wilde helemaal niet onderhandelen.'

'Betalen en wegwezen?'

'Precies. Erin en eruit. We hebben die auto ter plekke verzekerd.'

'Gaf hij nog een adres?'

'Ik zal eens kijken.' Het bleef een minuut of twee stil. 'Ja, we hebben een adres. In Joliet. Hebt u een pen?'

Stevens noteerde het adres en bedankte de man.

'Ik heb toch niets verkeerd gedaan?'

'Voor mij bent u een brave burger.'

'Oké,' zei de man en hij hing op.

Stevens legde de hoorn op de haak en leunde achterover in zijn stoel. Die jongen woont in Joliet, dacht hij. Maar hij koopt zijn busje in Lake Forest. Dat is aan de andere kant van Chicago. Dat lijkt niet echt logisch, tenzij hij speciaal een blauwe GMC Savana wilde.

Hij pakte de telefoon weer en belde de staatspolitie van Illinois in Des Plaines. Hij werd doorverbonden met Geweldsmisdrijven, waar een rouwdouwer met de naam Taylor opnam. 'Wie zei je ook alweer dat je was?'

'Stevens, BCA Minnesota,' zei hij. 'Ik ben op zoek naar onopgeloste ontvoeringen die jullie de laatste maand of daaromtrent hebben gehad. Met name ten noorden van Chicago, maar misschien ook rond Joliet.'

'Ontvoeringen?' zei Taylor. 'Je moet wat specifieker zijn.'

Stevens legde de zaak-Harper aan hem uit. 'Ik heb ontdekt dat die lui een week of twee geleden in Lake Forest zijn geweest. Mogelijk hebben ze daar hetzelfde spelletje willen spelen.'

'Ik denk van niet,' zei Taylor. 'De meeste van onze ontvoeringen spelen zich in de drugsscene af. Hoe dan ook, we hebben er al in meer dan een maand geen meldingen van binnengekregen.'

'Wat was jullie laatste zaak?'

'Dat was een drugszaak. Onbetaalde schuld in het zuidoosten. Het slachtoffer is een week later dood gevonden.'

'Juist,' zei Stevens. 'Dat lijkt me niet iets voor de lui die ik zoek.'

'Nee, die waren het zeker niet. Veel succes in elk geval.'

Stevens bedankte hem en hing op. Naar zijn computerscherm starend probeerde hij te bedenken wat hem nu te doen stond. We moeten Carews huis in Joliet doorzoeken, dacht hij. En dat van McAdams in Georgia en dat van Tarver in Maryland. Dat is niet iets wat ik in mijn eentje af kan.

Stevens stond op en liep langs de rij bureaus naar de rij afgesloten kantoren in de hoek van de zaal. Hij klopte op Tim Lesleys deur en stak zijn hoofd naar binnen. Zijn baas keek op van zijn bureau. 'Stevens,' zei hij. 'Kom binnen. Wat kan ik voor je doen?'

Stevens ging naar binnen en nam plaats. 'We hebben vooruitgang geboekt in de zaak-Harper,' zei hij. Hij vertelde wat er met de bestelbus was gebeurd en dat Carew in Joliet, Illinois, woonde.

Lesley zette zijn vingers tegen elkaar. 'Juist, dat universiteitsspoor wordt dus niks.'

Stevens schudde zijn hoofd. 'Ze zijn te goed georganiseerd om studenten te zijn. Dit is een serieuze onderneming. Je rijdt niet helemaal naar Minneapolis om iemand te ontvoeren, zestig mille te incasseren en het dan daarbij te laten.'

'Je denkt dat het om een soort bende gaat?'

'Zeker.'

Lesley leunde achterover in zijn stoel. Hij keek Stevens strak aan. 'En nu wil je zeker dat ik deze zaak aan de FBI overgeef? Zodat het lijkt alsof de BCA niet zelfstandig een zaak kan oplossen?'

Stevens ontweek Lesleys blik niet. 'Ik geloof niet dat we een keuze hebben. Die jongen woont in Illinois, het meisje in Georgia en zijn vrienden wonen in Maryland. Als we verder willen komen, zal iemand toch huiszoeking moeten doen.'

Lesley keek Stevens een tijdlang zwijgend aan. Daarna knikte hij. 'Goed,' zei hij. 'We geven het over. Maar Stevens?'

'Ja, meneer?'

De speciaal agent van dienst stond op. 'Ik hoop voor jou dat je gelijk hebt.'

17

Birmingham, Michigan, na zonsondergang. De straten waren leeg en donker, en het enige zichtbare licht kwam van wat leeslampjes in de ramen van bovenverdiepingen. Het was ook heel stil: er bewoog niets op de trottoirs en de gazons, in de lange, duistere rij auto's aan weerszijden van de straat.

Pender zette het busje aan het begin van het stratenblok stil. Hij keek naar Marie op de passagiersstoel. Ze beantwoordde zijn blik zonder enige mimiek. Hij keek weer in de binnenspiegel en zag Mouse en Sawyer zwijgend en met opeengeklemde lippen achterin zitten, elk met een hand stevig rond Donald Beneteaus armen.

Alleen Beneteau leek content met de situatie. Hij had honderduit gepraat toen ze uit het motel vertrokken waren en had hun gedetailleerd laten weten op welke manier zijn familie wraak zou nemen. Op zeker moment had Sawyer hem met de rug van zijn hand een mep gegeven en hem te verstaan gegeven dat hij zijn bek moest houden. Nu zat Beneteau achter zijn blinddoek te gniffelen, zachtjes in zichzelf neuriënd.

Pender haalde zijn voet van de rem en de bestelbus rolde langzaam naar voren. In de stilte van de nacht leek de motor wel als een kernexplosie te klinken. Hij liet de bus door de straat rollen, er zonder meer van uitgaand dat Patricia Beneteau en haar handlangers uit een geparkeerde auto tevoorschijn zouden springen, bewapend met zware artillerie en vastbesloten om wraak te nemen.

Maar het bleef stil op straat, zelfs toen Pender de bestelbus een paar huizen voorbij de woning van de Beneteaus tot stilstand bracht. 'Goed,' zei hij. 'We laten hem hier gaan.'

Mouse schoof het achterportier open, en het leek wel alsof er een Amtrak-trein langs denderde. Pender deinsde terug en tuurde in de duisternis, op zoek naar de hinderlaag. Sawyer duwde Beneteau rechtop. 'Eindpunt van de lijn.'

Beneteau liet zijn handen door Sawyer losmaken. 'Jullie hebben een enorme blunder gemaakt, stumpers,' zei hij. 'Echt een enorme blunder.' Hij draaide zich naar de voorzijde van de bestelbus toe. 'Wie van jullie is trouwens Pender?'

Iedereen hapte opeens naar lucht. Pender voelde zich alsof hij een baksteen had ingeslikt. Marie staarde hem verbijsterd aan. Mouse stond verstijfd achterin.

'Nou, stelletje kneuzen, wie is Pender?'

Sawyer stak zijn hand uit naar zijn pistool. 'Nou moet ik hem toch zeker doodschieten?'

Beneteau glimlachte breeduit. Daarbij giechelde hij steeds weer triomfantelijk. Sawyer zette het pistool tegen zijn achterhoofd. Beneteau bleef lachen.

Pender dacht razendsnel na. Hij weet mijn naam, dacht hij. Hoe? Wat doet dat ertoe? Wat nu? Als we hem omleggen, zetten we de hele maffia tegen ons op. Jezus... Laat die man zijn bek houden. Als we hem laten gaan, weet hij wie ik ben. Hoe kan dat nou? Kalmeer eens. Hij kent Pender. Hoeveel Penders zijn er in de wereld? Alleen al in Detroit? Niks aan de hand. We lopen geen risico. Ze zullen me nooit vinden.

Hij keek opgelucht op. 'Laat maar,' zei hij tegen Sawyer. 'Hij zal niet...'

Bam! Het pistool ging af en Beneteaus hoofd spatte uiteen. Overal bloed. Hij viel uit het busje naar voren, het trottoir op. Buiten klonken autoalarmen. Marie gilde. Sawyer schreeuwde tegen hem. 'Weg, weg, weg!'

Mouse sloeg het portier dicht en begon nu ook te schreeuwen. Buiten begonnen alarmlichten te knipperen. Penders oren suisden van de knal van het schot. Marie gilde. 'We moeten weg, Pender. We moeten weg!'

Sawyer gaf hem een harde dreun, en hij drukte het gaspedaal in. Een reflex. De bestelbus schoot met gierende banden naar voren. Een enorme herrie. Lichten aan in het huis van de Beneteaus. Mensen bij het raam. Weg, weg, weg.

Pender drukte het gaspedaal helemaal in en de bestelbus schoot slingerend de straat door. Hij kreeg weer grip, wist de bus onder controle te krijgen en haalde het eind van de straat. Scherp rechtsaf en accelereren. Hij reed snel, durfde niet in de spiegels te kijken, wilde niet weten wie er achter hem zaten.

Toen ze op de doorgaande weg kwamen en hij nog steeds plankgas bleef doorrijden, grepen Sawyer en Marie hem bij zijn trui vast, tegen hem schreeuwend, en eindelijk hoorde hij hen. 'We moeten langzamer rijden, man. We moeten langzamer rijden,' riep Sawyer telkens weer. 'We kunnen hier niet zo hard blijven rijden.'

Pender besefte dat hij gelijk had. Hij minderde vaart en probeerde in de verkeersstroom op te gaan. Hij probeerde kalm adem te halen.

'Hoe wist die vent in godsnaam jouw naam, Pender?' zei Marie.

'Hij heeft ons zeker horen ruziën in de andere kamer,' zei Mouse. 'Die muren zijn van bordkarton.' Pender keek naar hem in de achteruitkijkspiegel. Hij zag bleek en beefde. Pender beefde ook. De adrenalinevloed.

'We maakten te veel lawaai,' zei Sawyer. 'We hadden onze bek moeten houden.'

Pender zag hoe een blauw-witte surveillanceauto hen in de andere richting passeerde. 'We hadden hem niet hoeven doden,' zei hij.

Mouse staarde voor zich uit. 'Hij wist je naam.'

'Mijn achternaam. En wat dan nog?'

'We konden niet anders, man,' zei Sawyer. 'We moesten van hem af.'

Pender schudde zijn hoofd. 'Er zijn wel een miljoen Penders in de Verenigde Staten, en waarschijnlijk alleen al in Detroit een paar honderd. Ze hadden ons nooit gevonden aan de hand van één achternaam, Sawyer.'

'We konden het risico niet nemen.'

'Gelul,' zei Pender. 'Dat is gelul, en dat weet jij ook. Je zocht alleen een excuus om dat pistool te gebruiken.'

'Zeg!' Sawyer leunde naar voren tussen de twee stoelen. 'Ik probeerde ons te beschermen. Ik heb hem neergeschoten zodat we zonder problemen konden wegkomen.'

'Ja, mooi, en nu hebben we een lijk op ons geweten.' Pender kon zijn woede niet verbergen. 'En niet zomaar een lijk, maar het lijk van een maffioso. Dat betekent dat niet alleen de politie naar ons op jacht gaat, maar ook Carmela Soprano, godverdomme. Als je die man gewoon had laten gaan, zou hij naar zijn gezin zijn teruggekeerd en had hij de naam Pender misschien in het telefoonboek opgezocht. Het telefoonboek van Detroit. We waren al honderden kilometers uit de buurt geweest voordat hij erachter was gekomen dat de Pender die hij zoekt niet uit deze buurt komt. Als hij er ooit achter gekomen was.' Pender draaide zich om en keek Sawyer aan. 'Je hebt ons in de ellende gestort, Matt. Je hebt ons zwaar in de ellende gestort.'

Pender bleef doorrijden, zo snel als toegestaan was. Hij omklemde het stuur zo stevig dat hij bang was het los te wrikken en reed van Birmingham weg, terwijl hij probeerde zijn razende hartslag wat tot bedaren te brengen. We zijn er geweest, dacht hij. Wat een klotetoestand. Wat moeten we nu in godsnaam doen?

18

Ze ontdeden zich van de bestelbus in River Rouge, waar ze hem op een verlaten parkeerplaats op een industrieterrein parkeerden. Nadat ze de kentekenplaten hadden verwijderd, staken ze de bus in brand. Pender keek een paar minuten lang toe hoe de vlammen om zich heen grepen, draaide zich om en voegde zich bij de anderen in de Impala.

Hij gooide de kentekenplaten en het pistool een paar kilometer stroomafwaarts in de Detroit-rivier, waarna ze westwaarts richting het vliegveld reden. Ze reden in stilte verder, terwijl ieder uit zijn eigen raampje staarde, bij elke politieauto verstijvend, en probeerde zijn gedachten te verzetten.

Maar dat laatste lukte Pender niet. Hij kon Beneteau nog altijd horen giechelen, kon horen hoe de man meesmuilend Penders naam als een troefkaart uitspeelde, kon zien hoe het achterhoofd van de man uiteenspatte toen Sawyer de trekker overhaalde. Het was een beestachtige actie geweest, een onnodige actie. Een onprofessionele actie.

We hadden hier nog tijden mee kunnen doorgaan, dacht hij. We hadden de doelwitten voor het uitkiezen, voor zolang we wilden. En nu zijn we op de vlucht voor de politie, en dat vanwege één beoordelingsfout. We hebben een man vermoord, en we zijn op de vlucht.

Hij zakte onderuit in zijn stoel en zag een regenachtig, somber Detroit aan zich voorbijtrekken.

Ze stopten bij een motel op anderhalve kilometer van de luchthaventerminal. Pender betaalde contant voor een tweepersoonskamer, waar ze allemaal uitgeput neerzegen. Marie liet zich op het ene bed vallen en Sawyer op het andere. Mouse plofte neer in een stoel, en een paar minuten lang zei niemand iets. Pender stond tegen de muur geleund en sloot zijn ogen in de zoveelste poging Beneteaus dood uit zijn gedachten te wissen.

Hij had moeten weten dat ze in een dergelijke situatie terecht zouden komen, dacht hij. Hij had dit moeten voorzien. Het kon niet anders dan dat ze op een dag iemand zouden tegenkomen die zich niet zomaar liet kidnappen. Iemand wiens familie het losgeld echt niet wilde betalen. Hij had moeten voorzien dat ze hun dreigementen op een dag zouden moeten waarmaken.

Maar hij had nooit verwacht dat ze echt iemand zouden vermoorden. Tot nu toe hadden ze steeds gebluft, en Pender was er eigenlijk van uitgegaan dat ze zouden blijven bluffen. En als dat gebluf af en toe geen succes zou hebben, zouden ze de deal afblazen en ervandoor gaan, en dan zou er verder geen haan naar kraaien. Het was nooit zijn bedoeling geweest iemand te vermoorden. Hij had zijn teamleden nooit als echte schurken beschouwd.

Ze hadden er nooit over gesproken in de twee jaar dat ze mensen ontvoerden. Geen enkele keer. Als team hadden ze nooit beseft waar ze werkelijk mee bezig waren en wat de morele en strafrechtelijke implicaties waren. In het begin was het gemakkelijk geweest jezelf te verliezen in de roes, zoals bij die waanzinnige plannen die ze na de ontvoering van Sinclair bedachten, waarbij iedereen door elkaar heen schreeuwde en het ene na het andere geweldige idee werd geponeerd, in het besef dat ze hiervan hun broodwinning konden maken en nog veel meer doelwitten konden ontvoeren zonder ooit gepakt te worden.

De eerste paar ontvoeringen waren in een ongekende adrenalinerush uitgevoerd. Ze hadden helemaal geen tijd gehad om aan de gevolgen te denken. Die computernerd in Silicon Valley, die eerste bloedspannende ontvoering, en dan die accountant in Long Beach, Robert Thompson. Het ging steeds om de uitdaging. Het ging erom het systeem een loer te draaien zonder gepakt te worden. Waren ze eigenlijk niet een stelletje maffe Robin Hoods, straatarme jongeren die de rijken te slim af waren en de rijkdom herverdeelden? En bewezen ze ondertussen niet dat misdaad wel degelijk kon lonen en meer opleverde dan een nutteloze universitaire bul?

In elk geval hadden ze nooit erkend dat ze verkeerd bezig waren, en dat die ontvoeringen niet alleen maar een beetje stress bij een stel rijke gezinnen veroorzaakten, maar ook nog eens ronduit misdadig waren. Als we gepakt worden, dacht hij, gaan we levenslang de cel in.

Natuurlijk had hij al eerder over de gevolgen van een mislukking nagedacht. Hij was Arthur Pender, hij maakte zich zorgen over alles. Juist zijn angst voor mislukkingen had hen tot deze werkwijze aangezet: de snelle acties, de lage losgeldbedragen, het rusteloze rondreizen door het hele land. Maar op een abstract niveau had hij zich altijd zorgen gemaakt over een mislukking. Het ging er steeds weer om hoe je kon voorkomen dat je gepakt werd. Hij stond zichzelf niet toe eraan te denken wat er zou gebeuren als de politie hen zou oppakken, zoals hij er ook niet aan dacht wat ze de gezinnen aandeden met hun acties.

Hoe dan ook, in de cel gestopt worden was een afschrikwekkend vooruitzicht.

Pender lag tot diep in de nacht wakker en dacht na over de gevangenis, over moorden, over Donald Beneteau, Marie en Sawyer en Mouse. Sawyer had overhaast en onprofessioneel gehandeld, en Pender kon er gewoonweg niet over uit dat zijn vriend zo stom geweest was.

Zelfs nu hij in het bed in de motelkamer naar de vliegtuigen lag te luisteren die in de verte startten en landden, werd Pender nog woest als hij dat moment weer voor zich zag en begon hij weer te malen over wat hun allemaal te wachten stond en wat er van hen zou worden.

Zo lag hij maar te peinzen, op zoek naar een uitweg. Hij luisterde hoe zijn vrienden rondom hem lagen te slapen, en hij zag hen voor zich in hun gevangeniscellen. Hij zag voor zich hoe ze door maffiosi werden doodgeschoten. Wat moeten we in godsnaam doen, dacht hij. Hoe komen we uit deze puinhoop?

Pender dacht terug aan zijn leven in Seattle, aan de tijd dat hij nog geen crimineel was. Hij dacht aan zijn familie in Port Angeles. Zijn ouders. Zijn vader op zijn vissersboot, met zijn broers naast zich. Trotse, hardwerkende mannen, eerlijk ook. Mannen die moeite hadden de boot en de pacht te betalen en die 's winters honger leden, als er geen zalm was. Mannen die nog nooit in een ellendige hotelkamer wakker hadden gelegen en over moord en de bajes hadden liggen piekeren.

Hij herinnerde zich hoe hij op Olympic Peninsula had leren autorijden, tien of twaalf jaar geleden. Terwijl hij in de gebutste pick-up van zijn vader over de 101 van Port Angeles naar Dungeness Bay en weer terug reed, schoten de rampzaligste scenario's voor een automobilist door zijn hoofd. Eén keer slippen en we zijn allemaal dood, had hij voortdurend gedacht, terwijl zijn maag omdraaide en hij zijn voet onwillekeurig van het gaspedaal haalde. Eenmaal op het verkeerde moment met mijn ogen knipperen en het is gebeurd met ons.

'Je moet die gedachten uit je hoofd zetten,' had zijn vader tegen hem gezegd. 'Je moet je aandacht op de weg houden. Alert blijven. Niemand schiet er iets mee op als je je zo druk maakt.'

Toen hij er eenmaal mee om kon gaan, had hij moeten erkennen dat zijn vader gelijk had gehad. Als hij geconcentreerd en alert bleef – en ook nog wat geluk had – dan kwam hij weer veilig thuis. Als hij in paniek raakte en aan zijn angst toegaf, zou hij juist in de berm belanden, een dodelijk verschrikt jongetje in de pick-up van zijn vader, die te schijterig was om een man te worden.

Tijd om een man te worden, besloot Pender. Beneteau kan nu eenmaal niet terugkomen. Je kunt alleen maar doorgaan. Op het werk geconcentreerd blijven. Maak je niet langer druk over die gevangenis. Als je zorgt dat je je zaakjes goed voor elkaar hebt, zul je die nooit vanbinnen zien. We zijn een goed team. We kunnen hier weer uit komen.

We zijn eerder op de vlucht geweest, bedacht hij. En we zijn nog steeds op de vlucht. Er is niets veranderd. Het wordt tijd om het gaspedaal eens flink in te drukken.

19

Patricia Beneteau stond op haar veranda naar de meute politieagenten en forensische specialisten op het trottoir voor haar te kijken. Het was donker en zwaarbewolkt, en de agenten werden drijfnat van de motregen, die ook het krijt uitwiste dat de omtrek van het lichaam van haar man weergaf.

Ze keek toe hoe een rechercheur over het gazon naar haar toe liep, met een prullerige paraplu in de ene hand en een verse peuk in de andere. Hij maakte een vermoeide indruk – zelfs zijn snor leek afgemat.

'Mevrouw Beneteau,' zei hij toen hij bij de veranda aangekomen was. 'Mijn naam is rechercheur Landry.' Hij stak zijn hand niet naar haar uit. 'Gecondoleerd met uw verlies.'

Ze zuchtte. 'Ik kan het nog niet geloven.'

Hij bekeek haar gezicht aandachtig. 'Enig idee wie dit gedaan heeft?'

'Geen flauw idee.'

'Een paar van uw buren hebben een bestelbus met hoge snelheid zien wegrijden nadat ze het pistoolschot hadden gehoord. Ik neem niet aan dat u enig idee hebt wie dat geweest kan zijn.'

'Geen idee.'

De rechercheur zuchtte en nam een trek van zijn sigaret. 'Had uw man misschien vijanden, mevrouw Beneteau?'

De voordeur ging open en D'Antonio kwam uit het huis tevoorschijn. 'Mevrouw Beneteau heeft niets gezien,' zei hij. 'Ze heeft u niets te vertellen.'

Landry richtte zich tot hem. 'En wie bent u?'

'Ik ben haar advocaat,' zei D'Antonio tegen hem. 'Ze zal geen vragen beantwoorden.'

'We kunnen haar naar het bureau meenemen.'

'Dan zult u haar eerst moeten arresteren.'

Landry keek hem een moment lang aan. Toen haalde hij zijn schouders op. 'Zoals u wilt, hoor.' Hij nam nog een laatste trek van zijn sigaret en drukte die onder zijn voet uit. Daarna liep hij de trap af. Toen hij weer op het gras stond, draaide hij zich om. 'Ik hoop wel dat nog meer ellende u bespaard blijft, mevrouw Beneteau. Het lijkt me vreselijk als uw kinderen nog meer te verduren krijgen.'

Hij draaide zich om en liep terug naar zijn collega's. Patricia keek toe hoe hij tussen de andere verkreukelde pakken en drijfnatte uniformen die op straat rondliepen verdween. Ze draaide zich naar D'Antonio om. 'Hoe is de situatie?'

D'Antonio staarde langs haar heen naar de straat. 'De Chevy van het meisje was gehuurd,' zei hij. 'We hebben een paar jongens bij de balie van Budget op het vliegveld geposteerd.'

'Aangenomen dat ze de auto terugbrengen.'

D'Antonio knikte.

'Stel dat ze dat niet doen?'

'Ik ken iemand bij de gemeentelijke politie van Detroit,' zei hij. 'We blijven via hem van het onderzoek op de hoogte. Alles wat zij weten, komen wij ook te weten.'

Beneteau richtte haar blik op hem. 'Je moet die klootzakken vinden,' zei ze. 'En zorg dat je ze vindt voordat de politie ze vindt.'

'We zullen ze vinden,' zei hij tegen haar. 'Maakt u zich daarover maar geen zorgen.'

Verderop in de straat stond rechercheur Paul Landry zwijgend op de stoep naar het forensische team te kijken dat rond het lichaam van Donald Beneteau ijverig aan het werk was. Hij had een dun jack aan en zijn paraplu was lek, wat Landry misschien wel tot de ongelukkigste persoon op de plaats delict maakte, op Beneteau zelf na.

Hij staarde naar het lichaam. Donald Beneteau lag gestrekt op het trottoir in een onmogelijke hoek, met zijn armen gespreid en een grijns op zijn gezicht. Achter op zijn hoofd zat een gat, waarschijnlijk van een 9 mm-kogel, van dichtbij afgeschoten. De climax van het leven van die arme kerel.

Landry keek achterom naar het huis, waar Patricia Beneteau en haar zogenaamde advocaat zich als silhouetten op de veranda aftekenden. Natuurlijk wilde ze niet praten, dacht hij. Waarom zou iemand in godsnaam met de politie willen praten? We proberen goddomme alleen maar de moordenaar te vinden.

Hij had de verhalen over Patricia Beneteau natuurlijk ook gehoord. Als je het Landry vroeg, was deze zaak zo klaar als een klontje. Echtgenoot doodgeschoten in executiestijl. Dreigende kleerkasten die zich rond het huis ophielden. Niet meewerken met de politie. Dit was een afrekening van de maffia.

'Wat zei dat mens?' Bill Garvey, die een dikkere jas en een goede paraplu had, genoot volop van het onderzoek. Deze jongen was nog zo nieuw in de wereld van moord en doodslag dat zijn enthousiasme zelfs niet getemperd werd als hij op een kille novemberavond in een buitenwijk moest opdraven voor een simpele moord. Landry keek toe hoe zijn partner op de plaats delict rondliep, grijnzend als een puppy met een tennisbal in zijn bek.

'Dat mens zei niets, Garv,' zei Landry tegen hem. 'Ze had geen flauw idee.'

'Geloof je haar?'

'Natuurlijk niet. Nog iets uit de rest van het blok?'

'Een man verderop zegt dat het lijk uit een rode Ford kwam.' Garvey maakte een vaag gebaar in de richting van zijn getuige. 'Hij zei dat hij de hond aan het uitlaten was en dat de bus met gedoofde lampen langzaam zijn kant op reed. Hij bleef een minuut of zo stilstaan, toen klonk er een pistoolschot, gevolgd door het lijk. Daarna ging het busje er in volle vaart vandoor.'

'Heeft hij het kenteken gezien?'

Garvey schudde zijn hoofd. 'Te donker.'

'Een rood Ford-busje?'

'Ja. Een passagiersversie, met ramen achterin. Een andere man zei dat hij vanavond een knappe brunette een tijdlang in haar auto had zien zitten,' zei Garvey. 'Hij zei dat hij niet wist of het van belang was, maar ze leek het huis van de Beneteaus in de gaten te houden.'

'Een brunette, zei je?'

'Ja. Met krullen.' Garvey haalde zijn schouders op. 'Ik weet het niet. Kan gewoon toeval zijn.'

'Wat voor auto?'

'Een recent model Chevy, zei hij. Grote auto. Misschien een Impala?'

'Een Impala. Oké.'

Garvey keek naar hem, zag zijn brede glimlach en levendige oogopslag. Hij raakt helemaal enthousiast, dacht Landry. Hij is gek op dit soort dingen.

'Wat gaan we nu doen, Paul?' vroeg Garvey. 'Hoe steekt het in elkaar?'

Landry haalde zijn schouders op. 'We laten het aan hen over, denk ik. Tenzij de familie opening van zaken geeft, kunnen we niet veel doen. We kunnen alert zijn op rode Ford-busjes, maar dat zal wel niet veel opleveren.'

'Dus we laten ze ontsnappen?'

'Nee,' zei Landry. 'We gaan terug naar het bureau, maken een verslag, komen morgen terug en ondervragen alle buren nog eens. We steken er echt wel de nodige tijd in. Maar zonder een verklaring van dat mens of een concreet spoor naar die Ford kunnen we weinig beginnen.'

Hij draaide zich weer naar het huis toe, waar Patricia Beneteau en haar zogenaamde advocaat niet langer zichtbaar waren in het licht uit de voorkamer. Ze hadden de warmte binnen opgezocht, wat zo'n beetje het enige verstandige was wat je op een avond als deze kon doen. Zelfs het forensische team was aan het opruimen. Over tien minuten zou Beneteaus lichaam in de bus van de lijkschouwer worden geladen en naar het mortuarium worden gebracht en zou dit weer een gewone straat zijn, ondanks de krijtstrepen en de bloedvlekken. Landry rilde onder zijn paraplu. 'Oké, Bill,' zei hij. 'Laten we naar huis gaan.'

20

Agent Stevens parkeerde zijn Cherokee in het centrum van Minneapolis en liep naar het FBI-districtsbureau. Het hoofdkwartier van de FBI in Minnesota was een kantoorflat van vijftien verdiepingen, die nog het meest op het hoofdkwartier van een financiële instelling leek – North Star Investors, misschien. Het leek in elk geval niet op een politiebureau, en dat was waarschijnlijk precies wat de FBI wilde, dacht Stevens.

Hij liep het gebouw binnen en meldde zich bij de receptie, gaf zijn pistool af en moest een paar keer door de metaaldetector voordat alles in orde was. Hij stapte een lift in naar de afdeling Strafrechtelijk Onderzoek.

Toen de liftdeuren openschoven stapte Stevens een grote open ruimte binnen die niet veel verschilde van zijn eigen afdeling op de BCA. Het was een kantoortuin met een groot aantal werkplekken met glazen afscheidingen, omringd door afgesloten kantoren aan de buitenzijde. Het was het soort kantoor dat je bij een zakenbank of softwarebedrijf zou verwachten, met lange rijen monitoren en serverruimten die de realiteit weergaven van het politieonderzoek in het computertijdperk.

'Agent Stevens?'

Stevens keek opeens in de ogen van een vrouw die zijn naam had genoemd. Het was een schoonheid – een jaar of dertig, lang en slank, met een prachtige bruine huid en ravenzwart steil haar – maar hij werd vooral getroffen door haar ogen. Hij stond als aan de grond genageld toen ze op hem af liep, getroffen als hij was door de glinsterende diepten van de intens bruine pupillen.

Toen ze bij hem was, stak ze met een beleefd lachje op haar lippen haar hand uit. 'Ik ben Carla Windermere,' zei ze. Ze sprak met een heel licht zuidelijk accent. 'We hebben elkaar over de telefoon gesproken.'

Stevens schudde haar de hand. 'Kirk Stevens,' zei hij. Ze had een stevige, koele greep. 'Fijn om je persoonlijk te ontmoeten.'

Windermere ging hem voor langs de eerste rij werkplekken en bleef bij een bureau aan het eind van de rij staan. 'Ik heb niet echt een kantoor, vrees ik.'

Ze pakte een stoel van het bureau naast het hare en bood die aan Stevens aan, waarna ze op haar eigen stoel plaatsnam. Stevens bekeek haar werkplek, die er perfect opgeruimd uitzag, bijna te netjes. Aan de lage muur hing één foto, een kiekje van een man in een hawaïshirt die bijna even oud was als zij en die met een enorme zwaardvis op een kade poseerde. 'Toen ik naar Minneapolis kwam, zou ik mijn eigen kantoor krijgen, zeiden ze.' Windermere glimlachte. 'Wist ik veel.'

'Zit je hier al lang?'

'Bijna een jaar nu,' zei ze. 'In december ben ik overgeplaatst uit Miami.'

'Jemig. Wat een ramp.'

Ze lachte. 'Zo erg is dat niet. Ik dacht dat het erger zou zijn. Zoals in die oude comedy-scène, waarin Prince de enige zwarte in Minnesota was. Ik dacht dat mijn vriend en ik de populatie zouden verdrievoudigen.'

Ze glimlachte naar Stevens. Hij glimlachte onwillekeurig terug. 'Je accent lijkt niet echt op dat van Miami.'

'Mississippi,' zei ze. Ze zweeg een moment. 'Nou ja, meer Tennessee. Ik ben opgegroeid langs de grens bij Memphis.'

'Dus je hebt van jongs af aan in de warmte gewoond.'

Windermere haalde haar schouders op. 'Ik vind kou niet zo erg. Ik kan niet in de sneeuw rijden, maar dat ben ik aan het leren. Maar mijn vriend heeft er een enorme hekel aan.'

'Hij zal er wel aan wennen,' stelde Stevens haar gerust. 'Wacht maar tot hij zich aan ijsvissen waagt.'

'We zullen zien.' Ze rechtte haar rug. 'Hoe dan ook, ik zal je tijd niet langer verspillen. Je zei dat je een zaak had, agent Stevens.'

'Zeker,' zei hij. 'Een ontvoering.'

'Een ontvoering. In Minnesota.'

Stevens knikte. 'Net als in de film. Zelfs met een eis om losgeld.' Hij vertelde haar het hele verhaal, van Terry Harper tot Ashley McAdams en Ryan Carew en zijn adres in Joliet. Windermere luisterde aandachtig, hem met haar priemende blik opnemend.

Ze boog zich naar voren toen hij klaar was. 'Waarom denk je zo zeker te weten dat ze dit in andere districten ook hebben gedaan?'

'Dat is niet meer dan een vermoeden,' zei hij. 'Deze lui kopen niet zomaar een bus om daarmee naar Minneapolis te rijden voor een losgeld van zestig mille, tenzij ze meerdere keren kunnen toeslaan.'

Ze knikte. 'Goed,' zei ze. 'Daar zit iets in. Dus je denkt dat we het huis van Carew in Joliet moeten doorzoeken.'

'En ik wilde een paar adressen in Georgia en Maryland ook meenemen, en een kijkje nemen in Memphis en andere plaatsen om na te gaan of er nog meer onopgeloste kortlopende ontvoeringen zijn. Ik ga daar natuurlijk niet over, dus ik dacht dat jullie het misschien konden overnemen.'

'Goed,' zei ze. 'Ik moet dit aan mijn speciaal agent van dienst overgeven. Heb je een visitekaartje?'

Hij gaf haar een kaartje. 'We houden contact, agent Stevens,' zei ze terwijl ze opstond. 'Ik kom bij je terug als de baas me heeft laten weten wat hij ervan denkt.'

Stevens stond op. Hij keek rond. 'Ik zou bijna hier willen blijven om deze zaak tot een goed eind te brengen,' zei hij.

'Hoezo?' Windermere glimlachte. 'Geen vertrouwen in de FBI?'

'Zeker wel,' zei hij. 'Maar als ik het goed heb, kan dit een sensationele zaak worden.'

'Als je gelijk hebt,' zei ze. 'Maar heb je ook gelijk?'

Haar blik trof de zijne en hij zweeg even. 'Ik denk van wel.'

Ze knipoogde. 'Rustig maar, Stevens. Ik neem je in de maling. Ik bel je nog wel.'

Windermere liep met hem mee naar de lift. Hij gaf haar weer een hand en stapte in de lift. Terwijl de liftdeuren dichtschoven en ze wegliep, bleef hij haar volgen, nog altijd diep onder de indruk van haar ogen.

Toen Stevens later die avond de afwas stond te doen keek hij uit zijn ooghoek bewonderend naar de welvende hals van zijn vrouw, die aan de keukentafel over een stapel dossiers gebogen zat. Ze keek hem aan, stak haar tong uit en leunde achterover in haar stoel. 'O, jezus,' zei ze. 'Het wordt echt een rotweek.'

'Moeilijke zaken?'

'En nog veel te veel ook. Brennan is op vakantie, dus ik moet zowel zijn mensen als de mijne managen. Wat een zak om naar de tropen te vluchten en alles op mijn bordje te schuiven.'

Stevens liep naar zijn vrouw toe, ging achter haar staan en legde zijn handen op haar schouders. Hij boog zich voorover en ging met zijn neus door haar haar. 'Je hebt deze baan omdat je te aardig bent om fiscaal jurist te worden,' zei hij.

Nancy zuchtte. 'Aardig is niet het juiste woord. Geen belangstelling om veel geld te verdienen komt meer in de buurt.'

'Dat geldt voor ons allebei,' zei Stevens. 'We hadden rocksterren kunnen zijn. Of artsen. Maar er is ook goed nieuws: ik denk dat ik mijn zaak toch nog rond krijg.'

'Heb je hem opgelost?'

'Zo goed als. Die ontvoerders opereerden van buiten de staat. Dat betekent dat de FBI erover gaat. Ik heb vandaag een FBI-agente gesproken, en die neemt het over.'

Nancy leunde achterover in haar stoel. Ze keek naar hem op. 'O ja?'

Hij knikte. 'Nu alleen nog op de officiële bevestiging wachten.'

'O, godzijdank,' zei ze. 'Andrea heeft de hele week volleybal en ik denk dat J.J. nog met iets komt. Het zou geweldig zijn als jij in de buurt was.'

Hij boog zich voorover en kuste haar voorhoofd. 'Ik zal in de buurt blijven,' zei hij.

Een kwartier later, toen hij zich in de woonkamer in een stoel nestelde om naar een wedstrijd van de Timberwolves te kijken, ging de telefoon. 'Ik pak hem wel,' riep hij en hij wilde de handset pakken, maar hij was te laat. Nancy had al opgenomen.

'Agent Stevens?' zei ze. 'Ik haal hem even.' Hij hoorde haar de telefoon neerleggen en een paar seconden later stak ze haar hoofd om de hoek van de woonkamer met een ondeugend lachje op haar gezicht. 'Agent Stevens,' zei ze. 'Uw andere vriendin is aan de lijn.'

'Wie, Lesley? Geweldig.' Met overdreven gebaren pakte hij zo snel mogelijk de telefoon op. 'Hallo?'

'Agent Stevens, met Carla Windermere.' Haar stem klonk warm en vleiend. 'Goed nieuws. De speciaal agent van dienst is akkoord met de zaak.'

'Uitstekend,' zei Stevens. 'Ik zal morgen de documenten opsturen.'

'Nou, je kunt ze net zo goed zelf houden.'

'Hoezo?'

'We hebben hier mensen te kort, Stevens. Terrorismebestrijding en zo. Mijn baas heeft jouw baas gebeld en gevraagd of hij het goed vond dat jij voor de duur van het onderzoek bij de FBI wordt gedetacheerd. Het ziet ernaar uit dat we gaan samenwerken.'

Lesley. Die klootzak. 'Denk je echt dat dat nodig is?'

'Het kan in elk geval geen kwaad,' zei Windermere. 'Dit is jouw kindje. Hoe dan ook, ik dacht dat je deze zaak samen met mij wilde oplossen.'

'Dat is ook zo,' verzuchtte Stevens. 'Maar het is een krankzinnig drukke week.'

'Een beetje enthousiaster, Stevens. Dit is je grote kans. We gaan die schurken oppakken, jij en ik.'

'Zeker,' zei hij. 'Zeker. Ik spreek je morgen.' Nadat hij had opgehangen en weer was gaan zitten, kwam Nancy de kamer binnen.

'En?' zei ze glimlachend. 'Ben je deze week mijn ridder op het witte paard?'

21

Pender werd vroeg wakker en zette de televisie aan. Hij keek naar het nieuws met het geluid bijna uit en toen het item over de zaak-Beneteau kwam, ging hij vlak bij het scherm zitten, hunkerend naar informatie. Hij zag dat de verslaggeefster haar verhaal afstak op een paar meter van de plek waar ze Beneteau hadden achtergelaten. Volgens de verslaggeefster had de politie nog geen verdachten en werden getuigen opgeroepen om zich te melden. Vanuit Penders optiek was dat positief nieuws.

Nadat hij het grootste deel van de nacht wakker had gelegen, had Pender zichzelf er bijna van kunnen overtuigen de moord te vergeten, om niets te voelen. Beneteau was dood. Dat was een feit. Dat moesten ze accepteren, en nu moesten ze zo ver mogelijk van de plaats delict vandaan zien te komen, anders zouden ze voor hun eerste grote fout nog met hun eigen leven moeten betalen.

Toen het licht werd, werd ook Sawyer op het bed tegenover hem wakker. Hij had niets meer gezegd sinds ze van de plaats delict waren weggereden, en in het schemerlicht leek hij wel gekrompen. Zijn ogen waren gezwollen en hij zag lijkbleek. Pender keek hem aan. 'Alles goed?'

Sawyer verroerde zich niet. Hij keek niet op. 'Best,' zei hij.

'Denk er niet meer over na,' zei Pender tegen hem. 'Het had ons allemaal kunnen overkomen.'

De grote man lachte grimmig. 'Dat is een leugen.'

'Je moet ermee leren leven. Wij moeten ermee leren leven. Professionals moeten met dergelijke dingen leren leven. Ze laten zich daardoor niet van hun stuk brengen.'

Sawyer keek omhoog naar het plafond. 'Ik blijf zijn gezicht maar zien.'

Pender keek hem een tijdlang aan. 'Wat wil je dan?' zei hij uiteindelijk. 'Wil je eruit stappen? We kunnen vanochtend nog een vlucht naar Seattle nemen.'

Sawyer zei niets. Hij keek naar Pender op, zijn blik zoekend.

'Als je eruit wilt stappen, kunnen we nu meteen stoppen.'

Mouse ging rechtop zitten, in zijn ogen wrijvend. 'Waarmee stoppen?'

'Met ontvoeringen,' zei Pender. 'We moeten een besluit nemen. Hoe gaan we om met wat er gisteravond gebeurd is?'

Hij keek naar Sawyer en vervolgens naar Mouse. En nu gas geven, dacht hij. 'Gisteravond was een kleine kink in de kabel. Er verandert niets door. Als we Detroit uit kunnen komen, kunnen we geld blijven verdienen.'

'We hebben een maffioso vermoord,' zei Sawyer. 'De politie en de maffia zullen naar ons op zoek gaan.'

'Wat weet de politie nou?' zei Pender. 'Wat weten anderen nou van ons?'

'Misschien hebben ze de bus gezien?' zei Mouse. 'In het slechtste geval kunnen ze de telefoons traceren. Maar wat zou dat uitmaken?'

'Ik vind dat we naar Florida moeten,' zei Pender. 'We nemen een week of twee vrijaf. Dan gaan we weer aan de slag. We doen het stilletjes, zonder vuurwapens, en we doen het professioneel. We vergeten wat er gebeurd is en we passen goed op. Afgesproken?'

'Ik doe mee,' zei Mouse. 'We doen het.'

'Sawyer?'

Sawyer staarde hem een tijdje aan. Pender zag dat zijn vriend met zichzelf worstelde. 'Goed,' zei hij uiteindelijk. 'We gaan door.'

Mouse keek Pender aan. 'En hoe zit het met Marie?'

Ze richtten alle drie hun blik op de plek waar Marie met haar rug naar hen toe en zonder zich te verroeren lag te slapen. Pender keek weer naar zijn vrienden. 'Ik ga wel met Marie praten,' zei hij.

Later die ochtend reden Pender en Marie de Impala terug naar Detroit. Geen van beiden zei iets, totdat Pender op de I-75 invoegde en noordwaarts richting de buitenwijken en het Super 8-motel rijdend een blik op Marie wierp. 'Hoe gaat het?' zei hij.

Marie keek hem aan. Haar ogen stonden vermoeid en waren gezwollen. 'Ik kan dat geluid maar niet uit mijn hoofd krijgen,' zei ze. 'Het pistoolschot. En dan dat... ik weet het niet. Dat lichaam.'

Pender knikte. 'Ik heb er ook aan moeten denken.'

Marie keek uit het zijraampje. 'Ik had nooit gedacht dat we nog eens zo zouden eindigen. We hebben een man vermoord, Pender. We hebben een eind aan zijn leven gemaakt.'

Pender zei een kilometer of drie lang niets, op zoek naar de juiste woorden. Uiteindelijk slaakte hij een zucht. 'Had je nooit gedacht dat dat zou kunnen gebeuren, Marie?'

Marie draaide zich naar hem toe. 'Wat?'

'We zijn ontvoerders,' zei hij. 'Criminelen. Heb je nooit gedacht dat er een kans was dat het zou escaleren?'

'Ik had dit nooit gedaan als ik gedacht had dat het zou kunnen escaleren.' Ze klonk volkomen kalm en beheerst. 'Ik wilde nooit een moordenaar worden.'

'Niemand van ons wilde dat. Maar het is gebeurd. En nu is het voorbij.'

'Wist jij dat het zou gebeuren, Pender? Heb jij hier rekening mee gehouden?'

'Natuurlijk niet,' zei hij. 'Maar ik geloof niet dat ik illusies koesterde dat het juist was wat we deden.'

'We brachten toch geen mensen om?'

'Die man was een gangster.'

'Zijn vrouw was een gangster. Misschien. Naar verluidt. Hij had drie kinderen. Dat is een feit.'

Pender stuurde naar de kant van de weg en stopte in de berm. Hij keek haar strak aan. 'Wat wil je dan doen, Marie? Die man is dood. Wat ik ook ga zeggen, het zal er niet beter op worden. Hij is dood. Wij leven nog. Dus wat wil je doen?'

Marie zei niets.

'We kunnen nu meteen naar de politie gaan, als je dat echt wilt.'

Buiten schoten auto's luid toeterend voorbij. 'Ik wil niet naar de politie,' zei ze. 'Ik wil niet naar de gevangenis, Arthur.'

'Wat dan?' zei hij. 'Wat wil je?'

Ze bleef lange tijd stil. Toen zuchtte ze. 'Ik wil mijn leven terug,' zei ze. 'Ik wil weer normaal zijn. Ik wil een goede baan en een huis en een hond en alles wat normale mensen hebben. Ik wil gewoon normaal zijn, Pender.'

'We zullen zeker weer normaal worden,' zei hij tegen haar. 'Nog een paar jaar, op zijn hoogst. Dan zullen we vrij zijn. Dan zoeken we een strand op en...'

'Dat is niet normaal, Pender. Dat is een droom, en het is een geweldige droom, maar normaal is het zeker niet.'

Pender tuurde door de voorruit naar buiten. Auto's zoefden langs hen heen. 'Hoelang heb je dat gevoel al?'

Ze zweeg even. 'Een tijdje. Ik weet het niet.'

'Het lijkt wel of het leven niet meer bestaat.' Hij hield zijn blik voor haar verborgen. 'Daarom zitten we nu juist in deze business,

Marie. Daarom heb jij het toch voorgesteld? Omdat het voor ons geen optie meer was om normaal te zijn.'

'Dus nu zitten we hier vast?'

Pender keek in de achteruitkijkspiegel. 'Dat was nu juist het punt, dacht ik.' Hij wachtte even en drukte toen het gaspedaal helemaal in, waarop de auto naar voren schoot en ze nog steeds accelererend in de verkeersstroom invoegden.

Marie keek uit het zijraampje. 'Ik had nooit gedacht dat ik iemand zou doden.'

'Weet ik. Ik ook niet.'

'Denk je dat we veilig zijn?'

'Ik denk dat als we uit Detroit wegkomen, alles veilig is,' zei hij.

Ze leunde achterover in haar stoel. 'Dat bedoelde ik niet.'

Ze reden Troy in en parkeerden bij het Super 8-motel, waar Marie de bagage ophaalde, terwijl Pender buiten bleef wachten, de parkeerplaats voortdurend scannend op politieagenten of Beneteaus handlangers. Ze lieten de kamersleutels op de receptiebalie liggen en waren binnen een kwartier verdwenen.

Sawyer en Mouse zaten hamburgers te eten toen ze terugkwamen. De tv stond keihard aan: een actiefilm met Italiaanse klootzakken die op zwarte klootzakken aan het schieten waren, terwijl omstanders dekking probeerden te zoeken. Sawyer zat een cheeseburger te eten en leek helemaal in de film op te gaan. Ik geloof dat hij eroverheen is, dacht Pender. Marie trok een gezicht en ging terug naar de auto om daar te wachten.

Ze wachtten tot de jongens hun broodjes op hadden en leverden de kamersleutel in. Daarna reden ze over de autoweg naar het vliegveld. Pender wierp in de achteruitkijkspiegel een blik op de bende. 'Als iemand naar ons op zoek is, dan is die op zoek naar vier mensen,' zei hij. 'We moeten ons hier opsplitsen en elkaar in Miami weer ontmoeten.'

Sawyer en Mouse knikten. Marie zweeg eerst. 'Ik denk dat ik terugga naar Seattle,' zei ze toen. 'Ik moet een aantal dingen op een rijtje zetten.'

Pender keek haar aan. 'Marie...'

'Ik zie jullie in Florida weer. Ik heb alleen wat tijd nodig.'

Pender zag in de achteruitkijkspiegel dat Sawyer en Mouse elkaar even aankeken, maar hij zei niets. Ze reden in stilte verder. Toen ze bij de terminal aankwamen, parkeerde Pender de Impala op de laad- en losstrook.

'Jullie kopen tickets naar Miami,' zei hij. 'Wij brengen de auto terug. Ik neem de volgende vlucht daarheen, en dan zien we elkaar op het strand weer. Jullie hebben de telefoons?'

'Jazeker.' Mouse opende het portier. 'Tot ziens in Florida, chef. En jij ook tot ziens, wanneer dan ook, Marie.' Hij stapte uit de auto en Sawyer volgde hem, het portier met een klap dichtslaand.

Marie keek toe hoe ze hun tassen om hun schouder sloegen en in de terminal verdwenen. 'Ze zijn kwaad op mij,' zei ze. 'Ze denken dat ik ze in de steek laat.'

Pender keek haar even aan. 'Is dat dan niet zo?'

'Nee, ik laat niemand in de steek,' zei ze. 'Ik zei toch dat ik je in Florida zou terugzien.'

Pender reed naar de autoverhuurder en parkeerde. Ze stapten uit en liepen naar de terminal. 'Dit is een vergissing,' zei Pender tegen haar. 'Dit is niet het juiste moment om alleen te zijn.'

Marie schudde haar hoofd. 'Het is maar voor een paar dagen. Ik red me wel.'

Ze liepen de terminal in. Pender liet zijn blik over de menigte glijden en kreeg het gevoel dat hij een tijdbom had ingeslikt. Professioneel blijven, hield hij zichzelf voor. Weg uit Detroit.

Hij herkende niemand in de hal als politieman of maffioso, en daarom liepen ze naar de ticketbalie, waar hij een ticket naar Miami kocht onder de alias Kyle Miller en een ticket naar Seattle op naam van Ashley McAdams. Daarna liepen ze naar de veiligheidscontrole en via de vertrekhal naar haar pier, waar de passagiers inmiddels aan het instappen waren. Hij nam haar handen in de zijne. 'Ik denk niet dat je moet gaan,' zei hij.

'Dat weet ik.' Ze keek hem met een verwrongen lachje aan. 'Ik hou van je. Tot gauw.'

Hij probeerde haar te kussen, maar ze draaide zich om. 'Ik kan het niet,' zei ze. 'Het spijt me.' Ze kneep in zijn handen en liep weg. Ze keek niet meer om.

22

Op ruim dertig kilometer van de luchthaven Detroit Metro, waar de Delta-757 met Marie McAllister al naar de startbaan aan het taxiën was en de Continental-737 van Arthur Pender aan de pier in gereedheid werd gebracht voor de instappende passagiers, zat D'Antonio in een Cadillac-pick-up voor de woning van de Beneteaus op een telefoontje te wachten, terwijl een politieman in burger aan de overkant van de straat bij alle huizen aanbelde.

Een halfuur eerder had Dmitri vanuit de luchthaventerminal gebeld met het nieuws dat de ontvoerders de stad ontvluchtten. Nou, dat mocht, hoor. Die uilskuikens zouden het halfrond moeten ontvluchten voordat ze veilig waren, en zelfs dan kon D'Antonio nog wel een Koreaans moordcommando optrommelen om het probleem op te lossen.

Miami zou geen probleem zijn. De organisatie had daar familie en deed volop zaken in Florida. Er was vast en zeker iemand op South Beach te vinden die een kennis had die de klus wilde klaren. Zo'n blank jong boefje zou absoluut geen problemen opleveren.

Seattle was een ander verhaal. D'Antonio kende niemand in dat deel van het land. Dat betekende dat hij daar een paar zware jongens heen moest sturen om orde op zaken te stellen. Of hij moest het meisje zelf ombrengen. Hoe dan ook, het kon nog ingewikkeld worden. Ze zouden eerst met die jongen in Miami afrekenen en dan het meisje in Seattle pakken.

Hij stapte uit de auto en terwijl hij met zijn ene hand een telefoonnummer koos, opende hij met zijn andere hand zijn paraplu. 'Met D,' zei hij toen zijn contactpersoon opnam. 'Ik heb een klus te klaren in Miami.'

Paul Landry zat aan zijn bureau met zijn ene hand in papieren te bladeren en met zijn andere hand hield hij een Subway-broodje vast. Hij had Garvey alle recente onopgeloste misdaden met een rode Ford-bus laten opzoeken, waarop die met een hele encyclopedie was teruggekomen. En daardoor zat de rechercheur nu aan zijn bureau gekluisterd, terwijl zijn jeugdige collega op pad was en in de straat waar Beneteau woonde naar getuigen bleef zoeken.

Maar ondertussen was het precies zoals hij de jongen had verteld. Als de familie niet wilde praten, dan hadden ze niet echt een zaak, tenzij de bewuste Chevy opeens gevonden werd en vol vingerafdrukken bleek te zitten of als de buurman van de overkant opeens wakker werd en besefte dat hij de gezichten van alle moordenaars prima had kunnen zien.

Of als het me lukt om iets moois uit deze strohalmen te destilleren, dacht Landry, terwijl hij naar de rapporten staarde. Misschien heeft iemand een Ford-bus bij een andere huurmoord gebruikt en kan ik een verband leggen.

Voorlopig leek het erop dat heel wat mensen heel wat Ford-busjes voor allerlei criminele activiteiten hadden gebruikt. De meeste daarvan hadden echter met drugs te maken en het viel Landry niet mee om te bedenken hoe een verslaafde uit de Cass Corridor in Detroit opeens in Birmingham kon opduiken om de echtgenoot van een maffiabazin om te leggen.

Toch waren er wel wat zaken die misschien een aanknopingspunt boden, en Landry legde die opzij. Dan heb ik iets omhanden totdat die jongen uit die buurt terugkomt, dacht hij. In elk geval blijf ik lekker warm en droog.

De telefoon ging. Een agent van de uniformdienst van de politie van Detroit, ergens in het zuidwesten. River Rouge. 'Ik hoorde dat jullie op zoek waren naar busjes.'

'Is het een Ford?'

'Dat was het ooit wel.'

Prachtig, dacht Landry. 'Oké,' verzuchtte hij. 'Die komt ook op de stapel.'

23

Windermere zat achter haar bureau toen Stevens zich de volgende dag in het FBI-gebouw meldde. Ze schudde hem de hand toen hij binnenkwam en gebaarde naar een lege werkplek tegenover de hare. 'Welkom bij de grote show,' zei ze. 'Dit is onze commandopost.'

Stevens ging zitten, de stoel uitproberend. 'Wat prachtig allemaal.'

'Het wordt nog beter.'

'Krijg ik mijn eigen trenchcoat?'

'Als je je gedraagt,' zei Windermere.'Misschien krijg je zelfs een penning. Heb je de documenten bij je?'

Stevens opende zijn aktetas en haalde er een dossiermap uit. Daar zat elk spoortje bewijs in dat hij tot dan toe had weten te verzamelen. Hij gaf het aan de FBI-agente, die erin begon te bladeren.

'Heb je veel ontvoeringen gedaan in Miami?' vroeg hij haar.

Ze schudde haar hoofd. 'Een of twee. Drugszaken. En jij?'

'Hetzelfde. Minnesota is niet bepaald een broeinest van criminaliteit.'

'Ik heb een paar maanden geleden hier bij een ontvoering geassisteerd,' zei ze. 'Papa meende dat mama haar werk niet goed genoeg deed. Maar ik heb nog nooit zoiets gezien als waarover jij het hebt.' Windermere legde de map neer en pakte een paar documenten van haar eigen bureau. 'Huiszoekingsbevel en vliegtickets.'

Stevens huiverde. 'Vliegtickets.'

'Chicago, Stevens. Je kijkt er niet erg opgetogen bij.'

Hij bracht een lachje op zijn gezicht. 'Dat lijkt maar zo,' zei hij. 'Ik hou alleen niet zo van vliegen.'

Windermere glimlachte terug. 'Als je bij mij blijft, zal dat zeker veranderen, en snel ook. We hebben ook Georgia en Maryland nog op de plank liggen als Chicago geen succes wordt.' Ze stond op. 'Klaar om Carew op te zoeken?'

Drie martelende uren verderop lag Chicago. Stevens zat de hele vlucht gemberbier drinkend naar de rugleuning van de stoel voor hem te staren, terwijl Windermere het tijdschrift van de luchtvaartmaatschappij doorbladerde, waarbij ze af en toe opkeek om zich over zijn benarde toestand te verkneukelen. 'Hoe kun jij zo rustig blijven?' vroeg Stevens haar. 'We bevinden ons op dit moment op tienduizend meter boven de aarde. Word je daar niet helemaal hysterisch van?'

Windermere schudde haar hoofd. 'Ik ben opgegroeid met vliegtuigen, Stevens. Mijn vader werkte bij Delta toen ik nog kind was.'

'Was hij piloot?'

'Chef-monteur,' zei ze. 'In Memphis. Hij werkte aan alles, van DC-9's tot aan die grote 767's. Hij heeft me alles geleerd over hoe die kisten vliegen. Er is geen enkele reden om bang te zijn. Het is gewoon natuurkunde.' Ze keek hem van iets dichterbij aan. 'Zeg, je gaat toch niet overgeven? Als je over mij heen kotst, krijg ik nog spijt dat ik je heb meegenomen.'

Stevens greep zijn armsteun steviger vast. 'Ik heb er nu al spijt van.'

Op O'Hare werden ze opgewacht door een plaatselijke FBI'er, agent Davis. Stevens meende dat hij er als een typische FBI-agent uitzag: hij droeg een regenjas, een kostuum en een zonnebril en zijn auto was een SUV, een geheel zwarte GMC Yukon die hij dubbel geparkeerd had in de laad- en loszone. Hij grijnsde Windermere breeduit toe toen hij haar zag. 'Halleluja,' zei hij. 'En met wie heb ik het genoegen?'

Windermere stak haar hand uit. 'Carla Windermere. Jij bent Davis?'

'Dat klopt.' Hij hield haar hand een halve seconde te lang vast. Daarna wierp hij Stevens een blik toe. 'Is dit de plaatselijke agent?'

'Kirk Stevens,' zei Stevens. 'Minnesota BCA.'

Davis keek hem kort aan. Daarna gebaarde hij naar de Yukon. 'De auto staat hier vlakbij,' zei hij. Hij draaide zich weer naar Windermere toe. 'Ben je al eerder in Chicago geweest?'

Windermere schudde haar hoofd. 'Daar heb ik het nut nooit van ingezien.'

Ze stapte in de Yukon, gevolgd door Stevens. Davis liep om de auto heen naar de bestuurderskant. 'Je zou toch eens kunnen overwegen een bezoekje te brengen,' zei hij, achter het stuur plaatsnemend. Hij keek weer naar Stevens en lachte weer zijn tanden bloot richting Windermere. 'Ik stel me zo voor dat Minnesota nogal saai kan zijn.'

Davis startte de motor en manoeuvreerde de auto door het doolhof van dienstwegen op het vliegveld, kletsend als een tweederangs toeristengids. Stevens keek uit het raampje naar de voorsteden van Chicagoland en probeerde de FBI'er te negeren. Hij vroeg zich af waaraan hij was begonnen.

Hij had net genoeg tijd gehad om een boodschap voor Nancy op haar kantoor achter te laten voordat ze aan boord waren gegaan van de vlucht, en hoewel Windermere hem verzekerd had dat ze diezelfde avond weer thuis zouden zijn, kon Stevens zich niet voorstellen dat zijn vrouw erg blij was met zijn afwezigheid. De week was al zwaar genoeg zonder dit akkefietje.

Maar ze hadden al eerder drukke perioden overleefd. En de kinderen waren dol op Natalie, de tiener die hen te hulp schoot in perioden als deze, als de rechtbank en de staatspolitie tegelijkertijd op hol sloegen. Stevens kende zijn vrouw echter en hij wist dat ze niet blij was geweest toen hij haar de vorige avond over de FBI-opdracht had verteld. Ze had een lange, veelzeggende zucht geslaakt en iets gemompeld over de oppas, waarna ze naar de keukentafel was teruggekeerd en boven de dossiers en pleitinstructies in slaap was gevallen. Ze was niet boos, zei ze, alleen maar moe en druk, en haar man had haar met haar gezicht op een stapel juridische tijdschriften aangetroffen toen hij de volgende ochtend wakker werd.

Davis keek in de achteruitkijkspiegel naar hem.

'Je bent dus staatspolitieman? Je zult wel dolblij zijn dat je met de grote jongens mee mag.'

'Mijn grootste droom is uitgekomen,' zei Stevens. 'Ik heb altijd al bij de FBI willen zitten. Lekker rondvliegen.'

Windermere onderdrukte een glimlach. 'Krijg ik een tactisch team, Davis?'

Davis knikte. 'Jullie hadden je deze reis overigens kunnen besparen. Dat adres van Carew is in een enorme uithoek, een industriegebied in Joliet. Geen sprake van dat die vent daar woont.'

'Op zijn identiteitskaart staat van wel.'

'Dat zal best. Misschien heeft de staatspolitie het adres niet goed overgeschreven. Misschien is hij een één vergeten of zo.'

Davis loog niet. Bijna drie kwartier later kwamen ze aan op het adres waar Carew zou wonen. Stevens keek door het raampje van de SUV naar palletfabrieken en montagehallen en een lange rij lage loodsen die er niet bepaald als de thuisbasis van een bende ontvoerders uitzagen.

Davis reed een zijstraat in en stopte achter een grote zwarte bestelwagen. Stevens ging ervan uit dat die van het tactische team was. Hij draaide zich in zijn stoel naar Windermere toe. 'Zie je wat ik bedoel?'

Windermere wierp een blik op Stevens. 'Alles is mogelijk,' zei ze. 'Misschien gebruiken ze dit gebouw als ontmoetingsplek. Een plek om gijzelaars op te bergen.'

'Of het is een vals adres,' zei Stevens. 'Carew rekent erop dat niemand zijn verhaal controleert.'

Windermere knikte. 'Aangenomen dat hij echt Carew heet.'

'Precies wat ik dacht. Waarschijnlijk een alias.'

Davis schraapte zijn keel. 'Het adres dat je me gaf is verderop in dat blok,' wees hij. 'De Avenue Tool Company.'

Windermere opende het portier aan haar kant. 'Laten we eens kijken.'

Ze stapten uit de SUV en liepen de straat door in de richting van het Avenue-gebouw, een grijze rechthoek van twee verdiepingen van verroest staal, zonder enige fantasie uitgevoerd. De parkeerplaats was half vol, en vanbinnen klonk luid gehamer.

'Het lijkt erop dat hier gewoon wordt gewerkt,' zei Windermere. 'Zeg tegen het tactische team dat ze voorlopig op hun post moeten blijven.'

Ze vonden de ingang en liepen naar binnen, waar een vrouw van middelbare leeftijd achter een balie fronsend een roddelblad zat te lezen. 'Kan ik u van dienst zijn?' zei ze.

Windermere zwaaide met het huiszoekingsbevel. 'FBI. We moeten hier even rondkijken.'

De vrouw knipperde met haar ogen. 'Ik haal de bedrijfsleider.'

De bedrijfsleider was een mismoedig ogende man met een gezicht dat even grauw was als zijn omgeving. Hij stelde zich voor als Bob McNulty en las het huiszoekingsbevel nauwkeurig door.

'We zijn op zoek naar Ryan Carew,' zei Windermere. 'Weet u waar we hem kunnen vinden?'

McNulty keek op toen hij de naam hoorde. 'Nee,' zei hij langzaam. 'Maar misschien kunt u een paar vragen voor me beantwoorden.'

24

De man stond in de aankomsthal op Miami International te kijken naar een nieuwe meute passagiers die uit de terminal kwam. Hij haalde zijn vingers door zijn glad naar achteren gekamde haar, keek op zijn horloge en vervolgens op de monitoren met vluchtinformatie. Daarna richtte hij zijn blik weer op de gestage stroom reizigers, van wie de meeste gekleed waren voor de noordelijke winter en nu al zweetten bij een temperatuur van vierentwintig graden.

Hij droeg een ruimvallend hawaïhemd, een korte broek en een Ray-Ban-zonnebril en had zijn pistool onder zijn riem gestopt, verborgen door de plooien van zijn hemd. Met een krant in zijn handen stond hij tegen een pilaar geleund, net ogend als een plaatselijke bewoner die zijn zwager kwam afhalen voor een wintervakantie in de zon.

Drie uur geleden had hij nog in het koele duister van zijn slaapkamer liggen slapen, met zijn vriendin naast zich. Opeens was de telefoon gegaan.

'Ik heb een klus voor je.' Het was Zeke geweest. 'Een paar vrienden van me in het noorden kunnen vanmiddag niet met het vliegtuig wegkomen. Ze zoeken iemand die als ontvangstcomité kan fungeren. De Continental-vlucht uit Detroit. Misschien moet je een vriendje meenemen.'

Zeke had de man omschreven en had opgehangen. Daarna had hij nog een paar minuten in bed gelegen en geluisterd hoe zijn vriendin diep in slaap lag, had de lange kromming van haar rug en de welving van haar heupen door het dunne laken heen bewonderd. Even later had hij de telefoon gepakt en Carlos gebeld.

Nu zat Carlos in zijn Trans Am bij de laad- en loszone te wachten, met een uzi onder de passagiersstoel en een extra magazijn in het handschoenenkastje. Hij was niet per se dol op opdrachten in teamverband, maar Zeke had opdracht gegeven tot de liquidatie en Zeke wilde nu eenmaal een dubbele bezetting, en wat Zeke wilde, gebeurde ook.

En daarom stond de man nu op de luchthaven te wachten, op zoek naar een lange blanke jongen met lichtblond haar en een blauwe jas, terwijl er een stroom lange blanke blonde reizigers passeerde. Lange zwarte reizigers in blauwe jassen, kleine blanke blonde reizigers, lange blanke blonde reizigers in rode jassen. Hij keek weer op de monitoren. De Detroit-vlucht stond aan de pier. Het doelwit zou er nu toch moeten zijn.

Opeens zag hij hem. In de twintig, ongeveer één meter tachtig, misschien iets langer. Kort blond haar en een marineblauwe jas. Het was zijn gezichtsuitdrukking die hem verried. Hij wandelde door de tunnel als een gewone rijke jongen die op weg was naar het strand, maar toen hij bij de bagageband kwam keek hij heel even rond en was zijn nonchalance verdwenen. Met een gefronste blik liep hij steeds haastiger door de menigte, met zijn reistas aan zijn schouder, op weg naar de taxistandplaats.

De man volgde de jongen naar buiten en zag hem met zijn ogen knipperend in het zonlicht staan. Hij trok zijn jas uit en hield een taxi aan. Nu glimlachte hij vaag, alsof hij wist dat het hem zou lukken. De man observeerde hem van een afstandje, zag hem in de taxi stappen en gebaarde naar Carlos, die in de Trans Am zat.

'Dat is hem,' zei hij tegen Carlos, terwijl de Trans Am in het verkeer invoegde. 'Tijd om wat centjes te verdienen.'

Pender zat op de achterbank van de taxi en rolde het raam naar beneden. Het was heerlijk om warm en droog te zitten, dacht hij, na al die regenachtige dagen. Hij vroeg de chauffeur hem naar South Beach te brengen, haalde zijn telefoon tevoorschijn en stuurde een sms naar de prepaidtelefoon van Mouse.

De vlucht naar het zuiden was zenuwslopend geweest. Pender had het grootste deel van de vlucht in het tijdschrift van de luchtvaartmaatschappij zitten bladeren of uit het raam zitten staren. Hij had zich zorgen gemaakt over Marie en geprobeerd zich ervan te overtuigen dat ze onopgemerkt uit Detroit waren weggekomen. Na de landing in Miami had hij de paniek voelen opkomen toen hij de aankomsthal in liep. Natuurlijk zou iemand in de meute hem opwachten. Maar er was niemand naar hem toe gekomen, en toen hij naar buiten was gelopen en de zon en de warmte op zijn gezicht had gevoeld, had hij beseft dat hij zich belachelijk aanstelde. Niemand binnen een afstand van vijftienhonderd kilometer weet iets van je, Pender.

Mouse sms'te terug. Het Dauphin-hotel aan Ocean Drive. Pender gaf de instructies aan de chauffeur door en ging achterover zitten om van de wind door zijn haar te genieten, terwijl de taxi via de MacArthur Causeway South Beach in reed.

Ik hoop dat alles goed is met Marie, dacht hij. Een moment lang was het beklemmende gevoel in zijn borst terug en miste hij haar bijna tastbaar. Het is niet goed dat we zo ver bij elkaar vandaan zijn, dacht hij. Ze had gewoon hier moeten zijn.

Hij vroeg zich af of ze nog wel naar Florida zou komen. Misschien ging ze naar huis en besloot ze dat het welletjes was geweest. Misschien had ze al een besluit genomen. Hij werd ziek van dat idee en dwong zichzelf naar de oceaan en de palmbomen te kijken en net te doen alsof ze niet was weggelopen. Ze komt echt wel terug, hield hij zichzelf voor. Ze zei dat ze over een paar dagen terug zou komen.

Het Dauphin was een klassiek South Beach-hotel, een laag artdecocomplex met een groot neonbord en afbladderende verf. Het leek alsof het zijn glorietijd had beleefd voordat Scarface in het rond was gaan schieten en sindsdien heel langzaam steeds verder in verval was geraakt. Nu stond het bijna vergeten tussen de glinsterende appartementencomplexen en gerenoveerde boetiekhotels. Pender bekeek het gebouw eens goed terwijl de taxi parkeerde. Het was zeker niet opvallend en het lag aan het strand. Een goede basis voor een korte vakantie.

Pender betaalde de chauffeur en stapte uit de auto. Hij bleef even op de stoep staan, naar het hotel opkijkend, pakte zijn tas op en liep naar binnen, nog eenmaal stoppend om naar de oceaan om te kijken, terwijl hij dacht: was Marie hier maar om van dit uitzicht te genieten.

Een stukje van het Dauphin vandaan parkeerde Carlos de Trans Am langs de stoeprand. Ze zagen dat de jongen voor het hotel bleef staan en omhoogkeek. Hij zag eruit als een boekhouder of een student, een echte bal. Heel anders dan de gebruikelijke doelwitten. 'Hoe wil je het doen?' vroeg Carlos.

'We blijven hier nog een tijdje,' zei de man. 'Als het donker wordt, parkeren we in de steeg. Gebruik de achterklep om uit te stappen.'

'Hoe vinden we hem?'

'Die jongen is een toerist. Die wil naar het strand, joh. We laten hem een kleurtje krijgen en volgen hem als hij terugkomt.'

Carlos knikte. De man staarde uit het raam en keek naar de

langslopende meisjes, zich afvragend of zijn eigen meisje er zou zijn als hij thuiskwam. Hij maakte zich op om een tijdlang te wachten tot hij mocht toeslaan en wenste dat het eerder donker zou worden.

25

Marie McAllister zat aan boord van haar vliegtuig naar de lichtjes van Seattle te kijken die door de wolken heen schenen, terwijl ze probeerde niet over te geven tijdens de daling van de 757 naar de luchthaven Sea-Tac International.

Het vliegtuig schokte hevig en helde over voor de landing op het door de regen gladde beton van de landingsbaan, maar haar protesterende maag had niets met de turbulentie te maken. Ze was bang, voor zichzelf en voor Pender en de bende, en terwijl het vliegtuig naar de terminal taxiede, werd ze ziek van het besef dat het hele armzalige plan volkomen uit de hand was gelopen.

Ze wist dat Pender gelijk had toen hij zei dat ze verder moesten, en ze wist dat het hypocriet was dat ze Beneteaus dood zo persoonlijk had opgenomen, maar Marie kon daar niets aan doen. Telkens als ze met haar ogen knipperde zag ze het bloed van die ellendige vent tegen het dak van het busje spatten. Telkens als ze plotseling lawaai hoorde, zou ze zweren dat het een pistoolschot was.

Het vliegtuig kwam aan bij de pier en Marie stond op, zich uitrekkend. Ze snakte ernaar weer vrij te zijn. Terwijl ze stond te wachten tot de deuren opengingen, besefte ze opeens dat de man aan de overkant van het gangpad naar haar zat te staren.

Vanuit haar ooghoek naar hem kijkend raakte ze bevangen door paniek. Het was een oudere man van een jaar of zestig, met een volle bos haar en een ruige witte baard. Hij glimlachte naar haar alsof hij probeerde haar aandacht te trekken.

Hij herkent me, besefte Marie. Waarschijnlijk is het een van die maffiosi, die hierheen is gestuurd om mij te vermoorden. Ze begon te hyperventileren. De rij schoof langzaam op naar voren, en er klonk een ongeduldig geroezemoes in de meute. De man bleef naar haar staren. Marie had het gevoel dat ze stikte. Ze wilde gillen.

Eindelijk was het gangpad vrij. Marie pakte snel haar tas en haastte zich naar voren, met gebogen hoofd langs de rijen stoelen lopend. Ze negeerde de stewardess voor in het vliegtuig, haastte zich de slurf in, waar ze de koele, frisse lucht inhaleerde en liep met grote passen de terminal in.

Ze was halverwege de bagagehal toen hij haar inhaalde. 'Neem me niet kwalijk,' zei hij, maar ze deed alsof ze hem niet had gehoord. Hij raakte haar arm aan. 'Bent u niet Marie McAllister?'

Ze bleef staan. Het spel was uit. Ze draaide zich om en zag dat de oude man, die licht hijgde door de achtervolging, nu een nog bredere glimlach toonde.

Marie keek om zich heen of ze politie zag. Vroeg of laat zou die hier arriveren, dacht ze, en dan zou ze met handboeien om worden weggeleid. Het was zinloos nu nog weg te rennen. 'Je hebt me te pakken,' zei ze. 'Ik ben het.'

De man lachte. 'Ik wist het. Ik neem aan dat je niet meer weet wie ik ben.'

Marie keek naar zijn gezicht. De man glimlachte terug, in afwachting. Hij was niet van de politie, realiseerde ze zich, nu ze zich de gebraden kalkoen en pompoentaart herinnerde. Hij was evenmin een moordenaar. 'Dokter Tavares,' zei ze uiteindelijk.

Hij lachte nogmaals, verrukt ditmaal, en Marie herinnerde zich hem nu, al was ze een stuk jonger geweest toen ze hem had gezien. Dokter Vincent Tavares. Een vriend van haar vader die lang geleden te gast was geweest bij het Thanksgiving-diner. Ze was toen een jaar of tien geweest.

'Lieve hemel,' zei Tavares nu. 'Wat ben je groot geworden, Marie.'

'Het is al zo lang geleden,' zei ze, zichzelf dwingend om normaal te doen. 'Hoe gaat het met u?'

'Goed, meisje. Best. Ik kom net terug van een chirurgencongres in Ann Arbor. En hoe gaat het met jou? Wat voerde jou naar Detroit?'

'O,' zei Marie. 'Gewoon. Werk.'

Ze hadden hierover gesproken, Pender en zij. Ze moesten anderen iets kunnen vertellen. Ze besloten dat ze marketingmedewerkers waren, het soort mensen dat door het hele land vloog om nieuwe vestigingen te openen en op beurzen te netwerken. Het klonk saai en aannemelijk, en toen ze dit verhaal tegenover Tavares ophing, zag ze dat het werkte. Zijn ogen werden glazig. Hij vermoedde niets.

'O,' zei hij. 'Wat zullen je ouders blij zijn je te zien.'

'Ja,' zei ze glimlachend, improviserend. 'Ik ga ze verrassen. Over een paar dagen is mijn moeder jarig, en het leek me leuk opeens op het feest te verschijnen.'

'Dat klinkt prachtig.' Tavares knipoogde. 'Ik zal niemand vertellen dat ik je heb gezien.'

Ze kletsten nog wat op weg naar de bagagehal, en de arts bood aan haar naar huis te brengen. Maar ze wees het aanbod af, een smoes verzinnend over een vriend die buiten stond te wachten, en opeens schoot ze de terminal uit en sprong in een taxi, nog voordat de bagage van Tavares op de band was verschenen.

De taxi zocht zijn weg in de richting van de stad en door het centrum, en Marie zag de skyline aan zich voorbijtrekken, zoals ze de vorige avond Detroit had gezien, en daarvoor Minneapolis. Seattle was ooit haar thuisbasis geweest, maar vanavond zag de stad er door de drijfnatte taxiramen even somber uit als elke andere stad. Hoewel Pender en Marie voor de schijn nog altijd een appartement in Queen Anne aanhielden, was ze pas drie of vier keer terug geweest sinds ze met de ontvoeringen waren begonnen.

Eerst waren haar ouders gekwetst en in verwarring geweest door de plotselinge afwezigheid van hun dochter. Ze had haar marketingbaan gecreëerd, verhaaltjes verzonnen over lange werktijden op kantoor en net genoeg vrije tijd om te slapen, maar daardoor waren haar ouders zich alleen maar meer zorgen gaan maken. Haar vader waarschuwde haar dat ze zich niet over de kop moest werken en haar moeder vroeg zich bezorgd af of ze wel goed at, en uiteindelijk bleek het gemakkelijker hen volledig buiten te sluiten. Zelfs nu had ze tegen dokter Tavares gelogen, omdat ze er niet aan moest denken weer geconfronteerd te worden met de eindeloze nieuwsgierigheid van haar vader, de bezorgdheid van haar moeder en de zelfvoldaanheid van haar medicijnen studerende zus.

Pender probeerde haar over te halen haar familie weer eens te bezoeken. Hij verafschuwde het idee dat hij haar zou weghouden van de mensen van wie ze hield. Hij dacht alleen dat ze nooit mochten vergeten voorzichtig te zijn. En professioneel natuurlijk – god, wat was dat toch een mooi woord. Hoe dan ook, Pender had het gemakkelijk. Zijn ouders stuurden zelfs nauwelijks meer kerstkaarten.

En Mouse was net als Pender als het om familie ging. Hij had zijn vader verteld dat hij als ict'er bij Microsoft aan de slag was gegaan en dat hij daarom zo veel weg was. Zijn vader had boven zijn biertje instemmend gegromd, en daarmee was de kous af geweest. Sawyers ouders hadden het te druk met hun eigen leven om veel aandacht aan hun zoon te besteden, maar de grote jongen had een jongere zus op wie hij dol was en die hij zo'n beetje elke week vage en voor zijn doen vrolijke mailtjes stuurde. Hij had zijn zus verteld dat hij onlinepokeraar was en dat hij kon werken waar en wanneer hij wilde.

De jongens hadden het gemakkelijker. Die hadden altijd elkaar nog. Zij had de paar vrienden die ze had meteen laten vallen toen ze hadden besloten zich fulltime aan ontvoeringen te wijden. Ze wist dat de jongens zo'n beetje hetzelfde hadden gedaan, maar toch was dat anders, want zij waren elkaars beste vrienden. De beste vrienden en vriendinnen van Marie waren bezig met afstuderen of werkten bij Starbucks in een poging hun draai te vinden in de echte wereld. Marie had de meesten van hen in geen jaren gezien.

Ze had alles opgegeven – haar vrienden en haar familie – en waarvoor? Nou, voor de belofte van een fatsoenlijk leven, na verloop van tijd. Voor een ander leven zonder alleen maar een winkelbaantje, een laag uurloon en de constante dreiging om werkloos te worden. En dan Pender. Ze hield echt van hem en ze hield van zijn kokosnootoliedromen. Maar Marie had vaak het gevoel dat ze haar eigen leven had opgegeven, een fatsoenlijk leven met fatsoenlijke, zorgzame mensen, in ruil voor een eindeloze opeenvolging van motelkamers, snackbars en een hele hoop leugens.

En nu waren ze ook nog moordenaars geworden.

De taxi zette haar af voor haar appartement. Het oude gebouw zag er zwart en leeg uit in de regen tussen de kale bomen. Ze haalde haar huissleutel tevoorschijn en rende de trap op naar haar deur. Binnen was het koud en vochtig en muf, maar Marie merkte het nauwelijks op. Ze liet haar schoenen bij de deur staan, gooide haar jas op een stoel en kroop met al haar kleren aan in bed, waar ze luisterde hoe de regen tegen de ramen sloeg en in een ongelukkige, onrustige slaap weggleed.

26

Agent Stevens boog zich voorover en tuurde door het raampje van de Yukon naar een rampzalige, traag voortrijdende file op de doorgaande weg. 'Dus dit mis ik allemaal,' zei hij zuchtend. 'Het betoverende leven van een FBI-agent.'

Windermere lachte. Davis niet. Windermere draaide zich vanuit de voorstoel naar Stevens om. 'Wat gaan we nu doen?'

De Avenue Tool Company was een doodlopend spoor gebleken. Bob McNulty was hun naar zijn kantoor voorgegaan, waar hij in een dossierkast zocht en een bruine map tevoorschijn haalde die vol zat met reclamedrukwerk, creditcardreclames, supermarktfolders en dergelijke, allemaal geadresseerd aan Ryan Carew.

'Ongeveer een halfjaar geleden begon dit soort post binnen te komen,' zei McNulty. 'We konden er geen wijs uit worden. Er werkt hier niemand die Carew heet. Er heeft hier nooit iemand gewerkt die Carew heette.'

'Misschien is hij verhuisd,' zei Windermere. 'En is hij vergeten zijn nieuwe adres door te geven.'

McNulty schudde zijn hoofd. 'Avenue Tool Company zit hier al sinds 1946. Als dat het geval is, is hij al heel lang weg.'

Davis grinnikte in zichzelf. Windermere en Stevens wisselden een blik uit.

'Wie is die Carew eigenlijk?' zei McNulty. 'Wat wil de FBI van hem?'

'Hij is een verdachte in een lopend onderzoek. Hij heeft dit gebouw als zijn huisadres opgegeven.'

'Juist, nou, hij is hier dus niet.' McNulty bladerde afwezig door de stapel post. 'Mocht u hem toevallig vinden, zeg hem dan dat hij zijn adres moet wijzigen.'

Ryan Carew was dus een blindganger. Die naam was niets anders dan een alias. En als deze lui de moeite namen valse namen en adressen te verzinnen, verspilden ze hun talenten niet aan één armzalige klus van zestig mille. Dit waren beroepsontvoerders. Een groep professionals.

'Ik neem contact op met iemand van de bureaus in Georgia en Maryland,' zei Windermere. 'Dat bespaart ons de reis. En jou een paar kotszakken.'

'We zullen daar ook niets vinden,' zei Stevens. 'Het zijn allemaal nepadressen.'

Windermere knikte. 'Denk je dat echt?'

'Deze lui nemen hun werk serieus,' zei Stevens tegen haar. 'Zo gemakkelijk krijgen we ze niet te pakken.'

Davis sloeg op het stuur en drukte vloekend op de claxon. 'Hoe laat gaat jullie vlucht?'

Windermere keek op haar horloge. 'Over een uur of zo.'

'Dat ga je niet redden.'

'Kom op, Larry.'

'Wat nou: kom op?' Hij gebaarde naar de voorruit. 'Je kunt net zo goed proberen een balk in een Japans condoom te persen.'

Stevens keek naar Windermere op. 'Laten we dan de late vlucht maar nemen.'

'Slecht nieuws,' zei Windermere. 'Dit is de late vlucht.'

Verdomme, dacht Stevens. Nancy gaat me vermoorden. 'Misschien is er nog een vlucht vanaf Midway?'

Davis haalde zijn schouders op. 'In deze puinhoop? Je haalt Midway nooit, vriend.' Hij grijnsde naar Windermere. 'Dit is je kans om een paar bezienswaardigheden te bekijken.'

Windermere schudde haar hoofd. 'Ik heb alles gezien wat ik moet zien,' zei ze. 'Eén dag genieten van het schilderachtige Joliet was genoeg.'

'Wat dacht je van een etentje?' zei Davis. 'Jij en ik. Ik weet een restaurantje...'

'Davis.' Windermere keek hem doordringend aan. 'De boodschap is duidelijk, goed? En ik voel me gevleid. Maar het is een lange dag geweest en ik ben moe, begrijp je?'

Davis keek haar een moment lang aan. Hij haalde zijn schouders op en keek weer naar de weg voor hem. 'Het lijkt me het beste als ik jullie bij een hotel afzet,' zei hij. 'Daar kunnen jullie overnachten.'

Het was bijna negen uur toen Davis in het drukke verkeer eindelijk bij O'Hare aankwam. De FBI'er zette hen voor het Sheraton-hotel af en leek er al vandoor te willen gaan nog voordat Windermere haar portier had dichtgeslagen. 'Tot ziens,' zei Stevens tegen hem. 'Bedankt voor het gezelschap.'

Davis gromde iets en bleef recht voor zich uit staren. Windermere stapte uit de auto en keek hem nog eens aan. 'Kun je ons op een ochtendvlucht boeken, Larry?'

Davis gromde opnieuw. 'Tuurlijk,' zei hij, met zijn ogen rollend. 'Nog een prettige avond.' Hij drukte het gaspedaal in en schoot met gierende motor van de parkeerplaats weg, richting autoweg.

Stevens en Windermere keken hem na. 'Ik geloof dat ik hem beledigd heb,' zei Windermere.

Stevens knikte. 'Dat geloof ik ook. Hij wilde je echt Chicago laten zien.'

'Ik weet wat hij me wilde laten zien, Stevens. En dat was lang zo groot niet als Chicago.' Ze draaide zich om en liep naar de lobbydeuren. 'Ik ben uitgehongerd. Heb jij geen honger? Wat dacht je van een biefstuk op kosten van de FBI?'

Stevens vroeg tien minuten de tijd om naar huis te bellen. 'Gewoon even vragen hoe het gaat,' zei hij.

'Goed idee,' zei Windermere. 'Ik heb waarschijnlijk wel twintig minuten nodig. Mark en ik moeten soms even met elkaar praten.'

Ze gingen ieder hun eigen weg bij de liften en Stevens belde Nancy vanuit zijn kamer. Ze was boos, maar Stevens hoorde dat ze dat niet wilde laten merken. 'Ik dacht dat je deze week thuis zou zijn,' zei ze.

'Ik weet het,' antwoordde hij. 'Het spijt me echt, schat. Dit kwam plotseling.'

'Hoe ben je in godsnaam in Chicago terechtgekomen?'

'We moesten een huis in Joliet doorzoeken. Ze hadden me verteld dat ik vanavond weer thuis zou zijn, maar het verkeer nekte ons.'

'Ben je daar met die FBI-agente? Windsor?'

'Windermere, ja. We zitten bij het vliegveld, in het Sheraton.'

'O, wat leuk voor jullie tweetjes,' zei Nancy. 'Doe je wel een jasje aan?'

'Ha ha. We hebben aparte kamers.'

'Weet ik. Kom vlug naar huis.'

Stevens beloofde dat en hing op. Hij keek de kamer rond. Het was een steriel zakenreizigersvacuüm, en zijn maag knorde. De telefoon ging en hij nam op. Windermere. 'Zit je het nieuws te kijken?'

'Nog niet,' zei Stevens. 'Alles goed thuis?'

'Mark was chagrijnig,' zei Windermere. 'Mijn lieve praatjes hielpen niet. Zet Channel 5 eens op.'

Stevens zette de tv aan. Hij zapte naar Windermeres kanaal. De verslaggeefster stond op een groezelige plek in Detroit, en het regende ook nog. Ze legde uit dat het busje dat bij de moord op Donald Beneteau in Birmingham was gebruikt, uitgebrand was teruggevonden in een industriegebied in River Rouge.

Beneteau, zo zei de verslaggeefster, was de echtgenoot van de beruchte en omstreden Patricia Beneteau, een directeur van het Motown Casino die banden zou hebben met de criminele familie Bartholdi in New York. Hij was met één schot om het leven gebracht en woensdagavond laat voor zijn villa in Birmingham uit een rood Ford-busje gegooid. De familie weigerde de pers te woord te staan, en de verdachten waren nog voortvluchtig.

Stevens sprak in de telefoon. 'Wat zeg je, Windermere?'

'Zit je te kijken? Een of andere maffioso is uit een rode Ford-bus gegooid. Die bus is een paar dagen later zonder kentekenplaten uitgebrand teruggevonden. Dat kunnen onze jongens toch geweest zijn?'

Stevens dacht even na. Ze hebben het lijk op zaterdag uit de auto gegooid, dus ze kunnen een week daarvoor gemakkelijk in Minneapolis zijn geweest.

'Het kan toeval geweest zijn,' zei Windermere. 'Maar het lijkt veel op hun werkwijze, als je begrijpt wat ik bedoel.'

'Zeker,' zei Stevens. 'Hoe dan ook, wat hebben we nog meer?'

'We kunnen in elk geval met Detroit bellen en vragen of ze iets weten.'

'We schakelen bureau Michigan in.'

'Dat is al gebeurd,' zei Windermere tegen hem. 'En ben je inmiddels gereed om wat te eten?'

27

Hij trof hen aan op het strand.

Ze hadden zwembroeken en een paar badhanddoeken geregeld en lagen zo'n tien meter van de branding languit op het strand. Hun bleke lichamen contrasteerden met alle gebruinde badgasten. Sawyer lag plat op zijn rug door een gloednieuwe Oakley-zonnebril naar een meisje in een gele bikini te staren. Mouse deed net alsof hij een thriller lag te lezen en keek voortdurend steels naar Sawyers nieuwe vriendin.

Pender overwoog even hen stiekem te naderen en misschien net te doen alsof hij van de politie was, maar hij verwierp dat idee meteen weer. Te snel, besloot hij. Daar kwam bij dat Sawyer vast al een nieuw vuurwapen had aangeschaft. Daarom speelde hij open kaart: hij kwam aanlopen, wierp een schaduw over Mouse en schopte zand op Sawyers borst.

De grote man sprong op. 'Wel verdomme!' Hij stond klaar om op de vuist te gaan, vast om indruk te maken op het meisje. Ze had lang blond haar, een strak, slank lichaam en een prachtig gezicht. Op haar valse identiteitsbewijs zou haar leeftijd vast niet kloppen. Beslist een mooie meid, en – Sawyer kennende – waarschijnlijk ook gevaarlijk. Hij vroeg zich af hoeveel ze haar hadden verteld.

Mouse keek op van zijn boek en lachte. 'Penderrrr.'

'O, shit.' Sawyer kalmeerde. 'Ik had je bijna gevloerd, man.'

Pender stak zijn hand uit en ze begroetten elkaar. 'Ik zie dat jullie het aardig voor elkaar hebben hier.'

'Ja.' Sawyer grijnsde. Hij gebaarde naar het meisje. 'Dit is Tiffany. Ze komt uit Pennsylvania.'

Tiffany zwaaide even en glimlachte ontwapenend. 'Bryn Mawr,' zei ze. 'Ik heb vrijaf genomen van school voor een korte wintervakantie. Dus jij bent de beroemde Pender.'

Pender keek even naar Sawyer. 'Ik weet niet of ik beroemd ben.'

'Toch zou dat heel goed kunnen, als je wist hoe deze jongens over je praten,' zei ze. 'Ik zei steeds dat we moesten gaan eten, maar zij hielden maar vol dat we op Pender moesten wachten. En nu ben je er dus. Kunnen we nu gaan eten?'

'Oké.' Sawyer greep het meisje beet en tilde haar van de grond, draaide haar rond en liet haar stuiteren in zijn armen, terwijl zij gilletjes uitstotend en lachend om genade vroeg. 'Hij gaat nog naast zijn schoenen lopen door jou.'

Terwijl Pender toekeek hoe Sawyer en Tiffany met elkaar flirtten, schoof hij met zijn voeten in het zand heen en weer – hij voelde zich in zijn Michigan-straatkleding behoorlijk overdressed. 'Waar komt die vandaan?' vroeg hij Mouse.

Mouse keek op, haalde zijn schouders op en gebaarde vaag naar het strand.

'Is dat de nieuwe vriendin van Sawyer?'

'Alleen voor vanavond, waarschijnlijk.'

'Ja, ja,' zei Pender. 'Wat hebben jullie haar verteld?'

'De waarheid.' Mouse ging grijnzend rechtop zitten. 'We hebben haar verteld dat we vertegenwoordigers in energiedrankjes zijn en dat we uit Manhattan hierheen zijn gekomen om de nieuwe productlijn te promoten.'

'De waarheid.' Pender glimlachte opgelucht. 'En waar is jouw meisje?'

Mouse fronste zijn wenkbrauwen. Hij zocht met zijn ogen de horizon af, liet die begerig op Tiffany rusten en vervolgde zijn zoektocht langs de gebruinde blote torso's en in bikini gehulde lichamen die het strand bevolkten. 'Daar ergens,' zei hij, zijn hoofd schuddend.

'Je bent een grappige vent, Mouse. En je bent rijk. Waar wacht je nog op?'

'Ik ben niet rijk genoeg voor South Beach,' zei hij. 'En ik zie er alleen grappig uit.'

Sawyer en Tiffany kwamen lachend en stoeiend terug. 'We zijn uitgehongerd,' zei Tiffany. 'Zullen we wat gaan eten?'

'Ik moet eerst wat kleren halen. Waar zie ik jullie straks?'

'In het hotel,' zei Sawyer. 'We moeten ons toch omkleden.'

Ze liepen terug naar de weg, terwijl Sawyer de voortdurend giechelende Tiffany steeds speels vastgreep. Mouse liep een paar stappen achter hen, voortdurend rondkijkend. Toen ze van het zand af waren, splitsten ze zich op. Pender liep naar rechts, waar de winkels waren, en de anderen gingen links naar het Dauphin.

'Tot straks, maat,' zei Sawyer, terwijl hij Tiffany op zijn rug nam.

Mouse wisselde een blik met Pender uit. 'Ik zou dolgraag ook eens zo veel geluk hebben,' zei hij. Daarna gaf hij Pender een hand. 'Tot straks. Zorg dat je niet gepakt wordt.'

De man zat op de passagiersstoel van de Trans Am naar de meute te kijken die over Ocean Drive paradeerde. Naast hem zat Carlos op de bestuurdersstoel te snurken, waarbij zich een plasje kwijl op het stripkatern van de *Miami Herald* vormde. De blonde jongen had het hotel ongeveer een uur geleden verlaten en was naar het strand vertrokken. Hij was gemakkelijk herkenbaar geweest aan zijn spijkerbroek en overhemd met boord tussen alle voorbijgangers in korte broek, T-shirts en topjes.

Nu stond de man in de toenemende schemering ongeduldig te wachten. Hij zag hoe een trio gringo's, van wie de mannen zo wit als albino's waren en het meisje notenbruin was, hem op het trottoir passeerde en naar de ingang van het Dauphin liep. De grotere man keek even naar de Trans Am toen hij langsliep en zijn blik trof die van de man, voordat hij ook naar het hotel liep. Het waren kille ogen, ook al lachte de jongen, en de man keek onzeker een andere kant op.

Hij zag hoe het groepje in het hotel verdween en tikte Carlos aan om hem wakker te maken. Hij droeg hem op naar de achterzijde van het gebouw te rijden en bij de achteringang op een teken van hem te wachten. Hij stapte uit en bleef op het trottoir staan, genietend van het briesje vanaf de oceaan en het geluid van de golven op de achtergrond. Hij haalde het sportkatern uit zijn achterzak, sloeg dat open en ging tegen een palm aan staan. Terwijl hij deed alsof hij las, hield hij de omgeving in de gaten, terwijl de Glock onder zijn riem tegen zijn rug aan drukte, klaar voor gebruik.

28

Om kwart over zes keerde de jongen met boodschappentassen terug. De man stond de sportpagina's voor de derde keer te lezen toen hij langskwam. Hij liep snel en zwaaide met de boodschappentassen aan zijn armen, licht gehaast maar niet gestrest. Hij passeerde de man die tegen de palm aan stond zonder in te houden en liep de oprit naar de ingang van het Dauphin op. De man dwong zichzelf om nog een paar zinnen te lezen en liep toen ook de oprit op, precies op het moment dat de jongen in het hotel verdween.

De man ging het hotel binnen en liep de lobby door zonder op de receptionist te letten, die heel aandachtig ook een krant zat te lezen. De jongen stond nu in de lift, en de man keek naar de lampjes boven de deur, totdat de lift op de derde verdieping stopte. Daarna liep hij snel door de gang op de begane grond naar de achterkant van het gebouw, waar Carlos op de trap zat. De Trans Am stond in de steeg daarachter geparkeerd.

'Derde verdieping,' zei hij tegen Carlos, de deur voor hem openhoudend en hem binnenlatend. Carlos droeg zijn uzi onder een Miami Heat-trainingsjack en het extra magazijn bolde op in zijn broekzak. Ze liepen naar de trap aan de achterkant en klommen met echoënde voetstappen omhoog in het gebouw, aandachtig luisterend naar geluiden van boven.

Ze bereikten de derde verdieping. Omdat Carlos hijgde van het traplopen liet de man hem op adem komen, terwijl hij vanuit het trappenhuis de gang in keek. Niemand te zien. Hij keek achterom en gebaarde naar Carlos, die knikte, waarop hij de deur openduwde en de gang in sloop, bij elke deur luisterend of hij iets hoorde. De man trok de Glock onder zijn riem vandaan, genietend van het harde staal in zijn handen, terwijl hij langs de muur sloop en zijn oor tegen de deuren aan drukte.

Sawyer stond onder de douche toen Pender in de kamer arriveerde, en Mouse en Tiffany deelden nu in een ongemakkelijke stilte de kamer. Het was er donker; niemand had de moeite genomen het licht aan te doen, en het resterende zonlicht werd door het vuile raam gefilterd.

Mouse lag languit op bed, als een puber op zaterdagochtend, en staarde afwezig naar de televisie, waar een paar vrouwen met overgewicht naar de gunsten van een jongeman met uitstekende boventanden dongen. Tiffany zat in een gemakkelijke stoel bij het raam en lette nauwelijks op de tv. Ze had een kort spijkerrokje en een wit topje opgeduikeld. Mouse had nog steeds alleen zijn zwembroek aan.

'Klop, klop,' zei Pender en hij liep de kamer in. Hij zette de tassen neer en knipperde met zijn ogen in het duister, terwijl zijn blik van Mouse naar de tv en het meisje ging. 'Waar kijken jullie naar?'

'Jerry Springer,' zei Mouse, die niet de moeite nam van het scherm op te kijken.

Pender keek naar Tiffany. 'En wat vind jij daarvan?'

'Ik vind het best,' zei ze schouderophalend. 'Ik kijk eigenlijk nooit naar talkshows.'

'Mouse,' zei Pender, 'wanneer krijg je nou eens manieren? Zoek iets waar de dame ook naar wil kijken.'

Mouse zuchtte zo diep dat elk beetje lucht uit zijn lichaam ontsnapte en draaide zich op bed om, zodat hij Pender kon aankijken. Hij opende net zijn mond om weerwoord te geven toen er op de deur geklopt werd en hij zich bedacht.

Het was een harde, dringende klop. Pender voelde een knoop in zijn maag. 'Hebben jullie iets van de roomservice besteld?'

Mouse schudde fronsend zijn hoofd.

'Het zal het kamermeisje wel zijn,' zei Tiffany.

'Jezus, dat is echt het kamermeisje niet,' zei Mouse.

Pender legde een vinger op zijn lippen en sloop naar de deur. Hij tuurde door het kijkgaatje. Het was donker. Wel verdomme... Opeens begreep hij het. 'Godskolere.'

Hij lag al op de grond toen het eerste schot afging en kroop direct terug de slaapkamer in. Het schot werd dwars door de deur afgevuurd en meteen vloog de deur met een onheilspellend gekraak open, waarbij de grendel het zwaaiend begaf. Twee doodsengelen stonden in silhouet afgetekend tegen het licht uit de gang.

'Duiken!' riep Pender. Tiffany begon te gillen en zocht dekking achter het bed. De kogels bleven langs Pender heen vliegen terwijl hij de hoek om kroop en zich tegen de muur aan drukte, zich voorbereidend op het moment dat de schutters de kamer in zouden komen.

De eerste kwam al snel binnen. Het was een jonge man met een litteken op zijn gezicht die met een groot pistool zwaaide en in het rond schietend in het Spaans schreeuwde. Hij vuurde op het bed en Pender hoorde Mouse een kreet slaken, waarna Pender op de schutter af sprong en hem van opzij beetgreep. De man vloekte in het Spaans, draaide zich om en schoot in het wilde weg nu uit het raam, terwijl Pender zich uit alle macht aan hem vastklemde. Met de man worstelend klom hij op zijn rug, probeerde het pistool vast te grijpen en voelde hoe de kracht van de man leek af te nemen. Toen wierp hij een blik op de deur en zag de grote kerel met de uzi.

De blonde jongen klom tegen hem op, terwijl de man woest in het rond schoot, in het Spaans schreeuwend dat Carlos die klootzak meteen koud moest maken. Hij had niet verwacht dat er zo veel mensen in de kamer zouden zijn, maar hij dacht dat hij het meisje had geraakt, en in elk geval de magere man op het bed. Opeens viel de blonde jongen hem van opzij aan en hij sprong tegen hem op, zodat hij niet meer kon richten. Maar daarom had je toch een tweede man meegenomen, en waarom gebruikte Carlos verdomme die uzi nog steeds niet?

De man draaide zich om, terwijl de jongen als een Supermancape op zijn rug hing. Carlos had nog steeds zijn uzi op de kamer gericht en probeerde een doelwit te vinden, terwijl hij zoiets schreeuwde als: 'Uit de weg, baas, uit de weg.' De man bewoog zich en probeerde zich van de jongen op zijn rug te bevrijden, maar de jongen hield hem stevig vast. Nu draaide de man zich naar Carlos toe, precies op tijd om te zien hoe de grote man door die gespierde jongen die ze op straat hadden gezien op zijn gezicht werd getimmerd.

Hij was uit de badkamer gekomen, met een handdoek om zich heen en een moorddadige blik in zijn ogen, en hij had Carlos, die nog steeds wanhopig probeerde een vrij schootsveld te vinden, een doodsschrik bezorgd. De stevig gebouwde jongen sloeg hem recht op zijn gezicht, een knock-outstoot, en Carlos sloeg met zijn vinger aan de trekker tegen de muur aan, een regen van kogels afschietend, zonder te weten of hij nu wel of geen vrij schootsveld had.

De man voelde hoe de eerste kogels hem in de borst troffen, gevolgd door een paar in de maag, en toen hield hij op met tellen. De gespierde jongen sprong op Carlos af en sloeg hem tegen de grond, terwijl de uzi nog steeds kogels afvuurde, die het plafond, de grond en de muren troffen – en de man. Hij bleef tegen de jongen vechten, de kogels nauwelijks voelend. Hij probeerde de jongen van zich af te schudden zodat Carlos tenminste kon schieten, maar de jongen liet niet los en de man voelde nu dat zijn krachten begonnen te minderen. Hij voelde zich licht in het hoofd en misselijk worden, en toen hij omlaag keek zag hij hoe het bloed als karmozijnkleurige bloemen op zijn hawaïshirt uitvloeide.

De gespierde jongen hield Carlos, die onder het bloed zat en wiens uzi rokend naast hem lag, stevig tegen de grond gedrukt. De gespierde jongen raapte het pistool op, draaide zich naar de man toe en keek hem nog eens aan, terwijl de man op het tapijt ineenzakte, nu pas de pijn voelend, en nu pas voelend hoe het bloed uit hem stroomde.

De blonde jongen deed een stap terug en liet hem vallen, en hij zakte log op het tapijt ineen, met zijn blik op het mishandelde lichaam van Carlos en de gespierde jongen naast hem, en hij hoorde het geschreeuw en de vage sirenes in de verte en keek toe hoe de blonde jongen over hem heen stapte en met een pistool in zijn hand naar Carlos toe liep. Hij boog over Carlos' lichaam heen, met een blik die even kil was als die van zijn vriend, en met een verbeten gezicht hield hij het pistool stevig vast en schoot eenmaal tussen Carlos' ogen.

Daarna sloot de man zijn ogen en zakte hij weg.

29

Tiffany krijste. Tiffany krijste en Mouse kreunde, en in de verte klonken de gillende sirenes al. Sawyer stond naast hem met de lege uzi in zijn handen en staarde naar de grote man en de jongen in het hawaïshirt die op de gang lag dood te bloeden. Tiffany bleef maar krijsen. Mouse bleef kreunen. Pender liet het pistool vallen, als een lege herinnering aan de schoten die nog steeds in zijn hoofd weerklonken. Hij stapte over de Spaanse jongen heen en liep terug naar de slaapkamer, die een en al verwoesting was: kapotgeschoten ramen, net als de tv, de prenten aan de muur allemaal kapotgeschoten en scheef. Overal dwarrelden pluizen van het kapotgeschoten beddengoed.

Mouse lag aan de andere kant van het bed, met Tiffany boven op hem, terwijl ze haar bebloede hand op zijn borst drukte. Ze stopte met schreeuwen toen ze Pender zag. Mouse keek naar hem op. 'Klootzak,' zei hij. Hij was boven in zijn borst getroffen, aan de rechterkant. Veel bloed. Penders knieën knikten.

'We moeten weg,' zei Sawyer. Hij had een broek en een T-shirt aangetrokken en stond nu in de deuropening. 'We moeten weg, nu!'

Pender keek naar Mouse. Het meisje snikte nu hevig. Mouse was rustiger. 'Gaan jullie maar,' zei hij. 'Ik red het hier wel.'

Pender knipperde met zijn ogen. De wereld leek rondom hem samen te smelten en hij kon weer logisch denken. 'Geen denken aan,' zei hij. 'Zo ernstig is die wond niet.'

Hij trok Tiffany omhoog. 'Kom mee,' zei hij tegen haar. Ze liet zich door hem in de richting van de deur draaien. Sawyer wenkte dat ze moest komen, waarop ze langzaam, met haar ogen stijf dicht een stap zette en over het lichaam van de Spaanse jongen stapte en met haar ogen nog steeds stijf dicht het bloederige lichaam van de grote man negeerde. Sawyer nam haar in zijn armen.

'Zoek hun autosleutels,' zei Pender tegen hem. 'We moeten weg.'

Hij draaide zich weer naar Mouse toe, die met zijn hand over zijn wond op zijn rug op de vloer lag. Hij pakte een van zijn boodschappentassen van de vloer en haalde er een T-shirt uit. Hij scheurde het tot een lange strook, knielde bij Mouse neer en bond het T-shirt over de schouder en onder de oksel van Mouse, de wond zo goed mogelijk bedekkend. 'Oké, Mouse,' zei hij, zijn werk inspecterend. 'En nu nemen we je mee.'

Sawyer was op zijn knieën bezig de broekzak van de grote man te doorzoeken. Hij haalde er een sleutelring uit, terwijl Pender Mouse omhoog hielp. 'Trans Am,' zei hij. 'Ik heb deze klootzakken eerder gezien.'

Hij stopte de sleutels in zijn zak en knielde weer neer om het pistool van de Spaanse jongen en de extra munitie van de grote man op te pakken. Hij schoof alles in zijn zak en keek naar Pender. 'Ben je zover?'

Pender knielde neer bij zijn weekendtas en haalde er een bruine envelop uit. 'Geld,' zei hij, terwijl hij opstond. 'Kom, we gaan.'

Ze liepen de gang in. Sawyer liep voorop, met de uzi in de ene hand en Tiffany's hand in de andere. Pender liep achter hen, als een soort menselijke kruk voor Mouse. De gang was leeg. 'De achtertrap,' zei hij tegen Sawyer.

Ze wisten het trappenhuis te bereiken en daalden moeizaam de trap af, waarbij de strompelende Mouse zwaar hijgde. 'Laat mij maar hier,' zei hij. 'Ik hou jullie alleen maar op.'

'Hou je mond, aansteller,' riep Sawyer vanaf de trap beneden hem. 'Er is heel wat meer nodig dan een vleeswond om een held te worden.'

Ze liepen langzaam in het trappenhuis omlaag. Pender had het gevoel dat hij droomde en op één plek aan het rennen was, zonder ooit verder te komen. Mouse leunde zwaar op zijn schouders – elke stap leek een uur te duren en Pender werd steeds paniekeriger. Blijf kalm, zei hij tegen zichzelf. Blijf professioneel. Je moet hier doorheen.

Toen ze de begane grond bereikten, stak Sawyer zijn neus om de hoek van de gang en trok zich meteen weer terug. 'Politie,' zei hij. 'Aan het eind.'

'We nemen de achterkant,' zei Pender. 'En dan zoeken we de auto.'

Ze liepen snel aan de achterzijde het hotel uit, en Pender hoorde dat Sawyer een gedempte kreet slaakte toen hij de steeg in liep. Er stond een feloranje Trans Am achterwaarts ingeparkeerd, precies goed om er snel mee vandoor te gaan. Sawyer nam plaats achter het stuur en startte de motor, terwijl Pender en het meisje Mouse op de achterbank hielpen. Pender stapte in en sloeg het passagiersportier dicht, en Sawyer reed meteen in westelijke richting weg, van Ocean Drive, het Dauphin en de lijken van de twee moordenaars vandaan.

Sawyer bracht hen naar de MacArthur Causeway, waarna ze het centrum van Miami in reden. Pender verwachtte half dat er aan de overkant van de baai een versperring was opgeworpen en zei tegen Sawyer dat hij langzamer moest rijden en in het overige verkeer moest opgaan. Er was geen versperring, maar Sawyer minderde niettemin vaart, terwijl Pender probeerde zijn razende hartslag omlaag te brengen.

Hij draaide zich naar Mouse toe, die onderuitgezakt op de achterbank zat. 'Hoe gaat het, jongen?' Mouse hijgde hevig en zag bleek, maar hij grijnsde Pender zwakjes toe en stak zijn duim op.

'Ik leef nog,' zei hij.

Sawyer keek naar Pender. 'Ziekenhuis?'

'Geen sprake van.' Pender schudde zijn hoofd. 'Ze arresteren ons zodra we daar naar binnen lopen.'

'Zet me dan voor de EHBO af,' zei Mouse. 'Ik hou jullie alleen maar op.'

'Je kijkt te veel films,' zei Pender. 'We laten je niet alleen, Mouse.'

'Waar hebben jullie het in godsnaam over?' riep Tiffany opeens. 'Waarom gaan we niet naar het ziekenhuis, of naar de politie? Wie waren die kerels trouwens?'

'Rustig maar,' zei Sawyer. 'Dat leggen we je nog wel uit. En we gaan niet naar het ziekenhuis.'

'Maar jullie vriend ligt hier dood te gaan.'

'Ik lig hier helemaal niet dood te gaan,' zei Mouse. 'Ik ben een aansteller. Luister niet naar mij.'

'Hij is in zijn schouder geschoten,' zei Pender. 'Hij heeft veel pijn en zal waarschijnlijk in shock raken. We maken dat we wegkomen uit deze buurt en dan gaan we hem stabiliseren. Is dat oké, Mouse?'

'Zoals je wilt, chef.'

'Goed,' zei Pender. 'Laten we zo ver mogelijk zien weg te komen van South Beach. We moeten een plek zoeken waar we niet opvallen en deze auto kunnen achterlaten. Wij houden Mouse in de gaten en als alles goed gaat, lappen we hem op en rijden we verder. Zo niet, dan zoeken we een ziekenhuis op het platteland of zo en kopen een arts om zodat die er geen ruchtbaarheid aan geeft. Slim toch?'

Sawyer knikte. 'Heel slim, chef.'

Op de achterbank boog Tiffany zich naar voren. Ze keek Sawyer een tijdlang aan en daarna richtte ze haar blik op Pender. 'Jezus,' zei ze. 'Wie zijn jullie eigenlijk?'

30

Rechercheur Landry leidde de twee agenten over het terrein met in beslag genomen goederen, huiverend in de aanhoudende regen. Hij wendde zich weer tot zijn metgezellen, een man en een vrouw, een blanke en een zwarte, een FBI'er met een zuidelijk accent en een of andere agent van de staatspolitie van Minnesota, wat Landry niet begreep, maar hij had in deze baan nu eenmaal geleerd dat er vragen waren die je niet stelde en vragen die je vergat te stellen. 'Die bus staat hier,' zei hij, hen langs een paar straatrace-Honda's leidend. 'Althans wat ervan over is.'

Agent Stevens volgde de rechercheur en had er spijt van dat hij geen paraplu had meegenomen. Hij had er niet op gerekend dat hij veel tijd buitenshuis zou doorbrengen op deze reis, en daar kwam bij dat Windermere hem nauwelijks tijd had gegeven om in te pakken. Maar in dit ellendige weer had Stevens zijn tandenborstel direct voor een paraplu omgeruild.

In feite leefde hij uit een Walmart-boodschappentas sinds ze uit Chicago waren vertrokken. Nadat de adressen van McAdams en Tarver even vals als dat van Ryan Carew waren gebleken, had Windermere het Beneteau-spoor met haar adjunct-chef onderzocht en instructies gekregen om naar Detroit af te reizen. En nu stonden ze in de Motor City een uitgebrande bus te bekijken, terwijl Nancy Stevens in Minnesota inwendig kookte van woede, te midden van stapels dossiers en twee kinderen die van alles nodig hadden. 'Goed,' had ze verzucht toen hij haar over de nieuwe ontwikkelingen had verteld. 'Heb je enig idee wanneer je weer thuiskomt?'

'Na Detroit,' had hij tegen haar gezegd. 'Ik kom na Detroit naar huis, dat beloof ik.'

En nu hij in de grijze regen op een politieterrein in Zuid-Michigan vastzat, kon Stevens geen enkele plek bedenken waar hij graag zou zijn, behalve thuis in Minnesota met zijn zieke kind en zijn boze, drukbezette vrouw. Hij haalde zijn vingers door zijn dunner wordende haar en constateerde dat het doornat was.

Windermere kwam wat dichter bij hem staan, haar eigen paraplu hoog ophoudend. 'Hier,' zei ze. 'Zoek wat beschutting.'

'Niet nodig,' zei hij. 'Bedankt.'

'Ik sta erop, agent Stevens. Je vertegenwoordigt de FBI en je ziet er verschrikkelijk uit. Kom op.'

Hij haalde zijn schouders op en nam de paraplu over, waarbij hij voelde hoe ze zich tegen hem aan drukte terwijl ze eronder schuilden. Stevens kon nog net de geur van haar parfum ruiken terwijl ze de rechercheur over het terrein volgden in de richting van de uitgebrande resten van wat ooit een Ford E-serie-passagiersbusje was geweest. De rechercheur bleef voor het busje staan en maakte weidse gebaren in de richting van het geblakerde vehikel.

De carrosserie was vrijwel geheel verbrand, en wat er nog resteerde was in het vuur zwart verkoold. De auto was onherkenbaar verwoest, maar de politie van Detroit bezwoer dat het een Ford was en ze meenden ook dat die waarschijnlijk ooit rood was geweest.

Stevens liep om het voertuig heen. 'Kentekenplaten?'

Landry schudde zijn hoofd. 'Die waren eraf gehaald.'

'We zijn op zoek naar een busje dat in Minnesota verkocht is. Hebben jullie het chassisnummer?'

'Dat is weggesmolten. De auto is onmogelijk te identificeren.'

'Hoe weet je dan dat dit de bewuste bus is?'

'Een nachtwaker van de Ford-fabriek in River Rouge zei dat hij de betreffende nacht een rode Ford-bus had zien passeren, gevolgd door een grijze Chevy Impala. Een halfuur later reed de Impala terug, maar het busje bleef achter. Een van de buren van het slachtoffer zegt dat er op de dag dat Donald Beneteau werd vermoord een meisje in een grijze Chevy voor zijn huis zat.'

'Had ze krullen?'

'Die bedoel ik,' zei Landry.

'Heeft die bewaker de brandweer gebeld?'

Landry schudde weer zijn hoofd. 'Het gebeurde niet op het Fordterrein, dus hij dacht er verder niet aan, totdat hij de volgende dag na zijn dienst naar huis reed en de bus een eindje verderop uitgebrand in een zijstraat zag staan. Hij dacht dat het een drugszaak was en wilde niet praten, maar we kregen hem toch zover.'

'Oké,' zei Stevens. 'Dus we gaan ervan uit dat het busje bij de moord op Beneteau is gebruikt. En dan hebben we nog een Impala met onze mooie meid erin.'

Windermere nam het woord. 'Je zei toch dat je een getuige had die de bus had zien wegrijden?'

'Inderdaad,' zei Landry.

'Maar die heeft geen kenteken gezien.'

'Nee,' zei Landry. 'Te donker.'

'Huh,' zei Windermere. 'Vind je het goed als we hem eens aan de tand voelen?'

Het duurde tien minuten voordat de getuige in Birmingham zich herinnerde dat het busje dat hij had gezien niet van de gewone Michigan-kentekenplaten was voorzien, maar van een witte plaat met een lichtblauwe strook aan de bovenzijde – oftewel een plaat van Minnesota.

Toen hij dat eenmaal wist, begon Stevens meteen autoverhuurders te bellen. Hij had beet bij het Budget-kantoor op het vliegveld. Zeker, lieten ze hem weten, we hebben een grijze Impala verhuurd aan een vrouw uit Louisville, Kentucky, Darcy Wellman geheten. Ja, ze heeft met haar eigen MasterCard betaald. Nee, we weten niet meer hoe ze eruitzag. Nee, wij weten niet meer of er iemand bij haar was. Zeker, we zullen bellen als we ons nog iets herinneren.

Mogelijk aanvullend bewijs. Maar veel te duidelijk om nog toeval te kunnen zijn. 'Kun je die creditcard laten blokkeren?' vroeg Stevens aan Windermere.

'Ik weet nog iets beters,' antwoordde ze. 'Ik zal regelen dat MasterCard ons inlicht als de kaart wordt gebruikt. Dan kunnen we haar op afstand volgen.'

'Laten we hetzelfde doen met de Visacard van Ashley McAdams.'

'Is al gebeurd.' Ze knipoogde naar hem. 'Je hebt hier met een professional te maken. En nu de auto in.'

Ze reden over de I-94 in zuidwestelijke richting terug, met de ruitenwissers op dubbele snelheid. Toen ze in de buitenwijken kwamen, werd het minder druk op de weg. Stevens keek naar Windermere. 'Ga je me nog vertellen waar je me naartoe brengt?' vroeg hij haar. 'Weet jij iets wat ik niet weet?'

'Misschien,' antwoordde ze, terwijl er een zweem van een glimlach rond haar mond speelde.

'Jezus, Carla,' zei hij. 'Doe niet zo geheimzinnig. Wat heb je ontdekt?'

'Dat zul je nog wel zien, Stevens,' zei ze. 'Dat zul je nog wel zien.'

Stevens zuchtte en keek achterover zittend in zijn stoel hoe Detroit aan zijn raampje voorbijtrok. Wat ze ook gevonden mag hebben, dacht hij, het is nu al een fantastische dag.

Een paar minuten later ging haar telefoon. Windermere knipoogde weer naar Stevens en nam op. 'Windermere.' Ze zweeg even. 'Tjonge. Geweldig. Kun je de details sms'en?' Stilte. 'Heel goed. Ik sta bij je in het krijt.'

Ze verbrak de verbinding en keek weer naar Stevens, niet in staat haar lach te verbergen. 'Ben je klaar voor de verrassing?'

'Kom maar op.'

'We zijn op weg naar het vliegveld, Stevens. Dat was een vriend van mij aan de telefoon daarnet. Hij werkt bij de FAA, de luchtvaartdienst. Ik heb hem een paar namen laten natrekken.' Haar glimlach was aanstekelijk.

'En?'

'Het blijkt dat een dame met de naam Ashley McAdams een paar dagen geleden een vlucht van Detroit naar Seattle-Tacoma International Airport heeft genomen,' zei ze. Haar lach werd nog breder. 'Je gelooft toch niet dat dat toeval geweest kan zijn, hè?'

31

D'Antonio vloekte en verbrak de telefoonverbinding. Hij stak een sigaret op en vloekte nog eens, uit het raampje van de Escalade starend. Die klootzak van een Zeke was ook niet te vertrouwen.

Het nieuws uit Miami was niet goed. Het nieuws uit Miami was ronduit kut. Zeke had de zaak gedelegeerd aan een zekere Manny, een jongen met een spijkerharde reputatie. Hij zou echt een kanjer zijn in zijn werk. Blijkbaar was dat niet het geval.

'Ik had tegen hem gezegd dat hij ondersteuning moest meenemen,' had Zeke gezegd. 'Ze moeten in een ware veldslag beland zijn.'

Voor zover D'Antonio wist, waren de twee mannen in de luren gelegd door een magere knul die niet eens een vuurwapen had gehad. Volgens de politie van Miami had het ballistisch onderzoek maar twee soorten munitie opgeleverd: de 200 grain-kogels uit een .45 kaliber pistool en de 9 mm-Parabellumkogels die volgens de politieagenten ter plaatse waarschijnlijk uit een submachinepistool afkomstig waren. De 9 mm-kogels waren in Manny aangetroffen. De andere man was door een patroon uit een .45 in zijn hersenen getroffen. Dat betekende dat ze elkaar hadden neergeschoten of dat de magere jongen erin geslaagd was hen allebei te overmeesteren. Zonder dat hij zelf een wapen had gehad. Onmogelijk.

Er waren te veel vingerafdrukken om daar iets uit te concluderen en aan getuigen ontbrak het volledig, en volgens D'Antonio's contactpersoon voelde de moordbrigade bijzonder veel voor het scenario dat de mannen elkaar hadden neergeschoten, ware het niet dat er een probleempje was: een grote plas bloed van een ander op de vloer van de hotelkamer. Alles wees er dus op dat er een derde persoon in de kamer was geweest tijdens de moordpartij.

De jongen. En al dat bloed betekende dat die klootzak gewond was.

D'Antonio stapte uit de Escalade, de regen in. Hij tuurde naar het huis van de Beneteaus, zich afvragend of de oude dame hem in de gaten hield.

De laatste tijd leek hij op haar oprit of in haar woonkamer te wonen, waar hij telefoontjes opnam en het verkeer regelde, terwijl zij op de achtergrond zat te piekeren en de kinderen als geestverschijningen door het huis zwierven. Die arme wichten hadden hun vader aan deze klootzak verloren, dacht hij. Wie weet wanneer ze hun moeder zouden verliezen.

Hij liep naar de voordeur en opende die. Een van de kinderen, de jongste, kwam de hal in toen hij zijn schoenen uittrok. 'Is je moeder er ook?'

De jongen keek hem even aan en wees naar de studeerkamer. Hij zei niets. D'Antonio knikte. 'Bedankt.'

De jongen volgde hem naar de deur, van een afstandje toekijkend. D'Antonio opende de deur en zag dat de jongen hem aanstaarde. 'Wat is er, ventje?'

De jongen had zijn ogen wijd opengesperd. 'U gaat de mannen pakken die mijn papa hebben vermoord.'

'Dat klopt,' zei D'Antonio.

'U gaat het ze betaald zetten.'

'Ja.'

De jongen zei niets meer. D'Antonio bleef een moment lang staan en liep toen de studeerkamer binnen, waar Patricia Beneteau met een ijzingwekkende blik op haar gezicht zat te wachten. 'Doe de deur dicht,' zei ze.

D'Antonio deed de deur dicht. 'We hadden een probleem,' zei hij. 'De klus in Miami is mislukt.'

Ze keek hem met haar kille ogen aan. 'Wat betekent dat precies?'

'Die jongen is ontsnapt. Hij heeft de helper neergeschoten en hun auto meegenomen.'

'Dat klinkt niet als een bijzonder goede helper,' zei ze. 'En hoe zit het met het meisje?'

'Ik ben bezig met een spoor naar Seattle. We vinden haar wel.'

'Jezus,' zei ze. Ze liep naar een boekenkast. Ging een rij boeken langs. Ze draaide zich naar hem om en keek hem met een priemende blik aan. Haar stem klonk ijzig. 'Mijn man is omgebracht door een of andere jeugdbende, en deze organisatie schijnt ondanks alle mankracht niet in staat te zijn die op te sporen. Zeg eens eerlijk: kun jij deze lui vinden? Of moet ik Rialto een beter gekwalificeerd persoon laten sturen?'

'Er is geen betere,' zei hij. 'Ik ben er, en dat is alles.'

Ze staarde D'Antonio met een opgetrokken wenkbrauw aan.

D'Antonio bleef haar op zijn beurt aankijken. Hij was niet van plan zijn blik af te wenden. Gelukkig ging zijn telefoon. 'Neem me niet kwalijk,' zei hij tegen haar en hij verdween naar de hal.

Het was zijn contactpersoon bij Detroit Metro. 'Ik heb nieuws.'

'Vertel op.'

'De FBI neemt jouw zaak over.'

De moed zonk D'Antonio nog verder in de schoenen. 'Gelul.'

'Toch is het waar. Niet vanwege intimidatie overigens. Verschillende FBI'ers. Die rechercheur Moordzaken, Landry, heeft ze meegenomen vanuit Birmingham en ze naar busjes laten kijken op het terrein met in beslag genomen auto's. Twee agenten uit Minnesota die met een ontvoeringsscenario bezig zijn. Ze gaan ervan uit dat jouw moordenaars deel uitmaken van een groep. Waarschijnlijk vier mensen die van de ene naar de andere staat reizen om mensen te ontvoeren.'

Zulke vlegels? dacht D'Antonio. Geen sprake van. Dat tuig was nauwelijks van de middelbare school af. 'De FBI,' zei hij. 'Wat betekent dat voor ons?'

'Dat betekent dat ik je niet veel informatie meer kan leveren, tenzij Moordzaken van Birmingham er op een of andere manier bij betrokken blijft. Anders zal de FBI ons erbuiten houden.'

'Wat wil je daaraan doen?'

'We kunnen ze informatie geven,' zei de man. 'Kleine brokjes. Net genoeg om de FBI in de buurt te houden. Om te beginnen kunnen we bijvoorbeeld toegeven dat Beneteau ontvoerd was.'

'Laat me daarover nadenken,' zei D'Antonio. 'Nog meer?'

'Jawel. Ik heb een naam van dat meisje uit Seattle.'

'Echt waar?'

'Het ticket was gereserveerd op naam van Ashley McAdams. Ze heeft de dag daarna een vlucht genomen. Het kan een valse naam zijn, maar het lijkt me de moeite waard om erachteraan te gaan.'

'Dat zullen we doen,' zei D'Antonio.

Hij verbrak de verbinding en bleef even in de hal staan. Ontvoerders. Ze dachten dat Beneteau door ontvoerders was meegenomen. Tja, dat was wel een steekhoudende theorie als je naar Miami keek. Die huurmoordenaars dachten natuurlijk dat ze een ongewapende jongen moesten uitschakelen. Maar het bleek dat ze zich in een slangenkuil hadden begeven. Interessant.

D'Antonio liep terug naar de studeerkamer. Patricia Beneteau keek van achter haar bureau naar hem op. 'En?' zei ze. 'Ben je er al achter hoe je deze lui in de kraag gaat vatten?'

'Ja,' zei D'Antonio tegen haar. 'Ik ga naar Seattle.'

32

Ik heb een man gedood, dacht Pender. Ik heb in koelen bloede een man gedood. Ik heb hem gedood terwijl hij half bewusteloos en weerloos op de grond lag. Ik ben over hem heen gaan staan en heb hem doodgeschoten, en ik zou dat nogmaals doen als het moest.

Ze zaten in een gribusmotel in Hollywood, langs de autoweg vanuit Miami. Ze hadden de Trans Am aan het eind van de parkeerplaats gestald en hun intrek genomen in een smerig, veel te klein hok zonder airco en kabel-tv. Ze hadden Mouse de kamer in gedragen, hem op het bed gelegd en zich ervan verzekerd dat hij stabiel was, en daarna hadden ze Tiffany opgedragen op hem te passen, terwijl zij lopend op zoek gingen naar een 7-Eleven om boodschappen te doen.

'Hoe erg is hij eraan toe, denk je?' vroeg Pender onderweg aan Sawyer. 'Denk je dat hij het redt?'

'Hoe kan ik dat nou weten?' zei Sawyer. 'Hij is toch bij bewustzijn?'

'Misschien verkeert hij in shock.'

'Er zitten geen vitale organen op de plek waar hij getroffen is, denk ik. Waarschijnlijk heeft hij verrekte veel pijn, maar hij zal het toch zeker wel redden?'

'Ik hoop het,' zei Pender. 'Je loopt niet zomaar verder als je door een kogel bent getroffen.'

'In de film wel,' zei Sawyer.

'Ja, daar hebben we wat aan.'

Ze liepen nog een eind verder. 'We kunnen proberen om een dokter om te kopen,' zei Pender. 'Maar dat moeten we wel snel doen, want we moeten onderweg blijven. Die kerels zullen weer achter ons aan gaan.'

'En wat doen we met het meisje, met Tiffany?' zei Sawyer. 'Hoeveel vertellen we haar?'

'Hoe graag mag je haar?'

Sawyer keek naar Pender. 'Ik heb haar nog maar net ontmoet, jongen. Het is een rijke griet van Princeton. Wie weet wat ze nu allemaal zit te bedenken?'

'Kunnen we haar laten gaan?'

Ze lieten de vraag onbeantwoord en bleven doorlopen. Als we een aannemelijk verhaal kunnen bedenken, dacht Pender, kunnen we haar laten gaan. Mits we er zeker van kunnen zijn dat ze haar mondje zal houden. Maar wat gebeurt er als we dat niet kunnen?

'Misschien kunnen we haar vertellen dat mijn vader een beroemdheid is,' zei hij uiteindelijk. 'Een politicus of zo.'

'Ja,' zei Sawyer. 'Die jongens probeerden je te ontvoeren.'

'Dat klinkt toch goed, niet?'

Ze kochten de voorraad verbandmiddelen en aspirine van de 7-Eleven op en schaften ook nog wat goedkope snacks en alcohol aan, waarna ze over de donkere weg teruglopend het dekmantelverhaal perfectioneerden. Ze liepen langs de achterzijde van het motel, vast van plan het verhaal aan het meisje voor te schotelen en haar daarna vrij te laten.

Ze openden de deur van hun kamer en troffen Mouse liggend op bed aan, nog steeds gekleed in zijn bebloede zwembroek en van bloed doordrenkte provisorische verband. Met zijn hoofd ondersteund door kussens lag hij naar een actiefilm te kijken. Tiffany zat naast hem, met haar hand op de zijne.

Mouse keek op toen Pender en Sawyer de kamer in kwamen. 'Hallo, jongens.' Hij gebaarde naar de tv. 'Dit soort dingen is heel wat boeiender als je weet wat die lui allemaal moeten doorstaan.'

Tiffany rolde met haar ogen richting Pender. 'Wat hebben jullie gekocht?'

'Verband, medicijnen, cakejes en wodka,' zei Sawyer. 'Alles wat ons neergeschoten huftertje zich maar zou kunnen wensen.'

'Hoe gaat het met hem?'

'Prima,' zei Mouse. 'Ik wil alleen even een dutje doen.'

'Geen dutjes,' zei Pender. 'Hoe is het met het gevoel in je arm? Wil je dat een dokter ernaar kijkt?'

'Verdomme, nee,' zei Mouse. 'Geef mij nou maar een of andere cocktail en vertel me of er een uitgangswond is.'

Ze gaven Mouse een fles wodka en een plastic motelbeker en zeiden tegen hem dat hij zich klaar moest maken, terwijl Tiffany badhanddoeken over de beddensprei legde. Mouse schonk zich een borrel in, goot die met moeite naar binnen en begon te hoesten en grimassen te trekken.

'Mietje,' zei Sawyer.

Mouse keek hem woedend aan. 'Rot op.'

Pender schonk hem voor alle zekerheid nog een dubbele wodka in, waarna ze Mouse optilden en hem voorzichtig op de badhanddoeken legden. Ze rolden hem op zijn linkerzij. Terwijl Pender en Sawyer hem vasthielden, onderzocht Tiffany zijn rug. Ze trok een gezicht. 'Ja,' zei ze, 'er is een uitgangswond.'

'Hoe ziet het eruit?' zei Mouse.

'Volstrekt walgelijk,' zei ze. 'Hoe moet ik dat weten?'

'Ik geloof dat die vent een .45 had. Dat is een verdomd groot pistool.'

'Het is een verschrikkelijk groot gat,' zei Tiffany.

Mouse pakte zijn kop en dronk die weer leeg. 'Ja,' zei hij. 'Ik red het wel. We moeten alleen het bloeden stoppen en die plek verbinden.'

Pender en Sawyer keken naar elkaar. 'Weet je dat zeker?'

'Ik denk van wel.' Hij gebaarde naar de plastic boodschappentassen. 'Laat eens zien wat je allemaal hebt gekocht.'

Ze bedekten de uitgangswond met een verband van de 7-Eleven en wikkelden zijn arm en schouder in de rest van de schone handdoeken. Ze legden hem weer op het bed en zeiden dat hij moest rusten.

'Geen drank meer,' zei Tiffany. 'Dat verdunt het bloed.'

Mouse kreunde theatraal. 'Geef me in elk geval een paar cakejes.'

'Eet op.' Pender wierp Tiffany een pakje cakejes toe. Daarna wendde hij zich tot Sawyer. 'Wil je haar het verhaal vertellen?'

Sawyer knikte. 'Ja, oké.'

Pender richtte zijn aandacht weer op Tiffany, die Mouse lachend de cakejes aan het voeren was door die van haar hand te laten eten. 'Tiffany, zal ik het van je overnemen? Dan kunnen Sawyer en jij even pauze nemen. Een eindje wandelen.'

Tiffany keek hem met wijd open ogen aan. 'Dus ik moet van jou een eindje met Sawyer gaan lopen.'

'Ach, chef, laat haar blijven,' zei Mouse. 'Het is net zo leuk.'

'Een paar minuten maar,' zei Pender.

Tiffany zag bleek. 'Jullie gaan me zeker vermoorden?'

Mouse kwam opeens overeind. 'Wat?' Hij trok een grimas en liet zich weer op het bed terugvallen. 'Wie gaat wie vermoorden?'

Ze stond op. 'Jullie denken dat ik te veel weet.'

'Er wordt hier niemand vermoord,' verzekerde Pender haar. 'Het leek me goed als jij met Sawyer even over de situatie hier kon praten. Hij zou vragen kunnen beantwoorden en dergelijke.'

'Dat hoeft niet,' zei Tiffany. 'Mouse heeft het al uitgelegd.'

Pender staarde haar aan. Daarna keek hij naar Mouse, die zijn schouders ophaalde en zwakjes glimlachte. 'Ze heeft het van me afgedwongen, jongens. Doortrapte ondervragingstechnieken.'

Tiffany bloosde, maar Pender hield zijn blik op Mouse gericht. 'Wat heb je haar precies verteld?'

'Hij heeft me de waarheid verteld,' zei Tiffany.

'Ja, ja,' zei Pender. 'Welke waarheid?'

'Hij heeft me verteld dat jullie het land rondtrekken en mensen ontvoeren voor losgeld,' zei ze. 'En dat die mannen die de hotelkamer binnenkwamen kwaad waren omdat jullie geprobeerd hadden een lid van de maffia in Detroit te ontvoeren, en dat jullie nu op de vlucht zijn. Dat heeft hij me allemaal verteld.'

Pender keek Mouse doordringend aan, maar die had alleen maar oog voor Tiffany en had nog altijd diezelfde stomme grijns op zijn gezicht. Pender had hem persoonlijk kunnen vermoorden.

'Wat dan?' Tiffany's ogen waren op Pender gericht. 'Hebben jullie een beter verhaal?'

33

Nancy was nog wakker toen Stevens thuiskwam. Hij trof haar aan de keukentafel aan, met een reeks dossiermappen en fotokopieën voor haar uitgespreid. 'Agent Stevens,' zei ze, opkijkend terwijl hij uit de garage binnenkwam. 'Terug van je operatie om de wereld te redden?'

Hij was terug, dat was waar, maar het zou niet meer dan een korte tussenstop worden. Windermere wilde de volgende dag om twaalf uur alweer in het vliegtuig naar Seattle zitten.

'Kus je vrouw, knuffel je kinderen en pak je tas in,' had ze tegen Stevens gezegd toen ze op het vliegveld ieder hun eigen weg waren gegaan, en Stevens had tijdens de taxirit niets anders gedaan dan zich afvragen wat hij Nancy moest vertellen.

Nu stond hij over haar heen gebogen om haar op het voorhoofd te kussen en had hij nog steeds geen plan bedacht. Ze keek naar hem op, slaperig glimlachend. 'Hoe was je dag?' vroeg hij haar.

'Druk,' zei ze, haar ogen sluitend terwijl hij over haar rug wreef. 'Ik heb je gemist.'

'Ja,' zei Stevens. 'Ik heb jou beslist ook gemist.'

Hij masseerde haar rug een paar minuten, de spierknopen bewerkend en de spanning in haar schouders voelend. Ze leunde met een vergenoegde blik op haar gezicht achterover bij zijn aanrakingen.

'Slapen de kinderen?'

Ze knikte. 'Sinds ongeveer een uurtje.'

'Klote. Hoe gaat het met J.J.?'

'Beter. De koorts is gezakt. Je kunt ze wel wakker maken.'

'Nee, laat ze maar slapen.'

Ze opende haar ogen en keek hem aan. 'Je moet zeker gauw weer weg.'

Hij knipperde met zijn ogen. 'Hoe weet je dat?'

'Ik ken jou, agent Stevens,' zei ze. 'Je ziet eruit alsof je heel intensief met iets bezig bent en je denkt dat ik dat niet leuk ga vinden.'

Stevens staarde zijn vrouw aan. 'Ik dacht dat ik een pokerface had.'

Nancy lachte. Ze bracht haar hand naar achteren en wreef over zijn arm. 'We kunnen niet allemaal geboren leugenaars zijn.'

'Seattle.' Hij zuchtte. 'Een paar dagen, misschien langer.' Hij had het idee dat het hopeloos was, wat hij ook zou zeggen. 'Het spijt me, schat.'

Nancy leunde achterover om hem dichter tegen zich aan te trekken. 'Je hoeft je niet te verontschuldigen.'

'Zeker wel.'

'Ik wist waar ik aan begon toen ik met een staatspolitieman trouwde. Het is alleen zo beroerd dat het net deze week allemaal samenkomt.'

'Het is gewoon klote,' zei Stevens. 'Toen ik bij de BCA ging werken, dacht ik dat ik voortaan elke nacht in mijn eigen bedje zou liggen.'

'We slaan ons er wel doorheen. Als Brennan terug is en jij deze zaak hebt opgelost, kunnen we allemaal onze normale routine weer opnemen. Ja, toch?'

Ze hield haar hoofd schuin naar achteren, en hij kuste haar. 'Ja, zeker,' zei hij.

Ze glimlachte naar hem. 'En vertel me nu waar die zaak van jou over gaat.'

'Tja, die zaak van mij,' zei hij, terwijl hij om de tafel heen liep en tegenover haar plaatsnam. 'Het gaat over jongeren die overal mensen kidnappen. In Minnesota, Detroit, mogelijk Seattle. Ze hebben aliassen, valse adressen, creditcards. Het is krankzinnig.'

'Dat is maar goed ook, als je steeds weg bent,' zei ze. 'Hoe laat gaat je vlucht?'

'Halftwaalf.'

Ze stond op, rekte zich uit en liep naar hem toe. 'Nou, agent Stevens, ik denk dat je dan maar beter je echtelijke verplichtingen kunt vervullen nu je de kans hebt.'

Ze ging op zijn schoot zitten, hij bracht zijn hoofd naar het hare toe en ze kusten elkaar weer, lang en intens.

'Was je vrouw boos?' Terwijl Windermere het gangpad van de Delta-A320 overzag, maakte Stevens zich op om te gaan zitten.

Hij maakte zijn veiligheidsgordel vast en tuurde naar boven, in de hoop dat zijn maag kalmeerde. 'We hebben ons erdoorheen geslagen,' zei hij. 'En Mark?'

Windermere keek fronsend. 'Mark... Tja, hij had er wat problemen mee.' Ze glimlachte naar Stevens. 'Hij is jaloers op jou.'

'Heb je hem verteld dat ik getrouwd ben?'

'Al had ik hem verteld dat je homo was, dan had dat nog niet uitgemaakt.' Ze zuchtte. 'We zijn het erover eens dat we het niet eens zijn.'

'Jakkes.'

Ze zuchtte weer. 'Hij is gewoon humeurig,' zei ze. 'Eigenlijk al sinds we hierheen verhuisd zijn. Hij kan geen werk vinden, dus zit hij de hele dag thuis te somberen. Hij wil niet eens naar buiten omdat hij zo'n hekel heeft aan kou.'

'Heb je hem verteld over ijsvissen?'

'Zeker,' zei ze. 'Hij zei tegen me dat ik niet goed wijs was en stookte de kachel nog eens op.' Ze zocht in haar aktetas en gaf hem een vel papier. 'Hoe dan ook, we hebben huiswerk te doen.'

'Creditcards?'

'Deels. Dit zijn de Visa-afrekeningen van Ashley McAdams over de afgelopen twaalf maanden. Bekijk ze maar.'

Stevens bladerde de eerste afrekeningen door. Hij begon bij de laatste afrekening, die van oktober, en ging steeds verder terug in de tijd. Hij vond de borg voor de Avis-huurwagen in Minneapolis terug, maar afgezien van die ene post was er verder geen activiteit geweest. Stevens keek weer naar Windermere. 'Ze zijn allemaal blanco.'

Windermere knikte. 'En dat geldt ook voor de Wellman-creditcard. Eén borg in Detroit en verder niets.'

'Misschien zijn het nieuwe kaarten?'

'Nee.' Ze schudde haar hoofd. 'Die kaarten zijn ongeveer een jaar geleden uitgegeven en geactiveerd. Dat meisje heeft ze gewoon nooit gebruikt.'

'Waarom zou ze die nu dan wél gebruiken?'

'Ze heeft nog andere aliassen die we niet kennen,' zei Windermere. 'Ze had er wel twaalf kunnen hebben. Als ze een kaart heeft gebruikt, laat ze die alias vallen.'

'Maar Ashley McAdams heeft een paar weken geleden toch het vliegtuig naar Seattle genomen nadat ze haar kaart had gebruikt?'

'Ja, maar ze heeft toen contant betaald. Misschien dacht ze dat niemand het verband zou leggen.'

'Wel verdomme,' zei hij. 'Laten we hopen dat ze nog een keer zo'n fout maakt. Anders moeten we alle meisjes met krullen die in Seattle wonen gaan verhoren.'

'Er is nog meer nieuws,' zei Windermere. 'Landry van Moordzaken in Birmingham heeft telefonisch een update gegeven. Een lid van het gezin Beneteau is dood gevonden. Ze nemen aan dat hij ontvoerd is.'

Stevens keek op. 'En die bende vroeg om zestig mille, hè?'

'Een ton ditmaal, maar goed. Maar daar waren we dus zelf ook al achter gekomen. Ik heb hem bedankt en tegen hem gezegd dat we dat al wisten. Ik heb ook gezegd dat we op weg waren naar Seattle om meer te weten te komen over het meisje met de krullen, maar dat ze ons op de hoogte moesten houden als ze nog iets hoorden.'

De stewardessen sloten de cabinedeuren, en Stevens stopte de map weg terwijl het vliegtuig van de terminal wegtaxiede. Toen het vliegtuig op de startbaan gereedstond, greep Stevens de armleuningen zo stevig beet dat zijn knokkels wit uitsloegen. Windermere keek naar hem. 'Je vindt dit echt vreselijk, hè?'

Toen hij uit het raampje keek, voelde hij hoe zijn maag zich omdraaide. 'Ik heb dit al van kinds af aan.'

Ze pakte zijn hand. 'Kijk me aan, Stevens. Denk even niet meer aan dat vliegtuig en probeer rustig adem te halen.'

Hij hield haar hand stevig vast en staarde strak voor zich uit.

'Laten we gewoon wat praten,' zei Windermere. 'Denk nu niet aan vliegen en praat een poosje met me. Je hobby's, Stevens. Wat vind je leuk om te doen?'

Stevens keek haar aan. Zij keek met een kalme blik naar hem. Hij voelde hoe het vliegtuig opeens naar voren schoot en dwong zichzelf langzaam uit te ademen. 'Basketbal,' zei hij. 'Ik heb ooit in het universiteitsteam gespeeld.'

'Basketbal.' Ze keek hem aandachtig aan. 'Was je verdediger?'

Hij schudde zijn hoofd. 'Op de middelbare school was ik centrumspits, geloof het of niet. Ik was lang voor mijn leeftijd.' Hij glimlachte, tot zijn eigen verbazing. 'Het enige wat ik wilde was thuiswedstrijden van de Milwaukee Bucks verslaan. Maar om een of andere reden werd ik op een zijspoor gezet.'

Windermere liet haar hand nog steeds op de zijne rusten. 'Basketbal, dus. Ik hield meer van football. Meisjes kunnen natuurlijk geen football spelen, dus dat was pech voor me.'

Stevens ademde weer uit. Hij kalmeerde nu iets. 'Wat heb je dan gedaan?'

'In die tijd? Ik deed aan hardlopen. En nu ga ik drie avonden per week kickboksen. Zo kan ik mijn agressie kwijt zonder bang te hoeven zijn voor processen of aanklachten.'

Het vliegtuig kwam los van de startbaan en de grond viel weg. Windermere kneep in zijn hand. 'De start is voorbij, Stevens. We zitten in de lucht. Zul je het nu overleven of niet?'

'Ja,' zei hij. 'Bedankt.' Hij omklemde haar hand. 'Ik moet alleen je hand nog een paar uur lenen.'

Later, toen het vliegtuig op kruishoogte vloog en Stevens zich met een cocktail voor zich een beetje kon ontspannen, kwam hij bij Windermere terug. 'Wat doen we nu?'

Windermere keek hem aan. Ze gebaarde naar de map. 'We lezen, Stevens. Ik heb meer meegebracht dan creditcardafrekeningen. In die map zit een lijst van alle onopgeloste ontvoeringen in de Verenigde Staten van de afgelopen vijf jaar. Als we iets vinden dat in het patroon past, kunnen we een tijdpad voor deze jongens opmaken.'

Stevens bladerde door de map. Het was een dikke map. 'Jezus,' zei hij. 'Deze jongens zijn te professioneel om veel verblijfssporen achter te laten. We raken ze kwijt als we geen voorsprong weten te krijgen.'

'Die krijgen we echt wel.' Windermere zwaaide met haar papieren. 'Misschien herhaalt de geschiedenis zich.'

Stevens begon te lezen. Ontvoeringen in Delaware, in Houston, in Atlanta. Geen ervan paste in het profiel. Dit lijkt op een knikker zoeken in een kamer vol kogellagers, dacht hij.

Hij dronk zijn cocktail op en gebaarde naar de stewardess dat hij er nog een wilde. Daarna begon hij weer te lezen. Terwijl het vliegtuig schudde en omlaag dook boven de Rocky Mountains, keek Stevens mismoedig naar de lange lijst ontvoeringen en kon hij de wanhopige gedachte dat deze zaak op een dood spoor zat niet van zich af schudden.

34

D'Antonio zat in de businessclass van een ander Delta-toestel, dat richting kust vloog, naar de wolken te staren.

Eerder die dag had de informant van de politie van Detroit met goed nieuws gebeld.

'Ze hebben gebeten op het Beneteau-aas,' had hij tegen D'Antonio gezegd. 'De FBI zei tegen me dat ze op weg waren naar Seattle om informatie over Ashley McAdams te vergaren.'

Hij was meteen naar het vliegveld vertrokken en nog geen uur later was hij aan boord gegaan van de eerstvolgende vlucht naar Seattle. Hij had geboekt onder een alias dat hij soms gebruikte, Pistone. Dat was de naam van de FBI-agent in *Donnie Brasco*; een soort grapje. Nu zat hij te kijken hoe de vlakten onder hem voorbijgleden, in de hoop dat de FBI een beter spoor naar Ashley McAdams had dan hijzelf.

Hij probeerde zich de agenten voor te stellen. De lange zwarte vrouw en haar collega, een man die ouder was dan zij. Windermere en Stevens. Hij had de twee agenten geobserveerd toen ze met Landry waren teruggekomen om nog eens met de buurman te praten. Het waren geen plaatselijke agenten, en ze waren in elk geval niet gevoelig voor afpersing. Uit Minnesota, had zijn contactpersoon gezegd. Ze waren bezig met een onderzoek naar een bende ontvoerders die zo stom was geweest een maffioso te pakken. Het leek wel alsof de wereld steeds krankzinniger werd.

Zodra het vliegtuig in Seattle geland was en naar de pier taxiede, keek D'Antonio op zijn BlackBerry. Er was nog meer nieuws: hij had telefoontjes uit het hele land gemist, waaronder één opmerkelijke uit Miami. Hij belde terug vanuit de aankomsthal. 'Met D'Antonio,' zei hij toen zijn contactpersoon opnam. 'Wat heb je ontdekt?'

'Dit zul je niet geloven,' zei zijn contactpersoon. 'Die blonde jongen was niet in zijn eentje bezig.'

'Nee, maar,' zei D'Antonio. 'Hij had minstens twee anderen bij zich.'

'Drie, maar hoe weet je dat?'

'Dat maakt niet uit. Wat ik wil weten is hoe jij dat weet.'

'Door een paar dingen,' zei de man. 'Ten eerste stond de kamer op naam van een zekere Howard. Volgens de receptionist was het een lange, gespierde man. Bruin haar. Betaalde contant. Hij was samen met een kleinere jongen. Ze namen een meisje mee naar de kamer voordat die schietpartij begon.'

'Laat me raden,' zei D'Antonio. 'Ze had bruine krullen.'

'Nee. Blond haar. Een prachtfiguur. Een geweldig lichaam, naar het schijnt.'

'Wat nog meer?'

'De politie heeft kleding in de kamer gevonden die blijkbaar aan drie mannen toebehoorde. Plunjezakken met winterkleding en plastic tassen van winkels in dezelfde straat.'

'Wat nog meer?'

'Dit zul je zeker leuk vinden. Ze hebben ook vijf mille in cash gevonden. Allemaal biljetten van twintig dollar. Vierduizend in één tas en duizend in een andere tas. En een laptop, helemaal kapot. Ze proberen momenteel de harde schijf te redden.'

'Zorg ervoor dat dat hun lukt,' zei D'Antonio. 'Ik moet weten wat er op die laptop staat.'

'Dat zal misschien nog niet meevallen. Ik kan niet zomaar naar het lab lopen en vragen of ik mag zien waar iedereen mee bezig is, snap je?'

'Je luistert niet naar me.'

De man zuchtte. 'Ik zorg dat je die laptop krijgt.'

D'Antonio beëindigde het gesprek. Op die laptop kon alles staan wat iemand maar over die lui wilde weten. Het zou een ramp zijn als die sufkutten de gegevens van die laptop niet konden terughalen.

Hij belde Zeke vanuit de taxi op weg naar de stad. 'Hoe gaat het met ons project?'

'Het ziet er niet goed uit,' zei Zeke. 'Die jongen is verdwenen.'

'Je bedoelt die jongens,' zei D'Antonio. 'Je hebt nu meerdere projecten. Een jongen die Howard heet, een grote vent met bruin haar. Een kleinere man – meer weet ik niet over hem. De blonde jongen met wie je al bekend bent en een meisje, een heel mooi meisje. Ook blond.'

'Oké,' zei Zeke. 'Maar hoe moeten we hen vinden?'

'Dat weet ik niet,' zei D'Antonio. 'Ga naar ze op zoek.'

Hij hing op en zag hoe de skyline van Seattle dichterbij kwam. Ergens in deze stad, dacht hij, bevindt zich een mooi meisje met krullen dat alles weet wat ik moet weten over de kogel in het achterhoofd van Donald Beneteau. Ergens in deze stad zijn de antwoorden. Ik hoef die alleen nog maar te vinden.

35

Marie McAllister verliet uiteindelijk haar appartement nadat ze anderhalve dag binnen had gezeten. De eerste nacht had ze twaalf uur geslapen en was ze gedesoriënteerd wakker geworden; ze had Penders lichaam gezocht en zijn naam geroepen, terwijl ze droomde dat hij in de problemen zat. Toen ze haar ogen opende, zag ze dat ze in de stoffige slaapkamer in Seattle was, met de witgesausde muren en het al te perfecte tweepersoonsbed. Ze ging bij het raam staan en keek uit over de steeg waar dakloze mannen in de ochtendschemering de afvalcontainers doorzochten, waarvan Pender tot zijn grote woede altijd wakker werd.

Ze had in bed gelegen totdat ze het niet meer uithield in de kamer, waarna ze opstond en zichzelf dwong zich uit te kleden en een douche te nemen. Ze draaide de kraan zo heet als ze kon verdragen, zodat de badkamer al snel vol stoomwolken stond, die haar de adem benamen onder het stromende water. Ze boende haar lichaam met een washandje, zich inbeeldend dat ze nooit meer schoon zou worden.

Voor haar gevoel had ze urenlang onder de douche gestaan, maar toen ze zich afgedroogd en aangekleed had, ontbrak het haar aan de kracht om de straat op te gaan. Ze bleef binnen zitten op het rottige bankje en zag hoe de schaduwen over de koude houten vloer bewogen, terwijl ze probeerde niet aan Detroit te denken. Ze bestelde Chinees en probeerde haar gezicht voor de bezorger achter de deur verborgen te houden, in de overtuiging dat haar gezicht in het hele land op 'Gezocht'-posters te zien was, maar hij keek alleen maar naar haar alsof ze gek was, gaf haar het wisselgeld en vertrok.

Ze probeerde te slapen, maar dat lukte niet, en toen ze probeerde wat te lezen kon ze de letters niet scherp zien. Daarom ging ze voor de tv zitten, waar ze naar reclameprogramma's keek tot er geen spullen meer waren om te verkopen, en op zeker moment zakte ze op de bank neer, half voorover vallend, en viel ze in die houding in slaap.

Toen ze wakker werd, was het alweer ochtend, en ze voelde zich claustrofobisch en verstikt door het groezelige appartement. Ze douchte weer, ditmaal snel, kleedde zich aan en ging de straat op.

Ze begon te lopen, genietend van de frisse lucht en de zilte bries. Ze lunchte op de markt op Pike Place, waar ze zich tussen de toeristen en de vishandelaren mengde en zich volstrekt anoniem voelde. Daarna liep ze weer richting huis en ging een Safeway-supermarkt op een paar straten van haar huis binnen. Ze vulde haar mandje met vers fruit en groenten, volkorenbrood en yoghurt omdat ze haar lichaam wilde zuiveren van al het vette fastfood waar ze na twee jaar in wegrestaurants en drive-inzaken te hebben gegeten helemaal haar bekomst van had.

Toen ze bij de kassa kwam, besefte ze opeens dat ze geen geld meer had.

Het was een vreemd gevoel om blut te zijn; ze was eraan gewend geraakt meestal honderden, zo niet duizenden dollars bij zich te hebben. Maar ze had vergeten geld in haar portemonnee te stoppen voordat ze uit het appartement vertrok en had haar laatste tien dollar aan de lunch besteed, en toen ze haar creditcard aan de caissière gaf, besefte ze te laat dat het die op naam van Darcy Wellman was. Shit, dacht ze; ze trok de creditcard uit de hand van de caissière en verwisselde die voor haar Visacard. De tienerprinses achter de balie keek haar misprijzend aan en wierp een blik op de kaart. Ze keek weer naar Marie en kneep haar ogen toe. 'Wie ben je eigenlijk?' zei ze. 'Ashley McAdams of Delores Wellman?'

'Wat?'

Het meisje gebaarde met de Visacard. 'Op deze kaart staat Ashley McAdams. En op die tweede stond Delores en nog wat. Wie van de twee ben jij?'

Christus, dacht Marie. Ik ben geen van beiden. 'Ik ben Ashley,' zei ze.

'Wie is dan Delores?'

Marie zuchtte. 'Darcy Wellman. Dat is een vriendin van me, oké? Ze heeft haar creditcard in mijn huis laten liggen, en nu heb ik toevallig de hare gegeven in plaats van mijn eigen kaart. Duidelijk? Kom op, zeg, ik probeerde die kaart toch zeker niet voor mijn eigen kaart te laten doorgaan?'

Het meisje bleef haar wantrouwend aanstaren. 'Ik moet een identiteitsbewijs zien.'

Marie zocht in haar tas en vond het rijbewijs van Ashley McAdams, dat ze aan de caissière overhandigde. 'Hier dan. Zo goed?'

'Je bent een eind van huis.'

'Ik ben student,' zei ze. 'Ga je nu de politie bellen? Mijn ijs smelt.'

'Je hebt geen ijs gekocht.'

'Zeg,' zei Marie,'haal nou gewoon die kaart door de lezer voordat ik naar de bedrijfsleider stap.'

Het meisje slaakte een diepe zucht en rolde met haar ogen. Maar ze haalde de kaart door de lezer en Marie zette haar handtekening. De caissière nam niet eens de moeite de handtekening te controleren.

Shit, dacht Marie terwijl ze de winkel uit liep. Ik moet voorzichtiger zijn.

Toen ze thuis was maakte ze een roerbakgerecht en pakte ze haar oude laptop om onder het eten iets te doen te hebben. Ze bekeek een aantal internetsites, las haar e-mail en besloot dat ze haar ouders moest schrijven.

Maar ze had helemaal geen zin om mailtjes te schrijven en wist ook geen goede leugens te bedenken om te vertellen, en daarom keek ze wat rond op reiswebsites en bekeek foto's van de Malediven. Terwijl ze naar de mooie plaatjes tuurde, dacht ze na over een hutje aan een verlaten strand; ze dacht aan Pender die lag te relaxen, aan boeken lezen en wandelingen maken. Ze dacht aan uitgebreide maaltijden bereiden, aan zonnen op het witte zand en vrijen in een hangmat met het geluid van de branding op de achtergrond.

Ja, dacht ze bij zichzelf, droom maar lekker verder. Misschien maakt dat het wat makkelijker om te verwerken dat ze mensen gedood hadden.

Ze vroeg zich af wat Pender en de jongens van plan waren en googelde 'Miami'. Ze zag de jongens al op South Beach liggen. Sawyer en Mouse zouden natuurlijk in het water ravotten en achter de meisjes aan gaan, terwijl Pender rustig een non-fictieboek las dat hij op het vliegveld had gekocht omdat dat nuttig kon zijn voor hun werk. Ze vroeg zich af of Pender haar miste. Ze had er spijt van dat ze hem bij het afscheid geen kus had gegeven.

Toen de zoekresultaten verschenen, zag ze bovenaan een verwijzing naar een nieuwsbericht waarvan ze rechtop schoot. Haar hart begon te bonzen. 'Twee mannen dood bij drugsruzie in South Beach', luidde de kop, en hoewel geen van de jongens veel met drugs ophad, klikte Marie voor alle zekerheid toch op de link.

Ze werd lijkbleek toen ze het artikel las. De politie van Miami had een laptop en een groot bedrag in contanten aangetroffen na wat op een mislukte drugsdeal leek. De politie ging ervan uit dat twee plaatselijke dealers door zeker vier gewapende aanvallers overmeesterd waren, en nu waren ze op zoek naar drie blanke mannen van vijfentwintig tot dertig jaar, en tevens naar een jongere blanke vrouw. Een van de verdachten zou tijdens het vuurgevecht gewond zijn geraakt.

Ze bleef naar het laptopscherm staren, versteend van angst en machteloosheid. Het artikel bevatte niet veel details, maar de verdachten werden erin omschreven, en Marie wist zeker dat zij bedoeld werden. Drie mannen, van wie er eentje Howard heette. Twee lange mannen, een met blond haar en een met bruin haar, een magere en een grotere man. En één kleinere man met bruin haar, en dan nog de mysterieuze blondine.

Howard was een van Sawyers aliassen. Hij had die gebruikt bij de Memphis-klus.

Ze moest naar Miami. Ze moest Pender en de jongens opsporen en hen helpen met ontsnappen. Ze kon niet in Seattle blijven zitten terwijl de rest van de bende tot over zijn oren in de problemen zat. Ze zag al voor zich hoe de jongens zich doodsbang ergens schuilhielden. Ze zag de huurmoordenaars door de deur naar binnen vallen.

De rest van de avond zat ze naar de muur van haar appartement te staren, zich allerlei afschuwelijke scenario's inbeeldend.

36

'Absoluut niet,' zei Pender. 'Ik vind deze hele discussie volstrekt overbodig.' Hij stond tegen de muur geleund en staarde naar het vlekkerige plafond. We hebben geen tijd voor deze onzin, dacht hij. We moeten in beweging blijven.

Ze zaten met zijn drieën in de hotelkamer, zonder het meisje. Mouse zat op het bed, ondersteund door kussens, en Sawyer zat in een gemakkelijke stoel. Na een nachtje slapen was de ergste schok over de grote onthulling van Mouse voorbij, en nu was het ochtend en moesten ze voortmaken. Geen tijd om boos te worden, dacht Pender. Het is tijd om te reageren.

Hij had wel een teambijeenkomst belegd, en ze hadden Tiffany gevraagd buiten te wachten. Nu stond Pender naar zijn vrienden te kijken, zich afvragend wat ze in hemelsnaam moesten beginnen. Mouse zag er in elk geval beter uit, al was zijn verband nog altijd met bloed bevlekt en had hij een hoop pijnstillers ingenomen. Ze hadden nauwelijks schone handdoeken meer om de wonden te verbinden.

Sawyer stond op en liep naar het raam, dat op de parkeerplaats uitkeek. Ze hadden de gordijnen een stukje geopend, en hij keek nu naar Tiffany, die op de stoeprand naar haar voeten zat te kijken. 'Waarom niet?' zei hij.

'We gaan haar beslist niet aan het team toevoegen,' zei Pender. 'We kennen haar niet eens.'

'Wat wil je van haar weten?' zei Mouse. 'Ze is rijk. Ze studeert aan Princeton. Haar vader bezit misschien wel honderd miljoen dollar.'

'Goed,' zei Pender. 'En waarom wil ze dan met ons mee?'

'Je kent die rijke meisjes toch. Ze vervelen zich. Ze heeft net vorige week haar studieboeken dichtgeslagen. Ze kwam hier om vakantie te vieren. Ze was op zoek naar avontuur, zei ze.'

'Dus ze is een toeriste,' zei Pender. 'Geen sprake van.'

Sawyer zuchtte. 'Dus jouw vriendin mag mee, maar andere vriendinnen niet.'

'Vriendin?' zei Pender. 'Wiens vriendin is ze dan eigenlijk?'

Sawyer keek naar Pender. Sawyer hield zijn blik op Pender gericht. Niemand wilde antwoord geven. Mouse schudde zijn hoofd. 'Goed, laten we even niet meer aan het meisje denken,' zei hij. 'We hebben zat andere dingen om uit te zoeken.'

'Als jij niet aan haar wilt denken, neem ik haar terug,' zei Sawyer.

'Kop dicht, Sawyer,' zei Pender. 'Wees nou even serieus. We moeten van die auto af. Vandaag nog.'

'En we moeten kleding hebben,' zei Sawyer. 'Vooral voor Mouse. Ik ben het zat om naar zijn magere lijfje te kijken.'

'Je geniet ervan,' zei Mouse. Hij draaide zich weer naar Pender toe. 'En dan nu het grote nieuws, chef. We hebben de laptop in het hotel in Miami laten liggen.'

Penders hart sloeg over. Die laptop was van vitaal belang voor de hele operatie. Als het iemand lukte die te hacken zou die daarop alles aantreffen om het team voorgoed uit te schakelen: volledige namen en adressen, bankinformatie en aliassen, en nog een hele lading belastend bewijsmateriaal. Hij kreunde. 'We zijn er geweest.'

'Welnee,' zei Mouse. 'Ik heb dat ding heel goed beveiligd. Als iemand er zelfs maar op de verkeerde manier naar kijkt, vernietigt het zichzelf. Alles wordt dan gewist. Overigens heb ik van alles wat we nodig hebben een back-up op een veilige plek. Maar ik moet een nieuwe laptop hebben, zodat we ons werk kunnen blijven doen,' zei hij schouderophalend. 'En we hebben eigenlijk ook geld nodig.'

'Ja, dat klopt,' zei Sawyer. 'Ik heb vier mille in die hotelkamer laten liggen.'

Pender keek even naar Sawyer. 'Ben je blut?'

Sawyer knikte.

'Ik heb daar duizend dollar laten liggen,' zei Mouse,'maar ik heb nog zo'n vijftienhonderd dollar cash.'

'Goed,' zei Pender. 'Ik heb nog genoeg geld over van de onkostenpot uit Minnesota. Om en nabij de tien mille. Voorlopig kunnen we vooruit.'

'Mooi,' zei Mouse. 'Maar vroeg of laat zullen we toch meer geld moeten hebben, niet? Dus jullie zullen toch een nieuwe laptop voor me moeten regelen.'

'Best,' zei Pender. 'Nog speciale verzoeken?'

Mouse las een aantal specificaties voor, die Pender zorgvuldig noteerde. Het had evengoed Russisch kunnen zijn, dacht hij. Gelukkig weet Mouse wat hij doet. 'Waar zouden we zo'n ding kunnen kopen?'

'In elke behoorlijke computerwinkel. Ga gewoon naar binnen en geef dat papiertje aan een verkoper, dan komt hij wel met een aanbieding.'

'Goed,' zei Pender. Hij richtte zich op. 'Luister goed naar me. Wat Tiffany betreft: we kunnen niet zomaar een nieuw meisje met ons laten meehuppelen, alleen omdat ze er lekker uitziet.'

'Dat is niet de reden dat...'

'O nee, Mouse?' zei Pender. 'Je hebt godverdomme alles verraden omdat je met haar wilde rollebollen. Maar dat betekent nog niet dat je haar kunt houden.' Hij wierp een blik op Sawyer. 'Jullie zijn er nog niet eens uit wie van jullie tweeën haar mag...'

Hij maakte zijn zin niet af, omdat er op de deur werd geklopt. Sawyer opende die een stukje, en Tiffany gluurde naar binnen. 'Hallo, jongens,' zei ze. 'Mag ik binnenkomen?'

Sawyer keek om naar Pender. 'We zijn nog niet klaar,' zei hij.

'Luister, ik had een idee,' zei ze. 'Ik blijf gewoon nog een tijdje bij jullie. Een paar dagen. Dan leren we elkaar een beetje kennen en komen jullie erachter of jullie me mogen of niet.'

Pender schraapte zijn keel. 'Tiffany, kom op,' zei hij. 'Hoe oud ben je? Negentien?'

'Twintig.'

'Je bent een mooi meisje. De jongens zeggen dat je rijk bent. Er ligt zo veel moois voor je in het verschiet. Waarom zou je dat allemaal willen opgeven?'

Ze haalde haar schouders op. 'Ik heb genoeg van het echte leven,' zei ze. 'Alleen maar feesten en ballerig gedoe.'

'We zijn voortvluchtige criminelen, Tiffany. Dit is ons echte leven.'

'Dat weet ik,' zei ze. 'En dat is nu juist zo fantastisch. Weet je, niemand zit op me te wachten. Ik zou nu in de collegezaal moeten zitten. De enige die weet dat ik hier ben is mijn vriendin Haley, en die heeft het te druk met de jongens om zich om mij druk te maken. Niemand zal mij missen als ik een tijdje met jullie optrek.'

Ze bestudeerde Penders gelaatsuitdrukking en schonk hem haar onweerstaanbare glimlach. Ze was zeker mooi, dacht hij. En ze was zeker gevaarlijk.

Buiten klonk een autoclaxon, en Penders hart begon te bonzen. 'We hebben hier geen tijd voor.' Hij keek Sawyer aan. 'We moeten van die auto af en hier zo snel mogelijk vertrekken. Sawyer, jij rijdt met mij mee. We ontdoen ons van de Trans Am en zoeken iets groters.'

'Vergeet de laptop niet.'

Pender was al halverwege de deur. 'Ja, we halen een laptop voor je.'

'En kleren.'

'En kleren.'

'Wacht,' zei Tiffany. 'En ik dan?'

Pender bleef staan. Hij keek naar haar om. 'Blijf jij maar bij Mouse,' zuchtte hij. 'Zorg dat hij in leven blijft tot we terug zijn. We bepalen straks wat we met jou moeten doen.'

37

'Dit geloof je echt niet,' zei Windermere. Stevens opende de deur nog iets meer en keek de gang in, waar ze opgewonden met haar laptop in haar handen stond. Hij trok zijn hotelbadjas strakker.

'Het is drie uur in de nacht,' zei hij.

'Dat weet ik,' zei ze. 'Sorry. Mag ik binnenkomen?'

Hij staarde haar even aan, draaide zich om en schuifelde de kamer weer in. Hij knipte de plafondlamp aan, knipperde met zijn ogen en knipte de lamp weer uit, waarna hij een paar schemerlampen aandeed. Een zacht licht verspreidde zich in de kamer, dat de hoeken duister liet en schaduwen op de muur wierp. Er lag een stapel mappen met onopgeloste ontvoeringszaken op het bureau; hij was in slaap gevallen tijdens zijn pogingen er een patroon in te vinden.

Stevens ging op het bed zitten. Hij had over Nancy en de kinderen gedroomd. Zomer aan het Bovenmeer. Hij wreef zijn ogen uit en keek Windermere aan. 'Wat heb je ontdekt?'

Ze ging naast hem zitten en hield haar laptop scheef zodat hij kon meekijken. Ze had een gemakkelijk Stetson Law-sweatshirt en een spijkerbroek aangetrokken en had haar make-up verwijderd. Haar gezicht zag er nu fris gewassen uit, en Stevens voelde zich bijna schuldig dat hij haar zo zag. Hij begon te blozen en dwong zichzelf zijn blik van haar gezicht af te wenden en naar het laptopscherm te kijken.

Windermere liet de Visa-afrekening van Ashley McAdams op het scherm zien. 'We hebben mazzel gehad,' zei ze. 'Ik geloof niet dat ze die creditcard verder ooit heeft gebruikt.'

Stevens ging overeind zitten. 'Maar nu wel.'

Windermere knikte. 'Ze heeft boodschappen gedaan. Gisteren, bij een Safeway in Seattle. Niet te geloven, toch?'

'Nee,' zei Stevens. Levensmiddelen en een gebruikte creditcard. Iets was er anders. Er was iets veranderd. 'Wat is dat voor buurt?'

'Een woonwijk. Maar dicht bij het centrum en de autowegen. Route 99 en de I-5 lopen vlak ten oosten daarvan.'

'Waarom heeft ze met een creditcard betaald?'

'Dat weet ik niet,' zei Windermere, zich op het bed naar hem toe draaiend. 'Maar dat interesseert me eigenlijk ook niet, zolang ik daardoor dichter bij haar kom.'

Stevens keek haar aan, terwijl de dufheid in zijn hoofd langzaam verdween. Wat de reden ook moge zijn, dacht hij, ik klaag evenmin. Die dossiers brengen ons niet verder. Dit kan het beetje geluk zijn dat we nodig hebben.

De volgende ochtend bezochten ze de Safeway-supermarkt. Windermere nam de leiding. Ze ging op zoek naar de bedrijfsleider en legde de situatie uit. 'We moeten de cameraopnamen hebben en willen ook graag met de caissière praten.' De bedrijfsleider, een man van middelbare leeftijd met wallen onder zijn ogen, liet weten dat dat geen probleem was.

'Ik heb de opnamen boven,' zei hij. 'Misschien moeten jullie even op de caissière wachten. Ze hoeft hier pas rond vier uur te zijn, als ze vrij is van school.'

De bedrijfsleider leidde hen een trap aan de voorkant van de winkel op. Hij toetste een code bij een deur in en liet hen binnen in een overvol kantoortje. Een raam met eenrichtingsglas bood uitzicht op de winkel, en een stoel en een bureau namen het grootste deel van de ruimte in. In de hoek van het kantoor stonden vier monitoren op rij, die elk een reeks korrelige zwart-witbeelden van beveiligingscamera's lieten zien.

'U wilde de opnamen van gistermiddag toch bekijken?' zei de bedrijfsleider. 'Alleen de kassa's?'

'Ja,' zei Windermere.

'Nee,' zei Stevens. 'Hebt u ook beelden van de parkeerplaatsen?'

De manager pakte een paar videobanden en stopte de eerste in de recorder, waarna hij zich naar het raam toe draaide. Hij verstijfde.

'Christus,' zei hij, naar de deur lopend. 'Die jongen leert het nooit. Momentje, alstublieft.'

Toen hij weg was, drukte Stevens op de afspeeltoets en zag hij samen met Windermere hoe een lange stoet mensen met boodschappen de kassa passeerde. Het duurde ongeveer tien minuten voor Stevens haar zag. Hij boog zich naar voren en zette de band stil. 'Daar,' zei hij, met zijn vinger wijzend. 'Dat moet haar zijn.' Het meisje was net in de rij gaan staan. Ze had haar haar in een knot gebonden maar het was duidelijk te zien dat het krulde. Ze had haar boodschappen in een groen plastic mandje gestopt, en ze was alleen.

Stevens drukte op de afspeeltoets en zag hoe het meisje de inhoud van het mandje bij de kassa neerlegde. De caissière scande haar aankopen en wachtte tot het meisje zou betalen. Het meisje zocht even in haar tas en haalde een creditcard tevoorschijn. Maar voordat de caissière die kon uitlezen, stak het meisje haar hand uit en pakte de creditcard terug, waarna ze een andere aan de caissière gaf. De caissière protesteerde, en het meisje leek ietwat geagiteerd. Ze stak haar hand weer in haar tas en liet de caissière iets zien. 'Identiteitsbewijs,' zei Stevens. 'Zie je dat?'

'Wat doet ze?'

'Ze haalde twee kaarten uit haar tas. Ze pakte de eerste terug en gaf haar de tweede. De caissière vond dat maar niets en vroeg om haar identiteitsbewijs. En nu laat ze haar het identiteitsbewijs van Ashley McAdams zien.'

'Wat betekent dat?'

'Dat weet ik niet. Misschien gaf ze haar eerst haar echte creditcard en bedacht ze zich even later.'

'Maar de caissière had die naam toch al gezien?' Windermere knikte. 'Interessant. Ze verknalde het bijna.'

Stevens drukte weer op de afspeeltoets en keek hoe het meisje haar aankoop afrondde. Ze stopte de boodschappen in een paar tassen en liep van de kassa weg, het beeld uit. 'Ze was alleen,' zei Windermere.

'Misschien zaten de jongens in de auto. Laten we het parkeerterrein bekijken.'

Hij legde de tweede band in de recorder en drukte op de afspeeltoets. Ze zagen hoe korrelige auto's de parkeerplaats op en af reden en probeerden de auto te vinden die hen naar Ashley McAdams leidde.

Stevens keek naar Windermere. Omdat het kantoortje zo klein was, zaten ze dicht bij elkaar en raakte zijn dij de hare. Ze had zich weer opgemaakt en nette werkkleding aangetrokken, en Stevens merkte hoe het bloed naar zijn wangen stroomde toen hij eraan dacht hoe hij zich gevoeld had toen hij haar de avond tevoren had gezien.

'Wat is er?' zei Windermere. 'Zie je iets?'

'Nee,' zei Stevens. 'Nog niet.'

Ze keek hem met een scheef lachje aan. 'Geniet je van het uitzicht?'

Stevens lachte verwrongen. 'Helemaal niet.' Hij boog zich naar voren en concentreerde zich op de tv, terwijl hij haar ogen op zich gericht voelde. Christus, dacht hij, bedenkend hoe koeltjes ze Davis in Chicago een blauwtje had laten lopen. Ze denkt vast dat ik ook zo'n hufter ben, nu ik zo naar haar zat te staren. Hij draaide zich weer naar haar toe. 'Zeg, het spijt me.'

'Je bedoelt dat je niet van het uitzicht zat te genieten?' Ze glimlachte nog steeds. Haar ogen hypnotiseerden hem. 'Gooi het er maar uit, Stevens. Ben je verliefd aan het worden of zo?'

Stevens' kraag leek steeds meer te knellen. Waar was ze mee bezig? 'Nee,' zei hij. Hij probeerde een antwoord te formuleren. 'Ik ben gewoon moe. Het is steeds nogal laat geworden, niet?'

Ze grijnsde inmiddels. 'Rustig maar, Stevens. Ik neem je alleen maar in de maling. Ik weet dat je een brave man bent.'

'Ja,' zei hij. 'Dat klopt.'

'We zijn gewoon twee agenten die hun werk doen.' Ze bleef hem aankijken, en hij richtte zijn aandacht weer op de monitoren, zich van haar afwendend. Hij voelde dat zijn gezicht steeds roder werd, terwijl de stilte steeds drukkender werd.

Opeens schoot hij rechtop en greep haar arm beet. 'Daar,' zei hij, op een vlek in de benedenhoek wijzend. 'Zie je haar? Ze kwam van rechts de parkeerplaats op lopen. Dat is het meisje, daar.'

Windermere tuurde naar het scherm. 'Denk je?'

Achter hen klonk geluid; het was de bedrijfsleider die zich weer toegang tot het kantoortje verschafte. 'Hebben jullie gevonden wat je zocht?' zei hij.

Hij keek over hun schouders naar de monitoren, op zijn hoofd krabbend. 'Marie, toch?' Hij keek naar Stevens. 'Zijn jullie naar haar op zoek?'

Stevens keek naar Windermere. 'Ik weet het niet,' zei hij. 'Wie is Marie?'

De bedrijfsleider haalde zijn schouders op. 'Dat meisje kwam heel vaak in de winkel. Zij en haar vriend. Een heel knap stel; ze woonden op 6th Avenue. Een poosje geleden kwamen ze opeens niet meer. Ik dacht dat ze verhuisd waren.' Hij tuurde naar het scherm. 'Dat is ze toch?'

Stevens spoelde de band door en het meisje verdween in de winkel. Na een minuut kwam ze weer tevoorschijn met een boodschappentas in elke hand. Ze liep over de parkeerplaats en helemaal boven in beeld was te zien hoe ze het trottoir op liep en verdween. 'Zij is het,' zei de bedrijfsleider. 'Ik durf er heel wat om te verwedden. Ze is terug in de stad. Dat is toch apart, niet?'

Windermere wierp een blik op Stevens. 'Ja,' zei ze, weer glimlachend. 'Dat is zeker apart.'

38

D'Antonio zag vanuit de huurauto dat de FBI-agenten de supermarkt uit kwamen. Ze hadden iemand bij zich, een kleine man in een verkreukeld overhemd met das – de bedrijfsleider, vermoedde D'Antonio. De man liep met de agenten naar hun eigen auto en wees de straat in. Ze spraken nog een paar woorden met elkaar, waarna de agenten in de auto stapten en wegreden. D'Antonio schakelde de versnelling in en reed achter hen aan.

Het was niet moeilijk geweest de agenten te vinden. D'Antonio had al met zo veel FBI-agenten te maken gehad dat hij vrij goed wist hoe ze te werk gingen, en nadat hij een kamer in het Hyatt had genomen en een gin-tonic uit de minibar had ingeschonken, had hij het telefoonboek gepakt en was de zakenhotels in het centrum gaan bellen, waarbij hij zich voordeed als Windermeres echtgenoot of Stevens' oudere broer. Na een paar pogingen had hij hen gevonden in het Crowne Plaza, een paar straten verderop.

's Ochtends had hij een huurauto laten komen, een keurige Lincoln die naar zijn smaak misschien iets te veel op een Ford leek, maar ach, wat deed je eraan? Hij had zich voor het Crowne geïnstalleerd en deed alsof hij een limousinechauffeur was, totdat de FBI'ers in hun eigen huurwagen opdoken, een koekblik-Nissan.

Hij was hen naar de Safeway gevolgd en had daar gewacht terwijl zij binnen bezig waren, en nu reed hij vanaf de parkeerplaats achter hen aan. Ze reden in westelijke richting een oudere woonwijk in.

De FBI'ers hadden zeker iets in die Safeway gevonden. De manager had hen op het spoor van iets gezet. Hij reed achter hen aan in de Lincoln, een eindje achter hen rijdend, waarbij hij de FBI'ers een stratenblok uit liet rijden voordat hij hen volgde en ze hem lieten zien wat ze ontdekt hadden.

De FBI'ers reden net 6th Avenue op toen hij haar zag. Dat moest haar zijn. Bruine krullen. Mooi gezicht. Hij had slechts een glimp van haar opgevangen voor het huis van de Beneteaus, maar het beeld was hem bijgebleven, en nu hij haar naar een oud bakstenen huis op de hoek zag lopen, wist hij dat hij haar had gevonden.

D'Antonio parkeerde de Lincoln langs de stoeprand en stapte uit de auto. Hij stak op een drafje de straat over, zonder op de kreten en claxons van het verkeer achter hem te letten. 'Ashley,' riep hij, terwijl hij haar inhaalde. 'Ashley, hier.'

Windermere wierp weer een blik in de achteruitkijkspiegel. 'Die Lincoln daar,' zei ze. 'Denk je ook niet dat die er bekend uitziet?'

Stevens draaide zich om in zijn stoel. 'Hij lijkt op alle andere Lincolns die ik ooit heb gezien.'

'Ik denk dat hij ons volgt,' zei ze. 'Ik heb hem nu al een paar keer gezien.'

'Waarschijnlijk een verdwaalde limousinechauffeur. Wie zou ons nou willen volgen?'

Windermere draaide 6th Avenue op en zag in de spiegel dat de Lincoln bij de hoek stopte. De chauffeur stapte uit. Het was een grote, stevig gebouwde man in een duur ogende jas. Ze zag hoe hij het verkeer in rende en bijna een chaos veroorzaakte toen hij overstak. Hij leek iemand te roepen.

'De bedrijfsleider zei dat het een groot bakstenen appartementencomplex was.' Ze zakte onderuit in haar stoel en probeerde door de achteruitkijkspiegel te kijken. Daar stond een groot bakstenen appartementencomplex, geen twijfel mogelijk. Maar het gebouw stond niet echt op 6th Avenue.

'Kijk uit!' riep Stevens, waarop ze meteen op de rem trapte en nog net kon voorkomen dat ze op de achterbumper van de BMW voor haar botste.

'Juist,' zei Windermere. Ze keek weer in de achteruitkijkspiegel, maar de Lincoln – en de man – was te ver achter haar. Windermere tuurde door de straat. Alleen maar huizen. Geen appartementengebouwen te zien. Ze sloeg snel rechtsaf bij de eerste zijstraat. 'We gaan terug,' zei ze. 'De aanblik van die auto bevalt me helemaal niet.'

39

Marie was op weg naar de voordeur van het appartementengebouw waar ze woonde toen de grote zwarte Lincoln achter haar stopte. Ze had een wandeling gemaakt in Kinnear Park, waar ze over de baai had uitgekeken en geprobeerd had een besluit te nemen over de vraag of ze meteen naar Miami moest vliegen of voor haar vertrek eerst contact met Pender moest opnemen. Voor zover ze wist waren ze inmiddels de stad uit. Misschien waren ze zelfs wel naar het buitenland gevlucht.

Op het moment dat ze haar sleutel in de voordeur wilde steken, hoorde ze de auto achter haar stoppen. De chauffeur zette zijn alarmlichten aan en stapte uit de auto, en even dacht Marie dat hij haar aankeek. Maar ze had hem in haar hele leven nog nooit gezien, en ze hield zichzelf voor dat ze zich paranoïde gedroeg. Ze draaide zich weer naar de deur toe. Opeens begon de man te schreeuwen.

'Ashley,' riep hij. 'Ashley, hier.'

Marie zag hem op een draf in haar richting de straat oversteken. Wat krijgen we nou, dacht ze. Niemand weet dat ik Ashley McAdams ben. Hier niet en ergens anders ook niet. Maar hij gebaarde naar haar dat ze dichterbij moest komen.

Het was een grote kerel in dure kleren en een daarbij passend kapsel. Hij had een vriendelijk gezicht; hij zag er vaderlijk uit, als iemand die zijn zoon naar basketbaltraining bracht en de andere kant op keek als zijn zoon een paar biertjes van hem jatte. Maar hij kwam haar kant op en hij noemde haar Ashley. En dat was slecht nieuws.

Hij was ongeveer drie meter van haar vandaan en kwam snel dichterbij. 'Ashley McAdams?' zei hij met een glimlach op zijn gezicht. Maries maag draaide om.

'Nee.' Ze wist een lachje op haar gezicht te brengen. 'Sorry. U moet me met iemand anders verward hebben.'

Hij kneep zijn ogen toe. 'Ik ben niet in de war, Ashley. Je moet met me meekomen.'

'Wie bent u?' zei ze. 'Bent u van de politie of zo?'

'Ik ben een soort politie, ja.'

Hij kan hier niets doen, dacht ze. We zijn hier op de openbare weg en overal zijn mensen. Wat hij ook van plan is, hij kan het hier niet doen. 'Mag ik uw identiteitsbewijs zien?' zei ze.

'Nee.' Hij greep haar arm vast. 'Je moet met me meekomen.'

Ze probeerde zich los te schudden. Dat lukte niet. 'Ik ga gillen.'

Hij stak zijn hand in zijn jas. 'Geen sprake van.' Hij zag er nu opeens allesbehalve vriendelijk uit. 'Dan schiet ik je hier ter plekke dood.'

Marie keek om zich heen, op zoek naar hulp, en probeerde haar kansen in te schatten. De man zei dat hij een pistool had, en als hij een pistool had, dan zag het er niet goed voor haar uit. Hij zou haar neergeschoten hebben voordat ze een paar meter van hem vandaan was. Maar als ze zich door hem liet meenemen, zou hij haar ook vermoorden. Laat iemand de politie bellen, dacht ze. Laat iemand zich hiermee bemoeien, alsjeblieft.

De man verdraaide haar arm. 'Stap in, verdomme.'

Windermere reed om het huizenblok heen en zette weer koers naar het appartementencomplex. De Lincoln stond nog altijd langs het trottoir geparkeerd, halverwege de straat, en de alarmlichten knipperden. De grote man stond aan de overkant van de straat in het portiek van een oud bakstenen wooncomplex met een meisje te praten.

Hij stond met hét meisje te praten. 'Jezus christus,' zei Stevens. 'Is dat...?'

'Ja,' zei Windermere. 'Kom op.'

Ze parkeerde langs de stoeprand en schakelde de alarmlichten in. Ze stapte uit en rende weg. Stevens ging achter haar aan, auto's en een woedende fietser ontwijkend. Toen hij dichterbij kwam, zag hij dat de grote man zijn hand op de arm van het meisje had gelegd en naar de Lincoln achter hem gebaarde. Daarna stopte hij zijn hand in zijn jas.

'Geen beweging,' schreeuwde Windermere. De twee draaiden hun hoofd om. 'FBI!'

De man keek even op en het meisje zag meteen haar kans schoon. Ze rukte zich los en rende weg naar de achterzijde van het appartementencomplex. De man haalde zijn hand uit zijn jas en Windermere bracht haar hand naar haar pistool. Maar de man had niets in zijn hand. 'Neem jij deze man,' zei Windermere. 'Dan ga ik achter het meisje aan.'

Ze rende weg, om het appartementengebouw heen, terwijl Stevens achter de grote man aan ging. Die zag hem komen en rende dwars over de straat naar zijn Lincoln toe. Toen Stevens bijna bij hem was, dook de man zijn auto in, drukte het gaspedaal in en schoot met gierende banden weg, de straat door. Stevens zag hoe de man vol gas langs de doorgetrokken streep in het midden wegscheurde, auto's in beide richtingen schampend, en uiteindelijk verdween.

'Wel verdomme.' Stevens pakte zijn mobiele telefoon en belde het nummer van de politie van Seattle. De centralist beloofde dat er binnen een paar minuten surveillanceauto's ter plaatse zouden zijn.

D'Antonio scheurde met loeiende motor over het midden van de straat weg. Hij sloeg met een scherpe bocht de eerste de beste zijstraat naar rechts in en reed bij de volgende straat weer terug, in de hoop zo het meisje en de agente achter het appartement de pas af te snijden. Ik had haar, dacht hij. Ik had dat wijf te pakken.

Terwijl hij bleef rijden, zocht hij tussen de bomen of hij zijn doelwit zag. Halverwege het blok was een steegje, waar hij de Lincoln slingerend doorheen stuurde. Hij raakte daarbij een muur, werd terug gekatapulteerd en reed slippend verder.

Halverwege de steeg zag hij het meisje ineens. Ze rende een van de appartementencomplexen uit en liep bijna tegen de Lincoln van D'Antonio op. Hij gaf gas, draaide aan het stuur en probeerde haar te raken, maar op het laatste moment sprong ze weg en rende ze achter de auto weg.

D'Antonio schakelde in de achteruit en het gaspedaal diep indrukkend reed hij met gierende banden en met één hand aan het stuur naar het meisje toe, die nu langs de garages in de steeg wegvluchtte, op zoek naar een uitweg.

De Lincoln kwam snel dichterbij, precies op de goede koers, maar net toen hij dat kreng wilde pletten werd er opeens door de voorruit geschoten. Hij haalde in verwarring zijn voet van het gaspedaal en draaide zich om om te zien wat er gebeurde. Opeens zag hij de FBI-agente in een klassieke schiethouding staan, met de loop van haar Glock recht door de voorruit precies op zijn hoofd gericht. Ze schreeuwde iets, maar hij kon het niet horen vanwege de afstand en doordat de auto tegen een stenen garagemuur schraapte. In elk geval gaf hij haar haar zin en hij minderde even vaart. Hij wierp snel een blik in de achteruitkijkspiegel en zag dat die griet opeens verdwenen was. Ze was iemands achtertuin in gedoken en weggevlucht, zodat D'Antonio nu alleen was met de FBI-agente.

40

Windermere stond met haar pistool in beide handen in de steeg, haar blik strak op de chauffeur van de zwarte Lincoln gericht. Wie deze lomperik ook moge denken dat hij is, dacht ze, het zal hem in elk geval niet lukken mijn verdachte om te brengen.

Ze liep langzaam in de richting van de auto, terwijl ze in de verte de eerste sirenes hoorde en hoopte dat Stevens nog in de buurt was om het meisje voor zijn rekening te nemen. Wat een klootzak is die vent, dacht ze. Ik had haar te pakken. 'Zet de motor af,' riep ze. 'Gooi de sleutels uit het raam.'

De chauffeur keek een paar seconden onbeweeglijk toe hoe ze hem naderde. Opeens keek hij omlaag, en Windermere slaakte een zucht. Hij geeft het op, dacht ze. We kunnen deze man in elk geval in de cel stoppen om te zien wat voor vlees we in de kuip hebben.

Maar de chauffeur gaf het nog niet op. Windermere hoorde de motor brullen en banden gieren die grip op de weg probeerden te krijgen en zag de auto op haar afkomen. Ze kon nog net eenmaal schieten, maar ze miste en moest wegduiken om het vege lijf te redden.

Windermere knalde tegen een garagedeur aan en zag de auto langs haar heen schieten, gevolgd door een windvlaag, terwijl het grind van de banden naar achteren spoot. Ze stond weer op en zag hoe de auto door de steeg wegscheurde. Aan het eind van het huizenblok sloeg hij rechtsaf en verdween uit het zicht.

Windermere bleef een moment lang in de steeg staan om op adem te komen. Toen vloekte ze luid en liep naar de voorzijde van het appartementengebouw om Stevens te zoeken.

Toen Marie het pistoolschot hoorde, verstijfde ze ter plekke omdat ze dacht dat de man van achter het stuur op haar schoot. Maar toen ze even later achteromkeek, zag ze de agente een pistool richten terwijl ze naar de chauffeur riep, waarop hij vaart minderde, precies op het moment dat Marie een ander open hek bereikte, daar doorheen dook en dwars over het gazon een achtertuin in rende, waarbij ze bijna over een zandbak struikelde. Langs de zijkant van het huis wist ze de stoep aan de voorzijde weer te bereiken.

Haar hart bonsde hevig en ze kon nu sirenes horen. Ergens achter haar moest de politieman zijn, en binnen de kortste keren zou het hier wemelen van de politieauto's. Met haar hoofd omlaag rende ze zo snel mogelijk de buurt uit, weer richting Kinnear Park, waar het geluid van de sirenes wegstierf en ze haar pas inhield en zich tussen de vele wandelaars op de paden mengde die van het zonnetje genoten.

Dit was klote, realiseerde ze zich. Zwaar klote. Die vent had haar precies bij haar voordeur betrapt. Hij wist blijkbaar waar ze woonde. En de politie wist het eveneens. Ze verkeerden in groot gevaar. Hun identiteit was bekend. Ze moest dat aan Pender vertellen, en ze moest zo snel mogelijk weg uit Seattle.

Ze wilde op een bankje gaan zitten en in huilen uitbarsten. Ze was moe en bang, en ze had geen idee hoe iemand er ooit achter had kunnen komen waar ze woonden of hoe de politie zo snel achter haar aan had kunnen zitten. Ze wilde alles eens rustig op een rijtje zetten, maar ze wist dat als ze stopte, ze helemaal niets meer zou doen. Dan zou ze daar blijven liggen totdat de politie of de criminelen haar gevonden hadden.

Ze dwong zichzelf in beweging te blijven. Eens goed nadenken. Het appartement is bij de politie bekend. Daar kun je niet meer naartoe. Je zult het moeten doen met wat je nu bij je hebt. Ze zocht in haar portefeuille. Geen geld. Identiteitsbewijs en creditcards op naam van Ashley McAdams, Darcy Wellman en Rebecca Decoursey. En Marie McAllister. De McAdams-alias was niet meer bruikbaar. En dat gold ook voor Marie McAllister. Ook dat besef bracht haar bijna aan het huilen. Marie McAllister was zo goed als dood. Net als Arthur Pender.

Ze had nog twee goede aliassen over. Maar Darcy Wellman had ze in Detroit gebruikt. Nog één goede alias over. Rebecca Decoursey had ze nog niet gebruikt. Marie zocht verder in haar tas. Wat nog meer? De reserve-prepaidtelefoon. Godzijdank. Nog meer? Een pakje Trident-kauwgum. Vooruit, dacht ze, terwijl ze probeerde zoals Arthur te denken. Eén alias, één mobieltje en wat kauwgum. Laten we hopen dat dat genoeg is om hier veilig weg te komen.

41

De receptionist van de Hollywood Motor Lodge keek gapend toe hoe de Trans Am van de parkeerplaats wegreed, de grote weg op. Verdomd zeg, die auto zag er bekend uit. Dat groepje jongeren hing hier nu al een dag rond en had nog helemaal niks gedaan. Ze waren er niet op uit getrokken en waren zelfs niet weg geweest om te eten. Ze waren met zijn drieën of vieren en hun auto, met een kenteken uit Florida, stond helemaal achteraan op de parkeerplaats. De receptionist was niet achterlijk; hij had al zo vaak gasten in het motel gehad die niet gezien wilden worden. De vraag was niet of ze op de vlucht waren, maar voor wie of wat. En was het de moeite waard om je ermee te bemoeien?

De receptionist ging achter de balie zitten en bladerde door zijn krant. Het moest dat groepje zijn van die schietpartij in South Beach, bedacht hij. Hij pakte het katern met plaatselijk nieuws en bladerde dat door. Vast en zeker. Trans Am, jongelui van in de twintig. Drie mannen en een vrouw, van wie er een gewond zou zijn. Waarschijnlijk ook nog bloed op de inventaris, die klootzak.

Volgens de krant hadden ze flink huisgehouden in het Dauphin – dat was het South Beach-hotel – en waarschijnlijk ging het om drugs. Verdomme, zeg. Op schietpartijen om drugs en kogelgaten zat het Hollywood-motel bepaald niet te wachten. Het was tegenwoordig al moeilijk genoeg om zonder wifi voldoende klanten te krijgen.

Hij had er gewoonlijk geen behoefte aan bij dergelijke zaken betrokken te raken. Iedereen had recht op privacy, en wie was hij om een oordeel over anderen te vellen? Maar als hun aanwezigheid de business van een ander schade toebracht, werd het anders. Het werd tijd om daar een eind aan te maken.

De receptionist legde de krant neer. Hij keek rond in de lobby. Oké, dacht hij. Als het moet, dan moet het. Hij pakte met zijn ene hand de telefoon, zocht met zijn andere in een lade, waar hij een oude .38 bewaarde, en toetste het nummer van de politie in.

Pender en Sawyer reden in de Trans Am over de Federal Highway richting Hollywood. Pender zat aan het stuur, terwijl Sawyer rondkeek of hij politie zag. Het was voor Pender een vreemd gevoel midden op de dag zo rond te rijden, maar hoe konden ze anders ooit hier wegkomen? We moeten dit ding op een of andere manier omwisselen, dacht hij.

Ze vonden een handelaar in tweedehandsauto's langs een rommelige hoofdweg, een hoekje met een aftandse golfplaatloods achterin en een hek met prikkeldraad om het terrein. 'Deze jongens lijken me wel wat,' zei hij tegen Sawyer. 'Waarschijnlijk zijn het zelf criminelen.'

Pender parkeerde de auto in een zijstraat, waar ze hem helemaal uitruimden en de kentekenplaten in een vuilcontainer een eind verderop gooiden. Ze liepen naar de autohandelaar; een man in een morsig pak en een verkreukelde stropdas begroette hen met een handdruk en probeerde hun met toegeknepen ogen tegen de zon meteen een teruggenomen Porsche Boxster te verkopen.

Pender wist zijn aandacht van de sportauto af te leiden en toonde belangstelling voor een grote Dodge-pick-up, een Durango. Hij trok zijn portefeuille en wist de verkoper zover te krijgen de auto voor zevenduizend dollar in contanten van de hand te doen, tectyleren niet nodig.

Hij kocht de auto op naam van Ryan Carew, en binnen drie kwartier waren ze van het terrein af, waarna ze zich heel wat beter voelden.

'Kleren en een computer,' zei Sawyer. 'En dan wegwezen uit Florida.'

Ze reden door tot ze bij een winkelcentrum kwamen, waar Pender een computerwinkel vond. Hij gaf het briefje van Mouse aan de eerste verkoper die hij zag en kwam tien minuten later met een splinternieuwe laptop naar buiten. Daarna gingen ze een JC Penney's binnen om kleding te kopen.

Pender schafte een passende garderobe voor zichzelf aan en ging aan de slag om ook voor Mouse de nodige kleren te kopen. Hij zag Sawyer een eindje verderop bij de dameskleding rondscharrelen. Pender liep naar hem toe. 'Ik denk niet dat ze jouw maat hebben, jongen.'

Sawyer hield een paarse trui omhoog. 'Denk je dat ze deze leuk zal vinden?'

'Wie?'

'Tiffany, wie anders? Ze kan niet eeuwig dat topje blijven dragen.'

Pender schudde zijn hoofd. 'Christus, Sawyer.'

'Wat?' Sawyer keek hem verbaasd aan. 'Ze heeft net zo goed kleding nodig als wij.'

'Ze heeft kleren. Op haar hotelkamer.'

Sawyer keek nog eens naar de trui, legde die over zijn arm en liep verder langs de rekken. 'Ik denk dat ze deze wel leuk zal vinden.'

Pender zuchtte. 'We geven haar schone kleren,' zei hij. 'En dan sturen we haar weg.'

Pender betaalde voor de kleding en ze begaven zich naar de uitgang en de Durango, nadat ze eerst nog bij een drogist waren gestopt om meer verbandmiddelen en pijnstillers te kopen. Toen ze alle tassen achterin hadden geladen en Pender achter het stuur wilde plaatsnemen, begon zijn mobieltje te rinkelen.

'Arthur?' Het was Marie. Ze klonk nerveus. 'Met mij. Waar zit je?'

'We zijn in Florida,' zei hij tegen haar. 'Ten noorden van Miami. We hadden een probleempje.'

'Dat weet ik,' zei ze. 'Ik ook.'

'Wat dan?'

'Arthur, we hebben het verknald,' zei ze. 'Ik weet niet hoe het kan, maar we worden achternagezeten. Er was politie bij het appartement. En nog iemand anders. Een of andere schurk. Ze stonden me op te wachten. Op een of andere manier zijn ze erachter gekomen waar we wonen.'

Pender zocht steun tegen de pick-up. Opeens voelde hij zich duizelig. 'Maar je wist weg te komen. Alles is goed met je.'

'Ja, dat wel,' zei ze. 'Ik... Ja, alles is goed met me. Maar ik moet uit Seattle weg.'

'Waar zit je nu?'

'In een motel bij het vliegveld. Als je me vertelt waar jullie naartoe gaan, vlieg ik daarheen. Ik vertrek vanavond nog.'

'Heb je geld? En een identiteitsbewijs?'

'Eén creditcard. Eén identiteitsbewijs. Rebecca Decoursey. McAdams en Wellman kun je afschrijven, en dat geldt ook voor Marie McAllister. Net als Arthur Pender.'

Jezus christus! 'Geeft niet,' zei hij. 'Heel goed dat je belt. Laat me even nadenken, dan vertel ik je waar we elkaar kunnen ontmoeten.'

Hij sloot zijn ogen in een poging zich de kaart van Florida voor de geest te halen. Sawyer, die al in de Durango zat, klopte op het raampje. Hij boog zich naar voren en opende het portier. 'Alles goed?'

'Noem eens de naam van een vliegveld ten noorden van hier,' zei Pender.

'Fort Lauderdale?'

'Te dichtbij.'

'Orlando?'

'Misschien. Kunnen we Jacksonville halen?'

'Wanneer?'

'Vanavond. Uiterlijk morgenochtend.'

'Ja, hoor,' zei Sawyer. 'Dat is ruim vijfhonderd kilometer.'

'Goed.' Pender pakte de telefoon. 'Marie? Vlieg naar Jacksonville. En Orlando als je het niet haalt om daar morgenochtend te zijn. Sms me je vluchtgegevens, dan halen we je van het vliegveld af.'

'Jacksonville,' zei Marie. 'Goed.'

'Marie,' zei Pender. 'Je hebt het super gedaan. Alles komt goed.' Hij verbrak de verbinding en bleef een tijdje op de parkeerplaats staan, naar de lucht starend. Politie en nog iemand anders. Een schurk. Beneteaus handlangers. Hoe hadden ze in godsnaam het appartement gevonden? Niemand zou ooit Marie McAllister en Arthur Pender met de ontvoeringen in verband kunnen brengen. Niemand. Maar ze hadden het appartement toch gevonden, en ze hadden Marie bijna ingerekend. Het was een misselijkmakende gedachte.

Sawyer klopte weer op het raampje. Pender opende het portier en ging achter het stuur zitten. Hij wierp een blik op Sawyer. 'Ze hebben ons ontdekt. Marie en mij. Ik weet niet hoe.'

'Is alles goed met haar?'

'Ja, ze maakt het prima. Doodsbang, maar ze kon ontsnappen.'

'Jacksonville dus.'

'Jacksonville,' zei Pender. 'Vanavond of morgen.'

Hij draaide de sleutel in het contactslot om. Net toen hij weg wilde rijden, ging de telefoon weer. Hij nam op. 'Ja.'

'Pender?' Gefluister. 'Met Tiffany.'

'Tiffany. Wat is er?'

'Pender, we zitten in het motel, en ik ben bang,' zei ze, en weer voelde Pender zijn maag omdraaien.

'Wat is er aan de hand? Is alles goed met Mouse?'

'Met Mouse gaat het best, Pender. Maar de politie is net de parkeerplaats op gereden,' zei ze. 'Ze zitten in een surveillanceauto en ik denk dat ze ons komen halen.'

42

Met zijn sleutelbos rinkelend klom de conciërge de trap naar de eerste verdieping op. Het geluid weerklonk in het trappenhuis. Het was een oudere man met wit haar en dikke brillenglazen, die had geklonken alsof hij lag te slapen toen Stevens op de deur klopte.

'Dat meisje met de krullen woont op nummer 204,' zei hij toen hij op de overloop kwam. 'Ze woont daar met haar vriend.'

Stevens keek naar Windermere om. 'Hoe ziet die vriend eruit?'

'Een lange jongen,' zei de conciërge. 'Blond haar. Ziet er goed uit. Aardig en kalm.'

Carew, dacht Stevens. We krijgen er twee voor de prijs van één.

De conciërge liep de gang door. 'Ze waren hier niet vaak. Geen van beiden. Op reis voor hun werk, zeiden ze.'

'Weet u hun namen ook?'

'Pender,' zei de conciërge. 'Dat is haar vriend. Arthur Pender. Zijn naam staat in de huurovereenkomst. Het meisje heet Marie-en-nog-wat. Ik weet het niet meer.'

Ze waren het meisje uit het oog verloren toen de grote man in de Lincoln was opgedoken. Stevens had haar aan zijn kant niet zien opduiken, en Windermere had haar niet gevonden toen ze de straat weer op ging. De surveillanceauto's hadden de buurt nog doorzocht, maar het meisje was verdwenen.

En dat gold ook voor de automobilist. De politie van Seattle had alle eenheden opgeroepen uit te kijken naar beschadigde Town Cars, en het FBI-bureau in Seattle had een agent opgedragen onderzoek te doen bij taxibedrijven en autoverhuurders. Maar Stevens wist dat de chauffeur waarschijnlijk allang verdwenen zou zijn, zelfs als het lukte om de auto te vinden.

Windermere had de teleurstellingen ook niet goed opgenomen. Stevens had haar voor het appartementengebouw aangetroffen terwijl ze zacht vloekend naar haar handen zat te staren. Hij liep naar haar toe en ging naast haar zitten. 'Alles goed?'

Ze keek niet op. 'Ik had ze allebei bijna te pakken, Stevens. Maar nou heb ik helemaal niks.'

'We krijgen ze nog wel,' zei hij tegen haar. 'De hele stad is inmiddels naar hen op zoek.'

'Ik heb het als een groentje aangepakt. Als een stomme aspirant. We hadden een kans voor open doel, maar hebben die laten lopen.' Ze keek hem met een duistere blik aan. 'We hebben een dijk van een kans gemist, Kirk.'

Ze had gelijk, moest Stevens erkennen. Maar hij kon niet lang teleurgesteld blijven als de troostprijs zo goed was. Het bureau in Seattle was vrijwel meteen met een huiszoekingsbevel gekomen en Stevens voelde een lichte tinteling vanbinnen terwijl hij met Windermere voor de deur van de ontvoerders stond te wachten. Hier is het, dacht hij. Het heilige der heiligen. Zelfs Windermere leek weer enthousiast te worden.

De conciërge frummelde wat met zijn sleutels voor nummer 204 en draaide het slot om. Hij duwde de deur open. 'Ga jullie gang.'

Voor het landelijke hoofdkwartier van een misdaadsyndicaat was de woning nogal spartaans ingericht. Het was een klein tweekamerappartement met versleten hardhouten vloeren en muren die gebroken wit waren geverfd. Goedkope posters en reproducties moesten voor wat kleur zorgen. Aan de ene kant was een kitchenette en aan de andere kant een badkamer, een slaapkamer aan de voorkant en een woonkamer met een bankje en een salontafel met de nodige beschadigingen tegenover een middelgrote tv.

'Ik dacht dat die jongelui van het geld bulkten,' zei Windermere.

'Misschien hebben ze alles aan snoepgoed opgemaakt.'

'Ze hebben het in elk geval niet aan huisraad uitgegeven.'

Stevens keek rond. 'Het zijn professionals,' zei hij. 'Ze weten dat ze geen herenhuis en een jacht kunnen verantwoorden als de belastingdienst komt controleren. Ze hebben het geld ergens anders verstopt.'

Ze doorzochten de woning. Windermere nam het bed en de badkamer voor haar rekening en Stevens de rest. De kitchenette was leeg – er stonden alleen een paar borden in het rek te drogen en er stonden er een paar in de kastjes, maar dat was alles. De boodschappen van het meisje stonden in de koelkast, op de salontafel lag een stuiverroman en onder de tv lag een stapeltje dvd's. Verder was er niets te vinden.

'Stevens,' zei Windermere, 'kom eens kijken.'

Stevens liep de slaapkamer in, die al even functioneel was ingericht als de rest van het appartement, en trof Windermere bij het bed aan, grijnzend alsof ze net de jackpot had gewonnen. Ze hield een laptop in haar ene hand en gebaarde naar haar voeten, waar de plunjezak van het meisje halfopen op de vloer lag.

'Dit zijn mooie dingen,' zei ze. 'Laten we een kijkje in die zak nemen.'

Stevens keek in de zak. Kleding, om te beginnen. Vooral warme winterkleren. Hij pakte een spijkerbroek en voelde iets ritselen in de zak. Hij haalde het eruit en bekeek het; het was een kwitantie. Een kwitantie van een White Castle-restaurant in Troy, Michigan. 'Bingo,' zei hij.

'Ga door.'

Hij duwde nog meer kleding opzij en zocht onder in de zak, waar hij een papieren envelop opdiepte. Hij opende de envelop en keek erin. Geld. Gebruikte twintigdollarbiljetten, en niet zo weinig ook. 'Daar zit zeker vier mille in,' zei hij tegen Windermere. 'Ik zei toch dat ze ergens verstopt waren.'

'Dat is niets,' zei Windermere. 'Vier mille is voor die jongelui hoogstens zakgeld.'

Windermere ging op het bed zitten en opende de laptop. 'Laten we het bureau in Seattle bellen,' zei ze, 'en vragen of ze Pender en zijn vriendin willen natrekken. Aangenomen dat dat geen aliassen zijn, natuurlijk.'

'Dat zijn geen aliassen,' zei Stevens. 'Ze zullen er zeker geen rekening mee hebben gehouden dat ze hier gevonden zouden worden. Dit was hun huis.'

'Een huis.'

'Waarschijnlijk tijdelijk. Ze waren vast niet van plan hier al te lang te blijven.' Stevens pakte zijn telefoon en belde bureau Seattle. Hij vroeg om de gegevens over Arthur Pender en Marie na te trekken.

'McAllister.' Windermere keek op van de laptop. 'Marie McAllister.'

'Staat genoteerd,' zei de agent in Seattle, een jonge vent die Vance heette. 'Ik ga ermee aan de slag.'

'Bedankt. Nog nieuws over de Lincoln?'

'Jawel,' zei Vance, 'we hebben inderdaad een spoor. Geen van de grote bedrijven had een Town Car verhuurd zoals jij beschreef. Maar we hebben ook gesproken met een kleinere verhuurder, Emerald City Cars, en die zeiden dat ze vanochtend een zwarte Lincoln bij het Hyatt hebben afgeleverd. Verhuurd aan een zekere Alessandro Pistone uit Royal Oak in Michigan.'

Zie je wel, dacht Stevens. 'Hebben ze de auto teruggekregen?'

'Nog niet.'

'Goed,' zei hij. 'We gaan nu meteen naar het Hyatt. Doe me een plezier en zoek die Pistone in de computer op om te zien wat er naar boven komt.'

'Dat is al gebeurd,' zei Vance tegen hem. 'Pistone is een bekende alias van Alessandro D'Antonio, een handlanger van de familie Bartholdi. Hij is een belangrijk man in hun Detroit-operaties. Een echte crimineel.'

Stevens bedankte hem en verbrak de verbinding. D'Antonio, dacht hij. Uit Michigan. Wat schattig.

43

D'Antonio liet de auto een paar blokken van het Hyatt vandaan in een parkeergarage achter en liep naar het hotel terug. Die kloteagenten zouden intussen vast naar hem op zoek zijn, en terwijl hij door de lobby liep, keek hij om zich heen of hij ergens stillen zag. Niemand leek zijn komst op te merken. Zover zijn ze dus nog niet, dacht hij. Ik heb nog wat tijd.

Hij nam de lift naar zijn kamer en pakte snel zijn spullen in. Hij pleegde een telefoontje om een ticket naar Detroit te boeken, zo snel mogelijk, graag. Ik had haar kunnen pakken, dacht hij terwijl hij ophing. Als die agenten niet alles verkloot hadden.

Zijn actie was mislukt. Dat overkwam hem niet vaak, maar zulke dingen gebeurden wel eens. Het had niets te betekenen. Misschien wilde hij te hard toeslaan, als een falende slagman bij het honkbal. Misschien wilde hij het te graag. Tijd om een stapje terug te doen en eens goed na te denken.

Het meisje zou zeker niet terug durven naar het appartement. Als ze verstandig was, zou ze meteen het land uit vluchten en proberen in de luwte te blijven totdat de FBI haar vergeten was. Maar slechts heel weinig mensen waren zo slim. Slechts heel weinig mensen konden zomaar met de noorderzon vertrekken als dat nodig was, vooral als ze nog gebonden waren.

Het meisje zou naar Florida gaan. Ze zou meteen naar haar vrienden teruggaan, zo veel was zeker. Dat zou het gemakkelijk maken de hele groep om te brengen. Hij kon haar gebruiken om hem naar de rest van de bende te brengen, en er zou absoluut geen kink meer in de kabel komen als D'Antonio de bendeleider eenmaal te pakken had.

Hij pakte de telefoon weer en annuleerde het ticket. Dat kostte hem tweehonderd dollar, maar als hij gelijk had, zou het dat waard zijn. Hij hing op zonder een nieuw ticket te boeken, pakte zijn reistas en nam de lift naar de receptie beneden, waar hij uitcheckte en in een gele taxi stapte.

'Het vliegveld,' zei hij tegen de chauffeur, in de hoop dat het meisje nog niet te ver weg was.

Stevens bleef in de Nissan vlak achter de taxi rijden, omdat hij niet wilde riskeren dat hij D'Antonio tijdens de rit de stad uit kwijt zou raken. Ze hadden hem nog geen uur na Vances telefoontje bij het Hyatt opgepikt, en nu konden ze de schurk gebruiken om hen naar het meisje te brengen, zo hoopte hij. Windermere zat te bellen terwijl hij reed en gaf Vance op het hoofdbureau een hele waslijst door van zaken die ze gedaan wilde hebben.

'Je hebt daar die laptop toch die ik je gestuurd heb?' zei ze. 'Daar staat een foto van dat meisje op. Die foto moet zo snel mogelijk in het bezit van alle luchthavenbeveiligers komen. Daarna kun je op zoek gaan naar foto's van de andere drie minkukels en die op de lijst van gezochte verdachten zetten. Heb je nog info gekregen over McAllister en Pender?'

Ze luisterde even. 'Je meent het. Praat met hun familie en kijk of je daar iets wijzer van wordt. Een plek waar ze naartoe zouden kunnen vluchten en zo. Probeer de andere twee ontvoerders te identificeren. Wat?' zei ze. 'Nee, dat had ik nog niet gehoord.' Ze luisterde. 'Er kan een verband zijn. Moeilijk te zeggen. Laat het me weten als je iets hoort.'

Ze hing op en richtte zich tot Stevens. 'Vance zegt dat McAllister en Pender een paar jaar geleden nog aan de universiteit van Washington studeerden. Zij is afgestudeerd in geschiedenis en hij heeft Engelse literatuur gedaan.'

'Christus,' zei Stevens. 'Hoe kunnen een paar studentjes opeens ontvoerders worden?'

'Ze konden geen serieus werk vinden, denk ik. Vance zei ook dat er gisteren in Miami groot tumult was. Hij vroeg zich af of we daarover al hadden gehoord.'

Stevens haalde zijn schouders op. 'Nee.'

'Een stel jongeren was betrokken bij een schietpartij op South Beach. De politie heeft in het Dauphin twee lijken gevonden. Zware criminelen. Beruchte moordenaars. Maar ze waren met hun eigen wapens doodgeschoten.'

'Een ruzie?'

'Volgens de politie beslist niet. Er waren gasten in die hotelkamer. Drie of vier jongelui. Drie jongens en een meisje.'

'Je meent het,' zei Stevens. 'Je denkt dat het om hen gaat.'

Windermere keek naar hem. 'Ik denk dat we daar wel achter komen.'

D'Antonio's taxi gaf richting naar rechts aan en nam de afslag Sea-Tac. Stevens volgde, en de twee auto's reden een paar kilometer lang langs de landingsbaan voordat ze bij de terminal aankwamen, waar de auto van D'Antonio onder het Delta-vertrekbord stopte. 'Blijf op afstand,' zei Windermere. 'Laat me er hier uit en zoek een parkeerplaats.'

Stevens stopte net lang genoeg om Windermere te laten uitstappen. Daarna reed hij door, terwijl Windermere D'Antonio op een afstandje volgde. Ze zag hoe de grote man naar de Delta-ticketbalie liep en bleef in de buurt rondhangen terwijl hij een vlucht boekte. Hij betaalde met een creditcard, ondertussen met de Delta-employee flirtend, die glimlachte en iets gevats zei, waarop ze beiden lachten. Hij pakte zijn ticket aan, greep zijn tas en liep van de balie weg, zich tussen de reizigers mengend die zich naar de veiligheidscontrole begaven.

Nadat Windermere een minuut of twee gewacht had, liep ze naar de Delta-employee toe. Op dat moment kwam Stevens de terminal binnen. Hij zag haar al snel en liep naar haar toe. 'Waar is hij naartoe?'

Windermere wees naar de pieren. 'Die kant op.' Ze draaide zich naar de Delta-employee toe en liet haar penning zien. 'FBI, mevrouw. Een korte vraag.'

De vrouw keek geschrokken op. 'Ja?'

'Die grote teddybeer die hier zojuist een ticket heeft gekocht, waar vliegt die naartoe?'

'Hij vliegt naar Miami met de nachtvlucht,' zei ze. 'Is er een probleem? Ik kan de beveiliging bellen en hem laten tegenhouden.'

Windermere schudde haar hoofd. 'Maakt u zich daarover geen zorgen. Maar misschien kunt u ons informatie geven. Zijn er vanavond nog meer vluchten naar Miami?'

De vrouw drukte een paar toetsen in en boekte hen op een vlucht via Detroit, die anderhalf uur na D'Antonio in Miami zou landen. Windermere belde met Vance. 'Vance,' zei ze. 'Luister. Je had gelijk met die opmerking over die schietpartij in Miami. Wil je voor mij een foto van Alessandro D'Antonio naar het FBI-bureau in Miami sturen en tegen hen zeggen dat ze onze man in de gaten moeten houden vanaf het moment dat hij uit het vliegtuig stapt?'

Ze las hem de vluchtgegevens voor. 'Geen arrestaties. Alleen maar volgen. En stuur ook een foto van McAllister naar de collega's op het vliegveld van Miami. Zeg tegen hen dat ze ook moeten uitkijken naar het meisje. Oké?'

Ze verbrak de verbinding. Stevens bekeek de tickets. 'Als die jongelui zo in de problemen zijn gekomen in Miami, zullen ze daar wel niet zijn gebleven,' zei hij.

Windermere keek fronsend. 'Wat bedoel je daarmee?'

Hij haalde zijn schouders op. 'Als ik net in een hotelkamer op South Beach mijn wapen heb leeggeschoten, zou ik maken dat ik wegkwam, denk ik. Ik denk alleen dat we onze bases moeten inlichten voor het geval ze ergens anders heen gaat dan Miami.'

'Jij denkt dat ze voortdurend blijven rondrijden,' zei Windermere. 'Best. We informeren de beveiliging op de luchthavens van Fort Lauderdale, Tampa, Orlando, Jacksonville en Tallahassee. Slim toch? Als ze erin slagen uit Florida weg te komen, hebben we altijd D'Antonio nog die ons naar hen toe kan brengen. Maar ondertussen bazuinen we het rond, en wie weet hebben we geluk.'

Ze pakte de telefoon op en koos een nummer. 'Agent Vance,' zei ze toen hij aan de lijn kwam. 'Heb je al een hekel aan me?'

44

Tiffany Prentice stond bij het raam, met de telefoon in haar hand. De politieauto stond buiten op het parkeerterrein, en de agent – een grote, vervaarlijk ogende man met laarzen aan en een zonnebril op – stond met de hotelmanager te praten. De manager wees langs de rij kamers naar die van hen, en Tiffany trok zich snel terug, bang dat hij haar had gezien.

'Tiffany,' zei Pender aan de andere kant van de lijn. 'Jij moet dit oplossen. Haal diep adem en laten we dan een plan maken.'

'Goed.' Tiffany keek de kamer rond. Mouse lag op bed; hij zag even grauw als de lakens. Overal om hem heen lagen bebloede handdoeken.

'Allereerst moet je Mouse verbergen. Stop hem in de badkamer of zo en zorg ervoor dat hij zich koest houdt. Haal ook die handdoeken weg. Alles waar bloed aan zit moet je verbergen. Doe alsof je daar alleen bent.'

'Goed.'

'Gebruik je charmes. Hou hem aan het lijntje. We zijn er over een halfuur, maar tot die tijd moet je hem tegen zien te houden. Probeer hem daar weg te krijgen. Denk je dat dat gaat lukken?'

'Ja, hoor,' zei Tiffany. Je kunt dit, dacht ze. Je hebt al eerder agenten met je charmes verleid. Het zijn ook maar mensen. Het zijn mannen.

'Maar zorg dat je niet gepakt wordt. Je moet sterk zijn, oké?'

'Oké.' Tiffany verbrak de verbinding. Ze draaide zich van het raam af. 'Oké, meneer Mouse,' zei ze. 'Je moet hier weg.'

Ze trok de gordijnen dicht en bracht Mouse naar de badkamer. Ze legde hem in de badkuip op een bed van bebloede handdoeken en zei tegen hem dat hij zich stil moest houden. Gelukkig, zo dacht ze, lag de badkamer aan de achterkant van de unit. Als ze geluk hadden, zou de politieagent die niet eens zien. Snel handelend gooide ze de rest van de handdoeken in de badkamer en smeet ze de bebloede sprei erachteraan. Ze keek nog eens naar Mouse en sloot de deur.

Ze keek de motelkamer rond. Alles zag er goed uit. Ze borg nog wat rommel op en hoorde dat er op de deur werd geklopt.

Diep ademhalen. Tiffany keek naar zichzelf in de spiegel. Ze haalde haar vingers door haar haar. Trok een pruillip. Ze bekeek haar kleding en bond haar topje aan de achterzijde zo vast dat haar gebruinde buik zichtbaar was. Er werd nu luider geklopt.

Tiffany liep naar de deur en opende die een stukje. Ze posteerde zich in de opening en keek de agent aan. Hij doemde voor haar op met zijn enorme gespierde lijf, dat de belofte van een geweldsexplosie in zich droeg. Tiffany nam hem van boven tot onder op. Ze wist een lachje op haar gezicht te brengen. 'Goedemorgen, agent,' zei ze. 'Kan ik u van dienst zijn?'

De politieman bekeek haar van achter zijn spiegelende zonnebrilglazen. Hij tuurde langs haar heen in een poging de kamer in te kijken. Tiffany hield de deur zo ver mogelijk dicht, terwijl ze probeerde zich ontspannen te gedragen. De agent schraapte zijn keel. 'Mevrouw, mijn naam is agent Cope van de politie van Hollywood. Vindt u het goed als ik even in de kamer rondkijk?'

'Het spijt me,' zei Tiffany. 'Mijn vriendin ligt binnen te slapen.'

'Dat geeft niet,' zei hij. 'Ze kan een badjas aantrekken. Ik ben zo klaar.'

Tiffany bleef glimlachen. 'Zei u nu dat u een gerechtelijk bevel had, agent?'

Cope keek haar doordringend aan. 'Sorry?'

'Een huiszoekingsbevel.'

De agent zuchtte. 'U vraagt me of ik een huiszoekingsbevel heb.'

'Klopt.'

'Hebt u daar iets wat u wilt verbergen?'

Tiffany schudde haar hoofd. 'Niets anders dan een naakte kamergenote,' zei ze. 'Maar mijn vader zei altijd tegen me dat ik nooit een politieman toestemming moest geven zomaar mijn spullen te doorzoeken, tenzij hij een bevel had.'

'O ja?' zei Cope. 'Wie is uw vader?'

'Andrew Prentice. Misschien hebt u wel eens van hem gehoord?'

Cope schudde zijn hoofd. 'Ik vrees van niet.'

'Nu ja,' zei Tiffany. 'Misschien moet u daar dan eens naar informeren. Hij stond op de *Forbes 400*-lijst van afgelopen jaar. En zijn advocaat ook.'

Ze gaf geen centimeter prijs en bleef glimlachen, terwijl ze zich vanbinnen week voelde worden onder de priemende blikken van de agent. 'Hoe is uw naam, mevrouw?'

'Tiffany Prentice, agent,' zei ze. 'Wilt u mijn identiteitsbewijs zien?'

'Wat doet u hier in Hollywood?'

'Vakantie. Mijn beste vriendin en ik hebben besloten een korte wintervakantie te nemen. U weet hoe zwaar die tentamens altijd zijn.'

'Waarom ligt u niet aan het strand als u hier op vakantie bent?'

Tiffany knipoogde naar hem. 'We zijn gisteravond tot laat uit geweest. Ik heb nog niet veel geslapen. We gaan straks nog wel; maakt u zich daarover geen zorgen.'

De politieman keek de parkeerplaats rond. Tiffany zag dat hij geïrriteerd raakte. 'U hebt daar iets wat u wilt verbergen, hè?'

'Nee, agent.'

'Ik zou langs u heen kunnen lopen en nu door die deur naar binnen gaan,' zei hij. 'En dan kan ik tegen de rechter zeggen dat ik drugs op de tafel heb zien liggen. Dat noemen we een "redelijke verdenking".'

'Ga uw gang,' zei Tiffany. 'U moet vooral uw werk doen. Maar zorg er dan eerst voor dat uw afdeling een goede advocaat heeft. Ik zou het heel vervelend vinden als een goede politieman als u zijn baan zou verliezen omdat hij bang was voor wat papierwerk.'

Cope slaakte een vloek. Daarna spuwde hij op de grond. 'Ik kom nog terug,' zei hij. 'Reken daar maar op.'

Tiffany keek hem na terwijl hij naar zijn auto terugliep. 'Ik kijk ernaar uit, agent,' zei ze. 'Maar vergeet volgende keer dat huiszoekingsbevel niet.'

Cope bleef even bij zijn surveillanceauto staan en keek naar haar om, zijn ogen afschermend. Ze zwaaide naar hem, waarna hij in zijn auto stapte, langs de voorzijde van het gebouw reed en verdween. Tiffany keek hem na. Ze sloot de deur, leunde ertegenaan en liet zich op de vloer zakken, terwijl ze over haar hele lichaam beefde. Zo bleef ze lange tijd zitten, in een poging haar kalmte te herwinnen.

45

De politie was nergens te bekennen toen ze de parkeerplaats van het motel op reden. Pender rolde langzaam naar de achterkant van het gebouw en parkeerde daar zo ver mogelijk vandaan, omdat hij een hinderlaag vermoedde en wist dat iemand in het motel hen had verraden. 'Wat denk jij?' vroeg hij Sawyer terwijl ze in de Durango bleven zitten. 'Is de kust veilig?'

Sawyer keek uit over de parkeerplaats. Er was niemand te zien. Een paar aftandse pick-ups en een camper uit Ohio die daar al stond sinds ze waren aangekomen. 'Lijkt me van wel,' zei hij.

Ze stapten uit de Durango en liepen voorzichtig langs de achterkant van het gebouw naar de kamer toe. Pender klopte op de deur, die even later op een kier openging. Tiffany tuurde naar buiten.

'Doe open,' zei Pender. 'Wij zijn het.'

Ze opende de deur. 'Lieve hemel,' zei ze. Ze omhelsde Pender met ongekend enthousiasme. 'Het is ons gelukt.'

Pender omhelsde haar ook, in weerwil van zichzelf. Ze heeft het goed gedaan, dacht hij. Ze heeft ons gered.

'Waar is Mouse?' zei Sawyer.

'In de badkamer.' Tiffany maakte zich van Pender los. 'Lieve hemel, dat ging geweldig.'

'Hoe heb je het gedaan?' vroeg Pender.

Tiffany lachte. 'Ik speelde het zielige rijke meisje. Ik zei tegen hem dat hij maar beter een huiszoekingsbevel kon hebben, en zo niet, dan zou mijn vader hem en zijn hele afdeling aanklagen. Dat heb ik toch goed gedaan, hè?'

'Helemaal top.'

'Mag ik nu blijven?'

Pender zweeg even. 'Dat weet ik nog niet.'

'Kom op, Pender,' zei ze. 'Ik heb daarnet de politie voorgelogen. Ik ben nu ook een crimineel.'

Pender staarde haar een tijdje aan. Hij slaakte een zucht. 'Je mag blijven. Voorlopig.'

Sawyer stak zijn hoofd om de badkamerdeur. Een moment later keek hij achterom naar Pender en Tiffany. 'Wanneer ben je voor het laatst bij Mouse wezen kijken?'

Tiffany trok een frons. 'Ik ben de hele tijd bij hem geweest.'

Sawyer keek haar doordringend aan. 'Chef, ik zou daar maar even gaan kijken.'

Pender liep naar hem toe en keek in de badkamer. Mouse lag in de badkuip op een hoop bebloede handdoeken. Hij zag lijkbleek, had zijn ogen dicht en lag met zijn hoofd achterover tegen de tegelwand aan. Pender draaide zich naar Tiffany toe. 'Was hij bij bewustzijn toen je bij hem wegging?'

'Hij was moe,' zei ze. 'Dat zei hij tenminste.'

Sawyer knielde bij de badkuip neer en voelde aan Mouse' hals. Na een paar seconden keek hij opgelucht op. 'Ik voel nog een pols.'

'Natuurlijk heb ik nog een pols,' zei Mouse, zijn ogen iets openend. 'Ik lig hier gewoon een dutje te doen. Ik mag toch zeker wel even slapen?'

Sawyer stond op en glimlachte verwrongen. 'Klootzak.'

'Hoe voel je je, Mouse?' vroeg Pender.

'Ik voel me zwaar klote,' zei Mouse. 'Iemand heeft me neergeschoten, ik voel me hondsmoe en ik lig te slapen in een badkuip. Hoe zou jij je voelen?'

Tiffany hielp Mouse met opstaan. Hij leunde zwaar op haar, moeizaam grijnzend naar de jongens. 'Als Tiffany hier mag blijven, zal ik zeker weer opknappen,' zei hij.

'Daar denken we over na,' zei Pender. 'En nu opschieten. We vertrekken over tien minuten.'

Ze reden Hollywood uit en koersten noordwaarts op de Interstate 95. Pender zat achter het stuur en hield Mouse in de achteruitkijkspiegel in de gaten. Zijn vriend lag met zijn hoofd op Tiffany's schoot, terwijl zij met zijn haar zat te spelen. Ze leken wel twee middelbare scholieren die na het dansen bij elkaar gekropen waren. Pender zag dat Sawyer de tortelduifjes negeerde. Mooi. Een ruzie over een vrouw was wel het allerlaatste wat ze op dit moment konden gebruiken.

Hij zag hoe Mouse met Tiffany lag te knuffelen. Die jongen kon zich dan wel groot houden, vroeg of laat moest hij toch onder het mes, want met de huidige zelfmedicatie zou hij nooit beter worden. Bij het inladen van de Durango was het Pender opgevallen dat zijn vriend zijn rechterarm niet eens kon optillen. Waarschijnlijk heeft hij een zenuwbeschadiging, dacht hij. Als we hem niet naar een ziekenhuis brengen, kan hij die arm misschien nooit meer gebruiken. 'Mouse,' zei hij, de blik van zijn vriend in de spiegel treffend, 'hoe voel je je nu?'

Mouse keek op van Tiffany's schoot. Hij knipoogde naar Pender. 'Een stuk beter.'

'Even serieus. We moeten je naar een ziekenhuis brengen.'

Mouse probeerde te gaan zitten. 'Wat? Geen sprake van, Pender. Ik voel me prima.'

'Ik zag dat je bij het hotel daarnet je arm niet eens kon optillen.'

'Dat is gewoon een oppervlakkige wond,' zei Mouse. 'Over een paar dagen ben ik weer de oude.'

Pender keek hem aan. 'Kom op, Mouse.'

Mouse zuchtte. Hij liet zich weer op Tiffany's schoot zakken. 'Oké dan,' zei hij. 'Ik moet alleen wat geld regelen als we een dokter willen omkopen.'

'Geen probleem,' zei Pender. 'Dat kun je morgen doen, nadat we Marie hebben opgehaald.'

Mouse strekte zich uit en sloot zijn ogen, en Pender richtte zijn aandacht weer op de weg. Sawyer keek hem aan. 'Jacksonville?'

Pender knikte. 'Delta 1720. Ze komt morgenochtend om halfnegen aan. We blijven vannacht op het vliegveld en wachten haar morgenochtend op.'

'Zal ik rijden?'

'Niet nodig.'

Sawyer knikte. Hij leunde tegen het raam en sloot zijn ogen, en binnen een paar minuten kon Pender hem zachtjes horen snurken. Tegen de tijd dat ze bij Boca Raton waren, lagen Mouse en Tiffany ook te pitten. Pender reed in stilte verder, terwijl hij de zon boven de vlakte zag ondergaan en de remlichten op de autoweg zag opflitsen.

46

D'Antonio landde in de vroege ochtend in Miami en wist meteen dat er iets mis was. Op het vliegveld wemelde het van de politie, bewakers en stillen, die allemaal deden alsof ze zijn kant niet op keken toen hij hen in de terminal passeerde.

De FBI wist dus wie hij was. Bovendien hadden ze uitgevogeld dat hij op weg was naar Miami. D'Antonio maakte zich geen zorgen. De politie – zelfs de FBI – was niet echt een bedreiging. In een menigte vielen ze gelijk op en ze waren ook nog eens aan allerlei regeltjes gebonden. En de Bartholdi's hadden uitstekende advocaten. Als de FBI hem op een of andere onzinverdenking in de boeien wilde slaan, zouden ze meteen zelf met een proces om de oren worden geslagen.

Tot zijn verrassing lieten de agenten hem gewoon de terminal uit lopen en kon hij zonder probleem in de wachtende Coupe de Ville van Zeke stappen. D'Antonio keek nog eenmaal achterom naar de uitgang en zag dat de bewaker hem recht aankeek. Ze keken elkaar een moment lang aan, waarna D'Antonio in de auto stapte. 'Trap hem op zijn staart,' zei hij tegen Zeke. 'We worden gevolgd.'

Zeke vloekte en gaf flink gas. 'Moet je me daarmee lastigvallen?'

'Rustig maar,' zei D'Antonio. 'Je bent toch zeker geen groentje?'

Zeke vloekte opnieuw en keek in de achteruitkijkspiegel, terwijl ze in het verkeer invoegden. Achter hen reed een Crown Victoria zonder herkenningstekens de weg op. 'Ik heb hem,' zei hij.

'Mooi. Geef hem wat tijd en zorg dan dat je hem kwijtraakt.'

Ze reden een paar kilometer rustig verder om enige afstand tussen hen en het vliegveld te creëren. Het was niet druk op de weg en Zeke kon kalmpjes doorrijden. D'Antonio draaide het portierraampje omlaag, genietend van de zon op zijn gezicht. Het wordt vandaag een mooie dag, dacht hij, zodra we die agenten gelost hebben.

Hij pakte zijn mobieltje en belde zijn contactpersoon bij de politie van Miami. De man nam laat op, en zijn stem klonk ver weg en vreemd. 'Hoe laat is het?'

'Tijd om op te staan,' zei D'Antonio. 'Wat heb je voor me?'

'O, kut. Waar zit je?'

'Ik ben hier.'

'Goed, ik heb slecht nieuws en nog slechter nieuws. Wil je het horen?'

D'Antonio fronste zijn wenkbrauwen. 'Wat is er dan?'

'Ten eerste ontplofte die verdomde laptop bijna toen we die probeerden te hacken. Hij is helemaal kapot. Alle data werden zo onder onze neus gewist.'

'Jezus christus.'

'Het spijt me, D,' zei de agent. Hij zweeg even. 'En ten tweede hebben ze die jongelui in een motel in Hollywood gevonden.'

'En waarom is dat slecht nieuws?'

'De moteleigenaar heeft de politie gebeld. De eerste auto die ter plaatse was, was een surveillant van de politie van Hollywood. Cope heet hij. Een echte dienstklopper. Doet altijd alles volgens de regeltjes. Hij wordt aan de deur tegengehouden door een meid die een huiszoekingsbevel wil zien.'

'Godsklere. Heeft die vent nog nooit van redelijke verdenking gehoord?'

'Het was een rijke griet, die zei dat haar pa een proces tegen de politie zou aanspannen als hij zijn boekje te buiten ging. Hij nam haar serieus en blies de aftocht, en de rest van de dag is hij bezig geweest een gerechtelijk bevel te versieren bij een rechter op de golfbaan.'

'En die jonge gastjes?'

'Die wisten te ontsnappen. De moteleigenaar belde 's avonds terug en zei dat de kamer leeg was. Alleen nog een hoop bebloede badhanddoeken en lege buisjes aspirine. Hij heeft ze niet zien vertrekken.'

'Fantastisch,' zei D'Antonio. 'Je hele korps heeft zich zojuist door een stelletje blagen voor paal laten zetten. Hebben jullie helemaal geen sporen verder?'

'Niet veel.' De man zweeg. 'Misschien vindt de FBI nog iets.'

D'Antonio beëindigde het gesprek. Hij had zin de telefoon uit het raam te gooien, maar haalde diep adem en blies langzaam uit.

Zeke keek naar hem. 'Alles goed, baas?'

'Die bende zat in Hollywood,' zei D'Antonio. 'De politie heeft ze gevonden maar liet ze lopen. Ze konden niet tijdig een huiszoekingsbevel krijgen en toen zijn ze verdwenen.'

'Jezus,' zei Zeke. 'Rijden ze nog steeds in Carlos' Trans Am?'

Daar zeg je wat, dacht D'Antonio. Hij pakte zijn telefoon weer en belde zijn contactpersoon terug. De man nam nu wel snel op. 'Johnston.'

'Met D. Zeg tegen de politie van Hollywood dat ze naar een oranje Trans Am moeten uitkijken. Die lui hebben de auto waarschijnlijk ergens achtergelaten voordat ze ervandoor gingen. Zeg dat ook tegen de staatspolitie.'

D'Antonio hing op. Hij draaide zich om in zijn stoel en zag de Crown Vic zonder herkenningstekens een paar auto's achter hen. De FBI wilde hem zeker als tourgids gebruiken. Stelletje hufters. Hij draaide zich naar Zeke toe. 'Oké, genoeg,' zei hij. 'Trap hem op zijn staart.'

Zeke knikte, gaf richting aan naar links en stuurde naar de linker rijstrook. Op het allerlaatste moment schoot hij dwars tussen het verkeer door met het gaspedaal helemaal ingedrukt drie rijstroken naar rechts, terwijl er achter hem luid getoeter en gegier van banden klonk. De Caddy scheurde met hoge snelheid door de zijstraat. Zeke sloeg nog een keer scherp rechtsaf en daarna linksaf en minderde toen pas vaart. Hij keek in de achteruitkijkspiegel. 'Achtervolgers afgeschud,' zei hij.

'Mooi,' zei D'Antonio. 'En breng me nu naar het strand.'

47

Marie schoot met open mond rechtop toen het vliegtuig boven Jacksonville een laatste bocht maakte richting landingsbaan. Ze had de nacht dommelend doorgebracht; nu eens had ze wakker in haar stoel in het vliegtuig gehangen, dan weer was ze weggezakt in een nachtmerrie over Pender, de jongens en alle ellende die ze hadden veroorzaakt. Ze knipperde met haar ogen, wreef ze uit en tuurde uit het raampje omlaag naar het vliegveld van Jacksonville. Arthur had gelijk gehad, dacht ze. We hadden na Detroit bij elkaar moeten blijven. Als er nu iets gebeurt, zal het ons allebei tenminste overkomen.

Het vliegtuig raakte de landingsbaan, stuiterde weer omhoog, vibreerde en kreeg eindelijk vaste grond onder de wielen. Toen het nog geen vijf minuten later aan de pier stond, pakte Marie meteen haar tas en beende naar de terminal, de stroom passagiers naar de bagagehal volgend; ze was nog altijd versuft door de slapeloze nacht.

Ze liep de bagagehal door, op zoek naar Arthurs blonde haar, maar zag het niet. Ze liep verder door, vond een uitgang en begaf zich in het zonlicht buiten, naar de laad- en loszone, waar het naar uitlaatgas stonk.

Marie zocht het trottoir af. Geparkeerde auto's, bussen, een rij taxi's en een menigte passagiers. En een meter of zes verderop stond Arthur Pender leunend tegen een grote blauwe MPV op haar te wachten, terwijl hij naar de gestage stroom passagiers keek. Hij leek haar op hetzelfde moment te zien als zij hem zag; ze lachten naar elkaar en probeerden zich een weg door de meute te banen.

Maar toen ze dichterbij kwam, zag ze zijn lach verdwijnen. Hij staarde haar nu aan, bijna onmerkbaar zijn hoofd schuddend, en ze bleef in verwarring tussen de stroom mensen staan. Arthur was bleek geworden. Marie haalde haar schouders op, terwijl ze de paniek voelde opkomen.

Opeens voelde ze een stevige hand op haar schouder. Iemand zei haar naam in haar oor. 'Marie McAllister? Wilt u met me meekomen?'

Pender zag hoe de agent in burger de fotokopie in zijn hand nog eens controleerde en toen op Marie af liep. De man haalde haar in en Pender zag de paniekerige blik op het gezicht van zijn vriendin toen hij haar schouder beetpakte en haar naar zich toe draaide. De agent werd vergezeld door twee geüniformeerde beveiligers, die steeds bij hen in de buurt bleven, terwijl de menigte rondom hen oploste.

Pender zag hoe Marie antwoord gaf aan de agent en voelde zijn maag omdraaien toen ze van een afstandje wanhopig naar hem bleef staren. Hij schudde zijn hoofd naar haar en probeerde in de achtergrond op te gaan, terwijl hij razendsnel nadacht wat hem te doen stond. Red haar. Doe iets.

De agent hield zijn arm op Maries schouder en draaide haar in de richting van de terminal. Een van de beveiligers liet zijn blik over het trottoir glijden, en Pender draaide zich half om, zodat hij vanuit zijn ooghoek nog kon zien wat er gebeurde. De andere beveiliger haalde handboeien tevoorschijn. Als er een moment was om in actie te komen, was het nu.

Pender duwde zich van de Durango af en liep op Marie toe, terwijl hij razendsnel een plan probeerde te bedenken. Het zou misschien het gemakkelijkst zijn om geweld te gebruiken. Hij kon proberen Marie los te rukken en samen met haar weg te rennen. Marie stribbelde tegen en probeerde de politieman van zich af te schudden, terwijl er zich een meute rondom haar vormde. Pender duwde omstanders opzij om bij zijn vriendin te zijn voordat de beveiliger haar de handboeien had omgedaan. Uit zijn ooghoeken zag hij dat er nu meer beveiligers via de uitgangen in aantocht waren. Er klonk een sirene en een surveillanceauto van de luchtvaartpolitie stopte langs het trottoir. Dit was goddomme één grote valstrik.

Pender bleef mensen opzij duwen, waarbij sommige protesteerden als hij zich langs hen drong, en was nu vlakbij. Hij voelde een hand op zijn eigen schouder en draaide zich met gebalde vuisten om, gereed om uit te halen, maar zag toen dat Sawyer hem tegenhield. 'We moeten hier weg,' zei Sawyer tegen hem. 'Als we hier blijven, pakken ze ons allemaal op.'

'Ze hebben Marie te pakken,' zei Pender. 'We moeten haar terug zien te krijgen.'

'Onmogelijk. Overal is politie.' Sawyer boog zich naar voren en siste in Penders oor: 'We hebben nog hoogstens anderhalve minuut voordat wij ook in de boeien worden geslagen, jongen. We moeten weg.'

Hij greep Penders andere schouder ook vast en draaide hem om. Pender stribbelde tegen maar Sawyer hield hem stevig vast en duwde hem terug naar de Durango, terwijl hij achteromkeek en zag hoe de agent Marie terug de terminal in leidde. Sawyer zette hem op de passagiersstoel neer en liep op een drafje naar de andere zijde van de auto, terwijl Pender naar Marie bleef staren. Ze verzette zich, maar het was een verloren strijd, en vlak voordat de politie haar de terminal in duwde, draaide ze haar hoofd nog eenmaal om en hun blikken troffen elkaar. Haar gezicht was een en al wanhoop.

Een seconde later was ze in het gebouw verdwenen, en Sawyer reed met grote vaart weg. Pender kromp ineen op de passagiersstoel, naar adem snakkend. Hij zag de laatste momenten weer voor zich, met telkens weer die blik van berusting in Maries ogen toen ze besefte dat hij haar niet zou kunnen redden.

48

Stevens en Windermere landden even na negen uur 's ochtends in Miami, en om kwart voor tien zaten ze al in het vliegtuig naar Jacksonville. Agent Vance had hun direct na de landing in Dade County ge-sms't en het goede nieuws over Marie McAllister doorgegeven. Ook had hij twee nieuwe tickets naar het noorden voor hen geregeld. In Seattle was het zes uur 's ochtends. Het zou een wonder zijn als die jongen nog aan slapen was toegekomen.

'Penders ouwelui wonen in Port Angeles,' zei hij tegen Windermere, 'maar ik heb een nachtelijk bezoekje gebracht aan het huis van de familie McAllister. Een suf artsenechtpaar. Ze waren hoogst verrast te horen dat hun dochter een voortvluchtige crimineel is.'

'Dat is ook niet iets wat je aan je ouders vertelt,' zei Windermere.

'Dat is waar. Ik heb ze een paar foto's van Maries laptop laten zien. De ouders hadden geen idee, maar de zus van het meisje herkende de twee andere verdachten. De grote man is Matt Sawyer. Hij komt uit Seattle; zijn vader zit in de reclame. Hij volgde hier ook een opleiding. Die kleine is Ben Stirzaker, die ze steeds maar Mouse noemde, wat dat ook moge betekenen. Hij zou een computergenie zijn.'

'Kun je dit naar me mailen?' zei Windermere. 'We zullen ermee aan de slag gaan zodra we in Jacksonville geland zijn.'

'Komt in orde,' zei Vance. Hij zweeg even. 'Nog iets. Die D'Antonio is ervandoor. De politie van Miami is hem zo'n half uur nadat hij van het vliegveld was vertrokken uit het oog verloren.'

D'Antonio's chauffeur, een hispanic in een joekel van een Cadillac, was zonder veel moeite aan de FBI ontkomen. De agenten hadden hem geïdentificeerd als Eddy 'Zeke' Sevillano, een handlanger in de drugs- en prostitutiewereld van Miami, maar tot nu toe had niemand ontdekt waar die vent 's nachts sliep, of wat precies zijn band met Alessandro D'Antonio was. 'Hoe dan ook,' zei Vance, 'die D'Antonio is duidelijk een professional.'

'Die klootzak heeft me bijna vermoord,' zei Windermere. 'Ik kom hem binnenkort wel weer tegen, en dan zal ik hem laten zien wie er een professional is. Blijf naar hem uitkijken. Ondertussen hebben we nog altijd het meisje.'

'Het zal van haar moeten komen,' zei Vance.

'Dat zal zeker lukken, Vance. Ze zal ons naar de rest van de bende brengen. Zit je trouwens al om werk verlegen?'

Vance lachte. 'Kom maar op, dame.'

'We moeten prioriteiten stellen. Laten we allereerst hun bankrekeningen blokkeren,' zei Windermere. 'We weten dat ze ergens geld hebben, dus laten we dat zoeken en van hen afpakken. En zorg dat McAllister naar het regiobureau in Jacksonville wordt overgebracht. We gaan haar verhoren zodra we geland zijn.'

Ze stapten nu in een ander vliegtuig, en Windermere hopte op en neer in haar stoel terwijl de kleine zakenjet over de startbaan snelde. Ze lijkt behoorlijk opgefokt, dacht Stevens, terwijl hij zag hoe zijn collega in zichzelf zat te neuriën en haar ogen van het raam naar de cabine en terug schoten. Ze snakte naar het moment dat het vliegtuig zou landen.

Voor Stevens gold hetzelfde. Hij had een barstende hoofdpijn, en in de kleine zakenjet voelde hij zich nog veel ellendiger dan in een groot passagiersvliegtuig. Maar zelf was hij ook behoorlijk opgewonden. Hun actie had resultaat opgeleverd. Op een of andere manier had iemand op het vliegveld van Jacksonville Marie McAllister herkend en waren ze erin geslaagd haar in te rekenen voordat ze weer verdwenen was. Het was echt een geschenk uit de hemel, en nu wilde Stevens McAllister zo snel mogelijk verhoren om te zien wat ze te zeggen had.

Het vliegtuig landde om kwart over elf in Jacksonville, en Windermere en Stevens waren als eersten in de terminal. Ze werden opgewacht door een grote agent in burger, French geheten, en een FBI-agent in een broekpak met een aktetas in haar ene hand en een Starbucks-tray in de andere. Windermere lachte breeduit toen ze haar zag. 'Wendy Gallant,' zei ze. 'Wat doe jij hier in vredesnaam?'

Gallant lachte al even enthousiast. 'Jacksonville, meid. Ik vlieg van hot naar her. Drink je nog steeds caffè latte's?'

'Zolang jij ze voor me koopt.' Windermere pakte een beker. Ze draaide zich naar Stevens toe. 'Agent Gallant was mijn mentor in Miami. Ze heeft me alles over het politiewerk geleerd.'

'Nonsens,' zei Gallant. 'Dat heb je jezelf geleerd.' Ze glimlachte naar Stevens. 'Ik verzeker je dat Windermere hier de eerste anderhalf jaar na haar opleiding in Quantico niet heeft geslapen. Ze heeft al die tijd buiten op straat doorgebracht. Als je een opdracht had, stond ze altijd paraat.'

Windermere haalde haar schouders op. 'De straat is veel spannender dan klaslokalen en theorieboekjes. Ik wilde naar buiten om echt aan de slag te gaan.'

'Aan de slag gaan...' Gallant knipoogde naar Stevens. 'Deze dame heeft vier undercover drugskoeriers van de politie van Miami neergeknald voordat ze eindelijk ingerekend kon worden.'

'Verdomde stadsagenten,' zei Windermere. 'Stelletje kneuzen.'

'Hoe dan ook, het lijkt erop dat de leraar de student is geworden. Vanochtend kreeg ik een telefoontje van agent Vance, die me vertelde dat ik als de donder naar het vliegveld moest om je met je ontvoeringszaak te helpen. En daarom heb ik koffie voor je gehaald, chef.'

'Noem me geen chef,' zei Windermere. 'Stevens heeft hier de leiding.'

'Als je er tenminste tegen kunt orders van een staatspolitieman aan te nemen,' zei Stevens. Hij gaf Gallant een hand.

'Je zit nu bij de FBI, meneer,' zei Windermere, in zijn arm knijpend. Ze richtte zich weer tot Gallant. 'Waar is de gevangene?'

French schraapte zijn keel. 'We hebben een cel in de beveiligde zone. Ik breng jullie naar haar toe.'

De agent in burger leidde hen door het vliegveld, en Stevens kwam naast hem lopen. 'Hebben jullie gezien dat het meisje uit het vliegtuig stapte?' zei hij.

French knikte zonder zijn pas in te houden. 'Ze zat bij de vijfde of zesde vlucht vanochtend. Jullie hadden een behoorlijk goede foto gestuurd.'

'Ging ze zonder verzet mee?'

'Jemig, nee,' zei French. 'We moesten haar op het trottoir in de boeien slaan. Er waren drie man voor nodig om haar naar binnen te sleuren. Ze bleef maar gillen dat het een vergissing moest zijn. Ze noemde zich Rebecca en nog wat.'

'Hebben jullie de andere verdachten ook nog gezien?'

De politieman schudde zijn hoofd. 'We hadden onze handen vol aan dat meisje. Het leek wel een dierentuin op dat trottoir.' Hij keek naar Stevens. 'Het zou mooi zijn geweest als ze ons naar haar maten had kunnen brengen, maar we wilden haar niet kwijtraken. Jullie collega Vance zei dat jullie de nodige problemen hadden gehad om haar op te pakken.'

Stevens knikte. 'Ze is zo glad als een aal. Ik ben blij dat jullie aan zet waren.'

French leidde hen door een gang aan de achterkant, toetste een code in een zware deur in en opende die. Hij gebaarde Stevens naar binnen te gaan. Hij hield de deur vast totdat Windermere en Gallant ook binnen waren en sloot de deur achter zich.

De afdeling Beveiliging van de luchthaven werd gekenmerkt door linoleum en tl-verlichting, plastic kantoormeubilair en elektronisch gepiep en gezoem. Naast de deur hing een prikbord aan de muur vol beveiligingsberichten en posters met voortvluchtige verdachten. Het gezicht van Marie McAllister hing precies in het midden.

'Deze kant op,' zei French. Hij haalde een sleutelring tevoorschijn en stak een sleutel in een afgesloten deur achter in de ruimte, waarna hij de deur opende. Hij maakte een uitnodigend gebaar en toen Stevens naar binnen keek, bleek hij op de drempel te staan van een somber groen hok, dat helemaal leeg was, op een bank, een roestvrijstalen toilet en één persoon na: in de hoek zat het meisje dat zich Rebecca Decoursey noemde met opgezwollen ogen en opgetrokken benen op de harde bank; haar krullen vielen futloos langs haar gezicht.

49

'Godverdomme.' Pender sloeg met zijn hand op de muur. 'Klotezooi.'

Hij sloeg nog eens op de muur en trok zijn hand, die al pijn begon te doen, terug. Hij keek rond of hij iets zag om mee te gooien, maar hield zich ineens in, sloot zijn ogen en dwong zichzelf rustig te ademen.

Ze zaten bij elkaar in de Jacksonville Fly-Inn, een kilometer of drie van het vliegveld. Sawyer, Mouse en Tiffany zaten verspreid door de kamer naar hem te kijken; Sawyer zat in een stoel in de hoek en Tiffany en Mouse lagen opgerold op bed. Pender ijsbeerde door de kamer. Hij deed al meer dan een uur niets anders, maar kon er niet mee ophouden. Telkens als hij zijn ogen sloot, zag hij Maries gezicht en raakte hij weer helemaal overstuur.

Sawyer ving zijn blik. 'We moesten haar wel laten gaan.'

'We hadden zeker iets kunnen doen,' zei Pender. 'We hadden haar kunnen meesleuren, in de auto kunnen gooien en ervandoor kunnen gaan. We hadden haar daar nooit zo mogen achterlaten.'

Sawyer stond op. 'Pender, luister nou eens, man. Heb je dat vliegveld gezien? Overal politie. Als we daar waren gebleven, zouden we samen met haar zijn opgepakt. We moesten ervandoor.'

'Kul.'

'Ze heeft niets aan ons als we samen met haar in de cel zitten, jongen.' Sawyer sloeg zijn arm om hem heen. 'Als jij en ik opgepakt worden, zijn we allemaal zwaar de lul. Mouse heeft ons nodig, en Tiffany weet nog niet hoe het werkt. We moeten ons verstand blijven gebruiken, toch?'

Pender keek naar Sawyer. Uiteindelijk knikte hij. 'Je hebt gelijk,' zei hij. Hij haalde zijn vingers door zijn haar. 'Ik kan het gewoon allemaal niet geloven.'

Mouse schraapte zijn keel. 'Zeg, jongens.'

Sawyer draaide zich om. 'Wat is er?'

'Jullie zeiden toch dat jullie maar een meter of zes van haar vandaan stonden toen het gebeurde?' Mouse keek naar Pender. 'Weten jullie zeker dat jullie er niet ingeluisd werden?'

Sawyer keek naar Pender. Geen van beiden antwoordde.

'Misschien zit de politie hier wel vlakbij,' zei Mouse. 'Als ze ons kenteken hebben, kunnen we het schudden. We moeten die auto zo snel mogelijk zien kwijt te raken en maken dat we wegkomen uit deze stad.'

Pender schudde zijn hoofd. 'Geen sprake van. We gaan niet weg voordat we Marie uit de cel hebben gekregen.'

'Pender...'

Tiffany nam het woord vanaf het bed. 'Je kent dat meisje toch al een tijd? Hoelang ga je al met haar om?'

'Vier jaar,' zei Pender.

Tiffany knikte. 'Oké.'

'Hoezo?'

Ze zweeg even. Toen zuchtte ze. 'Niet boos worden, Pender. Ik zeg niet dat ze door zal slaan. Het is natuurlijk geweldig als je haar vertrouwt. Maar ze zullen het haar vast heel moeilijk maken in de verhoorkamer.'

Mouse probeerde te gaan zitten. 'Ze zal echt niet doorslaan. Ze weet dat we een plan hebben.'

Ze hadden hierover al eerder gesproken; na Tucson, toen een verdwaalde stadsagent in een burger-Impala de hele onderneming bijna om zeep had geholpen. Hij had Mouse voor het huis van het doelwit aangehouden en laten weten dat zijn achterlicht kapot was, waarmee hij Mouse bijna een hartaanval had bezorgd.

Mouse was beleefd gebleven en had zijn kalmte weten te bewaren, waarop de agent hem met een waarschuwing had laten gaan. Het doelwit had het losgeld betaald en de agent had beide zaken nooit met elkaar in verband gebracht. Maar nog weken daarna was Pender helemaal niet goed geworden bij de gedachte aan wat er allemaal verkeerd had kunnen gaan.

Als we echte beroepscriminelen willen zijn, had hij besloten, moeten we bepalen wat ons te doen staat als een van ons wordt opgepakt.

'Laat hem maar creperen in de cel,' had Sawyer gezegd. 'Waarschijnlijk zal het Mouse wel zijn.'

'Mouse is onmisbaar,' had Marie hem voorgehouden. 'En jij niet.'

'Best,' had Sawyer gezegd. 'Dan zal ik creperen in de cel. Helemaal niet erg. Ik heb al eerder in de bak gezeten. Als ik zo stom ben om me te laten oppakken, verdien ik het om weg te kwijnen.'

'Je hebt een nachtje op het bureau gezeten omdat je ruzie had gezocht in de kroeg,' had Marie gezegd. 'Nou moet je niet doen alsof je een keiharde beroepscrimineel bent.'

Pender had zijn handen in de lucht gestoken. 'Sawyer heeft een punt,' had hij gezegd. 'Een professionele bende zou het als een voldongen feit zien en zich stilhouden.'

'We zullen niemand verlinken,' had Mouse gezegd.

'We praten niet met de politie,' had Pender gezegd. 'Dat is het belangrijkste. Wat ze ook zeggen, ze liegen. Ga er niet op in. We zorgen dat je een advocaat krijgt, en die haalt je wel uit de cel.'

Marie had hem aangekeken. 'En wat als hem dat niet lukt?'

Pender had naar haar geglimlacht. 'Met ons geld kan hij dat zeker.'

En nu ze twee jaar later in een hotelkamer in Jacksonville vastzaten, dacht Pender terug aan dat gesprek en kon hij zich wel voor zijn kop slaan. Ik had haar meer veiligheid moeten bieden, dacht hij. Ik had haar niet in haar eentje naar huis moeten laten gaan.

Hij bleef stilstaan en ademde langzaam in en uit. Hij pakte zijn portefeuille en haalde er een visitekaartje uit. Ik heb hier rekening mee gehouden, dacht hij. Ik dacht alleen dat het een hypothetisch scenario zou blijven. Maar als we kalm blijven en weloverwogen handelen, kunnen we Marie binnen de kortste keren weer op vrije voeten krijgen. Pender liep naar de telefoon en toetste een nummer in Seattle in. Hij wachtte. Hij keek naar Sawyer en lachte verwrongen. 'Vrienden in de betere kringen,' zei hij.

Er werd opgenomen. 'Torrance en Steinberg,' zei de man. 'Met Victor Carter.'

'Victor,' zei Pender. 'Met Arthur Pender. Dat is een tijd geleden.'

Het bleef lange tijd stil. 'Arthur Pender,' zei de man uiteindelijk. 'Dat is zeker lang geleden. Minstens twee jaar, denk ik.'

'Ik heb een probleempje, Victor,' zei Pender. 'Een vriendin van me zit in de sores. Ontvoering. En moord. Ze is onschuldig, maar de FBI is erbij betrokken. We hebben een advocaat nodig, en snel ook.'

Carter floot zachtjes. 'Dan heb je het wel over een hoop geld.'

'Een hoop geld is geen probleem.'

'Ik bedoel: een ton om een van de partners van dit kantoor in de arm te nemen. Heb je zo veel geld tot je beschikking?'

'Een ton is geen probleem,' zei Pender. 'Hoe snel kun je in Jacksonville zijn?'

'Florida? Morgenavond, denk ik.' Carter zuchtte. 'Ik moet alleen eerst het geld hebben. We hebben het hier over een grote opdracht.'

'Dat snap ik,' zei Pender tegen hem. 'Ik zorg dat je het geld krijgt. Geen probleem.'

Pender hing op. Hij draaide zich weer naar de anderen toe. 'Ik heb een advocaat geregeld,' zei hij. 'Hoe snel kunnen we een ton voor een voorschot bij elkaar hebben?'

Mouse knipoogde naar hem. 'Een uur of zo, meer niet,' zei hij. 'Tiff, kun jij me die laptop even geven?'

Sawyer ving Penders blik op, terwijl Tiffany de laptop aangaf. 'We weten nog altijd niet of we veilig van het vliegveld zijn weggekomen, chef.'

Pender zweeg nog een moment. 'Christus,' zei hij uiteindelijk. 'Goed. We vertrekken weer. We regelen een nieuwe auto en nieuwe identiteitskaarten. We zorgen dat Carter het geld krijgt, en dan haalt hij Marie uit de cel.'

Pender richtte zich tot Mouse. 'Kun je nieuwe aliassen regelen?'

Mouse tuurde naar zijn scherm. 'Vast wel.'

'Hoelang duurt dat?'

'Een etmaal om in het systeem te komen. Een paar dagen voor de papierwinkel.'

'We moeten ook geld hebben,' zei Pender. 'Ik heb geen rooie cent meer. En we moeten een dokter voor je zoeken, waarschijnlijk buiten de staat. Ik denk niet dat we het risico in Florida kunnen nemen.'

'We komen door Georgia,' zei Sawyer. 'We kunnen Atlanta of Savannah proberen.'

'Laten we erover nadenken,' zei Pender. 'De advocaat is morgenavond hier. Met een beetje geluk kunnen we binnen een paar dagen regelen dat Marie vrijkomt en dat Mouse weer op de been is.'

Mouse zat met een diepe frons op zijn toetsenbord te rammen. Hij drukte nog een paar toetsen in en trok een nog diepere frons. 'Behalve, Pender,' zei hij, 'dat we misschien een probleem hebben.'

'Wat dan?'

Mouse keek met wijd open ogen naar hem op. 'Ze hebben onze bankrekeningen geblokkeerd,' zei hij. 'Al onze centen zijn pleite.'

50

Marie zette haar ellebogen op het bureau en leunde naar voren, met haar schouders gebogen en haar blik omlaag. Ze tuurde naar de tafel en telde de putjes, zich inbeeldend dat ze met Pender op een strand op de Malediven zat, oneindig ver weg.

De FBI-agenten hadden haar van het vliegveld meegenomen naar een verhoorkamer in het regiobureau in Jacksonville. Tijdens de rit hadden ze haar genegeerd en was het stil gebleven in de auto, op de portofoon na. Daarna hadden ze haar in een rottig hok gestopt en de deur op slot gedaan, zodat ze over haar zonden kon nadenken, en dat had wel een eeuwigheid geduurd, zo leek het.

Terwijl ze in het hok zat te wachten, sloot ze haar ogen en probeerde ze de moed erin te houden. Het onvermijdelijke was gebeurd. Ze had eigenlijk altijd al verwacht dat het zo zou aflopen. Hoe zorgvuldig Penders planning ook mocht zijn, vroeg of laat zouden ze in de kraag worden gegrepen.

Marie sloot haar ogen weer, en ze zag Beneteaus lichaam en de doodsbange, vale gezichten van de doelwitten vóór hem: Martin Warner, Robert Thompson en de anderen. Ze zag hun radeloze vrouwen en hun kinderen. Dit moest gewoon gebeuren, dacht ze. We hebben een keuze gemaakt en we wisten dat ze achter ons aan zouden gaan.

Ze wist dat Pender nu ergens in het land zijn best deed een advocaat voor haar te zoeken en een manier probeerde te vinden om haar uit de gevangenis te krijgen. Maar terwijl de uren in dat ellendige kamertje verstreken, zag Marie Beneteaus kinderen voor zich en ze vroeg zich af waarom zij het eigenlijk verdiende om vrij rond te lopen.

Toen kwamen de FBI-agenten terug, de jongere vrouw en de man, die haar vanuit verschillende hoeken in de kamer observeerden en haar met priemende blikken aanstaarden, terwijl zij naar de tafel bleef turen, vastbesloten hen te negeren.

Uiteindelijk schraapte de man zijn keel. 'Marie, ik ben agent Stevens en dit is agent Windermere. Ben je bereid een paar vragen te beantwoorden?'

Marie negeerde hem. Ook al verdiende ze niet beter, ze gaf niet op. Ze hadden besproken wat ze moesten doen als een van hen opgepakt werd. Pender had gezegd dat je dan naar de grond moest kijken. Geef geen enkele informatie. Luister niet. Praat niet.

De advocaat komt zo, dacht ze. Je zult nog tijd zat hebben om je schuldig te voelen als je op de Malediven zit.

Ze bleef naar de tafel turen. Windermere stapte naar voren. 'Word wakker, Marie,' zei ze. 'We hebben je te pakken. Je hebt Donald Beneteau in Detroit vermoord en je hebt Terry Harper in Minneapolis ontvoerd. Je zit zwaar in de problemen, meid. Je kunt beter met ons meewerken.'

Marie hield haar hoofd omlaag. 'Mijn naam is Rebecca Decoursey,' zei ze. 'Ik wil graag mijn advocaat spreken.'

'We hebben getuigen die jou aan de moord koppelen, Marie,' zei Stevens. 'Ze hebben gezien dat je je van het lijk ontdeed.'

'Alleen daarvoor al krijg je levenslang,' zei Windermere. 'Ik zou niet graag zien dat zo'n leuk meisje als jij voor moord een enorme douw kreeg, alleen omdat ze te stom was om de reddingsboei te pakken.'

'Mijn naam is Rebecca Decoursey,' zei Marie. 'Ik wil graag mijn advocaat spreken.'

'Dus je wilt een advocaat spreken,' zei Stevens. 'Dat is prima. We kunnen je niet tegenhouden. Maar je moet wel beseffen dat als je eenmaal die weg volgt, we jou op geen enkele manier meer kunnen helpen.'

Pender had gezegd dat ze dat zouden zeggen. Hij had gezegd dat ze logen, dat rechercheurs een soort tweedehandsautoverkopers waren die bereid waren alles te zeggen wat jou dichter bij de deal bracht. Als ze praten, hebben ze je nog niet te pakken, had hij gezegd. Door te bluffen proberen ze je uit je tent te lokken.

'We hebben je ouders gesproken,' zei Stevens. Hij slaakte een diepe zucht. 'Mijn god, wat zijn die teleurgesteld.'

'Mijn ouders zijn dood,' zei Marie. Ze had meteen spijt van die opmerking. Ze had geen informatie moeten prijsgeven. 'U moet me de gelegenheid geven met mijn advocaat te praten.'

Stevens knipoogde naar Windermere. 'Nee,' zei hij. 'Je ouders zijn niet dood. Je ouders zijn Michael en Allison McAllister, woonachtig op Hawthorne Way 56 in Bothell, Washington. Ze zijn nog in leven, Marie. En je hebt hun hart gebroken.'

'Je hebt tegen hen gezegd dat je in de marketing zat, toch?' zei Windermere. 'Een aardig leugentje. Je had hun gezichten moeten zien toen ze de waarheid hoorden.'

'Als je met ons praat, kunnen we een afspraak maken,' zei Stevens. 'We weten dat dit niet jouw idee was. Jij bent hierbij eigenlijk ook een slachtoffer. Als je Pender opgeeft, net als Stirzaker en Sawyer, dan zullen we je een mooi aanbod doen. Een voorwaardelijke celstraf, en misschien een taakstraf. Lijkt je dat wat?'

Windermere boog zich naar voren. 'Dat is een mooie deal, Marie.'

Marie keek op in de ogen van de agent. 'Rot op,' zei ze.

'Zeker,' zei Stevens. 'Bewonderenswaardig. Je houdt van je vriend. Dit zijn je beste vrienden, niet?' Hij wachtte, maar Marie gaf geen antwoord. 'Luister nou eens,' vervolgde hij. 'Je vrienden moeten er toch voor jou zijn? En je vriendje houdt toch zeker van je? Waar zijn die lui nu dan?'

'Denk er eens over na wat je te wachten staat,' zei Windermere. 'Met al het bewijs dat we tegen je hebben, ga je zeker vijfentwintig jaar achter de tralies.'

'Jullie hebben een hele serie ontvoeringen op je geweten,' zei Stevens. 'Jullie hebben het geld. Dus waar is Pender, Marie? Waar is die steenrijke advocaat in dat Armani-pak die je op een vormfout de cel uit krijgt?'

Marie ontweek hun blikken. Hij komt zo, dacht ze. Pender belt op dit moment zijn advocaat, en die komt me halen. Hij zal zorgen dat ik op borgtocht vrijkom en dan vliegen we naar de Malediven, en ik zweer dat ik de rest van mijn leven zelfs geen mp3-speler meer zal jatten. Ik zal een brave burger worden, dacht ze. Maar haal me alsjeblieft hier weg.

'Ga me nou niet vertellen dat je aan een pro-Deoadvocaat denkt,' zei Stevens.

Windermere lachte schamper. 'Als wij een advocaat voor je regelen, wordt het een groentje van vijfentwintig dat op kosten van de belastingbetaler uren schrijft. Hij zal je onder druk zetten om het met justitie te schikken, omdat hij geen idee heeft hoe hij een verweer moet opstellen tegen een aanklacht wegens criminele samenspanning en ontvoering, en dan kom je er met tien jaar van af, als je geluk hebt,' zei ze. 'Je moet de feiten onder ogen zien. Ze hebben je in de steek gelaten. Het is nu tijd je eigen plan te trekken.'

Marie beet op haar lip. Ze staarde naar de tafel en zei niets. De advocaat had er intussen al moeten zijn. Waar was hij? Waar bleef Pender nou toch?

Misschien hebben de jongens ontdekt dat de politie achter hen aan zit en dat ze zich beter een poosje gedeisd kunnen houden. Misschien zijn ze er in paniek vandoor gegaan. Misschien zitten ze nu wel in het vliegtuig, op weg naar de vrijheid en een lui leventje. Marie wist dat als de situatie andersom was geweest, Pender haar gesmeekt zou hebben ervandoor te gaan. Maar hij zou haar toch zeker niet in de steek laten?

Maries maag draaide om. Er was iemand neergeschoten. Dat had ze op het nieuws gezien. 'We hadden een probleempje,' had Pender gezegd. Ze had hem niet laten uitpraten. Er was iemand neergeschoten. Wie?

Haar maag speelde weer op en voordat ze goed en wel besefte dat ze misselijk werd gaf ze over, de vloer met klodders braaksel bespattend.

Windermere sprong naar achteren. 'Christus.'

Pender had staan wachten om haar op te halen. Er leek niets met hem aan de hand te zijn. Hij was niet beschoten. Ze meende gezien te hebben dat Sawyer Pender naar de auto terug sleepte. Ook met hem leek niets aan de hand te zijn geweest.

Mouse dan? Mouse was neergeschoten. Mouse was neergeschoten en was waarschijnlijk dood of stervende, en nu zat zij zich hier zorgen te maken over de gevangenis. Egoïstisch kreng, dacht ze. Word eens wakker. Je vriend is dood.

Ze gaf nogmaals over. De rechercheurs vloekten, maar dat kon Marie niets schelen. Ze keek naar hen op en veegde haar mond af. Alles in de kamer leek wazig. 'Ik zeg geen woord meer,' zei ze en ze probeerde vastberaden te klinken. 'Geen woord meer, totdat mijn advocaat hier is.'

Windermere wierp een blik op Stevens. Stevens haalde zijn schouders op. Windermere stapte weer naar voren, met haar blik op de plas braaksel op de grond. 'Zoals je wilt,' zei ze. 'We zorgen dat je je advocaat krijgt. Maar het kan wel even duren.'

'We brengen je eerst naar het noorden,' zei Stevens. 'Uitlevering aan een andere staat.'

'Als jij dit zo nodig wilt, dan doen we het op de juiste manier ook.' Windermere knipoogde naar haar. 'Tijd voor een autoritje. Als je je advocaat wilt spreken, zul je hem in Detroit spreken.'

51

Pender tuurde naar de witte strepen op de autoweg, terwijl hij in de Durango noordwaarts naar de grens met Georgia reed. Alle bendeleden lagen achterin te slapen, en Pender was alleen met zijn gedachten. Zijn gedachten boden hem op dit moment niet meer dan een schrale troost. De hele toestand dreigde razendsnel uit de hand te lopen, en telkens als Pender over Mouse of Marie nadacht, voelde hij de paniek opkomen.

Pender had Victor Carter gebeld zodra Mouse had gemeld dat de bankrekeningen geblokkeerd waren. Hij had tegen de advocaat gezegd dat hij voorlopig slechts tweeduizend dollar aan voorschot kon krijgen. Carter had hem zijn zin niet eens laten afmaken.

'Sorry,' had hij gezegd, 'maar er kan geen sprake van zijn dat ik naar Florida vlieg voordat je de honderdduizend dollar volledig aan me hebt betaald. Misschien moet je iemand in de buurt zoeken?'

Iemand in de buurt. Zodra het licht was, ging Pender aan het werk om een advocaat te vinden. Mouse zocht met zijn laptop de adressen van strafrechtadvocaten op en Pender koos een paar kandidaten uit. Ze glipten weg in de Durango, in de verwachting dat elke politieagent die ze passeerden het sein voor een wilde klopjacht zou zijn. Maar niemand leek zelfs maar in hun richting te kijken, en toen ze bij het eerste advocatenkantoor aankwamen begon Pender zelfs te vermoeden dat de politie de auto helemaal niet had opgemerkt.

Ze zouden die weliswaar toch ergens moeten achterlaten, maar het was een hele opluchting dat ze daarmee konden wachten totdat Mouse de nodige contanten had geregeld. Geld. De advocaat in Jacksonville, een poenerige vijftiger die Wise heette, was bijna in lachen uitgebarsten toen Pender de situatie had uitgelegd. 'Voor minder dan tien mille kom ik mijn bed niet uit,' had hij gezegd. 'En voor ontvoering en criminele samenzwering vraag ik een hoog voorschot.'

Hun problemen beperkten zich overigens niet tot geldgebrek. Toen Wise Pender uitgeleide had gedaan uit zijn kantoor, had hij hem nog een wijze raad gegeven.

'Geld of niet,' had hij gezegd, 'als de zaak zo ligt zoals u omschrijft, bestaat er een gerede kans dat uw vriendin niet op borgtocht vrijkomt. Je kunt de beste advocaat ter wereld hebben, maar als er volgens de rechter een vluchtrisico bestaat, blijft ze achter de tralies.'

Een vluchtrisico. Nou, dat was nu juist het punt, nietwaar? Haar op borgtocht vrij krijgen en wegwezen.

En daarom reden ze nu noordwaarts naar Macon in Georgia, waar ze met wat geluk een gewetenloze arts zouden vinden die Mouse binnen de kortste keren weer kon oplappen – aangenomen natuurlijk dat hij het op een koopje wilde doen.

'Geld is niet echt het probleem,' had Mouse tegen hen gezegd nadat ze van de eerste schok hersteld waren. 'We hebben het geld zo diep in het buitenland verborgen dat het een eigen paspoort nodig heeft. Het kost alleen tijd om het terug te halen.'

'Hoelang?' zei Pender.

'Een week,' zei Mouse. 'Misschien langer. We hadden gedacht dat geld nooit nodig te hebben zolang we nog in de Verenigde Staten waren. Dat is ons pensioengeld, snap je? Daarom heb ik het zo opgezet dat we geen zaken hoefden te doen met Amerikaanse banken.'

'Hoe dat zo?'

Mouse ging rechtop zitten. 'Kijk, een internationale overschrijving die de Verenigde Staten binnenkomt, loopt via de overheid. Het Bureau voor Controle op Buitenlands Bezit. Gezien het bedrag dat we nodig hebben zullen alle alarmbellen gaan rinkelen als we dat via de Verenigde Staten doen.'

'Maar je kunt dat omzeilen.'

Hij schudde zijn hoofd. 'Dat valt niet te omzeilen. Maar als je me een week de tijd geeft, kan ik het zo construeren dat de overmakingen onschuldig lijken. Ik zal een manier zoeken om het geld binnen te krijgen zonder dat we iemand wijzer maken.'

Een week, dacht Pender terwijl hij noordwaarts richting Georgia reed. Hij keek weer naar Mouse, die onderuitgezakt en bleek op de achterbank van de Durango zat. Hoe weten we dat die jongen over een week nog leeft? We hebben nu geld nodig.

Hij reed verder en probeerde niet aan Marie te denken, maar dat lukte hem niet. Ze zal vast denken dat we haar in de steek hebben gelaten, dacht hij. Ze zal doodsbang zijn vanwege alles wat die agenten haar vertellen. Hoe krijgen we haar in godsnaam vrij?

Niet voor het eerst vroeg Pender zich af wat de politie eigenlijk precies van haar wist. Of van ieder van hen. Waar is het fout gelopen, dacht hij. Waar hebben we het verknald? We zijn altijd heel voorzichtig geweest. In elk geval tot de Beneteau-ontvoering.

De politie had Marie in Seattle opgepakt, wat betekende dat ze haar vanaf Detroit hadden gevolgd. En als ze haar vanaf Detroit hadden gevolgd, waar hadden ze dan lucht van haar gekregen? Waarom waren ze de bende niet naar Miami gevolgd?

Ashley McAdams. Marie zei dat ze haar als Ashley McAdams hadden aangesproken. Ze was naar huis gevlogen op een vliegticket dat ze onder die alias had gekocht. Hadden ze haar dan op het vliegveld pas ontdekt? Ze had de auto gehuurd als Darcy Wellman. De enige keer dat ze McAdams nog eens had gebruikt, was in Minnesota, en ze waren uit Minneapolis toch veilig weggekomen, niet?

Penders gedachten bleven maar heen en weer schieten. Misschien hadden ze het helemaal niet verknald, dacht hij. Misschien had iemand Marie bij het huis van Beneteau gezien en was dat alles wat ze hadden – niet meer dan indirect bewijs omdat ze op de plaats delict was geweest. Pender voelde zich korte tijd beter, maar het lukte hem niet om zo optimistisch te blijven. Ze zitten achter ons aan, dacht hij. We moeten Marie uit de cel zien te krijgen en dan het land uit.

Maar stel dat we Marie niet vrij kunnen krijgen, wilde de pessimist in hem weten. Stel dat we haar nooit meer terugzien? Kun je ervandoor gaan voordat het te laat is? Kun je haar boete laten doen voor het hele team en zonder haar op je lauweren gaan rusten?

Een professional zou er geen moeite mee hebben, wist hij. Een professional zou nu al in het vliegtuig zitten, op weg naar een zandstrand en een ontspannen leventje op een geheime plek, en over het geld zou zo iemand zich ook geen zorgen hoeven te maken. Een professional zou dagen geleden al de plaat hebben gepoetst.

Wat weerhoudt ons er dan van om ervandoor te gaan, dacht hij. Wat weerhoudt ons ervan koers te zetten naar een privévliegveld, een vliegtuig te charteren en naar Zuid-Amerika te vliegen?

Geld, om te beginnen. Geld voor de korte termijn en geld voor de lange termijn. Voor de korte termijn hadden ze nog iets meer dan drie mille, en daar moesten ze een week mee doen. Pender vroeg zich af hoeveel hun hypothetische arts in Macon zou vragen, en drie mille was dan het absolute minimum, meende hij.

Zelfs als Mouse opgelapt kon worden en ze het land uit konden komen, had Pender nog niet genoeg geld opzijgelegd, dacht hij. Hij kende het precieze bedrag niet, maar hij schatte dat hij ongeveer een half miljoen op de buitenlandse spaarrekeningen van Mouse had ingelegd. Met Maries aandeel kwam dat op een miljoen. Hij meende dat twee miljoen genoeg was om stil te gaan leven, wat betekende dat ze een miljoen tekortkwamen, terwijl hun vooruitzichten op werk snel afnamen.

Sawyer keek naar hem vanaf de passagiersstoel. 'Alles goed, chef?'

'Ja.' Pender schudde zijn hoofd en probeerde niet meer aan de bedragen te denken. 'Alles prima.'

'Waar zit je aan te denken?'

'Geld,' zei hij. 'We moeten heel snel aan geld zien te komen. We moeten zorgen dat Mouse opgelapt wordt en dat Marie vrijkomt, maar zelfs met al het geld van de buitenlandse rekeningen hebben we misschien niet genoeg om voorgoed te verdwijnen.'

'Denk je dat we nog meer klussen moeten doen?'

Pender keek fronsend. 'Dat weet ik niet. Het net sluit zich snel.'

'Ja.'

'We moeten hier als de sodemieter weg als we Marie eenmaal terug hebben. Maar hoe zit het dan met onze financiën?'

Sawyer tuurde naar de weg. 'We bedenken wel iets,' zei hij. 'We zullen sober moeten leven. Misschien kunnen we een baantje vinden bij een tropische McDonald's. We redden het vast wel. Als we hier weg kunnen komen, komt alles goed.'

Pender opende zijn mond om te antwoorden, maar kon niets zinnigs bedenken. Hij liet alles een paar minuten bezinken en liet zich door de weg voor hem hypnotiseren. Sober leven, dacht hij. Wat was er met de Droom gebeurd?

Tiffany boog zich naar voren en tikte hem op zijn schouder. 'Zeg,' zei ze, 'zei je dat jullie geld nodig hadden? Misschien kan ik helpen.'

52

'Zeg,' zei Windermere, 'wanneer heb jij je vrouw voor het laatst gesproken?'

Stevens legde zijn vork neer en keek haar over de tafel aan, terwijl hij probeerde na te denken. 'Ik geloof dat dat in Minnesota was,' zei hij. 'Vlak voordat we naar Seattle vertrokken.'

Ze zaten in een steakhouse in de buurt van het hotel in Jacksonville, waar ze alweer op kosten van de federale regering dineerden. Ik zou hier best aan kunnen wennen, dacht Stevens. Het weegt bijna op tegen al dat gevlieg.

Windermere kauwde op haar biefstuk. 'Weet je vrouw niet dat je in Florida zit?'

Stevens haalde zijn schouders op, schaapachtig lachend. 'Ik geloof dat ik haar maar eens moet bellen.' Hij nam een flinke slok van zijn bier en keek over de tafel naar Windermere, die weer een reepje biefstuk afsneed. Hij voelde zich plotseling schuldig tegenover Nancy. Hij had niet veel aan haar gedacht sinds de zaak een nieuwe wending had genomen.

'Als jij je daar beter door voelt,' zei Windermere. 'Ik heb Mark zelf ook al in geen dagen gesproken.'

'Er gebeurt ook zo veel,' zei Stevens. 'Het is gewoon moeilijk de tijd te vinden.'

Hij was van plan geweest Nancy die dag te bellen, voordat McAllister het nodig had gevonden haar maaginhoud in de verhoorkamer te deponeren. Het interview had niets opgeleverd, behalve een goed uitzicht op de lunch van het meisje, en het zag ernaar uit dat het niet mee zou vallen haar ervan te overtuigen niet meer te kotsen en mee te werken.

Wendy Gallant was daarentegen iets productiever geweest.

Toen Windermere en Stevens met de zurige lucht van kots achter zich de cel uit kwamen, stond ze hen op te wachten. 'Mijn god,' zei ze kokhalzend. 'Wat hebben jullie daar uitgevreten?'

'Dat kwam door Stevens,' zei Windermere. 'Dat is het effect dat hij op vrouwen heeft.'

'Afgewezen, hè?' Gallant knipoogde naar Stevens. 'Ik heb hier iets wat jullie misschien kan opvrolijken.'

Ze volgden Gallant naar haar kantoor, een eigen kamer met een raam dat uitzicht bood op de parkeerplaats en een doorgaande weg daarachter. 'Ik zie dat je een echt kantoor hebt,' zei Windermere. 'Ze hadden me verteld dat ik in Minnesota ook zoiets zou krijgen.'

'En?'

'Ik kreeg zo'n fijne cel in een kantoortuin. Shit.'

'Ha,' zei Gallant. 'Kom terug naar Florida, dan kun je bij ons komen werken.'

'Ja, hoor.' Windermere schudde haar hoofd. 'Daar ben ik eerder voor gevallen. Wat heb je gevonden?'

Gallant glimlachte weer. 'Miami is rond. Wij hebben die oranje Trans Am langs een zijstraat in Hollywood gevonden. Anonieme tip.'

'Vingerafdrukken?'

'Geen vingerafdrukken. De hele auto was zorgvuldig gereinigd. Maar hij stond vijf of zes stratenblokken van een straat vol dealers in tweedehandsauto's vandaan. Ik vermoed dat iemand in de buurt hun een nieuwe auto heeft verkocht.'

'Probeer de aliassen in de kentekendatabank na te trekken,' zei Stevens. 'Misschien heeft iemand de afgelopen dagen een auto onder een van die aliassen op naam gesteld.'

'Zal ik doen,' zei Gallant. 'We gaan ook nog bij de dealers langs en zullen hen flink aan de tand voelen. Maar dat is nog niet alles.'

'Nee?'

'Heb je al gehoord over die jongeren in een luizig motel in Hollywood die bezoek van een collega kregen?'

'Ja,' zei Stevens. Vance had hem op de hoogte gebracht. 'Die agent heeft hen toch laten lopen omdat hij geen gerechtelijk bevel had?'

'Inderdaad. Het meisje met wie hij sprak troefde hem gewoon af. Een hitsige blondine met een rijke pa, schijnt het. Hoe dan ook, de politie van Miami kreeg vandaag een telefoontje van een meisje op South Beach, ene – eens kijken – Haley Whittaker. Een rijk meisje, een mooi meisje, maar wel een brunette.'

'Haarverf?' zei Windermere.

'Nou, nee. Ze belde omdat haar hitsige blonde vriendinnetje zoek was. Die was een paar dagen geleden verdwenen. Haley dacht dat haar vriendin met een vent had aangepapt, maar ze moeten vandaag terug naar Princeton, en het meisje was niet komen opdagen.'

'Zo, zo,' zei Windermere, 'wat weten we allemaal?'

'De blondine heet Tiffany Prentice. Dochter van Andrew Prentice, een belangrijke zakenbankier. Hoe dan ook, het meisje is rijk, ze is blond en ze is zoek.'

'Zijn de ouders op de hoogte?' vroeg Stevens.

'Nog niet,' zei Gallant. 'Ze zijn gescheiden. Haar moeder zit ergens in Californië. We proberen nu in contact te komen met de vader, maar dat is een drukbezette hoge pief. Ik geloof niet dat de ouders zich bijzonder om dat meisje bekommerden.'

'Laten we papa eens opzoeken,' zei Stevens. 'Als we hem erbij kunnen betrekken, levert dat gigantisch veel publiciteit op. Die lui kunnen dan geen stap zetten zonder dat er een getuige belt.'

'Verdomme, zeg,' zei Windermere, 'het is echt genieten als je zo praat.'

'Die lui willen koste wat het kost onopgemerkt blijven,' zei Stevens. 'Dus laten we ze eens goed in het zonnetje zetten.'

De rest van de dag hadden ze sporen nagetrokken rond Andrew Prentice en de autodealers in Hollywood, en nu, nadat ze een middag aan futiliteiten hadden besteed, keek Stevens over de tafel heen naar Windermere en voelde hij zich nog schuldiger tegenover Nancy.

Hij sneed een stukje van zijn biefstuk af. 'Wanneer heb jij voor het laatst met Mark gesproken?'

Windermere trok een frons en keek naar haar bord. 'Ik geloof dat ik hem in Seattle nog gebeld heb. Maar het was geen prettig gesprek.'

'O nee?'

'Hij is gestrest,' zei ze. 'Hij is op zoek naar werk. En hij vindt het heel vervelend dat ik zo vaak van huis ben.'

'Dan had hij niet met een FBI-agent moeten gaan hokken,' zei Stevens.

'Eerst vond hij het juist leuk, dat hele FBI-gedoe. Hij vond het spannend. Hij vertelde graag rond dat hij een relatie had met een knappe federale agent. Alsof hij daarmee zelf belangrijk werd of zo.' Ze keek op en trof zijn blik. 'Ik weet dat ik me er schuldig over zou moeten voelen dat ik zo lang van huis ben. Ik zou moeten hopen dat deze zaak snel opgelost is, zodat ik weer naar huis kan, naar mijn vriend. Maar eerlijk gezegd voel ik me helemaal niet schuldig, Stevens.'

Stevens nam nog een hap. Ze had gelijk, realiseerde hij zich. Hij had hetzelfde gevoel.

'Ik geniet van deze zaak,' zei Windermere. 'Ik bedoel: het grootste deel van mijn tijd moet ik me met flauwekulzaken bezighouden. Als ik geluk heb, zie ik een bankoverval. Dit is een prestigieuze zaak, Stevens. Dat weet je, en Mark moet dat ook weten.'

'Dit is een megazaak,' zei Stevens. 'Dat had ik je toch al gezegd?'

'Dit is toch waarom je bij de FBI gaat, niet? Of bij de BCA. Dit is het echte werk. Soms hoor je collega's wel eens zeggen dat ze niet wilden dat een zaak opgelost werd, en dan denk je: dat is raar, waarom zou je een zaak niet willen oplossen?'

'Maar zo werkt het niet.'

'Als we dit varkentje hebben gewassen, gaan we weer terug naar de drugsdeals en de anonieme terroristentips.' Windermere zuchtte. 'Terug naar de kantoorcel. Dat is vast ook leuk, maar dit is pas echt leuk. Ik zou alleen graag zien dat Mark dat ook inzag. Kon hij maar blij voor mij zijn.'

'Misschien maakt het niet uit,' zei Stevens. 'Je zou je nog steeds schuldig voelen, zelfs als hij je grootste fan was.'

'Denk je dat echt?'

'Zeker,' zei hij, nog een slok bier nemend. 'Ik heb het ook naar mijn zin. En nu je het zegt: ik zie zeker niet naar het eind van deze zaak uit. En ik wed dat als ik mijn vrouw vertelde hoe blij ik hiermee ben, zij ook blij voor mij zou zijn. Maar dat betekent nog niet dat ik me beter voel als ik eraan denk dat zij alleen thuis zit.'

Windermere staarde hem over de tafel heen aan, en hij begon te blozen, in verlegenheid gebracht door zijn openhartigheid en haar ongegeneerde blikken. 'Wat?' zei hij uiteindelijk. 'Waar kijk je naar?'

'Denk je dat zij denkt dat er hier iets gaande is?'

'Wat, tussen ons? Er is helemaal niets gaande.'

'Dat is voor Mark geen reden om het tegendeel te denken.' Ze zweeg even. 'Misschien is dat ook wel vanzelfsprekend, nu wij zo vaak onderweg zijn.'

Stevens haalde zijn schouders op. 'Zulke dingen gebeuren toch?' Hij grijnsde naar haar. 'Hoezo? Ben je verliefd aan het worden?'

Windermere lachte. 'Dat zou je zeker wel leuk vinden?'

'Belangrijke FBI-agent valt voor onbeduidende staatspolitieman? Ik geef toe dat het misschien wel een opkikker voor mijn ego zou zijn.'

'Je bent nu geen kleine jongen meer, Stevens,' hield Windermere hem voor. 'Of je het leuk vindt of niet, je bent nu een van ons.' Ze rechtte haar rug. 'Maar goed, wat gaan we nu met dat meisje doen?'

Stevens dronk zijn glas bier leeg en werd door deze vraag weer in de realiteit van alledag teruggebracht. Hij had zichzelf voortdurend hetzelfde afgevraagd sinds ze het meisje in de verhoorkamer hadden achtergelaten. 'Denk je dat ze zal doorslaan? Ze lijkt behoorlijk koppig.'

Windermere haalde haar schouders op. 'Stel haar vijfentwintig jaar cel in het vooruitzicht en kijk dan of ze van gedachten verandert.'

'Natuurlijk.'

'Waar zit je aan te denken?'

'Ik zit te denken dat ze, ook al slaat ze niet door, toch nog steeds een goede onderhandelingstroef is,' zei Stevens. 'Die bendeleden zullen elkaar gewoon niet in de steek laten. Als ze dat wel doen, zijn ze heel wat sterker dan de anderen die ik ben tegengekomen. Ze zullen terugkomen voor dat meisje, op wat voor manier dan ook. We hoeven haar alleen maar vast te houden, dan zullen ze vanzelf opdagen.'

Windermere knikte. 'Pender is dol op dat meisje.'

'Zeker.'

'Ze zijn nog jong. Ze geloven nog steeds in dat soort dingen.'

'Waarin?' zei Stevens. 'In de liefde?'

Windermere haalde haar schouders op. Ze lachte vaag naar hem. Stevens probeerde een antwoord te formuleren, maar zag dat Windermere opeens verstrakte. Ze voelde in haar zakken en haalde haar mobieltje tevoorschijn. 'Met Windermere. Hoi, Wendy.' Ze luisterde even. 'Je meent het. Ryan Carew. Dat zal Stevens geweldig vinden.'

Ze verbrak de verbinding met een nieuwe grijns op haar gezicht. 'De staatspolitie van Florida heeft Wendy gebeld,' zei ze. 'Raad eens wie er eergisteren een tweedehands Dodge Durango heeft gekocht in Hollywood, Florida?'

'Laat me raden,' zei Stevens. 'Ryan Carew.'

'Heel goed. Marineblauw. Contant afgerekend. We hebben het kenteken, alles.' Windermere nam triomfantelijk een slok bier. 'Ik wed dat ze op het vliegveld waren toen de beveiliging McAllister aanhield. Alleen wist niemand waar ze moesten kijken.'

'Nu weten we het,' zei Stevens. 'Heeft Wendy het al op het net gezet?'

Windermere knikte. 'Die gasten komen echt niet ver.'

'Mooi.' Stevens ving de blik van de serveerster en gebaarde om de rekening. Hij stond op. 'Ik ga het papierwerk doen voor de overbrenging van McAllister.'

'Laat dat maar aan mij over, Stevens,' zei Windermere, haar stoel naar achteren schuivend. 'Ga jij je vrouw maar bellen.'

53

D'Antonio zat met een mojito voor zich naar de vrouwen te kijken die op Ocean Drive voor hem langs paradeerden. Aan de overkant van het tafeltje zat Johnston nerveus om zich heen te kijken. De agent had zijn bier nog niet aangeraakt, maar D'Antonio liet zijn plezier niet bederven door diens zenuwen. Hij zakte onderuit in zijn stoel, genietend van het zonlicht, en probeerde die verdomde bende en de ellende die die hem bezorgde te vergeten.

Aan de overkant van de straat zat Zeke in zijn Cadillac de krant te lezen. Af en toe wierp hij een blik op D'Antonio of de oceaan, waar een cruiseschip traag de Atlantische Oceaan op voer. Volgens de krant vroor het in Detroit, en alleen al daarom was D'Antonio vastbesloten van Miami te genieten.

Eerder die dag had hij Patricia Beneteau vanuit zijn hotelkamer gebeld. Of liever gezegd, hij had haar teruggebeld; volgens Zeke was die vrouw helemaal over de rooie omdat ze hem niet kon bereiken, en hij moest haar meteen terugbellen, voordat ze een legertje potige kerels naar Florida stuurde om iedereen neer te knallen.

'D'Antonio,' had ze gezegd toen ze de telefoon opnam. 'Ik dacht dat je dood was.'

'Met mij gaat het prima,' zei hij tegen haar. 'Maak je geen zorgen.'

'Ik maak me helemaal geen zorgen,' zei ze. 'Heb je die bende al gevonden?'

Hij hoestte. 'Grappig verhaal.'

'Ik hou niet van grappige verhalen, D'Antonio.'

'Ik had het meisje in het westen getraceerd, nog voordat de FBI er lucht van kreeg. Toen ze naar Florida vloog, ben ik haar gevolgd. De rest van de bende is hier ook.'

'Dus je hebt ze gevonden.'

D'Antonio zweeg een moment. 'Nee. Maar de politie zit achter hen aan. Het zal niet moeilijk zijn ze te vinden.'

'Dus je hebt niets bereikt,' zei ze.

Hij staarde naar de telefoon. 'Ik heb ze over een week te pakken, op zijn hoogst.'

'Je hebt drie dagen,' zei ze. 'Als de politie ze zo dicht op de hielen zit als jij zegt, hebben ze trouwens toch niet veel langer de tijd. Drie dagen, begrepen?'

'Ik begrijp het.' D'Antonio hing op en vervloekte dat humeurige wijf. Het zou echt een helse klus worden om dat opgeschoten tuig binnen drie dagen bij de kraag te vatten. Het zou in elk geval niet lukken door gewoon de politie te blijven volgen. Hij moest iets beters verzinnen.

D'Antonio zette zijn mojito neer en keek over de tafel naar Johnston. De jonge agent ontweek zijn blik. 'Je wilde praten,' zei D'Antonio. 'Ga je gang.'

De agent nam weifelend een slokje van zijn bier. 'Ik heb nieuws.'

'Nieuws. Ik hoop dat het ditmaal goed nieuws is.'

'Het is goed nieuws.' Johnston keek naar hem op. 'Ten eerste heeft de FBI het meisje opgepakt. In Jacksonville.'

D'Antonio vloekte. 'Dat is helemaal geen goed nieuws, eikel. Hoe moet ik haar ooit te pakken krijgen als ze in de cel zit?'

'Ik heb nog meer.' De agent leunde naar voren. 'We weten de naam van de blondine.'

'Wie?'

'Het meisje dat bij de bende is gekomen nadat jouw jongens in het Dauphin neergeknald waren. Haar naam is Tiffany Prentice. Ze woont met haar pa bij Philadelphia in de buurt en studeert aan Princeton. Rijke familie. Enig kind.'

'Hoe heb je dat ontdekt?'

'Ze is door haar vriendin telefonisch als vermist opgegeven,' zei Johnston. 'Ik denk dat ze spijbelden om eens flink plezier te maken in de zon en dat het meisje niet kwam opdagen voor de privéjet naar huis.'

'Dus haar vriendin heeft gebeld.'

'Ze heet Haley Whittaker. Ze waren daar een week en verbleven in het Loews. Ze zouden vandaag weer teruggaan.'

'En is die vriendin al naar huis gevlogen?' vroeg D'Antonio.

Johnston schudde zijn hoofd. 'Nee, ze moet daar blijven om wat vragen te beantwoorden. Nog een dag of zo, zeiden ze.'

'Echt waar?'

'Ze hebben haar in een of ander hol bij het vliegveld gestopt. Het Everglades Resort.'

'Gewapende bewakers?'

'Neuh.' De agent schudde zijn hoofd. 'Waarschijnlijk alleen een uniform bij de deur. Ze verkeert niet in gevaar of zo.'

Dat denk jij misschien, dacht D'Antonio. Hij stond op en gooide een biljet van twintig dollar op tafel. 'Laat het me weten als je nog iets hoort.'

Johnston keek naar hem op. 'Wat ga je doen?'

'Ik spreek je nog wel,' zei hij. 'En doe je maatje de groeten van me.' Hij draaide zich om en liep de patio af, waarna hij het verkeer ontwijkend op een drafje de straat overstak naar de Cadillac.

Zeke legde de krant neer toen hij hem zag aankomen. 'Alles goed, chef?'

'Ik heb twee handlangers nodig en een schone auto,' zei D'Antonio. Hij ging op de passagiersstoel zitten. 'En we hebben vuurwapens nodig.'

Zeke keek hem aan en startte de auto. 'Geen probleem,' zei hij. 'Helemaal geen probleem.'

54

Ze stopten bij een luizig motel langs de weg in een buitenwijk van Macon om de nacht door te brengen en over Tiffany's voorstel na te denken.

Pender lag op het doorgezakte bed naar de vlekken op het plafond te staren. Weer zo'n ellendige motelkamer, dacht hij. Hij was dit soort kamers helemaal zat. Hij was niet alleen de kamers zat, maar ook het vette fastfood en de vele kilometers op de teller, en hij had genoeg van alle aliassen, de geheimzinnigheid en de noodzaak voortdurend alert te zijn op achtervolgers. Hij was gewoon moe, punt uit. Het was tijd dat er een eind kwam aan dit gedoe.

Hij lag op de smerige bloemetjessprei, sloot zijn ogen en zag de Malediven voor zich, met een strand, een hangmat en Marie in een bikini. Hij lag te dagdromen over heerlijk uitslapen, over surfen en vissen en dagenlang niemand tegenkomen.

We moeten een boot hebben om eten in een dorpje in de buurt te kopen, dacht hij, of misschien een pick-up. Een jeep. Of we kunnen vissen vangen. Zelfvoorzienend worden. We zetten ons geld weg op een privérekening en gebruiken de laatste van onze valse namen, en dan worden we nooit meer lastiggevallen.

Pender wist dat het dwaas was om zo te dagdromen. Het was belangrijk je op het hier en nu te blijven concentreren, aandacht aan de details te besteden en geen fouten te maken. Maar vandaag zou hij het ervan nemen, in de wetenschap dat de komende dagen een grotere uitdaging zouden vormen dan waarmee ze tot nu toe ooit waren geconfronteerd. Het was belangrijk een doel voor ogen te houden. Het was belangrijk te weten waarom de risico's die ze namen uiteindelijk de moeite waard waren.

Nadat hij nog een paar minuten had liggen dagdromen, zette Pender de Malediven uit zijn hoofd en dwong hij zichzelf zich op de vraag te richten die beantwoord moest worden.

Tiffany had haar voorstel ergens bij de grens met Georgia gedaan, maar Pender wist zeker dat ze er al dagen mee had rondgelopen. 'Jullie hebben toch geld nodig?' had ze gezegd. 'Heel veel geld. Mijn vader is stinkend rijk. Waarom ontvoeren jullie me dan niet?'

Pender had bijna een ongeluk veroorzaakt omdat hij zich had omgedraaid om te zien of haar gezicht verried dat ze een grap maakte, maar ze had hem alleen maar ernstig aangestaard, zodat hij het had opgegeven en zich weer naar het stuur had toegedraaid.

'Ik heb een beter idee,' zei Sawyer. 'Waarom vraag je je pa niet gewoon ons het geld te geven?'

Tiffany schudde haar hoofd. 'Mijn vader geeft geen geld weg. Hij is bankier. Hij moet weten dat zijn investering rendement oplevert. Als jullie me vasthouden om losgeld te krijgen, zal hij zonder aarzelen betalen omdat hij weet dat dat heel veel rendement oplevert.'

'Dat is zeker waar,' zei Mouse, terwijl hij haar omlaag trok om haar te kussen.

Pender keek naar Tiffany in de achteruitkijkspiegel. 'Weet je zeker dat je vader helemaal geen geld naar je wil overmaken?'

'Niet als ik hem opbel en hem daarom vraag,' zei ze. 'Hij is echt heel gierig voor zo'n rijke stinkerd.'

'Ik dacht dat hij een privéjet had,' zei Mouse.

'Die moest hij verkopen van zijn scheidingsadvocaat. En hij had die trouwens voor zijn werk nodig.'

'Hoeveel zou je vader ons kunnen geven?' zei Pender.

'Dat weet ik niet.' Ze haalde haar schouders op. 'Misschien een miljoen. Wat dacht je daarvan?'

Een miljoen dollar. Pender was nog wakker en zat in de hotelkamer in Macon naar de vrachtwagens te luisteren die buiten langs denderden, terwijl hij probeerde een strategie uit te denken.

Zijn intuïtie vertelde hem het idee van het meisje absoluut niet te vertrouwen. Tot dusverre had Tiffany geen enkele aanwijzing gegeven dat haar vader zelfs maar wist dat ze nog leefde. Wie weet zou hij gewoon de telefoon ophangen. Erger nog, hij kon ook zo iemand zijn die een ontvoering persoonlijk opnam. Ouders konden gevaarlijk en irrationeel zijn.

Voor hun meest succesvolle klussen hadden ze dagenlang minutieus voorbereidingen getroffen en inlichtingen verzameld. Nu dachten ze erover een enorme gok te nemen met een man die niemand kende, gebaseerd op de verklaring van een steenrijk meisje dat al haar speeltjes had opgegeven om beroepsontvoerder te worden. Pender had er een heel slecht gevoel bij.

Maar evengoed hadden ze het geld nodig. Een miljoen dollar zou genoeg kunnen zijn om Mouse weer op te lappen en Marie vrij te krijgen.

Er werd op de deur geklopt. Pender stond op, rekte zich uit en tuurde door het kijkgaatje. Sawyer. Pender opende de deur. 'Wat is er?'

Sawyer liep langs hem heen de kamer in. 'Je moet eens naar het nieuws kijken,' zei hij. Hij pakte de afstandsbediening en zette de tv op de plaatselijke nieuwszender. Pender keek op en zag zijn eigen gezicht op het scherm.

Het was een foto van hem en Marie, genomen op de San Juaneilanden ten noorden van Seattle, in de zomer voor hun afstuderen. Als hij zijn ogen sloot, zag Pender de foto voor zich op de plek waar hij die op hun koelkast in Queen Anne had geplakt, wat hem duizelig en bijna misselijk maakte.

Dit is geen verrassing, zei hij tegen zichzelf. Je wist dat de FBI in je appartement was geweest en je wist dat ze het zouden doorzoeken. Dit hoort er allemaal bij als je een crimineel bent. Neem het in je op en leer ermee leven.

De nieuwslezer gaf een toelichting en Pender zette het geluid harder. Er was nu een foto van Sawyer te zien, gevolgd door een andere van Ben 'Mouse' Stirzaker, die allebei door Marie waren genomen en die ze op haar laptop had bewaard.

'FBI-agenten hebben inmiddels een van de verdachten opgepakt,' zei de nieuwslezer,'maar drie andere ontvoerders, onder wie bendeleider Arthur Pender, achtentwintig jaar, uit Port Angeles, Washington, zijn nog voortvluchtig. Volgens federale agenten zijn de verdachten voor het laatst gezien rond Jacksonville, maar ze hebben geen vaste verblijfplaats en iedereen langs de doorgaande routes I-95, I-10 en I-75 wordt verzocht naar deze gevaarlijke criminelen uit te kijken. De verdachten rijden waarschijnlijk in een donkerblauwe Dodge Durango en zijn mogelijk in het gezelschap van Tiffany Prentice, twintig jaar, die eerder deze week uit een luxe hotel langs South Beach is verdwenen. De verdachten zijn waarschijnlijk gewapend en zo gevaarlijk dat elk contact met hen beslist gemeden dient te worden.'

De nieuwslezer vervolgde met een nieuw item, en Pender zette het geluid uit. Hij haalde diep adem en keek naar Sawyer, die naar de vloer tussen zijn voeten zat te staren. 'We moeten die auto lozen,' zei hij.

'Gewapend en gevaarlijk,' zei Sawyer. 'Wat een flauwekul.'

Pender staarde naar de tv. 'Denk je dat we een miljoen voor haar kunnen krijgen?'

'Ik weet het niet,' zei Sawyer. 'Hoeveel geld hebben we op dit moment?'

'Genoeg voor een rijdend wrak, maar niet veel meer.'

Sawyer krabde aan zijn hoofd. 'We kunnen heel wat doen met een miljoen.'

'Dan moeten we wel opschieten. Zorgen dat we hier vanavond weg zijn.' Pender probeerde snel na te denken. Krijg de tering, dacht hij. Met een miljoen zijn al onze problemen opgelost.

'We doen het,' zei hij. 'Zeg tegen Tiffany dat ze haar vader belt. Een miljoen in contanten, ongemerkte coupures, achtenveertig uur. Je kent de rolverdeling. Zorg dat de anderen klaar zijn voor vertrek. We vertrekken vanavond. We rijden zo ver mogelijk door en ruilen de Durango morgenochtend om. We kunnen morgen Philadelphia halen, en met wat geluk hebben we morgenavond het geld binnen.'

'Afgesproken,' zei Sawyer. Hij was al op weg naar de deur toen er buiten luid gebonk klonk en ze allebei verstijfden. Sawyer keek om naar Pender, die zijn vinger op zijn lippen legde. Hij gebaarde dat ze een minuut moesten wachten en zag hoe Sawyer de Glock die hij van de dode moordenaar in Miami had gestolen tevoorschijn haalde.

Sawyer stond naast de deur, met het pistool naar het plafond gericht, terwijl Pender door het kijkgaatje tuurde. Hij slaakte een zucht, gebaarde naar Sawyer dat hij zich kon ontspannen en opende de deur. Tiffany liep naar binnen, keek even naar Sawyer en de Glock en toen weer naar Pender. 'Je bent beroemd,' zei ze. Ze glimlachte.

'We zijn allemaal beroemd,' zei hij. 'Onze reputatie kan niet meer stuk.'

'Wat gaan we nu doen?'

'Jij gaat je vader bellen,' zei hij tegen haar. 'Je bent zojuist officieel gekidnapt.'

55

D'Antonio zat op de parkeerplaats van het Everglades Resort naar de vliegtuigen te kijken die op Miami International aan het landen waren. Zeke had hem de Ford Explorer van zijn vriendin geleverd, evenals een paar forse kleerkasten, die op de achterbank uit het raam zaten te staren en door hun mond ademden. Ze waren in elk geval stil, en ze waren gewapend; ze hadden allebei TEC-9-machinepistolen onder hun riem. Voor D'Antonio had Zeke een .45-kaliber Glock en een paar magazijnen met hollow-pointkogels weten te ritselen, meer dan genoeg vuurkracht om een tienermeisje zo veel schrik aan te jagen dat ze zich overgaf.

Het Everglades was een laag gebouw, bestaande uit motelkamers met een receptie aan de ene zijde en een afvalcontainer aan de andere kant. Alle kamers keken op de weg uit, en achter het motel was een afrastering met daarachter een rangeerspoor. Voor de vierde deur vanaf de receptie geteld stond een suffig ogende man in uniform tegen de muur aan, met zijn ogen half gesloten en een sigaret in zijn mond. Bij zijn voeten lag een hoopje peuken. De parkeerplaats lag er verlaten bij, op de surveillanceauto van de man in uniform na.

D'Antonio parkeerde achter de agent. Hij stapte uit de Explorer en gebaarde naar een van de handlangers, Paolo, hem te volgen. De andere man, die Leon heette, maakte het zich gemakkelijk op de chauffeursstoel, terwijl D'Antonio naar de politieman toe liep.

De agent – op zijn penning stond 'Bramley' – opende zijn ogen en bekeek D'Antonio en Paolo vluchtig op het moment dat ze hem passeerden. D'Antonio bracht een glimlach op zijn gezicht en schoof zijn handen in zijn zakken. 'Hoe gaat ie?' zei hij. 'Ik ben rechercheur Carl en dit is Michaels. Had je al gehoord dat we zouden komen?'

Bramley keek D'Antonio met toegeknepen ogen aan. 'Carl,' zei hij, op zijn hoofd krabbend. 'Welke afdeling?'

Paolo maakte een rondje en posteerde zich weer naast Bramley, terwijl hij de parkeerplaats vanuit zijn ooghoek in de gaten hield en op D'Antonio's teken wachtte.

D'Antonio trok een nog bredere grijns. 'CID – recherche. We zijn hier om met het meisje te praten.'

Bramley keek even naar Paolo en toen weer naar D'Antonio. 'Niemand vertelt me hier ook iets,' zei hij uiteindelijk. Hij haalde een kamersleutel aan een plastic sleutelhanger tevoorschijn. D'Antonio wachtte totdat Bramley de deur had geopend en gaf Paolo een knikje. De handlanger liet de kolf van zijn pistool op Bramleys schedel neerkomen, en de man stootte een zacht gebrom uit voordat hij op de grond ineenzakte, waarbij hij in zijn val de deur openduwde.

D'Antonio stapte over de agent heen de kamer binnen, waar hij zijn ogen even aan het schemerduister liet wennen. Tweepersoonsbed, oude tv, krakkemikkig meubilair. Badkamer aan de achterzijde en geen voor de hand liggende ontsnappingsroutes. Hij ontspande zich ietwat.

Het meisje lag languit op haar buik op bed, leunend op haar ellebogen, en keek naar een tekenfilm op tv, waarin een hamster het tegen een kikker opnam. Ze was aantrekkelijk, zoals een soapsterretje aantrekkelijk kon zijn, en ze keek D'Antonio en Paolo eerder nieuwsgierig dan angstig aan.

D'Antonio bleef een tijdje naar haar staan kijken, wachtend op de eerste barstjes in de façade. 'Haley Whittaker?' zei hij.

Ze trok een frons. 'Wie bent u?'

'Je nieuwe beste vriend.' D'Antonio gebaarde naar achteren richting Paolo, die over Bramley heen stapte en naar het bed liep. Het meisje liet zich door Paolo in de brandweergreep oppakken en naar de deur brengen.

D'Antonio ving haar blik op toen Paolo hem passeerde. 'Waar brengen jullie me naartoe?' vroeg ze hem op ontwapenend kalme toon.

D'Antonio negeerde haar. Hij liep verder de kamer in en onderzocht de bagage van het meisje. Er lag een pocketboek op het nachtkastje en een laptop op het dressoir. Hij pakte de laptop en na enig nadenken ook het pocketboek. Het meisje zou zich behoorlijk gaan vervelen.

Binnen tien minuten waren ze weer vertrokken. Paolo zette het meisje op de achterbank neer, en D'Antonio ging naast haar zitten, terwijl Leon in een kalm tempo de parkeerplaats af reed. Het meisje had nog altijd niet tegengestribbeld en nog altijd niet geschreeuwd. Ze tuurde recht naar voren tussen de voorstoelen door op de weg, terwijl D'Antonio naar haar keek.

Na een minuut of vijf keek ze op naar D'Antonio. 'En wat is dit allemaal? Een ontvoering of zo?'

D'Antonio glimlachte naar haar. 'Zo ongeveer.'

'Gaan jullie me vasthouden tegen losgeld?'

Hij schudde zijn hoofd. 'Niet helemaal.'

'Ontvoering.' Ze nam hem van boven tot onder op. 'Dat is echt grappig. Jij bent zeker een of andere schurk?'

Zo was ze mooier, dacht D'Antonio. Het was een pittig typetje.

'Houden jullie je daarmee bezig? Met meisjes ontvoeren? Krijg je daar nou een kick van?'

Hij lachte. Ze keek hem met een grijns op haar gezicht doordringend aan. 'Ik ben geen ontvoerder,' zei hij tegen haar. 'Als ik het goed begrepen heb, is dat Tiffany's werk.'

Het meisje knipperde maar heel even met haar ogen. 'Waar is ze?'

'Dat mag jij me vertellen.'

'Hoe zou ik dat moeten weten? Ze heeft me een paar dagen geleden in de steek gelaten.'

'We zijn op zoek naar haar,' zei D'Antonio. 'Ik denk dat je haar snel weer terug zult zien.'

Het meisje staarde hem met een kille blik aan. 'Ze is geen ontvoerder,' zei ze. 'We zijn uit Jersey gekomen om een week aan het strand te liggen, man. De enige die aan ontvoeringen doet ben jij.'

D'Antonio lachte. 'Goed, dan ben ik een ontvoerder. Wat betekent dat voor jou?'

'Dat ik verdomd veel pech heb,' zei ze. 'Hoe hoog is mijn losgeld?'

'Geen losgeld,' zei hij tegen haar.

Ze trok een frons. 'O, ga je me alleen maar verkrachten en vervolgens in stukken snijden? Je bent zeker zo'n perverseling. Nu begrijp ik het.'

'Ik ben geen perverseling,' zei hij. 'We gaan jou als lokaas gebruiken.'

'Lokaas,' zei ze. 'Net als bij het vissen?'

Hij glimlachte, schudde zijn hoofd en boog zich dicht naar het meisje toe. 'Jij gaat ons helpen Tiffany te pakken te krijgen. Begrijp je het nu?'

Ze keek hem even van heel dichtbij aan. Daarna ging ze achterover op de bank zitten en tuurde weer uit het raam. Ze trok een nog diepere frons. 'Jullie willen Tiffany,' zei ze. Toen zuchtte ze. 'Ze willen altijd Tiffany.'

56

'Luister,' riep de agent – Windermere – over haar schouder. 'Het zal waarschijnlijk een uur of vijftien rijden zijn naar Detroit. Dus je kunt het je net zo goed gemakkelijk maken.'

Marie keek door de tralies van het US Marshal Service-busje naar de agent, die met een geweer naast zich op de voorbank zat. Het was een grote Mossberg .12-kaliber, die tussen Windermere en de chauffeur lag, een grote zwarte agent die geen woord had gezegd toen hij Marie de hand- en voetboeien had omgedaan en haar achter in het busje had opgesloten.

'Gemakkelijk.' Marie keek naar de boeien rond haar polsen en enkels, het harde stalen bankje waar ze op zat, de tralies voor de ramen. 'Je maakt zeker een grapje?'

Windermere haalde haar schouders op. 'Sorry,' zei ze. 'Ik probeerde je met een gevangenenvlucht van JPATS mee te krijgen, maar het vluchtschema werkte niet mee. Maar hier heb je tenminste nog wat privacy.'

Windermere had als federaal agent de taak op zich genomen met de gevangene mee te reizen op de rit van ruim veertienhonderd kilometer van Jacksonville naar Detroit in het noorden. Stevens had als staatspolitieman het vliegtuig kunnen nemen en vloog nu naar Minneapolis om een avond met zijn vrouw en kinderen door te brengen. Hij zou de volgende ochtend naar Detroit terugvliegen, waar ze een afspraak hadden met de officier van justitie over de inhoud van de aanklacht.

Wat een geluksvogel was die Stevens, dacht Windermere. Hij had een vrouw die hem begreep, terwijl zij Mark had. De afgelopen tijd was naar huis gaan meer een soort werk geworden dan het werk zelf, en Windermere zag op tegen het moment dat de zaak werd afgesloten, want dat betekende de terugkeer naar hun leven van lange stiltes en plotselinge, hevige ruzies.

Windermere draaide zich om en keek McAllister aan, die midden in het compartiment naar haar voeten zat te staren. Ze had haar ogen open maar zat zo onbeweeglijk dat het bijna angstwekkend was. 'Ik wil je iets vragen,' zei Windermere. Het meisje keek niet op. 'Hoe ging dat eigenlijk tussen jou en je vriend?'

Eindelijk bewoog het meisje, zij het nauwelijks. Ze tilde haar hoofd een paar centimeter in Windermeres richting op. 'Ik weet niet waar u het over hebt.'

'Hoe hield je de relatie spannend? Jullie zijn toch al een jaar of vijf bij elkaar? En steeds maar onderweg? Hoe kwam het dat je niet schoon genoeg kreeg van elkaar?'

Marie keek weer naar haar voeten. 'Ik zeg niets zonder dat mijn advocaat erbij is.'

'Kom op,' zei Windermere, 'ik ben je niet aan het verhoren. Dit blijft allemaal buiten de bewijsvoering, tenzij je afstand doet van je rechten.'

Het meisje zei niets, deed niets. Windermere keek een tijdje naar haar. 'Goed dan,' zei ze schouderophalend. 'Zoals je wilt.' Ze boog zich naar voren en zocht de radiozenders af totdat ze een jazzstation had gevonden. Er klonk een stevige saxofoonsolo, en Windermere ging er eens goed voor zitten om van de solo te genieten.

Achter in het busje staarde Marie naar haar voeten. Misschien is dat precies wat er met Pender is gebeurd, dacht ze. Misschien was hij gewoon niet meer geïnteresseerd.

Stevens stapte uit een taxi en liep knerpend door de verse sneeuw op het pad voor zijn huis in St. Paul. Ik moet dit vanavond nog schoonvegen, dacht hij, met een blik op de witte deken die het trottoir en de oprit bedekte. Huiverend bleef hij op de trap staan, genietend van de vrieskou op zijn huid na de verstikkende hitte in Florida. Nancy klaagde de hele winter over het weer, maar voor Stevens was er niets beters dan de bittere kou van Minnesota om je te doen beseffen dat je leefde.

Natuurlijk, de winter was vaak vooral zo fijn vanwege de warmte als je uit de kou binnenkwam. Stevens opende de voordeur en bleef in de hal staan om zijn jas uit te trekken, genietend van de verwelkomende gezelligheid van zijn huis.

'Papa!' Het was J.J., die de trap af kwam rennen en bijna struikelde in zijn haast beneden te komen.

'Dag, jongen.' Stevens gaf zijn zoon een stevige knuffel. 'Hoe gaat het? Waar is je moeder?'

'Mama is in de woonkamer. Papa, ik heb een dinosaurus getekend op school.'

'Wauw,' zei Stevens, terwijl hij hem weer op de grond zette. 'Jij wordt vast een kunstenaar!'

'Nee,' zei J.J. 'Een dinosaurusjager!'

Stevens schopte zijn schoenen uit en liep de woonkamer in, waar zijn vrouw half zat te dutten in haar favoriete stoel, met een stapel papieren voor zich uitgespreid. J.J. volgde hem de kamer in. 'We krijgen een hond, papa!'

Nancy opende langzaam haar ogen. Ze glimlachte schaapachtig naar haar man. 'Is dat waar?' vroeg Stevens haar.

'Ja, papa, een Duitse herder!'

'Ik heb ze verteld dat ze voor Kerstmis een hond mogen,' zei Nancy. 'Maar alleen als ze zich goed gedragen.'

J.J. knikte. 'We noemen hem Triceratops!' Hij rende de kamer uit, en Stevens hoorde hem met veel gestommel de houten trap op stiefelen. Hij realiseerde zich dat hij dat geluid had gemist.

'Ben je boos?' zei Nancy. 'Denk je dat het een goed idee is?'

'Wat? Die hond?'

'Ik dacht gewoon dat het wel leuk zou zijn om een huisdier te hebben,' zei ze. 'De kinderen zijn bang zonder jou.' Ze glimlachte. 'Soms ben ik ook bang. Zo'n groot, leeg huis.'

Hij staarde haar aan. 'Schat, het spijt me. Ik ben te lang van huis geweest.'

'Nee, je hoeft je niet te verontschuldigen. Je doet je werk.'

'Ik heb genoeg van deze baan.' Hij trok haar naar zich toe en sloeg zijn armen om haar heen. 'Nog een week, maximaal, dan ben ik thuis.'

Nancy kuste hem. 'Thuis, zeg je.'

'Jij kunt er niets aan doen.'

'Niet meer met agent Windermere de hort op.'

'Je zult vast nog eens wensen dat ik weg was.'

'Een week,' zei ze, hem knuffelend. 'Dan zal ik je voor persoonlijk gebruik opsluiten en je heel lang opgesloten houden.'

'Daar hou ik je aan,' zei hij en hij kuste haar rug, terwijl ze allebei als twee pubers luisterden of ze het waarschuwende gekraak van de vloerplanken hoorden. Hij trok haar op de fauteuil boven op zich, kuste haar innig en liet zijn hand onder haar trui glijden. Hij voelde hoe haar ademhaling versnelde en merkte dat haar huid warm aanvoelde onder zijn handen. Opeens vloog de voordeur open, zodat er een golf koude lucht door het huis stroomde en de hal zich met het lawaai van vrolijke tieners vulde. Lachend en elkaar plagend kwamen zijn dochter en haar vriendinnen uit de kou binnen.

Later lag Stevens met Nancy tegen zich aan in bed naar de oplichtende cijfers op de wekkerradio te kijken en naar het zachte gesnurk van zijn vrouw te luisteren, en hij vroeg zich af hoe het Windermere ondertussen in de auto zou vergaan.

Ze had gelijk gehad met haar opmerkingen over het einde van de zaak. Het was prettig om elke avond thuis te komen, een heerlijke luxe. Maar zelfmoorden afhandelen op het platteland viel niet te vergelijken met een zaak als deze, met de glamour van ontvoeringsscenario's en gevangenentransporten tussen de staten, onderhandelingstroeven en ook, zo besefte Stevens, met een partner als Windermere. Hij wist dat als alles goed ging, ze misschien nog een week aan de zaak zouden werken, en hoewel hij ernaar uitkeek om de verdachten achter de tralies te zetten, wist Stevens dat als de zaak eenmaal opgelost was, zijn relatie met Windermere eveneens beëindigd zou zijn, zowel op het persoonlijke als op het beroepsmatige vlak.

Je bent egoïstisch, zei hij tegen zichzelf. Als je het geluk hebt om deze zaak op te lossen, kom je thuis bij een vrouw die je begrijpt en bij kinderen die met je weglopen. Je bent politieman, zei hij tegen zichzelf. Je lost misdrijven op. Niemand heeft ooit iets over glamour gezegd.

Toch duurde het uren voordat Stevens de slaap kon vatten. Hij kon alleen nog maar aan de zaak denken en zag de minuten tot aan het ochtendgloren verstrijken, en toen het eindelijk ochtend was en zijn vliegtuig naar Detroit vertrok, lag Stevens uitgeteld in zijn stoel en kon hij voor het eerst in een vliegtuig een dutje doen.

57

'Zeg,' zei de verkoper, terwijl hij over de auto heen naar Pender keek. 'Je komt me heel bekend voor. Kom je hier uit de buurt?' Pender knikte. 'Ik heb familie in Mooresville,' zei hij. Hij gebaarde naar de auto. 'Heeft iemand het loodje gelegd in deze auto of zo?'

De verkoper keek naar de auto, een tien jaar oude Chrysler MPV die slecht in de lak zat en vanbinnen zurig rook. Hij schudde zijn hoofd. 'Hij stonk al toen hij ingeruild werd. Ik kan er iemand naar laten kijken.'

'Laat maar,' zei Pender. 'Ik sla de ramen wel kapot. Deze was duizend, toch?'

'Ja.' De verkoper schraapte zijn keel. 'Weet je zeker dat je geen interesse hebt in een auto die in een iets betere staat verkeert?'

'Heb je iets van rond de drie mille?'

'Ik heb hier een oude F-150,' zei hij over het terrein heen naar een rode Ford-pick-up wijzend. 'Weinig gereden, en ik vraag er vijfendertighonderd voor. Maar je mag hem hebben voor drie mille.'

Pender schudde zijn hoofd.

'Ik heb een auto met ruimte nodig. Die MPV is prima. Misschien hang ik er een stuk of wat luchtverfrissers in.'

Een halfuur later reed Pender met de raampjes omlaag en overal luchtverfrissers in de auto van het terrein af. Dit zullen de jongens vast leuk vinden, dacht hij, maar we hebben in elk geval twee mille in de zak gehouden. Ze mogen niet klagen.

Het leek zonde om de Durango af te danken, en Pender was bijna in de verleiding gekomen om te proberen de auto te verkopen. Maar toen hij een glimp van zijn gezicht in een krantenkiosk zag, trok hij direct zijn pet wat lager en wist hij meteen dat ze hem in de fik moesten steken.

Ze waren zonder probleem uit Macon weggekomen. Rond twee uur die nacht waren ze uit het motel vertrokken, en Sawyer en hij hadden om de beurt achter het stuur gezeten tijdens de rit via secundaire wegen naar Charlotte, terwijl Tiffany achterin voor Mouse zorgde. Het ging snel slechter met die jongen, besefte Pender. Hij was nauwelijks nog bij bewustzijn geweest toen ze hem het hotel uit hadden gedragen, en hij had tijdens de hele autorit nog geen woord gezegd. Er moet heel snel naar hem gekeken worden, dacht hij. Hij redt het niet als we zo doorgaan.

Tiffany belde haar vader vanaf een parkeerplaats op de I-20 wakker. Met de angstigste stem die ze kon opzetten herhaalde ze de woorden die Pender voor haar had opgeschreven. Lachend danste ze terug naar de auto en ze zei tegen Pender dat haar pa het geld zou fourneren, precies zoals in de film. Pender herinnerde haar er maar niet aan dat de politie in de film uiteindelijk altijd aan het langste eind trok.

Hij probeerde zich voor te stellen wat er de komende paar dagen zou gebeuren. We krijgen het geld, dacht hij. We laten Tiffany bij haar vader achter. Dan rijden we naar het zuiden en zorgen dat Mouse opgelapt wordt. En dan terug naar Jacksonville. We laten Carter komen om Marie uit de cel te halen. Daarna maken we dat we wegkomen uit de Verenigde Staten en proberen met half zo veel geld stil te gaan leven. Het was een zware gok, maar er was echt geen andere optie, behalve dan om Mouse achter te laten bij de spoedeisende hulp, Marie in de gevangenis te laten wegkwijnen en alleen het land te ontvluchten.

Pender reed in de MPV naar de buitenwijk terug en zag dat Sawyer en de anderen zich verborgen hielden in de Durango, die achter een rij oude scheepscontainers stond. Ze waren erg nerveus geworden omdat ze zo lang op een onbeschermde plek hadden gestaan. 'Jezus,' zei Sawyer. 'Ik dacht dat je nooit terug zou komen.'

'Wat is dat? Een Voyager?' zei Tiffany.

'We kunnen niet allemaal in een Bentley rijden,' zei Pender. 'We hijsen Mouse aan boord en vertrekken meteen.'

Ze staken de Durango achter de containers in brand en vervolgden hun reis. Ergens in Virginia stopten ze om wat te eten en daarna jakkerden ze door naar het noorden, richting Pennsylvania. Rond het spitsuur bereikten ze de buitenwijken van Philadelphia, waar ze aan de hand van Tiffany's aanwijzingen in het drukke verkeer richting Bryn Mawr reden.

Sawyer zat met zijn neus in een kaartenatlas van een benzinestation, en ze sloegen hun kamp op in een Super 8-motel langs de Interstate 76.

'We zouden punten moeten krijgen voor al het geld dat we in dit soort motels hebben besteed,' zei Sawyer, die zijn tas neerzette op het eerste bed dat hij zag.

'En dan ga je zeker alle nota's insturen,' zei Pender tegen hem.

Pender en Sawyer ondersteunden Mouse op weg naar de kamer, terwijl Tiffany in de gaten hield of er iemand kwam kijken. Ze moesten hem naar zijn bed slepen, versuft als hij was, en toen ze hem neerlegden gleed hij weer weg. 'Dit ziet er niet goed uit,' zei Pender tegen Sawyer. 'We moeten hulp voor hem halen, en snel ook.'

Later die avond zaten ze in stilte hun afhaalmaaltijd te verorberen, ieder met zijn eigen gedachten. Het kwam door Mouse, wist Pender. Normaal gesproken waren ze de avond voor een klus allemaal opgewonden en nerveus, maar nu waren ze bang en ze waren geestelijk helemaal niet voorbereid op wat ze de volgende dag moesten doen.

Pender legde zijn kipvleugel neer. 'Luister,' zei hij. 'We maken ons allemaal zorgen over Mouse.' Hij keek naar het bed. De jongen was helemaal uitgeteld. Zijn magere borst bewoog nauwelijks als hij zwakjes inademde. Pender schudde zijn hoofd. Hij wierp een blik op Sawyer, op Tiffany. Sawyer zat op een hap nasi te kauwen en keek hem aan. Tiffany hield haar blik op Mouse gericht.

'Dit is onze grootste klus tot nu toe, en we zijn daarbij zwaar gehandicapt,' zei Pender tegen hen. 'Jullie moeten geconcentreerd blijven. Als we het geld eenmaal hebben, zal Mouse snel opknappen. Dus laten we ervoor zorgen dat het ons lukt, oké?'

Sawyer knikte.

'Tiffany?'

'Het gaat ons lukken,' zei ze. 'We zullen hem van katoen geven.'

Het was een tamelijk zwakke poging tot peptalk, wist Pender. Maar hij had er nu eenmaal geen goed gevoel bij. Hij trok zich terug op zijn eigen kamer en probeerde de slaap te vatten, maar dat lukte niet, en terwijl hij boven op de dekens wakker lag, voelde hij de knoop in zijn maag steeds strakker worden.

58

D'Antonio klopte eenmaal op de deur en duwde die open, terwijl hij met zijn andere hand het dienblad tegen zijn heup in evenwicht hield. Het meisje zat op haar bed naar de muur te staren. Haar pocket lag nog steeds op het nachtkastje, precies waar hij die had neergelegd, en zelf leek ze ook nauwelijks van haar plek geweest te zijn.

'Ik heb iets te eten voor je meegenomen,' zei hij. Hij zette het dienblad op bed, en het meisje staarde ernaar. Ze had al een dag of zo niet gegeten, maar ze leek zeker geen honger te hebben.

'Wat is het?' zei ze.

'Gehaktbrood.'

'Ik ben vegetariër.'

'Vandaag niet,' zei hij. 'De tofu is net op.'

Het meisje zuchtte. Ze keek naar D'Antonio. 'Goed,' zei ze. 'Als je niet een of andere perverseling bent, wat ben je dan in godsnaam van plan met Tiffany?'

D'Antonio liep naar het nachtkastje en bekeek de pocket. Een domme chicklit. Uiteraard. 'Tiffany is ergens in verwikkeld geraakt,' zei hij tegen haar. 'We proberen haar alleen maar terug te krijgen.'

Ze snoof. 'Dat is een leugen. Jij bent echt geen beschermengel.'

'Ze gaat met mensen om die iets verkeerds hebben gedaan,' zei hij. 'Iets slechts.'

'En wat hebben ze dan gedaan?'

Hij liep naar de voorzijde van het bed en voelde dat de blik van het meisje op hem gericht was. 'Daar hoef jij je niet druk om te maken.'

'Je kunt het me toch gewoon vertellen?'

Hij keek haar aan en bewonderde haar lange gebruinde benen en de welvingen van haar lichaam in het strakke shirt. 'Hoezo?'

Ze trok een frons, alsof ze zijn gedachten kon lezen. 'Ik zal het echt niet doorvertellen.'

'Dat zeggen ze allemaal.'

'Ik heb je gezicht gezien,' zei ze. 'Net als dat van die andere man. Jullie namen niet eens de moeite me te blinddoeken toen jullie me dit huis in brachten. Jullie gaan me vermoorden.'

Ze zei het zo kalm dat D'Antonio meende haar verkeerd verstaan te hebben. 'We gaan je niet vermoorden,' zei hij.

Ze lachte sarcastisch naar hem. 'Kul. Zodra je Tiffany hebt opgepakt, snij je me in stukken en dump je me ergens. Ik kijk wel eens tv, weet je.'

D'Antonio staarde haar aan. Zonder met haar ogen te knipperen keek ze terug. Haar lachje joeg hem de stuipen op het lijf. 'Ze hebben een man vermoord,' zei hij tot zijn eigen verrassing. 'Ze probeerden hem te ontvoeren, maar het liep verkeerd. En toen hebben ze hem vermoord.'

'En jij werkte voor die man.'

'Ik werk voor zijn vrouw,' zei hij. 'En voor mensen die met zijn vrouw samenwerken. Ze wil wraak nemen. Daarbij kom ik in beeld.'

'Wauw,' zei ze. 'Een echte gangster, in levenden lijve.'

Hij keek aandachtig naar haar gezicht om te zien of ze het meende. Ze keek met opengesperde ogen en open mond naar hem op. 'Ik wed dat je heel wat meisjes kunt krijgen,' zei ze.

'Kom, zeg.'

'Kom jij maar.' Ze ging op bed liggen, zich uitstrekkend. Ze bleef hem aankijken om te zien hoe hij naar haar keek. 'Je bent zo heerlijk gevaarlijk. Je bent vast heel populair bij de meisjes.'

Hij bleef naar haar kijken. Bijna gaf hij toe aan de verleiding. Ze ging rechtop zitten en lachte hem uit. 'Nou, vermoord me dan maar, verdomme. Als jij dat zo graag wilt.'

D'Antonio rechtte zijn rug en schikte zijn das. Hij stond op en liep naar de deur. 'Ik wil je niet vermoorden,' zei hij. 'En ik wil ook niet met je neuken.'

'Echt niet?'

Hij draaide zich weer naar haar toe. 'Ik wil dat je me naar je vriendin brengt. En haar vrienden. Dat is alles.'

Het meisje rolde met haar ogen. Ze liet zich weer op het bed zakken, terwijl hij de kamer uit stapte. 'Altijd Tiffany, hè?' riep ze hem na. 'Jezus, wees eens een beetje origineel.'

Hij liep de gang door, iets zwaarder ademend dan gewoonlijk, en probeerde het meisje uit zijn gedachten te zetten. Het meisje speelde het hard – verdomme zeg, ze was bepaald niet bang uitgevallen. Ze deed alsof die ontvoeringszaak een spelletje was. D'Antonio kon zich niet herinneren ooit naar iemand gekeken te hebben die zo ongeïmponeerd terugstaarde.

'Chef.' Het was Zeke, vanuit de woonkamer. 'Je telefoon.'

Zeke gaf hem zijn mobieltje en D'Antonio bracht het naar zijn oor. 'Ja.'

'Met Johnston.' De politieman. 'Zeg eh... je hebt toch niet toevallig iets te maken met die toestand in het Everglades, hè? Met dat meisje over wie ik je vertelde?'

'Natuurlijk niet,' zei D'Antonio. 'Wat zou ik met een meisje willen?'

'Dat lijkt me ook. De man die ze daar hadden neergezet, ene Bramley of zoiets, heeft ook niet veel nuttigs ingebracht. Hij zei dat de aanvallers twee mafkezen waren die zich als rechercheurs voordeden.'

'Heeft hij signalementen gegeven?'

'Hij zei dat ze groot en blank waren. Dat is alles wat hij te vertellen had.'

'Ik heb niets gehoord,' zei D'Antonio tegen hem. 'Nog iets gehoord over de ontvoerders?'

'Niets belangrijks. Er is een signaleringsbericht uitgegaan voor de Durango. Ongeveer duizend anonieme tips van hier tot in Macon, Georgia, maar zonder resultaat. O ja, ze hebben het meisje van Jacksonville naar Detroit gebracht. Ik denk dat ze haar de moord op je baas in de schoenen gaan schuiven.'

'Het was de echtgenoot van mijn baas.'

'Ja, precies. Dat zei ik toch?'

D'Antonio beëindigde het gesprek. Hij liep de keuken in, waar Zeke en zijn omvangrijke Cubaans-Amerikaanse vriendin zwijgend gehaktbrood zaten te eten. D'Antonio pakte de laptop van het meisje van het aanrecht en liep terug naar haar kamer.

Haley had zich niet verroerd en het gehaktbrood niet aangeraakt. 'Je wordt nu carnivoor of je zult verhongeren,' zei hij tegen haar.

'Beter dan doodgeschoten worden.'

'Niet echt,' zei hij. 'Als je van de honger crepeert, duurt het weken voor je dood bent.' Hij zette de laptop op het bed, opende hem en drukte op de starttoets. 'Eens kijken of je vriendin haar e-mail leest.'

Het meisje rolde met haar ogen. 'Ben je op zoek naar een penvriendin?'

'Mondje dicht en typ wat ik je dicteer,' zei hij.

Het startscherm verscheen en D'Antonio keek toe hoe het meisje haar e-mailprogramma opende en haar wachtwoord intypte. Hij keek over haar schouder mee terwijl het berichtenscherm opkwam. 'Laat haar weten dat ze als de donder terug moet komen naar Miami, want anders... Begrepen?'

Ze begon te typen. '"Want anders." Origineel. Verder nog iets?'

'Heeft ze nog meer accounts? Misschien bij MySpace?'

'Niemand gebruikt MySpace,' zei ze. 'Ze heeft een Facebook-account, maar dat is aan haar e-mail gelinkt.'

'Oké,' zei D'Antonio. 'Wat nog meer? Heeft ze een mobieltje of een pieper?'

'Ze heeft haar mobieltje in de kamer laten liggen om op te laden,' zei het meisje. 'En helemaal niemand heeft nog een pieper.'

'Tja, in dat geval...' D'Antonio bracht zijn gezicht naar het hare, over haar heen hangend, in een poging het meisje angst aan te jagen. 'Ik zeg het nog maar eens: wat weet je nog meer?'

Het meisje gaf geen krimp. Ze dacht even na. 'Ik zou haar huis kunnen bellen. Haar vader woont in Pennsylvania. Die is er nooit. Misschien is ze naar huis gegaan.'

'Of misschien weet hij beter dan jij waar ze uithangt. Bel haar huis zo nodig. Maar bedenk dat je twee dagen hebt om dat meisje boven water te halen, voordat we lichaamsdelen gaan wegnemen.'

'Rot op,' zei ze. Hij gaf haar een klap, tot verrassing van hen allebei. Haar hoofd sloeg naar achteren, maar ze maakte geen geluid. Met wijd open ogen bracht ze haar hand naar haar lip. Ze keek hem woedend aan. 'Geef me de telefoon, verdomme.'

59

'Pap?' jammerde Tiffany in de munttelefoon. 'Papa, met Tiffany. Nee, met mij is alles goed. Ze willen weten of je het geld hebt.'

Pender luisterde en hield de telefoon in de gaten om te zien of er geen luistervinken waren. Ik had prepaidtelefoons moeten kopen, dacht hij. Hij voelde zich naakt en kwetsbaar voor die verlopen buurtwinkel, zo midden op de dag. Geen prepaid, geen informatie. Dit was een totale afgang.

'Goed, ik zeg het tegen ze,' zei Tiffany. 'Deponeer het bij de McDonald's bij het SEPTA-station. De container aan de achterkant. Ik hou van je, pap.'

Ze hing op. Ze glimlachte even naar Pender en sloeg haar arm om hem heen. 'Hij heeft het geld,' zei ze. 'Wat had ik je gezegd?'

'Ik geloof het pas als we de coupures tellen,' zei hij terwijl hij in de MPV stapte.

'Je maakt je veel te veel zorgen. Het kan haast niet meer misgaan.'

'Afkloppen maar.'

Tiffany boog zich naar de chauffeursstoel toe en klopte op Sawyers hoofd. 'Niet grappig,' zei hij, maar hij glimlachte.

'Dus het geld wordt om halfdrie afgeleverd?' zei Pender.

Tiffany knikte. 'Jazeker.'

'Mooi.' Hij keek op zijn horloge. 'Tien voor twee. Nog veertig minuten voor het uur U.'

Ze reden naar het hotel terug, waar Pender en Sawyer Mouse de MPV in sleepten. Ze legden hem op de achterbank en Sawyer nam achter het stuur plaats. 'Tiffany,' zei Pender. 'Ga jij voorin zitten.'

Tiffany keek achterom naar Mouse. 'Waarom?'

'Doe het nou maar,' zei Sawyer, waarop Tiffany met een fronsende blik op de voorbank plaatsnam.

Pender ging bij Mouse achterin zitten. Zijn hart bonsde als een razende toen Sawyer de auto startte en ze van de motelparkeerplaats wegreden. Het leek wel alsof ze na een halve minuut al bij de McDonald's aankwamen, maar in werkelijkheid nam de rit een kwartier in beslag.

Dergelijke ritten duren nooit lang genoeg, dacht Pender. Hij voelde zich nu goed, nu hij in een soort lachgasroes verkeerde, opgewekt door die waanzinnige adrenalinevloed die vlak voor een klus altijd opkwam. Hij was vergeten hoe heerlijk dit voelt, besefte hij.

Ze reden rond de McDonald's, in zijstraten turend om te zien of er half verscholen surveillanceauto's en eenheden in burger geposteerd stonden. Ze vonden niets.

De McDonald's keek uit op de straat en had een McDrive waarvan de toegangsweg een enorme keerlus rond de binnenzijde van het parkeerterrein maakte. De container stond aan de achterzijde, tegenover het parkeerterrein en tegen de hoek van een stevig groen hekwerk aan. Zodra Pender de locatie zag, wist hij dat die niet deugde. Als iemand de politie belde, zouden ze gemakkelijk door een paar politieauto's op de hoofdweg tegengehouden kunnen worden, welke uitgang ze ook kozen. 'Verdomme,' zei hij. 'Laten we hopen dat die man zijn woord houdt.'

'Hij komt echt wel,' zei Tiffany.

Een paar minuten later wees ze door de voorruit. 'Daar is de auto van mijn vader,' zei ze, terwijl ze rechtop ging zitten en naar de plek wees waar een grijze Bentley de McDonald's-parkeerplaats op reed. De auto viel hier net zo veel uit de toon als een stripteasedanseres op een openingsbal. Pender zag dat de grote auto naar de achterkant van de parkeerplaats verdween. 'Je hebt hem toch wel verteld dat hij de zak moest dumpen en dan direct moest verdwijnen?'

Tiffany knikte. 'Ik heb hem alles verteld wat jij mij hebt verteld.'

Na zo'n vijf minuten dook de Bentley aan de andere kant van het gebouw weer op. Pender zag hoe de bestuurder, een volstrekt kalm ogende man van middelbare leeftijd, in het verkeer invoegde en vervolgens rechts afsloeg. Hij reed naar het eind van het stratenblok, sloeg weer rechts af en verdween. 'Dat was het dan,' zei Pender.

Sawyer stopte op de parkeerplaats. 'Tijd voor de betaling.'

De zak lag precies op de plek die Tiffany had aangeduid; een prachtige groene plastic vuilniszak onder in de container. Toen Pender de zak zag liggen, begon zijn hart als een razende te bonzen. Kalm, kalm, zei hij tegen zichzelf. Je hebt nog niets gedaan.

Sawyer stopte bij de container en Pender opende de achterdeur.

Hij pakte de zak en tilde die achter in de MPV. De zak voelde zwaarder en massiever dan anders. Een miljoen dollar is veel meer papier dan we gewend zijn, bedacht hij, en hij zette de zak op de vloer om de inhoud te bekijken.

Sawyer keek naar Tiffany. 'Oké, uitstappen.'

'Wat?'

'Je pa heeft het losgeld betaald. Tijd om te vertrekken. Hup!'

Sawyer rekte zich uit en probeerde het passagiersportier te openen. Tiffany stribbelde tegen. 'Sawyer, hou op daarmee,' zei ze. 'Dit was niet het plan. We hebben nu toch het geld? Laten we het vliegtuig nemen.'

'We hebben helemaal geen geld,' zei Pender. Hij keek op van de zak, die nu wijd open op de vloer van de MPV lag, gevuld met truien, T-shirts en spijkerbroeken: wasgoed. 'We hebben helemaal niks.'

Tiffany sloeg haar portier dicht. 'Waar hebben jullie het in godsnaam over?'

'Misschien is dat niet de goede zak,' zei Sawyer. 'Zie je ergens nog een zak liggen?'

Pender liep naar het zijportier en zocht de grond rond de container af. Geen zakken, nergens. Opeens verstijfde hij. Sirenes. Boven het verkeersgeraas en het gebrom van de auto's bij de McDrive uit hoorde hij loeiende sirenes. Misschien was het toeval, maar hoogstwaarschijnlijk niet. 'Ik hoor sirenes, Sawyer,' zei hij en hij stapte in de MPV.

Tiffany zat de kleren in de vuilniszak te bekijken. Ze haalde er een vintage Jimi Hendrix-T-shirt uit. 'We hebben de goede zak,' zei ze. 'Dit is mijn shirt.'

'Dit is zwaar klote,' zei Sawyer. 'Waar is verdomme dat geld?'

'Ik hoor sirenes, Sawyer,' zei Pender. 'We moeten weg, nu!'

Tiffany keek op naar Pender. 'Misschien zit het geld eronder.'

'Er is geen geld,' zei Pender. 'Vergeet het maar. We zijn belazerd. En nu rijden.'

Sawyer staarde Tiffany een tijdje aan en drukte toen het gaspedaal in, waarop de MPV met veel lawaai naar voren schoot. Pender sloeg het zijportier dicht en Sawyer stuurde de auto over de zijtoegang van de parkeerplaats, waarbij hij een Buick sneed die van de McDrive kwam. Hij voegde in het verkeer in op het moment dat de eerste politieauto met zwaailicht en loeiende sirene de hoek om kwam.

'Rijden,' zei Pender tegen hem. Sawyer knikte, zag een gaatje in het verkeer en probeerde zich er met loeiende motor in te wringen.

Ze negeerden het rode licht en bleven zo hard mogelijk doorrijden, terwijl Tiffany op de passagiersstoel hysterisch zat te lachen – te lachen – en Sawyer kalm bleef en zijn ene oog op de achteruitkijkspiegel en het andere op de te volgen koers gericht hield.

Pender keek achterom naar de McDonald's en zag nu een roodblauwe lichtshow voor het restaurant. Twee politieauto's en een burgerauto stonden dwars op het verkeer op de weg en blokkeerden de parkeerplaats, zonder dat er ook maar iemand in hun richting keek. 'Rustig aan,' zei Pender. 'Maak een bocht en rij in godsnaam wat rustiger.'

'Rustiger?

'Pas je snelheid aan het overige verkeer aan. En nu naar de grote weg. Ik denk niet dat ze ons hebben gezien.'

Sawyer haalde zijn voet van het gaspedaal en Pender haalde opgelucht adem. Zelfs Tiffany, die met haar handen de armsteunen omklemde, hield zich gedeisd. 'Lieve god,' zei ze hijgend. 'Dat was echt gaaf.'

Sawyer en Pender negeerden haar. 'Hoe kan het dat ze ons niet hebben gezien?' vroeg Sawyer. 'Ze zijn blind of ze houden ons voor de gek.'

Pender keek naar de zak met wasgoed en de stapel nutteloze kleren. 'Iemand houdt ons voor de gek,' zei hij. 'Ik heb alleen geen idee wat het betekent.'

60

Sawyer reed de grote weg op en reed net iets harder dan toegestaan verder, zo veel mogelijk met de verkeersstroom meerijdend. Hij trof Penders blik in de achteruitkijkspiegel. 'Waar gaan we nu heen?'

'Rij nou maar door,' zei Pender tegen hem. 'Dat zoeken we onderweg wel uit.'

Sawyer knikte en richtte zijn aandacht weer op de weg. Tiffany schoof op haar stoel heen en weer. 'Wat gaan we nu doen?' vroeg ze aan Pender.

'Ik moet nadenken,' zei hij. Hij keek naar haar op. 'Wat heeft al dit wasgoed te betekenen?'

Tiffany schudde haar hoofd. 'Misschien is het een grap.'

'Een heel leuke grap,' zei Pender. 'Hij speelt toevallig wel met jouw leven.'

Hij pakte de vuilniszak op en leegde de inhoud op de vloer van de auto. Kleding. Merendeels truien en een paar broeken. Geen enkele toelichting. Hij dacht er even over na en besloot dat het zo erg nog niet was. 'Ik denk dat we het er aardig afgebracht hebben,' zei hij.

Sawyer keek naar hem via de achteruitkijkspiegel. 'Waarom denk je dat?'

'Die vent heeft een valstrik opgezet. We zijn ontsnapt. We hebben zijn dochter en hij weet dat hij ons op stang heeft gejaagd. Hij zal nu maar al te graag een overeenkomst willen sluiten. We hoeven hem alleen maar in het vizier te nemen en hem te laten weten hoe kwaad we zijn. We verdubbelen het losgeld. Hij zal het niet meer verkloten.'

'Prima,' zei Tiffany. 'Maar je moet ditmaal niet van me verwachten dat ik vertrek als jullie het geld eenmaal hebben.'

'Maak je een grapje of zo?' zei Sawyer. 'Jij bent verdomme de gijzelaar.'

'Ik maak deel uit van je team,' zei ze. 'Ik ben niemands gijzelaar.'
Sawyer wierp een blik in de achteruitkijkspiegel. 'Chef?'

Tiffany draaide zich om in haar stoel. 'Luister niet naar hem, Pender. Ik ben nu net zo goed een schurk.'

Pender luisterde nauwelijks. Hij had iets gezien in de stapel wasgoed. Iets kleins van metaal, ter grootte van een ouderwets filmbusje. Hij maakte het los van een vaal geworden bodywarmer en bekeek het: een goedkope mp3-speler, zoals je die cadeau kreeg na vijf keer olie verversen of bij aankoop van een dvd-speler. Er zat een hoofdtelefoon bij. Pender hield hem omhoog en liet hem aan Tiffany zien. 'Ken je deze?'

Tiffany schudde haar hoofd. 'Ik heb een iPod.'

'Dus je hebt dit ding nog nooit gezien.'

'Dat zeg ik toch net?'

'Staat er iets op?' zei Sawyer.

Pender drukte op de starttoets. Het lcd-schermpje van het apparaat lichtte nu felgroen op. Eén nummer. Pender zette de hoofdtelefoon op en drukte op 'afspelen'.

Het leek wel een telefoongesprek. De stem van een meisje. 'Hallo,' zei ze op kalme toon. 'Meneer Prentice, deze boodschap is voor Tiffany. Dit is eh... Haley Whittaker van school, en ik zit nogal in de problemen. Tiffany heeft zich aangesloten bij die gevaarlijke lui, die eh... ontvoerders. Ze hebben een heleboel mensen boos gemaakt en een van die mensen staat nu naast me en wil weten waar Tiffany's vrienden zijn.'

Het meisje zweeg even en sprak verder. 'Eh, bel alsjeblieft niet de politie,' zei ze. 'Ze hebben beloofd dat ze Tiffany niets zullen aandoen als ze haar vrienden opgeeft. Maar de man zei dat hij me pijn zal doen als Tiffany's vrienden niet binnen twee dagen op komen dagen. Ik hoop dus echt dat u dit doorgeeft en tegen Tiffany zegt dat ze snel haar mail moet lezen. Oké. Dank u. Het spijt me. Wat?'

Er volgde weer een pauze. 'O. O ja,' zei ze. 'Eh, bel alsjeblieft niet de politie. Hij zei dat hij me zal vermoorden als u dat wel doet. Oké. Het spijt me. Doeg.' Er volgde een klik van een telefoon die opgehangen werd, en dat was het eind van de opname.

Sawyer keek in de achteruitkijkspiegel naar Pender, die de hoofdtelefoon afzette. 'Wat stond erop, chef?'

'Tiffany,' zei Pender. 'Wie is Haley Whittaker?'

Tiffany keek bedenkelijk. 'Dat is mijn vriendin. We zijn samen naar South Beach gegaan. Hoezo?'

Pender staarde naar de stapel wasgoed. Haley Whittaker. Andrew

Prentice. Die vent wilde dat de politie ons zou oppakken, besefte hij. Maar hij heeft hierin nog een bericht verstopt, voor het geval we wisten te ontsnappen. Is dit bericht waar? Wie zou dit meisje ontvoerd hebben?

Donald Beneteaus mensen, natuurlijk. Dezelfde mensen die in het hotel aan South Beach begonnen te schieten. Ze zijn ons kwijtgeraakt en proberen ons nu uit alle macht terug te vinden. Ze hebben Tiffany's vriendin opgepakt en houden haar nu vast voor losgeld. En wij zijn verdomme het losgeld.

Hij gaf de mp3-speler aan Tiffany, die de hoofdtelefoon opzette. Pender bleef van opzij naar haar kijken terwijl ze het bericht afspeelde. Hij zag haar ogen steeds groter worden en ze bracht haar hand naar haar keel. Sawyer draaide zich weer naar Pender toe. 'Jezus, chef. Wat is er aan de hand?'

'Beneteaus mensen hebben haar vriendin ontvoerd om als lokaas voor ons te dienen.'

'Hoe hebben ze haar dan gevonden?'

'Al sla je me dood,' zei Pender. 'Ze was ook op South Beach.'

Tiffany zette de koptelefoon af. 'Ik moet mijn e-mail bekijken. Nu meteen.'

'We zullen zo snel mogelijk een plek zoeken,' zei Pender. 'We moeten eerst een paar zaken uitzoeken.'

'We gaan haar toch zeker ophalen?'

Pender gaf geen antwoord. 'Chef,' zei Sawyer. 'Waar zijn we in godsnaam mee bezig?'

Pender schudde zijn hoofd. 'Ik weet het niet,' zei hij. Ze zouden zeker geen geld meer van Andrew Prentice krijgen, nu hij wist hoe de zaak in elkaar stak. Ze moesten Mouse naar een dokter brengen en ze moesten ook Marie redden. Konden ze het zich veroorloven om achter Haley Whittaker aan te gaan zodat Beneteaus mensen het pleit konden beslechten? 'We moeten geld hebben,' zei hij tegen Sawyer. 'Nu meteen.'

Tiffany kwam overeind. 'Haley heeft vijftigduizend dollar,' zei ze. 'Van haar grootmoeder. Een cadeau voor haar afstuderen. Zal dat helpen?'

'En betaalt ze dat aan ons?'

'Als we haar leven redden,' zei Tiffany. 'Dan zal ze dat zeker doen.'

Sawyer keek naar Pender. 'We kunnen Mouse voor de helft van dat bedrag weer op de been helpen.'

Tiffany knikte. 'Precies. Zodra we Haley vrij hebben gekregen gaan we met Mouse naar de dokter. De rest van het geld kun je gebruiken om Marie te helpen.'

Pender en Sawyer wisselden een blik uit. Ze hadden geld nodig, en liever vandaag dan morgen. Voor vijftig mille zou Pender een raket hebben gebouwd en naar de maan zijn gevlogen. 'Goed,' zei hij tegen Tiffany. 'We gaan ervoor. Maar we moeten dat geld dan wel krijgen.'

'Geen probleem,' zei Tiffany. 'Maar ik moet mijn e-mail lezen. Nu meteen.'

Pender knikte en Sawyer zette de richtingaanwijzer aan, stuurde over drie rijstroken naar rechts in de richting van een afslag met een reeks neonborden van hotels in de verte. Vijftig mille, dacht Pender. We doen weer mee.

61

'Dit is echt ongelooflijk,' zei Windermere tegen Stevens, terwijl ze hem een kop koffie gaf. 'Tiffany Prentice heeft geprobeerd zichzelf te gijzelen in ruil voor losgeld.'

Stevens wreef in zijn ogen en nam een slok koffie, met zijn blik op de stoet reizigers die langs de bagagebanden op Detroit Metro Airport trok. 'Nog eens?' zei hij.

Windermere leidde hem de terminal uit naar de parkeergarage, terwijl ze driftig verder praatte. 'Prentice heeft een paar dagen geleden haar vader in Pennsylvania gebeld. Ze zei dat ze gegijzeld werd en dat er een losgeld van een miljoen betaald moest worden. Achtenveertig uur. Geen politie.'

'Een miljoen dollar,' zei Stevens. 'De bende wordt kennelijk wanhopig.'

Ze liepen een trap op en gingen een eind de garage in, waar Windermere op een knop aan haar sleutelbos drukte. Een donkergroene Crown Victoria begon te piepen. 'En wat denk je?' zei ze. 'Papa Prentice had geen idee dat zijn dochter in Florida zat, laat staan dat ze vermist werd.'

'Hij dacht dat ze op school zat.'

'Jij snapt het. Hoe dan ook, hij wist het geld bij elkaar te brengen en stond op het punt om te betalen – afleveren bij McDonald's, je kent het wel – toen hij een telefoontje kreeg.'

Ze waren bij de Crown Vic aangekomen en stapten in. Windermere draaide de sleutel om en de motor sloeg aan.

'Je weet toch dat die vriendin van Prentice haar als vermist heeft opgegeven?' zei ze. 'Haley Whittaker. Ze werd een paar dagen later zelf ontvoerd. Iemand heeft haar uit een motelkamer in Miami meegenomen.'

'Ga weg,' zei Stevens. 'Onze bende?'

'Nee, meneer,' zei Windermere. Ze reed de garage uit. 'Iemand anders. Iemand die Whittaker met papa Prentice heeft laten bellen om hem te smeken ervoor te zorgen dat Tiffany haar vrienden opgaf.'

'Beneteaus handlangers. D'Antonio. Hij gebruikt Whittaker als lokaas.'

'Dus Prentice hoort die boodschap van Whittaker en besluit dat hij niet gaat betalen. Hij zet een zak met troep neer en belt de politie, maar die komt te laat om onze bende op te pakken.'

'Te laat?' zei Stevens. 'Kom, zeg.'

'Het was de gemeentelijke politie, nietwaar? Maar hij stopte ook het bericht van Whittaker in de zak, dus ik denk dat hij hoopt dat Tiffany haar jongens in de steek zal laten en naar huis zal komen.'

Ze reden nu over de I-94 langs een uitgestrekt gebied met lage fabriekscomplexen en spoorwegemplacementen in de richting van de stad. 'Waar hopen we nu op?' zei Stevens.

Windermere haalde haar schouders op. 'We hopen dat ze denken dat Marie belangrijker is. We weten niet waar D'Antonio is of hoe hij Whittaker heeft kunnen ontvoeren. Eerlijk gezegd is niemand echt blij met het idee dat deze jongeren bij een persoonlijke vendetta tegen Beneteaus entourage betrokken raken.'

'Laten we daarom McAllister onder druk blijven zetten,' zei Stevens. 'Misschien kunnen we iets naar de pers lekken, zodat de jongens weer geïnteresseerd raken. Weten ze dat ze in Detroit is?'

'Dat weet ik niet precies,' zei Windermere. 'We kunnen dat wel op het nieuws brengen om te proberen de bende deze kant op te lokken.'

'Zeker. Ondertussen kunnen we Beneteaus mensen onder druk zetten om informatie over D'Antonio te geven. Praat eens met je afpersingsspecialisten. Misschien weten zij iets over de maffia in Miami? En hoe zit het met die Zeke?'

Windermere wisselde van rijstrook om in te halen, terwijl de weg langs een reusachtig Ford-complex een bocht maakte. 'Nog altijd niets over Zeke,' zei ze. 'Geen bekend adres of aliassen. De politie van Miami zou ermee bezig zijn, maar die is zo corrupt als de hel. Waarschijnlijk levert het helemaal niets op.'

'In elk geval is die vent een professional,' zei Stevens. 'Hij riskeert echt geen ontvoering, tenzij hij weet dat hij vrijuit kan gaan.'

'Misschien,' zei Windermere. 'Maar misschien hebben we geluk.' Ze keek hem van opzij aan. 'Je staat nog bij me in het krijt voor die rit met die gevangene.'

'Hoezo?' zei Stevens. 'Was het niet leuk?'

'Het meisje heeft vijftien uur lang geen woord gezegd. De hele weg vanaf Jacksonville heeft ze naar haar voeten zitten staren. Telkens als ik haar iets vroeg, zei ze tegen me dat ze haar advocaat wilde spreken. En dat terwijl ik haar helemaal niet ondervroeg. Ik wilde gewoon wat gezelschap.'

'En die agent dan?'

'Clayton?' Windermere lachte. 'We hebben het heel even over football gehad. Toen vroeg ik hem of hij onlangs nog een goed boek had gelezen en vervolgens klapte hij helemaal dicht.'

'O jee,' zei Stevens. 'Je hebt me gemist.'

'Jezus, nee. Ik weet dat jij ook niet kunt lezen.'

Stevens lachte en keek glimlachend uit het raam naar het sombere stadsgezicht van Detroit dat aan de horizon opdook.

'Was het leuk thuis?' zei Windermere.

'Zeker,' zei Stevens. 'Het was fijn, en heerlijk rustig.'

'Moeilijk om te vertrekken?'

Hij schudde zijn hoofd. 'Ik ben blij dat ik terug ben. We gaan deze zaak oplossen.'

'Beken het maar,' zei Windermere. 'Je hebt mij ook gemist.'

Stevens keek haar aan. 'Misschien een beetje,' zei hij.

Windermere tuurde naar de weg voor haar, met een vaag lachje rond haar lippen. 'Grijp je kans zolang het nog kan, Stevens. Uiterlijk over een week zijn we hier klaar mee.'

Stevens lachte weer en draaide zijn hoofd weer naar het raam toe. Zijn glimlach verdween toen hij zich nog eens op hun gecompliceerde zaak concentreerde. Terwijl Windermere verder reed, zag hij hoe de skyline dichterbij kwam en zocht hij het grote FBI-gebouw op Michigan Avenue waar Marie McAllister in haar eentje als de kaas in een muizenval zat te wachten tot Pender en Co hongerig genoeg waren om toe te happen.

62

D'Antonio zat in Zekes woonkamer een mislukt tonijngerecht weg te kauwen. Hij dronk er bier bij om het gerecht weg te spoelen en keek naar het nieuws om te zien of de politie al voortgang boekte in de zaak-Whittaker.

Er werd niets over het meisje gemeld, maar toen het regionale nieuws aan de beurt kwam en D'Antonio zijn maaltijd beëindigde, hoorde hij iets op de tv dat hem de kookkunst van Zekes vriendin deed vergeten en hem naar het puntje van zijn stoel bracht.

'Een verrassende ontwikkeling in de South Beach-schietpartij in het historische Dauphin-hotel in Miami, die twee mannen het leven kostte,' zei de presentator. 'De FBI beschouwt nu de twintigjarige Tiffany Prentice als verdachte na een bizarre poging tot ontvoering in een voorstad van Philadelphia.'

D'Antonio luisterde aandachtig naar de presentator, die een overzicht van de nieuwe ontwikkelingen gaf. De ontvoering was volgens officiële mededelingen verijdeld dankzij de tijdige komst van de politie van Bryn Mawr op de plaats delict. Maar de politie had de ontvoerders niet weten op te pakken en het meisje was nog altijd spoorloos.

Al luisterend probeerde D'Antonio te begrijpen wat deze verwikkelingen te betekenen hadden. Ze hadden geprobeerd een ontvoering in scène te zetten. Die jeugdbende was kennelijk ten einde raad, en het meisje speelde met hen onder één hoedje. Interessant.

Hij zette de televisie uit en bracht de vuile borden naar de keuken. Hij pakte Whittakers laptop en liep door de gang naar de kamer van het meisje.

Ze had ditmaal in elk geval wel een beetje in de tonijnschotel geprikt, zag D'Antonio. Het meisje had misschien twee hapjes gegeten alvorens ze er de brui aan had gegeven en nu lag ze op bed in haar pocket te bladeren, terwijl haar eten inmiddels koud was.

D'Antonio sloot de deur achter zich en liep de kamer in. 'Nu ben je dus een carnivoor.'

Het meisje trok een gezicht. 'Was dat vlees dan?'

'Het was tonijn.'

'Ik ging ervan uit dat je me probeerde te vergiftigen, dus ik heb het niet opgegeten.' Het meisje zuchtte. 'Ik voel me zo smerig. Kun je me geen schone kleren brengen?'

'Waar moet ik die vandaan halen?'

'Of me in elk geval laten douchen. Dit is zinloos getreiter.'

D'Antonio liep naar het bed en ging naast het meisje zitten. Hij keek naar haar haren die op het dekbed uitgespreid lagen en las over haar schouder mee, terwijl hij de laptop opende. 'Goed boek?'

Ze haalde haar schouders op. 'Gaat wel.'

Hij tuurde naar de bladzijde. 'Wie is Alexis?'

Het meisje keek hem fronsend aan. Daarna keek ze weer naar het boek. 'Ik geloof dat ze een soort reclamemanager in Manhattan is.' Ze haalde haar schouders op. 'Ik lees dit soort boekjes niet echt. Ik heb het van Tiffany geleend.'

D'Antonio concentreerde zich op de laptop en startte de internetbrowser van het meisje.

'Lees jij wel eens iets?' vroeg ze. 'Kun je lezen?'

'Natuurlijk kan ik lezen, trut,' zei hij.

'Nou?' Ze keek naar hem op. 'Wat lees je dan?'

Hij keek haar een moment lang aan. 'Ik lees vaak van die boeken die ze op vliegvelden verkopen. Thrillers. En soms ook zelfhulpboeken. Mijn zwager koopt die elk jaar voor me met Kerstmis. Ik weet niet of je er iets aan hebt.'

'Zijn er ook zelfhulpboeken voor moordenaars?'

'Voor zakenmensen,' zei hij. 'Hij weet niet echt wat ik doe.' Hij schraapte zijn keel. 'Tijd om je e-mail te lezen.'

Het meisje tuurde nog even naar haar boek. Daarna draaide ze zich om zodat ze het laptopscherm kon zien, waarbij haar gezicht bijna D'Antonio's been raakte. 'Denk je dat ze heeft teruggeschreven?'

'Er was nieuws uit Pennsylvania,' zei D'Antonio tegen haar. 'Je vriendin heeft geprobeerd haar eigen ontvoering in scène te zetten voor losgeld.'

Het meisje keek naar hem op. 'Hoe bedoel je?'

'Ze deed net alsof ze ontvoerd was. En daarbij ging iets fout. Ik geloof dat jouw telefoontje het nodige effect had.'

Het meisje toetste haar wachtwoord in en ze wachtten tot het scherm opkwam. Ze draaide zich op het bed om, zodat ze op haar rug lag en naar hem opkeek, waarbij haar lange haar om haar hoofd uitgewaaierd lag. Ze keek hem doordringend aan. 'Ik zat te denken,' zei ze. 'Misschien kunnen we iets regelen.'

Nou komt het, dacht D'Antonio. 'Dit heb je al eens geprobeerd,' zei hij.

'Ik meen het deze keer. Jij vindt me best aardig. Dat merk ik gewoon.' Ze ging rechtop zitten en drukte zich tegen zijn arm aan, waarbij haar lippen zijn oor raakten. 'Als je zou willen, zou je me kunnen pakken. Je zou kunnen doen wat je wil.'

Ze legde haar hand hoog op zijn been. Dit is niet echt, hield D'Antonio zichzelf voor. Je hebt een klus te klaren. Hij schudde haar van zich af en wees op het laptopscherm. 'Kijk. Een nieuw bericht.'

Ze keek nauwelijks naar het scherm. 'Ik heb vijftigduizend dollar,' zei ze. 'Ik zou je kunnen betalen. Als een soort losgeld. Ik zou ze valse informatie geven. Ik zou ze kunnen vertellen dat je een zwarte uit Jamaica was of zo. Niemand zou dat hoeven te weten.'

Christus. Het meisje staarde hem met zo veel hoop in haar ogen aan dat hij het moeilijk vond haar aan te kijken. Nooit meer, dacht hij. Nooit meer dit soort gijzelingen. 'Ik wil jou niet,' zei hij. 'En ik wil je geld ook niet.'

Ze keek hem langdurig aan. D'Antonio vermeed haar blik. Ze keek weer naar het laptopscherm. 'Ze heeft teruggeschreven,' zei ze. 'Een paar uur geleden.'

'Lees maar.'

Ze opende het bericht en las hardop voor. Tiffany had de telefonische boodschap gehoord. Ze waren in Pennsylvania. Ze kwamen terug om Haley op te halen.

Het meisje keek naar hem op, op zijn antwoord wachtend. Die bende zat in Pennsylvania, dacht hij. We zitten veilig in Florida, maar zij staan boven aan de lijst van meest gezochte verdachten. Ik wil niet dat ze opgepakt worden voordat ik mijn kans bij hen heb gewaagd.

D'Antonio draaide zich weer naar het meisje toe. 'Schrijf haar terug,' zei hij. 'Zeg dat ze niet naar Florida moeten komen. Ze moeten in plaats daarvan naar Cincinnati.'

'Cincinnati?'

'Ja,' zei hij, terwijl hij opstond. 'We gaan een eindje rijden.'

63

'Cincinnati,' zei Pender. 'Wat is er in godsnaam in Cincinnati?'

Tiffany keek op van haar computer en haalde haar schouders op. 'Volgens mij is dat beter dan Florida. Daar staan jullie boven aan de lijst met gezochte verdachten.'

'Jij wordt ook gezocht,' zei Sawyer. 'Weet je nog?'

Ze hadden de tv aangezet zodra ze hun intrek in de kamer hadden genomen, nieuwsgierig naar het laatste nieuws. Ook wilden ze graag weten hoe de politie de ontvoering aan het publiek verkocht. Tiffany werd bleek toen haar gezicht op het scherm verscheen, maar ze bleef kalm, en na een paar White Castle-hamburgers en een Cherry Pepsi leek ze zelfs te genieten van haar pas verkregen reputatie. 'Dit is best wel cool,' zei ze tegen Pender. 'Ik ben nu een echte crimineel. Net als Thelma en Louise.'

Nu zat ze op het bed van Mouse met zijn laptop op haar schoot Haleys instructies te lezen.

'Cincinnati is voor ons sowieso beter, nu ze Marie hebben overgeplaatst,' zei Pender. 'We krijgen Haley terug en dan vertrekken we als de donder naar Detroit om Marie terug te halen. Wanneer moeten we daar zijn?'

'Overmorgen,' zei Tiffany. 'Tijd genoeg.'

Overmorgen, dacht Pender, naar Mouse starend. We rijden morgen weg. We lossen het Whittaker-probleem overmorgen op – hoewel hij er geen idee van had hoe ze dat moesten doen – en dan brengen we Mouse die avond naar het ziekenhuis. Aangenomen dat hij het zo lang uithoudt.

Pender stond op en liep naar het bed van Mouse. Zijn vriend leek bijna een kind, alsof hij in de was gekrompen was. Wat hebben we in godsnaam gedaan, dacht Pender terwijl hij naar de onregelmatige ademhaling van zijn vriend luisterde. Er hadden nooit gewonden mogen vallen. 'Mouse,' zei hij, de schouder van zijn vriend aanrakend. 'Ben je daar nog, jongen?'

Mouse opende zijn ogen half. Langzaam verscheen er een lachje. 'Pender...'

'Luister,' zei Pender. 'We moeten morgen naar Cincinnati rijden. Dat betekent dat je op zijn vroegst morgenavond naar de dokter kunt. Denk je dat je het nog zo lang volhoudt?'

Mouse knikte. 'Natuurlijk. Doe wat je moet doen.'

'Ik meen het, Mouse. Geen heldhaftig gelul. We kunnen je vanavond bij de EHBO afleveren als dat moet.'

'EHBO,' zei Mouse. 'Daar zullen ze me zeker arresteren.'

Pender keek de kamer rond. Sawyer en Tiffany zaten zwijgend te kijken. 'Beter gearresteerd dan dood, niet?'

'Onzin.' Mouse probeerde met een koortsig, gepijnigd gezicht te gaan zitten. 'Haal wat pijnstillers voor me, dan hou ik het nog wel een paar dagen uit.'

'Weet je dat zeker?'

'Ik beloof het.' Hij draaide zich naar Tiffany toe. 'Geef me die computer eens, schat?'

Tiffany overhandigde Mouse zijn laptop, en Pender keek toe hoe zijn vriend de laptop op zijn ingevallen borst zette. 'Wat doe je?'

'We gaan hier weg,' zei Mouse. 'Zodra we Marie vrij hebben gekregen, maken we dat we wegkomen uit dit land.'

'Mooi,' zei Pender. 'Maar wat doe je?'

Mouse sloeg op de toetsen, nauwelijks luisterend. 'Ik leg contact met mijn mannetje,' zei hij. 'We hebben twee dagen in Cincy. Dat is genoeg tijd om paspoorten en BSN's te regelen. Ik zal ervoor zorgen dat mijn mannetje ze morgen verstuurt.'

'Goed idee,' zei Pender. Mouse is van onschatbare waarde, dacht hij. Als we hem kwijt zijn, kunnen we het echt wel schudden.

Mouse maakte oogcontact met Tiffany. 'En jij, schatje?' zei hij. 'Hoe moet jouw nieuwe naam luiden?'

De volgende dag stonden ze vroeg op, pakten hun spullen in de MPV en waren nog voor het spitsuur onderweg. Ze reden westwaarts over de I-76. Tiffany lag achterin naast Mouse te dommelen en Sawyer zat voorin op de passagiersstoel aan de radio te draaien, terwijl Pender de snelweg onder zich door zag glijden. Hij hield onder het rijden goed in de gaten of hij politie zag, omdat hij niet wist of de MPV al gesignaleerd stond of dat ze hadden kunnen ontsnappen zonder opgemerkt te zijn. Het is alsof je met een handgranaat rijdt, dacht hij. We hoeven maar heel even iets verkeerd te doen en hij ontploft in ons gezicht.

Ze stopten in Columbus om te tanken en eten te kopen en reden zuidwaarts verder naar Cincinnati, terwijl de zon onderging en de schaduwen steeds langer werden. Sawyer vond een radiostation met alternatieve rock en zakte onderuit in zijn stoel, met zijn handen op zijn knieën mee drummend. Hij snoof en zei tegen Pender: 'Ik zal blij zijn als we hieruit zijn. Deze kar stinkt. Verdomme, Pender, waarom moest je nou de smerigst ruikende auto van de hele zaak kopen?'

Pender glimlachte. 'Veiligheidssysteem, maat.'

'Aha, dus daarom konden we zomaar wegrijden. De politie kon onze stank niet verdragen.'

'Jij hebt het begrepen.'

'Krijg de klere.' Sawyer keek weer naar buiten en zag het vlakke boerenland van Ohio aan zich voorbijtrekken. 'Misschien laat ik me nog liever arresteren dan nog veel langer in dit oude lijk door te brengen.'

'Welnee,' zei Pender. 'Dat wil je echt niet.'

Ze reden een aantal kilometers zwijgend verder, waarbij Sawyer op de maat van de muziek mee trommelde en Pender naar de enorme trucks keek die in tegenovergestelde richting passeerden. Pender verbrak de stilte weer. 'Wat vind jij van dit hele plan?'

'Die Beneteau-actie.' Sawyer stopte met trommelen. 'En Haley en zo.'

'Hoe gaan we het aanpakken?'

'Het losgeld.'

'Het is voor het eerst dat we aan deze kant van een deal staan,' zei Pender. 'Ik ga gewoon op mijn intuïtie af.'

'Als die gasten denken dat we ons gewoon overgeven in ruil voor dat meisje, zijn ze niet goed wijs.' Sawyer keek naar Pender. 'Ja toch?'

Pender hield zijn ogen op de weg gericht en wisselde van rijstrook om in te halen. 'We geven helemaal niemand op,' zei hij. 'Wat mij betreft gaan we de strijd aan met die lui.'

'Ze hebben vast en zeker vuurwapens.'

'We lopen geheid in de val,' zei Pender. 'Ik weet het zeker. We zijn geen moordenaars. We hebben zelfs geen munitie. Maar we moeten die vijftig mille hebben, Sawyer.'

Sawyer zweeg even. 'Kun je een andere manier bedenken om dit te doen?' zei hij uiteindelijk.

Pender keek naar zijn vriend. 'Nee,' zei hij. 'Echt niet.'

64

Moord. Twee ontvoeringen. Samenspanning met het oogmerk een moord te plegen. Twee aanklachten van samenspanning met het oogmerk van wederrechtelijke vrijheidsberoving. De FBI-agent las de aanklachten met onverholen blijdschap voor en sloot af met een knipoog naar Marie en een uitsmijter. 'Geloof me, lieverd,' zei agent Windermere. 'Er zullen er nog meer volgen, zodra we je ook de andere ontvoeringen in de schoenen hebben kunnen schuiven.'

Marie luisterde nauwelijks naar de vrouw. Ze gunde haar niet het plezier van een antwoord. Ze wist al dat de aanklachten zouden komen toen de dagen zich aaneen begonnen te rijgen, eerst in Jacksonville en toen, na die uitputtende autorit, in Detroit. Marie had haar verzet langzaam opgegeven en van haar vastberadenheid was weinig over. Nu zat ze verslagen en terneergeslagen in haar cel, in het besef dat Pender niet zou komen en zelfs niet eens een advocaat naar haar zou sturen. Nu zou ze in haar eentje de gevolgen onder ogen moeten zien.

Haar ouders weigerden met haar te praten. Op de dag na haar aankomst had ze geprobeerd om hen vanuit het FBI-bureau in Detroit te bellen. Haar zus had bij de derde of vierde keer overgaan opgenomen, en toen Marie haar stem hoorde was ze even weer opgeveerd, maar haar zus had ijzig geklonken. 'Papa en mama willen niet met je praten,' zei ze. 'Ik denk trouwens dat ze het niet aan zouden kunnen.'

'Marney, alsjeblieft,' zei Marie. 'Ik moet hun stemmen even horen.'

'Nee,' zei haar zus. 'Je begrijpt het niet. Je hebt hen bijna gedood, Marie. Ze zijn totaal van streek. Papa lijkt wel tien jaar ouder geworden sinds de FBI langs geweest is. Mama kan alleen nog maar praten over de leugens die je haar hebt verteld. Ontvoering, Marie. Waar ben je in godsnaam aan begonnen?'

'Ik moet met ze praten. Alsjeblieft.'

'Ik kan ze niet aan de lijn laten komen, Marie. Het spijt me,' zei ze, en ze zweeg. En even later: 'Bel alsjeblieft niet meer hierheen.'

En toen had ze opgehangen. Marie kon nog steeds de kiestoon horen.

Tijdens de borgtochtzitting was ze afwezig en luisterde ze nauwelijks naar de rechter, de officier van justitie of haar eigen pro-Deoadvocaat, een goed geklede vrouw van middelbare leeftijd die zich had voorgesteld als Gloria Wallace, assistent-federaal advocaat, en die zich met kracht maar tevergeefs had verweerd tegen de eis van de assistent-officier van justitie dat borgtocht geweigerd moest worden.

Wallace verontschuldigde zich na de zitting en wekte de indruk dat echt te menen, maar Marie, die het idee had boven haar eigen hoofd te zweven alsof ze zichzelf op tv zag, reageerde niet en liet zich willoos uit de rechtszaal terug naar haar deprimerende cel voeren.

Ik kan hier echt geen twintig jaar zitten, besefte ze. Ik zou doodgaan tussen deze muren. Mijn lichaam zou het gewoon opgeven en dan zou ik overlijden. Of ik zou een manier vinden om zelfmoord te plegen. Ik kan het echt niet verdragen om de komende twintig jaar van mijn leven alleen te zijn – en twintig jaar, zo wist ze, was alleen maar een grove schatting. Misschien kwam ze nooit meer vrij.

De jongens zijn allang verdwenen, dacht ze bij zichzelf. Ze liggen nu op een strand in Thailand fruitsapjes te drinken en geven al het geld uit dat jij mede voor hen hebt verdiend. Zij genieten van hun succes. En jij hebt alleen nog maar jezelf om voor te leven.

'Kop dicht!' zei ze. Haar woorden weerklonken in de cel en in haar trommelvliezen.

Maar dat verraderlijke stemmetje bleef maar praten en haar met vergif bestoken. En terwijl Marie op haar doorgezakte brits in die smerige cel ging liggen om te proberen wat te slapen, realiseerde ze zich dat ze aan dat stemmetje begon toe te geven en naar de belofte ervan begon te luisteren.

En de volgende ochtend, toen assistent-federaal advocaat Wallace in de gevangenis langskwam om de aanstaande voorbereidende rechtszitting door te spreken, snoerde Marie haar niet meteen de mond toen ze het onderwerp schikking ter sprake bracht. Dat advocaatje van de duivel in haar hoofd was die nacht tot een krachtig geluid aangegroeid, en ook al verafschuwde Marie alleen al de gedachte dat ze de jongens zou verraden, toch liet ze toe dat dat stemmetje voor haar het woord voerde.

En in plaats van Gloria Wallace toe te voegen dat ze dood kon vallen omdat ze onschuldig was, zweefde Marie weer boven haar eigen hoofd en zag ze hoe ze haar hoofd naar voren boog en tegen haar advocaat zei: 'Oké, ik luister. Wat voor deal kunnen we sluiten?'

65

'Het CSX-emplacement,' zei Tiffany. 'In het donker.'

In het donker, dacht Pender, die als een gangster probeerde te denken. Het zou dus een vuurgevecht worden. Als ze voor een woonbuurt hadden gekozen, hadden we geweten dat ze het eerlijk zouden spelen. Maar ze gingen voor een verlaten, duister industriegebied, wat betekende dat ze niet eens moeite deden de schijn op te houden. Ze zijn van plan ons daar ter plekke te vermoorden.

Hij keek Sawyer aan. 'Wat denk jij?'

Sawyer haalde zijn schouders op. 'Ik denk dat we een uzi en een pistool en lang niet genoeg munitie hebben. Het zou heel dom zijn om daar zomaar heen te gaan.'

'Met hoeveel man zouden ze zijn?'

'We zijn vlak bij Detroit. Ze kunnen een heel leger meenemen.'

'Haley zei dat dit de laatste keer was dat we van hen hoorden,' zei Tiffany. 'Als we niet aanwezig zijn op de plek en het tijdstip dat zij hebben bepaald, zullen ze ons vermoorden.'

'Ze zullen haar zeker vermoorden,' zei Sawyer. 'Maar wij laten ons niet zomaar ombrengen.'

'Als Haley wordt gedood, krijgen jullie niet betaald.'

'We zullen je vriendin niet laten sterven,' zei Pender. 'Luister, we zullen altijd in dezelfde positie zitten, of het nu vandaag, morgen of volgende week is. Ze willen ons ombrengen. We zullen hen moeten verslaan.'

'We kunnen daar niet zomaar naartoe gaan,' zei Sawyer. 'We weten niet eens hoe het er daar uitziet.'

Mouse hoestte vanuit zijn hoek van het bed. 'Street View,' zei hij, terwijl hij probeerde te gaan zitten. 'Zoek het kruispunt op internet op en bekijk de buurt. Dat is bijna net zo goed als het ter plekke bekijken.'

Tiffany typte het adres van de kruising op de laptop van Mouse in. 'Hij heeft gelijk,' zei ze. 'Moet je kijken wat een woestenij het daar is.'

Volgens de foto's op internet was de ontmoetingsplek in een buurt vol loodsen, verlaten fabrieken, parkeerplaatsen en braakliggende terreinen. Tussen de gebouwen door liepen met onkruid begroeide spoorrails, en in de verte was het CSX-emplacement nog net te zien. 'Geniaal, Mouse,' zei Pender. 'Hoe nu verder?'

'We kunnen de politie bellen,' zei Tiffany. 'Ze hebben laten weten waar ze zijn. We bellen de politie en die doet dan een massale inval in de buurt.'

'Stel dat het meisje daar niet is?' zei Sawyer. 'De politie pakt de schurken op en het meisje wordt in een of andere motelkamer doodgeschoten omdat we ons niet aan de afspraak hebben gehouden.'

'Geen politie,' zei Pender. 'Verder nog ideeën?'

Hij wachtte. Een tijdlang zei niemand iets. Toen slaakte Sawyer een zucht. 'Ik heb een idee,' zei hij. 'Luister.'

Ze luisterden naar Sawyer, die zijn plan uiteenzette, waarna ze erover discussieerden, de zwakke punten eruit haalden en het aanpasten. Het was nog lang niet perfect, dacht Pender, maar ze konden de veiligheid van het meisje alleen garanderen als ze het spel meespeelden en hun handen vuil zouden maken.

Het werd sneller donker dan ze hadden gewild. Ze laadden de MPV in terwijl het al schemerde, hoewel het nauwelijks vijf uur was op hun horloges. Terwijl Pender van het motel naar de stad reed, keken ze naar de zon alsof die de dag des oordeels aankondigde. Niemand zei iets. Het enige geluid kwam van Mouse' moeizame ademhaling op de voorbank.

Ze sloegen af van de grote weg en reden over het CSX-emplacement naar de ontmoetingsplek, maar voordat ze bij de kruising aankwamen, sloeg Pender snel rechts af, een zijstraat in. Hij reed een fabrieksterrein op en zette de auto in de parkeerstand. Hij ademde langzaam uit en probeerde zijn bevende handen tot bedaren te brengen. Hij draaide zich om in zijn stoel en keek zijn team aan. 'Is iedereen er klaar voor?'

Een voor een onderzocht hij hun gezichten. Tiffany zag er afgetobd en gespannen uit en roffelde ritmisch met haar voeten op de vloer van de MPV. Toen hij haar blik ving, keek ze weg. Sawyer had zijn ogen neergeslagen en een verbeten trek rond zijn mond. Hij keek naar Pender op en knikte toen hun blikken elkaar troffen. Mouse grijnsde hem op de passagiersstoel kort toe.

'Laten we het nog eenmaal doornemen,' zei Pender. 'Tiffany, weet je hoe je die Glock moet gebruiken?'

'Richten en schieten,' zei ze. 'Net als in *Resident Evil*.'

'Exact. Mouse, ben je rustig?'

'Wat heb ik te verliezen?'

'Sawyer?'

'Zolang je mij niet neerschiet met die uzi, chef.'

'Ik zal mijn best doen.' Pender keek uit het raam. Achter de fabrieksloodsen verdween het laatste daglicht. Hij maakte zijn veiligheidsgordel los en pakte het machinegeweer. 'Het is tijd,' zei hij. 'Vergeet niet op Sawyers teken te wachten voordat je wegrijdt.'

'Begrepen,' zei Mouse. Hij grijnsde naar Tiffany, die op de chauffeursplaats ging zitten. Hij draaide zich weer naar Pender toe, terwijl hij al zijn resterende krachten leek aan te spreken. 'Als het verkeerd met me afloopt, weet dan dat er pakketjes voor je klaarliggen op het Amtrak-station. Je weet toch hoe je aan het geld moet komen als je eenmaal in het buitenland zit?'

'Ik weet het nog. Maar jij zult er dan zeker ook bij zijn, maatje,' zei Pender. Hij stapte uit de auto en bleef even staan met Sawyer, die aan zijn kant was uitgestapt. 'Klaar?'

'Ik ben er klaar voor.' Sawyer stak zijn hand uit. Pender greep die vast en ze schudden elkaar stevig de hand. Daarna keek Pender toe hoe zijn vriend het duister langs de weg in kroop en over de spoorrails verdween. Hij wachtte totdat hij zeker wist dat Sawyer weg was, waarna ook hij het duister in dook, nog eenmaal achteromkijkend naar de relatief veilige MPV. Hij liep snel de weg af, dekking zoekend langs de muur van een gebouw, terwijl hij de zware uzi als een baby in zijn handen koesterde.

66

D'Antonio reed in de Explorer met het meisje naar de afleverzone, terwijl Paolo met de drie nieuwe handlangers uit Detroit de Tahoe bestuurde. Het meisje was gefascineerd door zijn geweer en bleef er steelse blikken op werpen, alsof het ding zou verdwijnen als ze ernaar bleef staren.

Ze waagde nog één poging tijdens de autorit. 'Je hoeft me echt niet te doden,' zei ze. 'Ik zal je echt niet verraden.'

Ze zei het op een opgewekte, bijna flirterige toon. Haar nonchalance bleef schokkend. 'Hoe kan ik dat zeker weten?' vroeg hij haar.

Ze boog zich glimlachend naar hem toe. 'Ik weet dat je een oogje op me hebt. Hoe ga je jezelf zover krijgen dat je mij kunt doodschieten?'

'Ik heb al heel wat mensen omgebracht.'

'Nooit iemand zoals ik.'

'Mwah,' zei hij. Hij boog zich naar voren en draaide aan de knop van de radio. Hij vond een rockzender en zette het geluid harder. 'Eens moet de eerste keer zijn.'

Dat bracht haar tot zwijgen. Ze zakte in haar stoel terug en zei niets meer. Tijdens de hele verdere rit vermeed D'Antonio haar aan te kijken.

Het was waar dat hij eerder mensen had gedood. En meestal hadden ze het niet verdiend om te sterven. Hij deed zijn werk goed, en hij sliep er geen minuut minder om. Maar D'Antonio doodde graag snel. Hij dook op in het duister als het doelwit 's avonds de deur binnenliep, schoot een kogel door zijn voorhoofd en liep meteen weer naar buiten. Hij bracht geen tijd door met zijn slachtoffers. Hij sprak niet met ze. Hij gaf ze al helemaal geen eten en kleding terwijl hij op het juiste moment wachtte om de trekker over te halen.

Hij had dit meisje allang kunnen doden. Hij besefte dat hij aan het uitstellen was. In zijn binnenste voelde hij een zekere weerstand tegen het idee.

Toen D'Antonio de kruising met het navigatiesysteem van de Explorer had gevonden, parkeerde hij een eindje verderop in het duister op een open terrein. Hij kon de Tahoe aan de overkant van de kruising zien staan en stelde zich voor hoe Paolo en de handlangers in het duister in een perfecte hinderlaag lagen.

'Als die lui eraan komen, laten we eerst jouw gezicht zien, zodat ze weten dat je nog leeft,' zei hij tegen haar. 'Op die manier zullen ze allemaal tevoorschijn komen. Als we ze alle vier ingerekend hebben, laat ik je vrij.'

Ze draaide zich naar hem toe. 'Echt waar?'

Hij probeerde haar blik vast te houden. 'Echt waar,' zei hij, terwijl hij dacht: je wordt verdomme veel te soft.

Ze keek hem doordringend aan. 'Je liegt,' zei ze, en het klonk alsof ze hem vervloekte.

Pender rende gebukt door het duister met de uzi in zijn handen, terwijl hij om zich heen keek of hij Beneteaus mannen zag. Ik voel me net een marinier, dacht hij. Een stadsguerrilla.

Hij rende een zijstraat door, een paar stratenblokken van de gevechtszone verwijderd, en verwachtte elk moment geweervuur te horen. Hij kwam steeds dichterbij, maar er volgde geen geweervuur, en hij was nog steeds alleen in de duisternis. Hij bereikte het eind van het stratenblok en liep de hoek om richting het kruispunt.

Hij bleef op een stratenblok afstand staan en keek in de richting van de afgesproken plek, op zoek naar tekenen van leven, auto's op vreemde plaatsen of moordenaars met zware wapens. Maar alles leek normaal. Er was helemaal niets ongewoons te zien.

Terwijl hij zo ver mogelijk van de weg af bleef, sloop hij naar het terrein toe, terwijl het onkruid langs zijn spijkerbroek zwiepte en hij met zijn sportschoenen door de laatste halfverteerde herfstbladeren liep. Ze hadden het kruispunt op internet bestudeerd en waren tot de conclusie gekomen dat het open terrein aan de zuidkant de meest waarschijnlijke plek was waar de kidnappers in dekking zouden liggen, en terwijl Pender steeds dichterbij kwam, zocht hij de donkere silhouetten van de geparkeerde auto's af, op zoek naar afwijkende details.

De hele straat was leeg, en alleen het gebonk en gepiep van de rangeerlocs op het CSX-terrein was af en toe te horen. Pender probeerde de opkomende paniek terug te dringen en de verschrikkelijke gedachte van zich af te zetten dat zich ergens in het duister verscheidene mannen ophielden wier enige oogmerk was hem om te brengen.

Hij sloop naar het open terrein toe, met zijn ene oog op de weg en het andere op de eerste rij auto's. Voor zover hij kon zien stonden er drie auto's, stuk voor stuk verroeste wrakken. Zich zo veel mogelijk bukkend zocht hij dekking achter de eerste auto, met zijn uzi tegen zijn borst. Hij vroeg zich af wat hem nu te doen stond.

Terwijl hij door de met sterren bezaaide voorruit van de eerste verroeste auto tuurde, zag hij de SUV achteraan op de parkeerplaats geparkeerd staan. Het was een nieuw model Ford, en de auto zag er nog helemaal gaaf uit, wat in het geheel niet bij de deprimerende omgeving paste.

Dat moesten ze zijn. De auto zag er zo glimmend uit dat die onmogelijk meer dan een paar uur in deze buurt had kunnen staan. Hij stond een meter of zes van hem vandaan, met zijn voorkant richting de kruising en de passagiersramen in Penders richting wijzend.

Zes meter slechts. Zes meter geheel vrije ruimte. Langs het perceel liep een hek, met daarachter een grotendeels braakliggend terrein. Geen schaduw tot aan de overkant, waar een fabrieksmuur en een rij bomen schaduw op het grind wierpen. Zes meter. Een waanzinnige sprint en een gok.

Hij bleef gehurkt zitten en keek langs de achterbumper van de auto. Het terrein was donker, maar iedereen die het gebied vanaf de weg in de gaten hield, zou hem duidelijk zien. Daar viel niets aan te doen.

Pender dwong zich om diep adem te halen en blies de lucht langzaam weer uit. Hij haalde nogmaals diep adem, sloot ditmaal zijn ogen en rende weg. Hij bleef gebukt lopen, maar het geknars van zijn voetstappen op het grind klonk al als geweerschoten, en het leek wel alsof hij stroop onder zijn voeten had; het duurde minstens een uur om de zes meter af te leggen tot aan de donkere schaduwen, maar hij bleef zo laag mogelijk bij de grond doorrennen, bij elke stap een schietgebedje prevelend.

Hij bereikte de achterkant van het terrein en eenmaal in het veilige duister kroop hij naar de Explorer toe en bleef op zijn hurken erachter zitten, vurig hopend dat geen van de inzittenden hem had gezien. Zo bleef hij een minuut lang zitten, terwijl hij weer op adem kwam en luisterde of hij verdachte geluiden hoorde, maar hij hoorde niets anders dan het geraas van de stad op de achtergrond.

Pender tuurde langs de passagierskant van de Explorer naar het open terrein. Niemand te zien. Misschien hebben we de verkeerde kruising te pakken, dacht hij. Misschien het verkeerde tijdstip. Misschien zit er niemand in deze Explorer en rennen we allemaal als dolle dwazen rond. Maar toen ving hij een glimp op van iets in de spiegel aan de passagierskant. Het leek een gezicht. Het gezicht van een meisje. Ze keek hem een moment lang aan en wendde toen haar blik af.

Dat moet Haley zijn, dacht hij. Geweldig. Hij liet zich weer achter de SUV zakken en probeerde een plan te maken. Als hij langs de bestuurderskant naar voren sloop, zou hij meteen opgemerkt worden. Hij kon de passagierszijde kiezen, maar dan kwam Haley tussen de uzi en het doelwit in te zitten.

Pender kroop terug langs de passagierszijde en tuurde naar het gezicht van het meisje in de spiegel, in een poging haar aandacht weer te trekken. Na een minuut of twee keek ze in de spiegel, en Pender stak zijn hand op. Hoeveel, sprak hij geluidloos, een vinger opstekend. Het meisje knikte snel en bijna onmerkbaar. Pender knikte. Leid hem af, zei hij weer, zwijgend. Ze trok een frons. Hij hield zijn vrije hand omhoog en maakte een spreekgebaar. Pender zag hoe ze zich naar de chauffeur toe keerde en begon te praten. Daarna kroop hij naar de andere kant van de Explorer en sloop langzaam naar de voorzijde van de auto.

Het meisje boog zich naar D'Antonio toe. 'Ik verveel me,' zei ze. 'Waar blijven die lui?'

D'Antonio overzag de kruising. 'Ze hadden er al moeten zijn.'

Ze legde haar hand op zijn been. 'Kunnen we niet iets doen onder het wachten?'

D'Antonio stond zichzelf toe enkele seconden lang van haar aanraking te genieten. Wanneer dit voorbij is, dacht hij, wanneer deze bende tot kraakbeen en patroonhulzen gedecimeerd is, ga ik terug naar Detroit om eens flink te slapen. Dan laat ik Rialto een paar meisjes sturen en kan ik dit dwaze wijf helemaal uit mijn hoofd zetten. Hij schudde zijn hoofd. 'Wacht nou maar.'

D'Antonio zag het wapen voordat hij de man zag. Vlak buiten zijn raam, een uzi-machinepistool met verlengd magazijn. Bepaald geen kinderspeelgoed. Toen zag hij de schutter. Het was een van die jonge gastjes, en even was hij in verwarring. Hoe konden zulke lui aan zo'n zwaar wapen komen?

'Geen geluid,' zei de jongen tegen hem, terwijl hij de uzi op D'Antonio's hoofd gericht hield. Zijn stem klonk gedempt door de ruit heen, maar D'Antonio voelde de zenuwen en de overmoed van de jongen. 'Open het portier. Rustig aan.'

De jongen stapte naar achteren om hem de ruimte te geven en liet de uzi zover zakken dat D'Antonio zijn kans schoon zag. Langzaam bracht hij zijn rechterhand omlaag, totdat zijn vingers het staal van zijn Glock raakten. Hij greep het pistool vast, bracht het razendsnel omhoog, draaide zich naar het meisje toe en drukte het op de keel van het meisje.

'Hé!' De jongen sprong naar voren en duwde de loop van de uzi tegen D'Antonio's hals. 'Wat doe jij godverdomme ineens?'

'Als jij schiet, schiet ik ook,' antwoordde D'Antonio. 'Hou daar rekening mee.'

De jongen zei niets. D'Antonio kon hem zwaar horen hijgen, terwijl hij probeerde de situatie onder controle te houden. 'Goed,' zei D'Antonio met een doodkalme stem. 'Laat nu het wapen vallen voordat ik dit meisje laat vallen.'

'Ik laat helemaal niets vallen.' De stem van de jongen trilde. 'Eén beweging en ik schiet dit hele magazijn door je hoofd.'

D'Antonio lachte fijntjes. 'We zitten hier niet in de film, jongen.' Hij legde zijn linkerhand op het stuur en drukte op de claxon. Het getoeter weergalmde rond de verlaten gebouwen, zo luid als een straalvliegtuig in de nachtelijke stilte. 'Ik denk dat je hoogstens nog een minuut hebt voordat de cavalerie arriveert,' zei D'Antonio tegen hem. 'Als je een besluit wilt nemen, moet je het snel doen.'

67

Sawyer sloop rechts van de weg door het onkruid naar het kruispunt toe, terwijl hij zo veel mogelijk probeerde in het duister te blijven. Hij keek voortdurend om zich heen, uitkijkend naar een plek waar Beneteaus trawanten zich schuil konden houden.

Dit is net als een Xbox-game, dacht hij. Of een *Call of Duty*-aflevering. Langzaam naderde hij nu de kruising. Hij stak zijn hoofd om de zijmuur van een loods en keek in de richting van de ontmoetingsplek. De straten waren verlaten.

Pender moet daar ergens met een uzi rondlopen, dacht hij. Een angstwekkend idee. Hij luisterde aandachtig of hij gekuch of een knakkend twijgje hoorde, iets wat de positie van de schurken prijsgaf, maar hij hoorde niets.

Mijn god, dacht hij. Waar zijn die jongens? Hij bleef luisteren en terwijl hij nauwelijks nog durfde te ademen zocht hij het duister af of hij een teken van leven zag.

Opeens zag hij het, maar zo kort dat hij dacht dat hij het zich had ingebeeld. Een condensatiewolkje, warme adem in koude lucht. Het kwam uit het duister aan de overzijde van een laadperron, ongeveer halverwege tussen de spoorrails en de kruising. Sawyer tuurde ingespannen naar de plek, en een paar seconden later zag hij het wolkje nog eens.

Sawyer drukte zich tegen de muur aan en sloop naar voren in de richting van het laadperron, in een poging de man in het duister te herkennen. Hij bereikte het perron, een richel van anderhalve meter die in de richting van de weg uitstak en kroop erlangs. De man bevond zich aan de andere zijde, nog geen drie meter van hem vandaan, en nu kon Sawyer zijn ingehouden ademhaling horen en geschuifel als hij zijn gewicht verplaatste. Bingo, dacht hij. Nu eens zien of het geluk met de dommen is.

Zo laag mogelijk bij de grond, bijna kruipend zelfs, sloop hij rond het laadperron, totdat de man nog maar iets meer dan een halve meter van hem vandaan was. Hij tuurde langs de zijkant van het perron. De man zat met zijn gezicht de andere kant op en was geheel in het zwart gekleed. Het was een enorme vent. Bijna twee meter lang, echt het type onnozele zwaargewicht. De man had een machinepistool in zijn handen en zat naar de lege kruising te staren.

Sawyer kroop naar de andere kant van het laadperron terug en voelde tussen het onkruid of er iets lag wat hij als wapen kon gebruiken. Na een paar minuten vond hij een stuk ijzeren pijp van tien centimeter doorsnee. Hij pakte het op en speelde er even mee. Het was een beetje kort, maar zeker bruikbaar.

Hij kroop weer terug rond de voorzijde van het laadperron. Ditmaal was er iets wat hem deed aarzelen. De man zat precies in de goede positie om op zijn kop geslagen te worden, maar iets klopte er niet. Sawyer wachtte. Hij kon de man zwaar horen ademen en wist opeens: de schurk had zich van de kruising afgekeerd. Hij zat nu met zijn gezicht naar Sawyer toe en was zo dichtbij dat Sawyer zijn schoenveters had kunnen vastknopen.

Shit, dacht Sawyer. Hij bleef gehurkt zitten, in stilte hopend dat de man zich omdraaide. Opeens hoorde hij de autoclaxon en wist hij dat hij zijn kans moest grijpen.

Het getoeter kwam van het open terrein, zo dichtbij dat het ongetwijfeld iets te betekenen had. Sawyer hoorde de schurk naast zich verstrakken en merkte dat hij zich naar het kruispunt toe omdraaide. Sawyer richtte zich razendsnel op, de pijp als een honkbalknuppel vasthoudend, sprong naar voren en trof de schurk recht op zijn kaak. De pijp verbrijzelde het bot met een walgelijk gekraak en de man sloeg naar achteren tegen de muur van de loods.

Sawyer volgde de man razendsnel in zijn beweging en haalde nog eens uit met de pijp alsof hij een homerun ging slaan, nog voordat de man zijn wapen kon pakken. Ditmaal klonk er een geluid alsof er een pompoen openbarstte en kwam de pijp onder het bloed van de schedel omhoog. De man zakte ineen en bleef roerloos liggen.

Sawyer staarde een moment lang met bonzend hart naar de schurk. Hij bukte zich, koppelde het pistool van de man los en liet de pijp bij zijn voeten neervallen. Het pistool voelde warm aan in zijn hand en heel even voelde Sawyer walging opkomen. Toen herpakte hij zich. Hij richtte zich op, probeerde zich weer te concentreren en keerde zich om naar de straat.

Midden op het kruispunt liepen nog twee breedgeschouderde kleerkasten van tegenoverliggende kanten in de richting van het open terrein. De ene man had een machinegeweer dat veel weg had van een uzi en de ander had een geweer met een afgezaagde loop. Grote kerels. Verdomd grote wapens.

Sawyer bekeek zijn eigen wapen. Het was een groot TEC-9-machinepistool met een magazijn van waarschijnlijk vijftig kogels en een geventileerd uiteinde van de loop. Het was een moordmachine, maar Sawyer had genoeg videogames gespeeld om te weten dat je kwaliteit opofferde voor kwantiteit als je met een TEC-9 vuurde. Bepaald geen sluipschuttersgeweer, dacht hij. Op hoop van zegen dan maar.

De handlanger met het geweer was inmiddels dichter bij hem, maar Sawyer wilde de man met de uzi eerst uitschakelen. Hij danste door het duister tot aan de hoek van het kruispunt en rende de straat over in de richting van een Buick op blokken aan de overzijde van het plaveisel.

Hij kroop meteen achter de auto en bleef de handlangers in de gaten houden, die nu allebei het open terrein hadden bereikt. De man met de uzi was nu een meter of twaalf van hem vandaan. Het lijkt wel een film, dacht hij. Langzaam uitademen, dan schieten.

Sawyer hield het wapen met beide handen vast. Hij haalde diep adem, stond op en richtte. Hij ademde uit en haalde de trekker over.

Het lawaai was oorverdovend en het wapen vloog door de terugslag alle kanten op. Pas nadat Sawyer een salvo van zo'n tien kogels had afgevuurd had hij het pistool weer onder controle. De schurk met de uzi lag op de grond, maar Sawyer wist niet of hij getroffen was, dan wel in dekking was gaan liggen. Ondertussen rende de andere schurk naar een rij auto's aan de rand van het terrein.

Sawyer liep gebukt de straat over en zocht dekking tegen het gebouw aan de rand van het open terrein. De man met de uzi keek achterom en vuurde een ongericht salvo af, dat de ramen van de Buick aan de overkant van de straat deed versplinteren. Al rennend schoot Sawyer vanuit de heup, terwijl hij het pistool met beide handen stevig vasthield en de trekker ingedrukt hield totdat de schurk schreeuwend op de grond lag.

Hij wist de zijkant van het gebouw te bereiken en terwijl hij weer op adem probeerde te komen leunde hij achterover, zodat hij uit het zicht bleef. Hij richtte zijn blik weer op het open terrein. De schurk met de uzi lag plat op zijn rug, midden in een plas bloed. Sawyer tuurde naar de rij sloopauto's, op zoek naar de tweede schutter. Hij zag hem gehurkt tussen de eerste en de tweede auto zitten, herkenbaar aan de loop van zijn geweer.

Waar is Pender godverdomme, dacht Sawyer. Met dat geweer schiet die vent me van dichtbij helemaal aan flarden.

Sawyer tuurde naar achteren langs de muur. De schutter was naar voren gekropen, uit de dekking van de geparkeerde auto's, en nu rende hij zelf ook op de muur af. Sawyer stapte naar voren en vuurde, zich schrap zettend tegen de muur. Het eerste salvo miste, en de schutter schoot nu vanuit zijn heup, terwijl hij bleef rennen. Het geweer ratelde alsof het einde der tijden was aangebroken, en Sawyer dook ineen om dekking te zoeken.

Ik moet hem raken voordat hij bij de muur is, dacht hij, en hij dwong zichzelf weer op te staan en tevoorschijn te komen. Terwijl het geweer achter hem door bleef knallen, dook hij naar het midden van het terrein. De schurk richtte op de hoek van het gebouw, en Sawyer wist hem met zo'n tien kogels te treffen voordat hij het geweer rond kon draaien. De schurk vuurde nog eenmaal, maar het schot was veel te hoog, en hij zakte in elkaar, waarbij het geweer naast hem op het grind viel.

Godgloeiende. Sawyer rende naar de dekking van de rij verlaten auto's en hurkte neer, uitkijkend over het open terrein en het bloedbad dat hij daar had aangericht. Hij zag de auto achteraan op het terrein geparkeerd staan, bijna in het duister opgaand, en hij concludeerde dat het getoeter daarvandaan was gekomen. Daar zit de grote baas dus, dacht hij. Maar waar is Pender verdomme?

Opeens voelde hij het geweer tegen zijn rug. 'Sta op, klootzak.'

Sawyer stond op, zichzelf vervloekend, terwijl de schurk het geweer hard tegen de zijkant van zijn hals aan drukte.

'Laat je wapen vallen.' De stem klonk vaag mediterraan. 'Laat vallen, nu!'

Sawyer voelde de adrenaline wegvloeien, en opeens was hij alleen nog maar moe, in het besef dat het einde nabij was. Hij liet de TEC vallen. Het wapen kletterde op de grond en de man draaide hem nu met kracht naar zich toe. Hij had een gemene grijns en was in het bezit van een vernikkelde MAC-10.

'Dus jij wilde zo nodig de sluwe jongen uithangen, hè?' zei de man, het wapen nog steviger tegen Sawyers huid drukkend. In dronken machtswellust keek hij Sawyer aan. Toen duwde hij Sawyer naar achteren. 'Nou, kom dan maar mee, bijdehandje,' zei hij. 'Ik hoop dat je me een straatgevecht hebt bespaard.'

68

D'Antonio keek toe hoe Dmitri de jongen omhoogtrok, met de loop van zijn machinegeweer stevig tegen de hals van de jongen gedrukt. Jezus, wat had dat klotejoch een hoop schade veroorzaakt. Yuri en Dario allebei overhoop geschoten, en waar was Paolo verdomme? Hij was of dood of lag ergens dood te gaan.

Ze hadden vanuit de duisternis gezien hoe de jongen uit het donker tevoorschijn was gekomen en allebei de handlangers als een engel des doods had uitgeschakeld. D'Antonio hield zijn Glock stevig tegen het oor van het meisje aan gedrukt. Terwijl hij haar tegen zich aan hield, daagde hij de jongen met de uzi uit een stommiteit uit te halen. Nu keken ze toe hoe Dmitri de jongen aftuigde met de loop van zijn geweer en hem in zijn gezicht uitlachte, gewoon voor de lol, voordat hij met hem afrekende.

'Jij moet Pender zijn,' zei D'Antonio. 'De man met het plan.'

De jongen spuugde. 'En wie ben jij dan wel?' Zijn stem beefde nog steeds.

'Ik werk voor Donald Beneteaus mensen. Heb je ooit eerder met een wapen geschoten?'

'Ik heb je handlangers in Miami doodgeschoten, als ik me goed herinner. Zeg tegen die man dat hij mijn vriend laat gaan.'

'Vergeet het maar.'

'Laat Haley in elk geval gaan. Zij heeft hier niets mee te maken.'

'Jij hebt momenteel helemaal niets te eisen,' zei D'Antonio. 'Als je de uzi laat vallen, kunnen we misschien een gesprekje hebben. Misschien laat ik Haley dan gaan.'

De jongen greep zijn wapen nog steviger vast. 'Dat is niet genoeg.'

Buiten had Dmitri de jonge boef overeind weten te krijgen, maar dat had hem wel de nodige moeite gekost. De jongen was groggy en stond te wankelen. Zijn mond was een en al bloed en zijn linkeroog zat half dicht. D'Antonio claxonneerde, waarna Dmitri naar hem opkeek, kort knikte alvorens de jongen een schop naar achteren te geven en het geweer op zijn voorhoofd richtte.

'Mooi,' zei D'Antonio. 'Dan zullen jullie allemaal sterven. Te beginnen met je maatje daar.'

Sawyer was zwaar toegetakeld. Hij had een bonkende koppijn. Op het moment dat zijn benen het bijna begaven, loeide de claxon en hield de schurk eindelijk op met op hem inbeuken. De man gaf hem een schop naar achteren, waardoor hij bijna op de grond zakte, maar hij wist nog net te blijven staan. Ik ga staande ten onder, dacht hij, terwijl hij naar het geweer staarde. Dan kan ik daar tenminste trots op zijn.

De schurk had gevoel voor drama. Hij gaf Sawyer een knipoog, tuitte zijn lippen en bracht het geweer omhoog. Sawyer maakte zich op voor het dodelijke schot. Hij sloot zijn ogen. Plotseling hoorde hij de motor loeien en meteen opende hij zijn ogen.

De schurk keek niet naar hem, maar naar de MPV die uit het duister opdook, terwijl de oude motor onder Tiffany's voet als een razende loeide. De auto reed recht op Sawyer af, en even meende hij zelfs te zien dat Tiffany lachte.

De schurk sprong van Sawyer weg en vuurde woedend een salvo af op de voorkant van de MPV. De kogels ketsten vonkend naar boven en naar links af, de voorruit verbrijzelend. Met een blik vol moordlust en wraakzucht drukte Tiffany het gaspedaal nog dieper in en knalde ze met zeker zestig kilometer per uur op de schurk, reed met voor- en achterwielen over hem heen en kwam halverwege het stratenblok tot stilstand.

Sawyer rende naar de schurk terug, die zwaargewond en bloedend op het plaveisel lag. Hij schopte het machinegeweer van zijn hand weg en keek op de rochelende, bloedende schoft neer, wiens gezicht door zwart vet, glas en grit onherkenbaar was. Sawyer bleef een tijdje naar de moeizaam ademende man staan kijken, pakte de MAC-10 die bij de berm lag en joeg een salvo door zijn borst.

Toen hij zeker wist dat de klootzak dood was, stapte hij over het lichaam heen en liep het open terrein op.

Toen D'Antonio die schoft over Dmitri's lichaam heen zag stappen, probeerde hij uit alle macht zijn kalmte te bewaren. Hij had nog altijd het meisje en had met haar nog altijd de troefkaart in handen.

Pender hield zijn uzi stevig tegen hem aangedrukt. 'Laat haar gaan,' zei hij. 'Dit kun je niet winnen.'

'Je hebt winnen en winnen,' zei D'Antonio. 'Wil je dat ze in leven blijft? Dan zul je het spel met mij moeten meespelen.'

Haley keek hem aan. 'Je hoeft me echt niet te doden,' zei ze. 'Dit hoeft niet zo af te lopen.'

'Ik zal je vertellen hoe het afloopt,' zei hij.

Ze legde haar hand weer op hem. 'Laat dat geweer zakken. Het is voorbij.'

D'Antonio keek door de voorruit en zag de jonge schurk dichterbij komen. 'Je bent gek,' zei hij tegen het meisje. 'Volkomen geschift.'

Het meisje bewoog zich naar hem toe, en hij voelde haar warme adem tegen zijn wang. 'Ik ben inderdaad gek,' zei ze. 'Ik geloof zelf dat ik je graag mag. Maar je gaat me niet vermoorden. Je weet dat je dat niet kunt.'

Hij had nog niet met zijn ogen geknipperd of ze greep het geweer beet en probeerde het weg te rukken. Ze was snel, maar hij was sterker en hij wist dat hij nog kon schieten. Als hij de trekker nu overhaalde, schoot hij dwars door haar hoofd. Maar hij aarzelde, al was het niet meer dan een seconde, en ze had het geweer al opzij gewrikt toen hij de trekker overhaalde. De kogel verbrijzelde de voorruit en verdween in het niets.

Pender sleurde hem nu uit de auto en wierp hem op de grond, terwijl het meisje het geweer te pakken had gekregen. Met zijn gezicht naar boven viel hij op het duistere grind neer, en die klootzak van een Pender ging over hem heen staan met zijn uzi. D'Antonio wilde lachen om de absurditeit van het tafereel, wilde lachen bij de gedachte dat een hitsig meisje hem van het leven had proberen te beroven, maar nog meer dan lachen wilde hij haar gezicht zien en begrijpen wat ze dacht en wat ze voelde terwijl ze hem zag creperen.

In plaats daarvan moest hij het doen met die straatboef Pender, en toen hij zijn mond opende om het meisje te roepen vuurde de jongen zonder omhaal een salvo uit zijn uzi af. Daarna liep hij weg en liet hij D'Antonio in het duister sterven.

69

Pender trof Sawyer voor de Explorer, terwijl de uzi nog steeds heet in zijn handpalm rustte. 'Alles goed?' zei hij, het gezicht van zijn vriend opnemend. De handlanger had hem stevig te grazen genomen: Sawyers gezicht zat onder de striemen, zijn ene oog was zo gezwollen dat het dicht zat en zijn mond was een bloederig gat waar een paar tanden uit waren geslagen.

'Best,' zei Sawyer. Hij keek langs Pender naar het lichaam van D'Antonio en daarna in de Explorer, waar Haley ineengedoken op de passagiersstoel zat. 'Alles oké?'

Pender knikte. 'Ik denk dat we ze allemaal hebben uitgeschakeld.'

Sawyer liep naar Haleys portier. Hij tuurde door de kapotte ruit naar binnen. 'Zeg, luister,' zei hij. 'Hoeveel van die gevaarlijke schurken hadden ze meegenomen?'

Haley kneep haar ogen toe en keek naar hem op alsof ze net had gezien dat hij er was. 'Ik denk vijf,' zei ze. 'Drie uit Detroit en twee uit Miami.'

'Vijf plus de baas? Of vijf in totaal?'

'Vijf in totaal,' zei ze. 'D'Antonio inbegrepen.'

'D'Antonio? Wie is dat?'

Haley kromp ineen. Ze wees naar de bestuurderskant. 'Die daar.'

'We hebben maar vier lijken,' zei Pender. 'Waar is de laatste?'

Sawyer schudde zijn hoofd. 'Die heb ik voor mijn rekening genomen.'

Pender hoorde voetstappen achter zich en draaide zich meteen om, de uzi in een reflex optillend. Tiffany dook ineen om het vege lijf te redden. 'Jezus christus, niet schieten,' zei ze hijgend. 'Jullie moeten snel meekomen. Mouse is gewond.'

Pender wisselde een blik met Sawyer en rende meteen weg over het open terrein naar de plek waar de MPV stond, scheef en met kogels doorzeefd.

Pender was er het eerst. Hij legde de uzi op het dak van de MPV, keek naar de passagiersstoel en zag dat Mouse onder het bloed zat en dat zijn shirt helemaal gescheurd was. De jongen was door twee of drie schoten in de borst en schouder getroffen en ademde rochelend. Hij leek nauwelijks bij bewustzijn, zijn ogen waren half gesloten en stonden wazig. Mouse lachte zwakjes naar hem. 'Winnen we?'

Pender draaide zich naar Tiffany toe. 'Rijdt deze auto nog? We moeten meteen naar een ziekenhuis.'

'Ja, hij rijdt nog.'

'Stap in en druk de wonden dicht,' zei hij. 'Ik rij.'

Mouse schudde zijn hoofd. 'Geen tijd,' zei hij. 'Wegwezen.'

Pender ging achter het stuur zitten. 'We laten je niet alleen.' Terwijl de sirenes in de verte klonken, frummelde hij met het contactslot om de motor te starten.

Mouse boog zich naar voren en raakte Penders arm aan. 'Weet je nog hoe je hier weg moet komen?' Hij hoestte bloed op, dat op de voorruit spatte. 'Ik ga dood,' zei hij. 'Gaan jullie nou maar.' Opeens stopte zijn onregelmatige, rochelende ademhaling.

Pender staarde zijn vriend aan, zich half realiserend dat de sirenes steeds luider werden. Tiffany zat te snikken. Hij kon nauwelijks meer denken. Mouse had zijn ogen half open en hij bewoog zich niet meer. Hij was dood.

Krachtig remmend parkeerde Sawyer de Explorer naast hen. Haley zat op de passagiersstoel. 'Waar wachten jullie nog op?'

Pender keek hem over het lichaam van Mouse heen aan. 'Mouse is dood, Sawyer.'

'Jezus.' Even verdween de verbetenheid van Sawyers gezicht. Daarna kneep hij zijn ogen weer toe. 'Kom, we moeten hier weg.'

'We vertrekken niet zonder hem,' zei Tiffany. 'Onmogelijk.'

'Het kan niet anders,' zei Sawyer. 'Pender, schiet op.'

Pender bleef even zitten, nauwelijks begrijpend wat er gebeurde, en kwam toen opeens weer bij zijn positieven. Het leek wel alsof iemand op de resetknop had gedrukt. Hij hoorde de luide sirenes. 'Tiffany,' zei hij. 'We moeten weg!'

Hij stapte uit en haalde Tiffany van Mouse af. Ze bleef Mouse vasthouden en Pender dacht dat ze hem mee zou slepen, maar toen liet ze hem jammerend los en Pender trok haar mee naar de Explorer en zette haar op de achterbank neer. Terwijl hij naast haar plaatsnam, startte Sawyer de motor en sloeg hij het portier dicht. Pas toen ze aan het eind van het stratenblok waren en afsloegen, durfde hij om te kijken naar de vernielde MPV. Ze accelereerden, en weg was de MPV, voorgoed uit beeld.

70

Ze reden langs de westzijde van het CSX-emplacement via allerlei zijstraten, terwijl Sawyer het gaspedaal diep ingedrukt hield. Toen ze het eind van het complex hadden bereikt, minderden ze vaart en kruisten ze de spoorrails via een lange dubbeldekkerbrug. Aan de overkant van de brug sloegen ze zuidwaarts af, de stad in, waar ze langs de oostzijde van het spoor bleven rijden totdat ze bij het treinstation waren.

Sawyer parkeerde op een plaats voor gehandicapten en ze stapten uit, Haley op de passagiersstoel achterlatend. Haastig liepen ze de stationshal in, waar ze het bagageloket vonden. De beambte hielp hen om de beurt, waarbij hij naar het gekwetste gelaat van Sawyer keek, maar er niets over zei. Hij gaf ieder van hen een identieke bruine envelop met hun achternaam erop.

Ze scheurden de enveloppen in de hal zorgvuldig in stukjes en deponeerden de snippers in verschillende prullenbakken voordat ze de inhoud bekeken. Mouse had een mooi pakketje voor ieder van hen samengesteld: paspoorten, geboorteaktes, rijbewijzen en creditcards. Alles wat ze nodig hadden om het land uit te komen. In Penders pakje zaten ook dezelfde documenten voor Marie.

Ze liepen naar de Explorer terug, waar ze Haley in dezelfde ineengedoken houding op de passagiersstoel aantroffen als ze haar hadden achtergelaten.

Ze had geen woord meer gezegd sinds ze haar naar het aantal schurken hadden gevraagd, en ze had zelfs niet naar Tiffany gekeken. Maar Pender had voorlopig andere zaken om zich druk over te maken, en eerlijk gezegd was hij er helemaal niet blij mee dat hij een van zijn beste vrienden voor dit rijke grietje met haar wazige blik had moeten inruilen. Niet op letten, hield hij zichzelf voor terwijl Sawyer uit het stationsgebied wegreed. Niet op letten en geconcentreerd blijven.

Sawyer keek naar hem. 'Waar gaan we nu heen, chef?'

Pender gaf niet meteen antwoord. Toen haalde hij zijn schouders op. 'We zetten deze twee ergens af. En dan smeren we hem naar Detroit.'

Tiffany keek hem doordringend aan. 'Wil je nog steeds achter je vriendin aan?'

'Wat kan ik anders doen?'

'Ervandoor gaan. Je hebt een paspoort. Wees blij dat je nog leeft.'

'Ik kan haar niet daar achterlaten. Dat doe ik niet.'

'Wat de korte termijn betreft,' zei Sawyer, 'welke kant gaan we op?'

Pender wierp een blik op Tiffany en vervolgens op Haley. 'Waar willen jullie heen?' zei hij. 'Het vliegveld? Het politiebureau? Waarheen?'

'Als jullie naar Detroit gaan, ga ik met jullie mee,' zei Tiffany.

Pender staarde haar aan. Het meisje zat onder het bloed van Mouse en op haar wangen waren de sporen van haar tranen te zien. 'We kunnen je naar het vliegveld brengen,' zei hij tegen haar. 'Dan kun je overal naartoe vliegen.'

'In mijn eentje? Dat dacht ik niet. Ik heb niet genoeg geld. Nu mijn vader weet dat ik bij jullie ben, ben ik zo goed als blut.'

'Ik wil naar huis,' zei Haley.

Pender leunde voorover in zijn stoel en probeerde oogcontact met het meisje te maken. Ze ontweek zijn blik. 'Dat is prima,' zei hij. 'We kunnen je naar een ziekenhuis brengen als je wilt. Of een politiebureau.'

'Ik wil alleen maar naar huis.'

'Wil je naar het vliegveld?'

'Ik weet het niet,' zei ze, terwijl haar gezicht betrok en ze begon te huilen. Ze is hier vanwege ons, dacht Pender. Als we Tiffany niet hadden meegenomen, als we die huurmoordenaars niet hadden gedood, als we niet naar Florida waren gevlucht, als we Donald Beneteau niet hadden vermoord...

Hij hoefde niet door te gaan om te weten waar de lijst op uitdraaide. Ze waren eruit. Het meisje moest naar huis. Marie moest terug. En dan moesten ze de Verenigde Staten uit. 'Goed,' zei Pender. 'We zetten je bij een ziekenhuis af.'

Sawyer keek fronsend in de achteruitkijkspiegel.

'We kunnen haar niet zomaar op een vliegtuig zetten, Sawyer. Ze kan in haar toestand echt niet vliegen.'

'Dan bellen ze de politie,' antwoordde Sawyer. 'Ze weet waar we naartoe gaan. Ze zal de politie alles vertellen.'

'Dat risico moeten we nemen,' zei Pender. 'We kunnen haar niet meenemen.'

Sawyer zuchtte maar reed toch door, en toen er langs de weg een richtingbord naar een ziekenhuis stond, volgde hij dat richting stad. Hij stopte bij de ingang van de spoedeisende hulp. Pender stapte uit en liep om de Explorer heen naar Haleys portier. Hij opende het en boog zich naar voren om haar gordel los te gespen. Haley keek zonder iets te zeggen toe.

Sawyer probeerde zijn blik te vangen vanaf de chauffeursstoel. Pender zag hem kijken, en Sawyer wreef zijn vingers langs elkaar als een hebzuchtige portier. Pender haalde zijn schouders op en schudde zijn hoofd.

'Waarom niet?' zei Sawyer. 'We hebben haar verdomme het leven gered!'

Pender keek weer naar Haley op. Ze staarde hem met holle ogen aan; haar wangen waren helemaal ingevallen. 'We hebben al genoeg van haar afgenomen, Sawyer.'

Sawyer keek hem kwaad aan, maar schudde vervolgens zijn hoofd. 'Aan vijftig mille hebben we nu toch niet veel.'

Hij sloeg zijn armen om Haley heen en hielp haar uit de auto. Ze liet hem zonder enige reactie begaan en Pender was bang dat ze op de grond ineen zou zakken als hij haar losliet. Maar ze bleef wankelend staan en Pender hielp haar het trottoir op, waar ze zonder hulp bleef staan. 'We zetten je hier af,' zei hij. 'Goed?'

Haley staarde hem aan. Ze knikte langzaam.

'Het spijt me,' zei hij. 'Geloof me, het spijt me echt.' Hij duwde haar zachtjes in de richting van de deuren van de spoedeisende hulp, waarna hij naar de Explorer terugliep en instapte. Hij keek achterom naar Haley toen ze van de parkeerplaats wegreden en zag hoe ze als een hulpeloos kind het ziekenhuis in liep. Weer voelde hij zich schuldig en ellendig vanwege Mouse. Wat een zieke wereld hebben we geschapen, dacht hij.

Sawyer gaf gas en reed in de richting van de autoweg. 'Op naar Detroit,' zei hij met een blik op Pender. 'Heb je een plan, chef?'

Pender dacht diep na. Ze hadden vrijwel niets meer, behalve een pick-up, wat geld en een hoop automatische wapens. Carter wilde een ton om Marie vrij te krijgen, maar ze konden hem op geen enkele manier betalen. De enige manier om nog aan geld te komen was een bank beroven.

Een bank beroven. Pender dacht daar even over na. Opeens herinnerde hij zich hoe Marie in het appartement in Seattle haar slecht doordachte criminele plan had ontvouwd. We zijn geen bankovervallers, dacht Pender, maar we moeten iets radicaals bedenken. We moeten iets krankzinnigs doen.

'Chef?' Sawyer keek naar hem. 'Je kijkt alsof je iets hebt uitgedacht.'

'Ja,' zei Pender. Hij keek naar buiten, het deprimerende duister in. 'Ik had daarnet een heel slecht idee.'

71

'Laat me dit even recapituleren,' zei Windermere. 'Uw cliënte wenst volledig ontslag van rechtsvervolging als ze volledige opening van zaken geeft over de andere misdrijven die haar groepje heeft gepleegd.' Ze keek Gloria Wallace over de tafel heen doordringend aan. De advocate wierp een blik op Marie en knikte toen.

'Inderdaad,' zei ze. 'Mevrouw McAllister zal u volledig inlichten over de activiteiten van haar team, inclusief de namen van slachtoffers, steden, methoden en aliassen. Alles wat u nodig hebt om een zaak te beginnen tegen de drie bendeleiders.'

Windermere lachte. 'Kom nou toch, mevrouw Wallace. U weet dat u daar niet mee wegkomt.'

Wallace verstijfde. 'Mijn cliënte werd ertoe gedwongen mee te werken met een groep psychopaten, maar haar aandeel was gering. Ik heb er alle vertrouwen in dat een jury het erover eens zal zijn dat mevrouw McAllister het slachtoffer is geworden van het stockholmsyndroom, en wel in extreme mate.'

'Als u dat zeker wist,' zei agent Stevens,'zou u niet proberen een schikking met justitie te treffen.'

De assistent-officier van justitie, een lange slungel die Obradovich heette, boog zich naar voren in zijn stoel, met zijn ogen als zwarte knikkers op Marie gefixeerd. 'De agenten hebben gelijk,' zei hij tegen Wallace. 'Dit is voor ons niet genoeg. En we zijn niet bereid om volledig ontslag van rechtsvervolging aan te bieden.'

'Vijf jaar proeftijd,' zei Wallace. 'Mevrouw McAllister is bereid in therapie te gaan.'

Windermere lachte schamper, en Wallace keek haar gekrenkt aan. Obradovich krabde op zijn hoofd en wreef in zijn ogen. 'Wat kunt u ons nog meer bieden?'

'Wat heeft mijn cliënte nog meer?'

Marie luisterde met haar blik op de grond gericht naar de onderhandelingen. Ze zag steeds Penders gezicht voor zich en stelde zich voor hoe teleurgesteld hij haar zou aankijken als hij ontdekte dat ze hen verried.

'Ik wil weten waar deze bende op weg naartoe is,' zei Obradovich. 'Ik wil weten waar die nu is. En als we dat niet van uw cliënte te weten kunnen komen, wil ik in elk geval weten waar ze heen willen gaan als ze de Amerikaanse bodem ontvluchten.'

Vergeet het maar, dacht Marie. Opeens voelde ze zich misselijk worden. Ze wilden dat ze de Malediven opgaf. Dat was precies wat ze vroegen. Ze wilden dat ze Penders droom aan hen verkocht.

'U kunt van mijn cliënte niet verwachten dat ze precies weet waar de ontvoerders zich op dit moment bevinden,' zei Wallace. 'Ze zit al bijna een week in de gevangenis. Maar als ze wist waar de mannen heen zouden willen vluchten, zouden we die informatie graag aan u ter beschikking stellen, in ruil voor een proefperiode in combinatie met therapie en dienstverlening aan de gemeenschap in de vorm van hulp aan andere misbruikte en mishandelde vrouwen.'

Windermere snoof opnieuw. Wallace negeerde haar en keek Obradovich doordringend aan. De assistent-officier van justitie leunde achterover in zijn stoel. 'De staat is bereid uw cliënte vijf jaar in een middelzwaar beveiligde penitentiaire inrichting te gunnen, met een proeftijd van vijf jaar.'

'Eén jaar, minimale beveiliging. Drie jaar proeftijd.'

'Drie jaar minimale beveiliging. Drie jaar proeftijd. Meer dan dat zit er echt niet in, Gloria.'

'Mooi,' zei Wallace. 'Ik kan daarmee akkoord gaan als mijn cliënte ook akkoord gaat.'

Marie keek op. Iedereen staarde naar haar. Ze slikte. Ze probeerde iets te zeggen maar dat lukte haar niet, en ze wist niet wat ze had gezegd als ze wel had kunnen praten. Ze wilden haar nu tot het totale verraad aanzetten. Daar was geen enkele rechtvaardiging voor, op eigenbelang na.

Er werd op de deur geklopt. Een jonge agent stak zijn hoofd om de deur en richtte zijn blik met wijd open ogen op Windermere. 'Er is nieuws,' zei hij. 'Groot nieuws.'

Stevens stond op en Windermere volgde zijn voorbeeld. Ze gaf Marie een knipoog. 'Onthoud nog even wat je wilde gaan zeggen.' De agenten verdwenen en Marie bleef alleen achter met haar advocaat en de officier, dankbaar voor het uitstel van executie.

De agent, Hall genaamd, leidde hen de gang op. Windermere keek Stevens aan toen de deur achter hen dichtging. 'Geloof jij die onzin? Ontslag van rechtsvervolging. Laat me niet lachen!'

Stevens glimlachte. 'We hebben haar te pakken, Carla. Ze leek elk moment op te kunnen geven.'

'Je hebt gelijk,' zei Windermere. 'Ze is bijna om.' Ze wendde zich tot Hall. 'Ik hoop voor je dat het echt goed nieuws is.'

Hall was een jonge agent met cornrow-vlechtjes en onberispelijk witte tanden. Hij liet ze aan Windermere zien. 'Het is nog beter zelfs,' zei hij. 'Het is buitencategorie-nieuws.'

'Voor de draad ermee.'

'Grote schietpartij in Cincinnati. Vijf doden, één gewonde. Voor zover we weten.'

'Cincinnati,' zei Stevens. 'Wat is er in godsnaam in Cincinnati?'

'Lijken. Om te beginnen drie gangsters uit Detroit: Dmitri Georgiev, Yuri Frolov en Dario Pescatori. Alle drie gelieerd aan Johnny Rialto.'

Windermere wierp een blik op Stevens, die zijn schouders ophaalde.

'Rialto is gelieerd aan de familie Bartholdi,' zei Hall, die heen en weer wipte alsof hij een volle blaas had. 'De enige overlevende is een jongen met de naam Paolo Vasquez, afkomstig uit Miami. Vriendje van Zeke, die weer banden heeft met de Bartholdi's. Paolo's hersenen zijn met een pijp ingeslagen.'

'Je had het toch over vijf lijken?' zei Stevens. 'Ik tel er tot nu toe drie.'

'Laat me allereerst zeggen dat alle anderen op de plaats delict zwaar beschoten zijn. Diverse schotwonden van semiautomatische wapens. Het leek wel een oorlogsfront daar.'

Windermere keek fronsend. 'Hoe dan ook.'

'Hoe dan ook, ergens achteraf op een open terrein werd een zekere Alessandro D'Antonio aangetroffen, eveneens van de familie Bartholdi, met circa acht kogels uit een 9 mm-machinepistool in zijn lichaam. Ik denk dat jullie hem wel kennen.'

'Hebben ze het meisje gevonden?' zei Stevens. 'Whittaker? Is zij de vijfde?'

Hall stak een vinger op. 'Hou dat nog even in gedachten. Zij is niet het vijfde lijk. Zij is aangetroffen op de spoedeisende hulp van een ziekenhuis in Cincy, zonder dat haar een haar gekrenkt was. Ja, ze had inderdaad wat te vertellen, en ja, dat hoor je zo meteen van me. Maar eerst het laatste lijk.'

'Kom maar op.'

'Ben Stirzaker.' Hall begon te grijnzen. 'Ook bekend als Mouse. Ook bekend als Eugene Moy.'

'En zo'n honderd andere aliassen,' zei Stevens. 'Godgloeiende.'

'Dus ze waren in Cincinnati,' zei Windermere.

'D'Antonio moet met het meisje en de gangsters met hen hebben afgesproken. Hij heeft natuurlijk geprobeerd ze in een hinderlaag te lokken, maar die jonge gastjes waren ze weer te slim af.'

'Net aan. Ze zijn Stirzaker kwijtgeraakt. Wat is daar in godsnaam allemaal gebeurd?'

'Volgens Whittaker wilde D'Antonio haar leven ruilen tegen dat van de bende,' zei Hall. 'Hij zei dat hij haar zou laten gaan als ze zich overgaven. Maar die jongelui hadden blijkbaar de hand weten te leggen op een stel geweren en schoten de hele boel overhoop.'

Windermere en Stevens keken elkaar aan. 'Wat zei ze nog meer?'

'O ja, hier is de uitsmijter,' zei Hall. 'Ze zei dat de overlevenden, dus Sawyer en Pender en dat meisje, naar Detroit zouden komen.'

72

'Christus op een hobbelpaard,' zei Windermere. 'Ze gaan proberen haar uit de gevangenis te laten ontsnappen.'

Stevens zag hoe de glimlach op het gezicht van zijn collega een grijns werd. Het leek wel alsof ze hem wilde omhelzen. Stevens wist niet zeker of hij even enthousiast was als zij.

Pender en zijn bende kwamen naar Detroit. En ze hadden geweren. Dit was gewoon een stel roekeloze criminelen. Het kon zomaar op een bloedbad uitdraaien.

Windermere draaide zich om en liep de verhoorkamer uit richting lift. 'Kom mee, Stevens,' zei ze. 'We moeten plannen maken.'

Hall keek haar na. 'En wat doen we met dat meisje?'

'Wat we met dat meisje doen?' zei Windermere. 'Moeten we iets met haar doen dan?'

'Ze zal uitstekend lokaas zijn,' zei Stevens. 'De bendeleden hadden allang de grens over kunnen zijn. Ze hadden inmiddels van hun vrijheid kunnen genieten. Maar in plaats daarvan komen ze naar Detroit om dit meisje vrij te krijgen.' Hij liep achter Windermere aan.

Hall liep met hem mee. 'Hoe zit het met de schikking?'

'Laat de advocaat en de officier dat maar uitzoeken. We kunnen het ook zonder haar wel af.'

Stevens haalde Windermere bij de liften in. Ze grijnsde naar hem. 'Denk je dat we het haar moeten vertellen?' vroeg hij haar.

'Over Stirzaker?'

Stevens knikte. 'Ze zou van schrik heel wat meegaander kunnen worden.'

'Je moet het brengen alsof we een eind aan het geweld moeten maken,' zei Windermere. 'Dat we ze tegen zichzelf in bescherming moeten nemen. Hall!'

Agent Hall kwam de hoek om lopen. 'Vertel het meisje over Stirzaker,' zei ze tegen hem. 'Zeg tegen haar dat ze kan voorkomen dat haar vriendje op dezelfde manier aan zijn eind komt.'

'Zal ik doen,' zei Hall. Hij draaide zich om en wilde weglopen.

'O ja, Hall...' Windermere keek om zich heen. Ze pakte een prullenbak en gaf die aan hem. 'Neem deze mee. Het zou wel eens een troep kunnen worden daar.'

Stevens en Windermere, die nog altijd een uitgelaten indruk maakte, namen de lift naar een hoger gelegen verdieping, waar ze naar het provisorische kantoortje liepen dat als de factohoofdkwartier diende voor zolang ze hier verbleven. Het was een hok op de tweede verdieping met één vuil raam dat uitkeek op Michigan Avenue, waar nauwelijks genoeg ruimte was voor een dubbel bureau en twee stokoude computers. Ze hadden alle beschikbare ruimte volgestouwd met dossiers over de zaak, zodat het wel een werkkamer leek van een paar verstrooide professoren op een tweederangsuniversiteit. Fijn om weer thuis te zijn.

'Wat nu?' zei Stevens toen ze in hun gammele stoelen zaten. 'Denk je echt dat die bende gaat proberen de gevangenis te bestormen?'

Windermere lachte. 'Dat mogen ze doen. Ik hoop dat ze dat gaan doen. Dan hoeven we alleen de rommel nog maar op te vegen.'

'Weet je dat zeker?' zei Stevens. 'Het lijkt erop dat die lui een grote bende kunnen maken.'

'Dit is de FBI, Stevens,' zei Windermere. 'Wij zijn gespecialiseerd in grote bendes.'

Stevens dacht nog eens na. 'Ja, maar als het op een schietpartij uitdraait, bestaat de kans dat ze allemaal om het leven komen. En zou je die jongens niet heel graag een keer willen ontmoeten?'

Windermere had een potlood gepakt en zat op een gekopieerde poster van een voortvluchtige verdachte te krabbelen. Ze haalde haar schouders op. 'Waarom?'

'We zitten nu al weken achter ze aan,' zei Stevens. 'Ze hebben al heel wat ontvoeringen tot een goed einde gebracht en we hadden daar misschien nooit van geweten als ze Donald Beneteau niet hadden omgelegd.'

'Je had ze vóór Beneteau al in de smiezen, met Harper.'

'Ja, misschien wel. Maar dat spoor zou hoogstwaarschijnlijk doodgelopen zijn als ze die gangster niet hadden doodgeschoten.'

'Dat is waar,' zei Windermere. 'Goed. Maar ik ben nog steeds niet geïnteresseerd in een ontmoeting met hen.'

Stevens keek in een oude kop koffie en trok een frons toen hij de inhoud zag. 'Ik wil ze leren kennen,' zei hij. 'Ik wil zien hoe ze in het echt zijn, vergeleken bij de beelden in mijn hoofd. Ik wil gewoon eenmaal Arthur Pender in de ogen kijken en proberen wijzer over hem te worden. Ik wil weten waarom.'

Windermere tekende een snor op de foto van Arthur Pender. 'Gezien het verloop van deze zaak tot nu toe, Stevens, heb ik het idee dat je echt nog wel de kans krijgt meer over het waarom te weten te komen. Persoonlijk gaat het mij er alleen maar om die jongelui achter de tralies te krijgen.'

'Krijg je er dan toch nog genoeg van?'

'O nee,' zei ze. 'Ik vermaak me uitstekend. Ik denk alleen dat motief een overschat onderwerp is. Als je eenmaal in dit soort zaken verwikkeld raakt, denk je al snel niet meer aan de misdrijven. Je begint te rationaliseren. We weten wie het gedaan heeft, en we weten ook hoe. De lol zit 'm niet in het waarom. De lol zit 'm erin dat je die lui te slim af bent. Dat je ze in de kraag grijpt en ze met een lachend gezicht in de cel gooit.'

Stevens schonk het laatste restje koffie in. 'Ik snap het,' zei hij. 'Laten we hopen dat we allebei krijgen waarnaar we op zoek zijn.'

'Dat zal zeker lukken,' zei ze. 'Hall!'

Even later verscheen agent Hall in de deuropening. 'Ja,' zei hij. 'Hier ben ik. Wat is er?'

'Heb je het meisje op de hoogte gebracht?'

'Ik heb het haar verteld.'

'Moest ze kotsen?'

Hall schudde zijn hoofd. 'Geen kots. Ze huilde. En toen zei ze tegen haar advocaat dat ze niets meer te zeggen had.'

Windermere zwaaide met haar hand. 'We hebben haar niet nodig. Ik wil graag meer weten over Cincinnati. Vertel ons alles wat je weet.'

'Oké,' zei Hall. 'Ik zal je eerst de voor de hand liggende zaken vertellen. Ze rijden in een nieuw model Ford Explorer met een kenteken uit Florida en een kapotgeschoten passagiersraam. Het nummer weet ik niet.'

'Het ziekenhuis misschien wel.'

'Ook niet. De camera van de spoedeisende hulp dateert uit 1988 of daaromtrent. Het beeld is te vaag. Maar die auto is donkergroen, als je daar iets aan hebt.'

'Kan geen kwaad om te weten,' zei Stevens. 'Wat nog meer?'

'Whittaker zei dat ze naar Detroit gingen om Marie op te halen. Ze zei niet hoe. Maar ze zei wel dat ze vuurwapens hadden. Machinegeweren, en niet weinig ook.'

'Dus ze komen goed beslagen ten ijs,' zei Windermere. 'Nog meer?'

Hall knikte. 'Ze zei dat ze bij het Amtrak-station gestopt waren voordat ze haar hadden afgezet. En daar kwamen ze allemaal met bruine enveloppen naar buiten. Ik heb geen idee wat dat te betekenen heeft.'

'Iemand heeft hun iets gestuurd,' zei Windermere. 'Geld?'

'Paspoorten,' zei Stevens. 'Ze treffen voorbereidingen om het land te verlaten.' Hij wendde zich tot Hall. 'Er zou nog een vierde envelop op het station van Cincinnati moeten zijn met de naam van Ben Stirzaker erop. Kijk eens of je die te pakken kunt krijgen en te weten kunt komen waar die vandaan komt.'

'En laat het ons weten als Whittaker met nog meer informatie komt,' zei Windermere. 'Waarschijnlijk weet ze een heleboel over die Zeke in Miami, dus hou ook terdege rekening met afpersing.'

'Ik ga ermee aan de slag.' Hall salueerde bij wijze van grap en verdween. Stevens en Windermere keken hem na.

'Wat een broekie,' zei Windermere. 'Die FBI-agentjes worden elk jaar jonger.'

Stevens keek haar aan. 'Ik dacht dat jij hier de jongste zou zijn.'

Windermere sloeg hem op zijn arm. 'Bedankt,' zei ze. 'Misschien word ik vroeg oud of zo.'

Ze wierp een blik op de poster van Pender en schoof die opzij. 'Goed,' zei ze. 'We moeten een signaleringsbericht doen uitgaan over die groene Ford Explorer. Alles met kentekenplaten uit Florida moet worden aangehouden. We moeten de beveiliging hier verdubbelen, en we moeten op elke straathoek foto's van Pender en Sawyer ophangen.' Ze tuurde over het bureau heen naar hem. 'Als die lui nog niet in Detroit zijn, zullen ze nu ongeveer hier in de buurt zijn. We moeten ze zien te vinden en we moeten op hen voorbereid zijn.'

'Begrepen,' zei Stevens en hij leunde achterover in zijn stoel, naar de stad achter het raam kijkend. Nu komt het erop aan, Pender, dacht hij. Wat ga je nu doen?

73

'Tessa? Ik ben het, Matt.'

Pender zag Sawyer aan de overkant van de kamer zitten met de telefoon in zijn hand. De laconieke bariton van zijn vriend had plaatsgemaakt voor de vriendelijke tenor die de grote man voor zijn zus en grootmoeder reserveerde. Althans, iets wat daarop leek; hij was een paar tanden kwijtgeraakt en zijn lippen waren gebarsten door het pak slaag dat hij in Cincinnati had gekregen. De frustratie was duidelijk te zien op zijn gezicht, terwijl hij probeerde zijn gevoelens voor de vrouw van wie hij het meeste hield kenbaar te maken.

Best grappig, dacht Pender. Sawyer had nooit een echte vriendin gewild; het kostte hem geen moeite vrouwen in zijn bed te krijgen, maar de volgende ochtend waren ze altijd meteen weer verdwenen en vergeten. Sawyer was dol op zijn zus en nam haar altijd in bescherming, en Pender had zich wel eens afgevraagd of zijn vriend niet vooral op zoek was naar Tessa in de vrouwen die hij had verleid en afgewezen.

'Ik weet het,' zei Sawyer. 'Tessa, het spijt me dat ik heb gelogen.'

Mouse bespotte Sawyer vaak om de manier waarop zijn stem een octaaf of twee steeg tijdens deze langeafstandsgesprekken, en Pender lachte dan altijd met hem mee. Maar nu hij hoorde hoe Sawyer zijn best moest doen om zelfverzekerd te blijven klinken, vond Pender het helemaal niet grappig meer.

'Nee, het gaat best,' zei Sawyer. 'Ik wilde je alleen geen pijn doen.'

Sawyer zuchtte en keek naar Pender, die medelevend een wenkbrauw optrok, maar Sawyer fronste alleen en wendde zich af. Pender voelde zich schuldig omdat hij hem afluisterde, en hij zette de tv aan, met het geluid uit. Hij ging weer op zijn bed liggen en vroeg zich af wie hij zou bellen als het tijd werd om afscheid te nemen.

Hij vroeg zich af wat zijn ouders zouden zeggen als hij probeerde hen te bellen. En hij vroeg zich af wat ze hadden gedacht toen de FBI bij hen voor de deur stond. Waren ze verrast geweest? Had het hun iets kunnen schelen?

Marie was zijn echte familie. Hij was zo druk geweest met de planning en de logistiek dat hij geen tijd had gehad om aan haar te denken. Maar nu de planning vrijwel gereed was, verlangde hij opeens naar haar. Het beviel hem eigenlijk wel dat hij haar miste, realiseerde hij zich: hij voelde zich er mens door en het gaf hem het idee dat ze het juiste deden.

Eerder die avond was Tiffany op zoek gegaan naar eten. Ze was met een grote glimlach op haar gezicht teruggekomen, voorzien van een zak goedkope taco's en een *Free Press*. 'Ik heb ons doelwit gevonden,' zei ze, op een artikel in de krant wijzend, met daarbij een foto van een kalende blanke man van in de veertig. Het was een filmproducent met een jong gezin en een huis in een gegoede buitenwijk van Detroit. Zijn naam was Jason Cardinal.

'Hier staat dat hij alleen vorig jaar al vijftien miljoen heeft verdiend,' las Sawyer. 'Die vent is stinkend rijk.'

'Zijn vrouw is drieëntwintig en ze hebben al twee kinderen,' zei Tiffany. 'We kunnen onze eigen cheque uitschrijven als we zijn vrouw pakken.'

Pender zag Haley Whittakers gezicht weer voor zich en schudde zijn hoofd. 'Geen vrouwen, geen kinderen.' Vanaf het begin had hij geprobeerd om de ontvoeringen te rationaliseren. Hij hield zichzelf voor dat de slachtoffers niet echt schade werd berokkend, maar één blik op Haleys gezicht was genoeg geweest om hem beschaamd de waarheid te laten inzien. Nog één klus, dacht hij. En geen haar op mijn hoofd die eraan denkt om een vrouw te pakken.

Zo werd Jason Cardinal het laatste doelwit. En nu probeerde Pender een plan te bedenken, terwijl ze in het zoveelste goedkope motel zaten, ditmaal langs de I-94 vlak ten noorden van Detroit. Dit zou hun meest ambitieuze klus tot nu toe worden, en ook de meest in het oog lopende. Gezien de reputatie van het doelwit en de eisen die ze zouden stellen zouden ze nu de publiciteit genereren die Pender vanaf het begin juist had geprobeerd te vermijden.

Het was een slecht plan, en Pender wist dat. Het was een wanhopig plan. Maar hij kon niets beters bedenken en er kon geen sprake van zijn dat hij Marie in de cel zou laten creperen terwijl hij zelf vrij rondliep. Als alles goed ging, meende Pender, zou dit de laatste luizige hotelkamer zijn waarin ze ooit zouden slapen. Als alles goed ging, dan zouden hun volgende bedden hangmatten zijn aan het strand.

Pender wierp een blik op de televisie en ging rechtop op het bed zitten. Zijn gezicht verscheen in beeld, evenals dat van Sawyer. Sawyer zat op het strand met een fles Corona en had een bespottelijke grijns op zijn gezicht. Pender was met Marie op de San Juaneilanden. Hij huiverde nog altijd als hij die foto zag. De tekst op het tv-scherm luidde: 'Op weg naar Detroit'.

Tja, dat was geen verrassing. Haley had uit de school geklapt, en hij had geweten dat ze dat zou doen. Het meisje was in shock en getraumatiseerd toen ze haar hadden achtergelaten, en hij vermoedde dat D'Antonio meer voor haar betekende dan wie ook.

Pender zette het geluid net op tijd aan om te horen dat de presentator hun groene Ford Explorer met een kenteken uit Florida als bijzonderheid noemde. Dat is in elk geval een meevaller, dacht hij. Sawyer had de Florida-kentekenplaten op de dag dat ze de stad waren in gereden op een parkeerplaats van een supermarkt voor platen uit Michigan verruild, met dank aan een gebutste Nissan Altima. Het zou een tijdje duren voordat de politie op de hoogte was van die aanpassing.

'Goed, luister,' zei Sawyer tegen zijn zus. 'Ik moet ophangen.' Christus, dacht Pender. Het lijkt wel alsof hij elk moment in huilen kan uitbarsten.

'Nee, ik moet ophangen,' zei hij. 'Ik red het wel, Tess. Maak je over mij maar geen zorgen. Kijk.' Hij zweeg even. 'Ik hou van je, goed? Wat er ook gebeurt.'

Daarna hing hij op. Hij bleef een tijdje naar de telefoon staren, slaakte een zucht en rechtte zijn schouders. Hij draaide zich naar Pender toe met een niet te duiden uitdrukking op zijn gezicht. 'Goddverdomme,' zei hij, nu weer op normale toonhoogte. 'Dat was echt verdomde moeilijk, man.'

74

Jason Cardinal woonde in een enorm bakstenen herenhuis in een rustige straat, op drie stratenblokken van Lake St. Clair vandaan. Het huis stond op een ruim perceel, vol bomen en een gazon aan de voorkant ter grootte van een voetbalveld. Het was echt een huis dat bij een steenrijke filmproducer paste.

Cardinal vertrok om kwart voor negen naar kantoor, en hij reed altijd in zijn eentje in een felrode oldtimer Jaguar cabriolet. Sawyer zette grote ogen op toen hij dat zag. 'Is die vent niet goed bij zijn hoofd?' zei hij. 'Echt geschift om in dit jaargetijde in zo'n auto te rijden. Die auto is zeker een ton waard.'

'Hij is dus best slordig met geld,' zei Tiffany. 'Dan zal hij geen moeite hebben het losgeld te betalen.'

'Over het losgeld maak ik me geen zorgen,' antwoordde Pender, terwijl hij in de MPV achter de Jaguar aan ging.

Ze volgden Cardinal naar een modern bedrijvenpark en naar zijn kantoor, een onopvallende loods met daarop een bord: CARDINAL RULE STUDIOS. Daarna gingen ze ergens ontbijten, keerden terug en parkeerden aan de overkant van de straat voor een elektronicafabriek. Ze zetten de radio aan en maakten zich op om te wachten.

Nadat ze zeven of acht uur zo hadden gezeten, luisterend naar praatprogramma's, met daarbij goedkope taco's, cola en een paar tijdschriften, kwam Cardinal weer naar buiten. Hij stapte in de Jaguar, startte de motor en reed achteruit van zijn parkeerplaats weg. Sawyer tikte Pender op zijn arm. 'Zie je dat?'

De Jaguar was al halverwege het stratenblok toen ze wegreden, en Pender vreesde even dat ze niet op tijd bij de auto zouden zijn. Maar door flink gas te geven wist hij Cardinal een paar kilometer verderop bij te halen, waarna hij verderop nog een keer door oranje reed, terwijl de Jaguar voor het rode licht moest stoppen.

Pender reed terug naar Cardinals woning. Zodra hij de auto op een meter of vijftig van het huis van de producent had geparkeerd, sprong Sawyer eruit. Hij opende de achterklep en pakte de .45 uit de bagageruimte.

Pender zag dat Sawyer het wapen onder zijn riem stak en ontspannen naar het eind van het stratenblok liep. Pender schakelde de versnelling in en reed een paar huizen van het huis van Cardinal vandaan een oprit op. Hij draaide zich naar Tiffany toe. 'Pak een wapen,' zei hij. 'Een ander pistool als we dat hebben. Zodra Sawyer die vent achterin naar binnen gooit, hou je je pistool op hem gericht, oké?'

Tiffany knikte. 'Gaaf.'

Pender tuurde door het raam naar Sawyer, die op de hoek nonchalant stond te doen. Sawyer keek op zijn horloge en keek op. Hij keek achterom naar de Explorer en knikte, waarop Pender het contactsleuteltje omdraaide. De motor van de MPV sloeg aan en hij reed achteruit vanaf de oprit de straat op, waar hij de auto schuin neerzette, zodat niemand erdoor kon, maar ze toch snel konden wegkomen.

Een paar seconden later hoorde Pender de motor van de Jaguar achter zich en zag hij de auto met Cardinal achter het stuur de straat in rijden, zo rood als een aardbei in de grauwe winteromgeving.

De Jaguar kwam een meter of drie achter de Explorer tot stilstand, en Cardinal tuurde naar de MPV. Hij wierp een blik in de achteruitkijkspiegel, en op het moment dat hij leek te gaan claxonneren dook Sawyer opeens op aan de bestuurderskant, met de Glock voor zijn gezicht zwaaiend.

Terwijl de producent lijkwit werd, trok Sawyer het portier open. Hij trok Cardinal de auto uit en sleepte hem naar de Explorer, waar hij hem op de achterbank deponeerde. Tiffany grijnsde haar tanden bloot en liet hem het pistool zien. 'Hallo,' zei ze. 'Doe geen domme dingen.'

'Wie ben jij?' zei Cardinal. 'Wat wil je van me?'

Tiffany gebaarde met het pistool. 'Doe je riem om.'

Sawyer rende terug naar de Jaguar en parkeerde die langs de stoeprand. Hij keerde terug naar de MPV en sprong op de passagiersstoel, waarna Pender meteen wegscheurde. Sawyer liet Cardinal toekijken hoe zijn huis verdween en draaide zich toen naar hem toe. 'Luister goed,' zei hij, terwijl hij de Glock recht op het gezicht van de producent richtte. 'Dit is een ontvoering, vriend. Hoe snel kun je vijf miljoen dollar bij elkaar krijgen?'

75

Windermere staarde naar de telefoon aan haar kant van het bureau. Stevens had aan de overkant de oude desktop opgestart en gebruikte elke bit van het RAM-geheugen om op internet modelspoorbaansets voor zijn zoon te zoeken. Kerstmis en speelgoedtreintjes, dacht hij. Zijn er nog mensen die dat doen?

Plotseling schoot Windermere overeind in haar stoel, zodat Stevens geschrokken opkeek van zijn zoekactie. 'Hall,' riep ze. 'Kom eens hier!'

Ze zaten inmiddels bijna twee dagen in hun krappe kantoortje te wachten tot Arthur Pender in actie kwam. De beveiliging beneden was verdubbeld en Detroit hield een tactisch team stand-by. Op het dak stond een helikopter gereed en politieagenten in burger surveilleerden op het vliegveld en het spoorwegstation. De groene Explorer was in alle nieuwsprogramma's aan de orde geweest en nu konden ze niets anders doen dan wachten, meende Stevens.

Agent Hall verscheen in de deuropening. Hij grijnsde Stevens toe en zei tegen Windermere: 'Wat is er?'

'Ik verveel me, Hall,' zei ze. 'Zeg me dat we vooruitgang boeken.'

Hall haalde zijn schouders op. 'We hebben zo'n tien meldingen van Ford Explorers, waarvan de helft groen. Geen ervan heeft een kenteken uit Florida. We worden uit allerlei plaatsen gebeld met meldingen dat de bendeleden zijn gesignaleerd, met name het blonde meisje. Ik neem aan dat iedere blondine in Michigan momenteel woest is op Tiffany Prentice.'

'Is dat alles?'

'Niet helemaal,' zei Hall. 'Ik heb met Amtrak in Cincinnati over de Stirzaker-envelop gesproken en heb die vierde envelop opgehaald, precies zoals je zei. Paspoort, creditcard, geboorteakte en rijbewijs. Stirzakers gezicht, maar de naam was Adam Goulding.'

'En wie was de afzender?' vroeg Stevens.

'De envelop is uit Buffalo verstuurd. We zijn momenteel bezig na te gaan wie de afzender was.'

'Oké,' zei Windermere. 'Hou ons op de hoogte.'

Toen Hall weg was, richtte Windermere zich tot Stevens. 'Verdomme, Stevens. Het lijkt hier wel kerstavond. Waar zit die bende in godsnaam?'

'Geniet alvast van wat komen gaat,' zei Stevens, maar ook hij voelde zich geprikkeld en rusteloos.

Even later stak Hall zijn gezicht weer de kamer in. 'Zeg,' zei hij. Hij wierp Stevens een vreemde blik toe. 'Er is telefoon voor jullie. Lijn twee. Iemand die vraagt om de speciaal agent die met de zaak-McAllister is belast.'

'Je meent het.' Stevens keek naar de telefoon, waarop het knopje van lijn twee knipperde. Zijn hart begon te bonzen. 'Zei hij wat hij wilde?'

Hall schudde zijn hoofd. 'Hij wilde alleen met jullie praten.'

Stevens keek naar Windermere. 'Neem jij hem?'

'Ga je gang,' zei ze. 'Jij bent hier degene met de sociale vaardigheden.'

Stevens ademde zo diep mogelijk in en ademde langzaam uit. Hij pakte een notitieblok en gebaarde naar Windermere dat ze mee moest luisteren via haar toestel. Hij nam de telefoon op. 'Met agent Stevens,' zei hij. 'Met wie spreek ik?'

De stem van de man klonk duidelijk en kalm. Hij klonk alsof hij pizza ging bestellen. 'Dag, agent Stevens. Bent u belast met de zaak-Marie McAllister?'

Stevens keek even naar Windermere. 'Dat klopt. Met wie spreek ik?'

'Met Arthur Pender. Ik wil een deal met u sluiten.'

Windermere stond meteen op en gebaarde naar Hall dat ze een bandrecorder wilde, terwijl ze ondertussen haar eigen notitieblok pakte. Stevens schraapte zijn keel. 'Oké, Arthur,' zei hij. 'Waar zit je nu? Ben je in Detroit?'

'Eerder vandaag heeft mijn team een man genaamd Jason Cardinal in de straat voor zijn huis ontvoerd,' zei Pender. 'Als onze eisen niet binnen achtenveertig uur worden ingewilligd, zullen we er niet voor terugdeinzen onze gijzelaar te doden.'

Jason Cardinal. Jason Cardinal. Stevens dacht diep na. Hij haalde zijn schouders op richting Windermere, die iets op haar notitieblok schreef: *Filmproducent. Belangrijke speler.*

'Oké,' zei Stevens, die het bloed naar zijn slapen voelde stijgen. 'Wat zijn precies je eisen, Arthur?'

'Het losgeld voor Cardinal bedraagt vijf miljoen dollar en moet op een door mij op te geven bankrekening gestort worden. Dit bedrag eisen we van zijn gezin om zijn veilige terugkeer te verzekeren. We hebben zijn vrouw al van de situatie op de hoogte gebracht.'

'Vijf miljoen dollar,' zei Stevens. 'Oké. Daar gaan we mee aan de slag, Arthur.'

'Ik ben nog niet klaar, agent Stevens. 'Van de Amerikaanse overheid eisen we de vrijlating van en een vrijgeleide voor Marie McAllister naar een door ons te specificeren land dat geen uitleveringsverdrag met de Verenigde Staten heeft. Marie McAllister dient binnen achtenveertig uur in vrijheid te worden gesteld, anders zullen we Cardinal executeren.'

'Wacht even,' zei Stevens. 'Dat is niet zo een-twee-drie geregeld.'

'Ik zal uitsluitend met u communiceren,' zei Pender. 'Ik vertrouw erop dat onze eisen duidelijk zijn. Ik zal over vierentwintig uur weer contact met u opnemen voor verdere instructies.'

Pender hing op. Stevens en Windermere draaiden zich meteen naar Hall toe. 'Kunnen we dit traceren?'

'Is al gebeurd,' zei Hall. 'Betaaltelefoon in St. Clair Shores. Er zijn al eenheden van Detroit onderweg.'

'Jezus christus,' zei Windermere. 'Die jongen durft wel.'

Stevens slaakte een diepe zucht, terwijl zijn hart nog steeds tekeerging. 'Ze zijn wanhopig.'

'Hij moet weten dat we McAllister niet opgeven.'

'Als hij dat wist, zou hij al weg zijn.' Stevens tuurde naar de telefoon. 'Hij denkt dat hij een kans heeft.'

76

De hele straat rond Jason Cardinals huis was een chaos. De lange oprit van de producent stond vol met surveillanceauto's en de straat erachter was verstopt met burgerauto's en een legertje reportagewagens van de nieuwszenders. Driftig claxonnerend reed Windermere stapvoets in de burgerauto de straat in, en tevergeefs zette ze zelfs de sirene aan om de meute nieuwsgierigen die de straat in bezit had genomen weg te jagen. 'Verdomme,' zei ze uiteindelijk toen ze nog een meter of vijftig van het epicentrum was. 'Ik vrees dat we van hieraf moeten lopen.'

Ze parkeerden langs de stoeprand achter een oldtimer, een Jaguar cabriolet. Stevens keek bewonderend naar de auto toen hij uitstapte.

'Dat is de brik van Cardinal,' zei een jonge agent in uniform van St. Clair Shores die in de buurt stond. Hij had een crewcut en de opwinding stond in zijn ogen te lezen. 'Niet gek.'

'Wie is verantwoordelijk voor dit debacle?' zei Stevens. 'Wat een zooitje is het hier.'

'Als jullie van de FBI zijn, dan zijn jullie dat,' zei de agent.

'Dan zijn wij het,' zei Windermere. Ze wierp een blik op het naamplaatje van de jonge agent. 'Oké, Stent. Haal een paar collega's en blokkeer dit stratenblok. Niemand mag erin of eruit tenzij het buren, getuigen of de ontvoerders zelf zijn. Duidelijk? En kijk uit voor journalisten. Die slijmballen zullen je van alles wijsmaken om maar naar binnen te komen.'

Stent rechtte zijn rug. 'Jawel, mevrouw.'

Windermere keek hem na. Ze wendde zich met een verwrongen lachje tot Stevens. 'Ik wed dat jij ooit ook zo bent geweest.'

Stevens lachte. 'Heldere oogopslag, crewcut en vastbesloten de wereld te redden? Misschien wel. Was jij niet zo dan?'

Windermere schudde haar hoofd. 'Ik heb rechten gestudeerd, Stevens. Dat betekent dat ik een geboren cynicus ben.'

Ze liepen de oprit op en gingen door Cardinals voordeur naar binnen, hun penningen tonend aan de geüniformeerde agent die op wacht stond. 'FBI,' zei Windermere. 'Dit is onze zaak. Waar is mevrouw Cardinal?'

De agent verwees hen naar de keuken aan de achterzijde, waar een groepje van vijf of zes vrouwen van middelbare leeftijd zich rond een heel jonge, heel blonde vrouw had geschaard. Ze had een baby op haar arm en hield een tissue in haar hand. Aan haar voeten zat een klein meisje van een jaar of drie met blokken te spelen.

Windermere richtte het woord tot de groep. 'Mensen, ik ben agent Windermere van de FBI. Tenzij u getuige bent, dient u deze ruimte te verlaten, terwijl wij met mevrouw Cardinal praten, oké?'

De vrouwen sputterden wat, maar begaven zich toch naar de deur. Windermere liep naar Angel Cardinal toe. 'Zullen we even gaan zitten, mevrouw Cardinal?'

De vrouw knikte. Windermere nam haar bij de arm en leidde haar naar de keukentafel, waar ze alle drie plaatsnamen. Angel Cardinals silhouet stak af in het laatste zonlicht dat door het keukenraam naar binnen viel.

'Goed,' zei Windermere. 'Angel, je moet goed begrijpen dat er vooralsnog geen enkele reden is om in paniek te raken. We kennen het groepje jongeren dat je man heeft ontvoerd. Ze willen hem niets aandoen en hem niet vermoorden. Duidelijk?'

Cardinal staarde hen met dikke ogen aan. 'Oké,' zei ze zacht.

'Mooi. Ik heb begrepen dat je over de telefoon met een van de ontvoerders hebt gesproken. Klopt dat?'

Ze knikte. 'Ja.'

'Oké,' zei Windermere. 'Dat was Arthur Pender.' Ze knikte tegen Stevens, die een foto van Pender uit zijn zak haalde. 'Zo ziet hij eruit. Een jaar of achtentwintig, lichtblond haar. Circa één meter tachtig. Heb je hem ooit eerder gezien?'

Cardinal schudde haar hoofd. Stevens gaf haar foto's van Matt Sawyer en Tiffany Prentice. Cardinal schudde weer haar hoofd.

'Weet je nog of je vandaag een groene Ford Explorer in de straat hebt gezien?'

'Nee,' zei Cardinal, wier stem nog net niet hysterisch klonk. 'Zijn dat de mensen die die man in Birmingham hebben vermoord?'

'Donald Beneteau,' zei Stevens. 'Dat klopt.'

'O, god.' Cardinal begon te snikken.

Stevens pakte een doos tissues van het aanrecht, terwijl Windermere de vrouw probeerde te troosten.

'Ze hebben Donald Beneteau vermoord omdat zijn familie de boel probeerde te bedonderen,' zei ze. 'Ze dachten dat ze het probleem zelf konden oplossen en hebben de politie niet eens gebeld. Ze zijn gewoon stom geweest, snap je? Dat wij hier nu zijn, betekent dat jij slimmer bent dan zij.'

'Dus ik moet het losgeld betalen?' Cardinal snoot haar neus. 'Moet ik hun de vijf miljoen dollar betalen?'

Windermere boog zich naar voren en raakte de arm van de vrouw aan. 'We denken dat we deze jongelui kunnen oppakken zonder dat je het losgeld betaalt,' zei ze. 'Maar dat is uiteindelijk aan jou.'

'We zullen je in elk geval ondersteunen,' zei Stevens. 'Verder moet je weten dat deze jongelui een aantal exceptionele eisen hebben gesteld aan de overheid, wat betekent dat er geen garantie is dat ze je man vrijlaten, zelfs niet als je het losgeld betaalt.'

Cardinal zette grote ogen op. 'Hoe bedoelt u? Wat voor eisen?'

'Arthur Penders vriendin zit in voorlopige hechtenis op verdenking van ontvoering en moord,' zei Windermere. 'Hij eist nu dat we haar vrijlaten.'

'En gaan jullie daarop in?'

Windermere wierp een blik op Stevens. 'We gaan ervan uit dat we je man vrij kunnen krijgen zonder de vervolging in gevaar te brengen,' zei ze. 'We kunnen niet toestaan dat een federale gevangene wordt vrijgelaten.'

Cardinal kreunde. Ze liet haar hoofd op tafel zakken en begon weer te snikken. 'O, god. Ze gaan hem vermoorden,' zei ze. 'Jullie laten gewoon toe dat ze mijn man vermoorden.'

Ze posteerden een agent in uniform bij Angel Cardinal en lieten een paar van haar vriendinnen de kamer in om haar te troosten. Daarna liepen ze weer naar de hal, waar Windermere Hall op bureau Detroit belde. Een paar seconden later kwam de agent aan de lijn. 'Dag, mevrouw,' zei hij. 'Hoe staat het leven op de plaats delict?'

'Het is hier een grote chaos,' zei Windermere. 'En hou op met dat "mevrouw".'

'Hier ook,' zei Hall. 'Het hele bureau is gek geworden. Iedereen loopt te schreeuwen tegen elkaar, terwijl ze net doen alsof ze weten waar ze mee bezig zijn. Iedereen wacht op jullie.'

'O ja? Nou, pak dan een pen. Er moet een telefoontap bij Cardinal geplaatst worden. We blijven hier een tijdje. Als Pender het bureau belt, schakel je hem door naar deze lijn en dan traceren we dat telefoontje van hieruit, snap je?'

'Goed.'

'Zorg ervoor dat het tactische team gereedstaat en probeer nog een heli te regelen. En laat een persbericht opstellen. De media zitten al achter ons aan.'

'Duidelijk,' zei Hall. 'Ik ga ermee aan de slag.'

Windermere hing op en draaide zich naar Stevens toe. 'Laten we de gieren opzoeken.'

Ze liepen door het hek aan de voorkant de straat op en keerden door de meute buren en agenten naar de blokkade van Stent terug. De jonge agent had zijn auto aan het begin van het huizenblok dwars op straat gezet, en achter zijn auto stond een rij reportagewagens met cameramannen die opnamen van de straat maakten. Stent grijnsde toen hij ze zag naderen. 'Zo dan?'

'Jawel,' zei Windermere, 'goed gedaan.'

'Stevens!'

Stevens draaide zich om en zag een rechercheur op hem toe lopen. Het was Paul Landry, de agent uit Birmingham die de moord op Beneteau had onderzocht. 'Kirk Stevens en Carla Windermere, toch? Jullie zien er droog beter uit, kan ik je wel vertellen.'

'Rechercheur Landry.' Stevens schudde hem de hand. 'Leuk om je hier te ontmoeten.'

'Nou en of.' De rechercheur haalde zijn schouders op. 'Ik hoorde dat jouw jeugdbende mogelijk mijn moord op hun geweten had. Het leek me goed zelf een kijkje te komen nemen.'

'Zeker,' zei Stevens. Opeens schoot hem iets te binnen. 'Zeg, misschien kun jij ons helpen.'

Landry knikte. 'Zeg het maar.'

'Deze bende verblijft vaak in sjofele, anonieme motels, zoals die langs de autowegen liggen. We denken dat ze die uitkiezen omdat ze dan snel kunnen wegkomen. Weet jij een plek die aan die omschrijving voldoet?'

Landry wreef over de stoppels op zijn kin. 'Ik zal er eens over nadenken,' zei hij. 'Als je het goed vindt, ga ik een eindje rijden en neem ik een kijkje in een paar motels.'

'Doe wat jou het beste lijkt,' zei Stevens. 'De plaatselijke politie laat ook een paar surveillancewagens rondrijden, maar hoe meer zielen, hoe meer vreugd.'

'Heel goed,' zei Landry. Hij gaf Stevens weer een hand. 'Ik spreek je nog.'

Stevens zag de rechercheur naar zijn auto teruglopen en draaide zich om naar Windermere, die al met een paar verslaggevers stond te praten.

'Ik heb jullie al gezegd dat ik voor de camera niets kan zeggen,' deelde ze mee. 'Maar we hebben jullie nodig om publiciteit te genereren over deze ontvoerders. Laat zo snel mogelijk hun foto's zien. Leg de nadruk op de groene Explorer. Waarschijnlijk houden ze zich schuil in een morsig hotel aan deze kant van de stad. Geef dat ook door. Zorg dat burgers zo veel mogelijk rondkijken.'

Ze draaide zich met een ruk om en liep naar de barricade terug. Ze toetste Halls nummer op haar telefoon in en hield die tegen haar oor. 'Hall,' zei ze. 'Hoe gaat het met die taps?'

'Die zijn net de deur uit,' zei hij.

'Mooi,' zei Windermere. 'Luister. Zorg dat die jongens ook wat te eten meenemen. We zitten hier nog wel een tijdje en het is hier echt een heksenketel.'

Ze hing op, rechtte haar schouders en beende de chaos weer in. Stevens zag hoe ze zich een weg baande door de meute. Hij haalde diep adem en volgde haar.

77

Pender werd wakker doordat hij een sirene hoorde. Het was maar een kort, luid geloei, maar het was voldoende om hem uit zijn bed te doen stappen en met bonzend hart de TEC-9 te grijpen die op de tafel naast hem lag. Hij betastte het machinepistool met zijn vingers en knipperde toen met zijn ogen, nog altijd half in slaap. Je gaat een agent neerschieten, dacht hij. Zijn we al in dat stadium beland? Hij trok zijn hand terug en keek op de wekker hoe laat het was. Tien over zeven.

Sawyer stond al bij het raam, met zijn ene hand zijn ogen uitwrijvend en met zijn andere hand de uzi vasthoudend. Met een opgetrokken wenkbrauw keek hij om naar Pender.

Pender schudde zijn hoofd en hield zijn vinger op zijn lippen. Tiffany en Cardinal lagen allebei in bed te slapen. Cardinal snurkte; hij had Pender de hele nacht uit de slaap gehouden. Als hij niet snurkte, lag hij in zijn slaap te praten en te woelen en in zichzelf te mompelen. Je mag het hem niet verwijten, dacht Pender. Hij ligt als gijzelaar vastgebonden in een of andere luizige hotelkamer. Die man heeft het recht om zenuwachtig te zijn.

Pender liep naar het raam terwijl Sawyer door de spleet tussen de verduisteringsgordijnen keek of hij politie zag.

Pender legde zijn hand op Sawyers arm, waarop de grote man naar achteren stapte. Pender keek een moment lang door de gordijnen en was even verblind door het daglicht. Hij duwde het gordijn met toegeknepen ogen terug en liet zijn ogen aan het licht wennen.

Eerst zag hij niets anders dan een rij anonieme geparkeerde auto's en de hamburgertent daarachter. Maar toen hoorde hij het geknars van banden op het verbrokkelde plaveisel van de parkeerplaats, en een seconde later keerde zijn maag om bij de aanblik van de voorkant van een politieauto.

Hij moest zichzelf dwingen de gordijnen niet dicht te rukken. In plaats daarvan stapte hij langzaam naar achteren, terwijl hij probeerde de gordijnen niet te bewegen. 'Shit,' zei hij. 'Shit, shit, shit.'

Door de spleet in de gordijnen zag hij hoe de politieauto langzaam voorbijreed, terwijl een agent van de politie van Grosse Pointe de rij motelkamers en de ervoor geparkeerde auto's bekeek. 'Wat is er?' fluisterde Sawyer. 'Zie je politie?'

'Eén politieauto,' zei Pender, die het gevoel had dat de agenten elk woord konden horen. 'Ze zoeken de parkeerplaats af.'

'Zien ze jou?'

Pender schudde zijn hoofd. 'Ik denk van niet.'

'En hoe zit het met de auto? Waar heb je die gelaten?'

'Die heb ik om de hoek geparkeerd,' zei Pender. 'Achter een container en een oude truck met oplegger. Dat lijkt me goed genoeg.' Ik hoop dat het waar is, dacht hij. Hangt ervan af hoe ijverig deze agenten blijken.

Hij zag door het gordijn dat de politieauto langzaam van het raam vandaan reed. Hij stapte naar achteren, slaakte een zucht en ging op Tiffany's bed zitten, zijn hand door zijn haar halend. Hij keek op en toen hij zag dat Sawyer hem aanstaarde grijnsde hij ongemakkelijk. 'Laten we hopen dat het luie agenten zijn.'

Ze wachtten. Terwijl Sawyer uit het raam tuurde, zat Pender als verstijfd op het bed, gespitst op elk geluid dat erop duidde dat ze ontdekt waren.

Tiffany richtte zich naast hem op in het bed. Ze wreef haar ogen uit. 'Wat is er?'

'Sst,' siste Pender tegen haar. 'Hou nog even je mond.'

Ze wachtten in stilte. Alleen het ritmische gesnurk van Cardinal was te horen. Na vier of vijf minuten klonk de sirene opnieuw vanaf de andere kant van het gebouw en Pender dacht dat zijn wereld instortte. Maar daarna gebeurde er niets meer, en na nog eens tien minuten durfde Pender de deur te openen.

Hij keek uit over de parkeerplaats, maar zag geen politie. 'Ik denk dat we veilig zijn,' zei hij. Hij liep de hotelkamer weer in en trok een trui met capuchon aan, waarna hij opnieuw de parkeerplaats op liep, ditmaal met de capuchon diep over zijn ogen.

Hij liep langs de zijkant van het motel naar de achterkant, in de verwachting elk moment de politieauto te zien die om de hoek op hem afkwam. Maar er kwam niemand en hij wist ongedeerd de achterzijde van de parkeerplaats te bereiken. De politieauto was weg, en ook de Explorer werd niet door agenten aan een uitgebreid onderzoek onderworpen. Hij liep terug naar de kamer, waar Sawyer langzaam de deur opende. 'En?'

'Ze zijn weg,' zei Pender. 'We zijn door het oog van de naald gekropen.'

'Politie?' zei Tiffany. 'Is de politie hier geweest?'

'Ze hebben blijkbaar ontdekt dat we vaak in motels zitten,' zei Pender. 'Ze zijn ze nu allemaal aan het controleren.'

'We moeten weg,' zei Tiffany. 'We zijn hier niet veilig.'

'Maak je een grapje of zo?' Pender keek haar grijnzend aan. 'We zijn hier veiliger dan waar ook. Ze hebben dit motel zojuist van hun lijstje geschrapt. We zitten gebeiteld hier.'

Een paar uur later, toen hij zeker wist dat de politie niet meer in de louche motelzone rondreed, zette Pender een honkbalpet op; hij trok de capuchon weer over zijn gezicht en ging de straat op om in een winkel op een paar straten afstand van de grote weg twee prepaidtelefoons te kopen.

Toen hij de winkel uit was, begon hij door de straatjes langs de autoweg te lopen, totdat hij zeker een kilometer of vijf had afgelegd. We doen dit op de ouderwetse manier, dacht hij, als een echte voetsoldaat.

Hij hield halt aan de achterkant van een verlaten slagerij om de eerste telefoon uit te pakken. Hij koos het privénummer van Jason Cardinal en sloop het duister in. De telefoon ging tweemaal over, waarna Cardinals vrouw opnam. Er nam nog iemand op. 'H-hallo?' zei Angel Cardinal.

'Met Arthur Pender,' zei Pender. 'Heb je het geld?'

'Ik heb het grootste deel van het geld,' zei ze.

Het grootste deel van het geld, dacht Pender. 'Geen vertragingstactieken. Zorg dat al het geld binnen twaalf uur klaarligt. Ik bel nog terug met instructies voor de levering.' Op het moment dat hij de verbinding wilde verbreken, klonk er een andere stem.

'Arthur, hier agent Stevens van de FBI.'

'Agent Stevens,' zei Pender. 'Ik wilde net naar het bureau bellen.'

'Niet nodig, Arthur. Wij zijn bij de Cardinals ingetrokken.' Zijn stem klonk opgewekt, in het geheel niet dreigend. 'Waar zit je nu?'

'Waar is Marie McAllister?'

Stevens zuchtte. 'Daar hebben we wat problemen mee, Arthur. Het kan wat langer duren om haar vrijlating te regelen.'

'Er is geen tijd meer,' zei Pender. 'Je hebt dertig uur om haar op een vliegtuig te zetten, anders brengen we Jason Cardinal om.'

Er klonk nu een derde stem, die van een vrouw was. 'Kom op, Arthur. Denk je echt dat de overheid een misdadiger vrij zal laten om jou gelukkig te maken?'

'Met wie spreek ik?'

'Met agent Windermere, FBI.'

'Nou, agent Windermere, het kan me niet schelen hoe je het regelt, maar als je haar niet vrijlaat, zullen je handen met Cardinals bloed besmeurd zijn.'

Windermere zuchtte. 'Ik moet je zeggen, Arthur, dat het geld geen probleem is. Angel Cardinal wil het losgeld betalen, en daar gaan we mee akkoord. Maar jij brengt ons hiermee wel in de problemen. We kunnen je vriendin niet zomaar de straat op sturen.'

'Luister,' zei Pender. 'Als Marie McAllister niet binnen dertig uur vrij is, zal dat Jason Cardinals dood zijn. Einde verhaal.'

Pender hing op en liep weg. Hij stond op het punt om de telefoon weg te gooien toen die begon te rinkelen. Ik moet dit gewoon negeren, dacht hij. Ik heb mijn eisen gesteld en ze weten wat ik wil. Maar hij nam toch op, zonder iets te zeggen.

'Arthur? Met agent Windermere. Kijk, ik weet dat je je vriendin terug wilt. Dat respecteer ik. Maar als ik je een advies mag geven: pak het geld.'

'Geen optie,' zei Pender. 'Tot ziens.'

'Ze heeft gepraat, Arthur.' Windermere zweeg een moment. 'Ik mag je dit eigenlijk niet vertellen, maar ik heb gewoon medelijden met je. Dus luister even naar me. Je vriendin is doorgeslagen.'

Penders maag kromp ineen. 'Nonsens.'

'Geen nonsens. Ze heeft ons alles verteld wat ze over jullie wist. Ze heeft een sluwe advocaat en ze heeft een deal gesloten. Volledig ontslag van rechtsvervolging, Arthur, echt waar. Ze geeft jou op en gaat ervandoor. Is dat wat je wilt? Luister, ze heeft je verraden. Neem het geld en zorg dat je verdwijnt.'

De agent bleef maar praten, maar Pender luisterde niet meer. Hij drukte op de uit-toets, gooide de telefoon op het plaveisel en trapte die kapot, het plastic onder zijn voeten vermorzelend. Terwijl zijn gedachten bleven malen en zijn gezichtsveld wazig werd, bleef hij een tijdje op straat staan. Even later had hij zichzelf weer onder controle.

De politie had het telefoontje inmiddels vast gelokaliseerd, nam hij aan. Hij draaide zich om en rende zo hard mogelijk weg, de straat uit, en terug in de richting van het motel.

78

Windermere legde de telefoon neer en keek Cardinals woonkamer rond, die inmiddels in een mobiel commandocentrum was veranderd. Het grootste deel van de kamer werd ingenomen door rijen computerschermen en geavanceerde telefoontap-apparatuur, waarachter een legertje FBI-technici en agenten van de plaatselijke politie aan het werk was. 'Hebben jullie dat allemaal geregistreerd?'

Agent Hall, die achter een reeks computers in de hoek zat, stond op. 'Het is een prepaidmobieltje. We zijn de locatie nu via gps-driehoeksmeting aan het bepalen.'

'Kun je uitzoeken waar die telefoon is gekocht?' zei Stevens.

Hall trok een frons. 'Dan moet ik met de telecomprovider praten,' zei hij. 'Het kan lastig worden.'

'Het gaat om leven of dood, Hall,' zei Windermere. 'Regel het.'

'Komt in orde.' Hall pakte een telefoon en liep de kamer uit.

Windermere wierp een blik op Stevens. 'Wat denk jij?'

'Wat was dat in godsnaam voor onzin over dat meisje? We hebben daar nooit over gesproken. Stel dat hij ervandoor gaat?'

'Als hij ervandoor gaat, Stevens, krijgen we Cardinal terug. Als we Marie McAllister niet uit de gevangenis kunnen krijgen, bestaat er een gerede kans dat Pender zijn toevlucht neemt tot geweld. Zo is het toch?'

Stevens keek haar aan. 'Ik ben hier om die bende op te pakken, Carla.'

Windermere legde haar hand op zijn arm. 'Ik ook, Stevens. Ik probeer Pender alleen maar van het idee af te brengen dat zijn vriendin deel moet uitmaken van het losgeld. Misschien gooit hij dit in de groep en besluiten ze dat vijf miljoen dollar belangrijker is dan een verklikster uit de gevangenis krijgen.'

Agent Stent leidde Angel Cardinal de kamer binnen. Ze hield een tissue tegen haar gezicht en tuurde de woonkamer in, vol verwachting de blik van Stevens zoekend. 'Hoe hebben we het gedaan?'

'Ik vind dat we het goed hebben gedaan,' antwoordde Stevens. Hij liep naar Cardinal toe en legde zijn handen op haar schouders. 'Je hebt het super gedaan.'

'Maar zullen ze mijn man...'

'Luister naar me,' zei Windermere. 'Die jongen weet nu niet meer hoe hij het heeft en gaat nu zijn vrienden vertellen dat zijn vriendin een verraadster is en dat de FBI heeft gezegd dat ze het geld moesten pakken. Vanavond zullen ze eieren voor hun geld hebben gekozen en denken ze niet meer aan het meisje. We leveren het geld morgen af en dan heb jij je man terug.'

'Dat wil zeggen: als we die gasten dan nog niet hebben opgepakt,' zei Stevens. 'De politie is overal op zoek naar de bende. We zullen die lui vast en zeker vinden. Als we geluk hebben, krijgen we Jason gratis terug.'

Hall kwam de kamer weer in, zijn mobieltje opbergend. Hij haalde verontschuldigend zijn schouders op. 'Aan de telecomprovider hebben we niets. Die zegt dat het twee dagen duurt om die informatie aan ons te leveren. Als alles meezit.'

'Verdomme,' zei Windermere. 'Wat heb je nog meer?'

Hall ging bij de rij computers zitten. Hij keek een moment op de monitoren. Daarna keek hij op. 'Ik weet waar dat telefoontje is gepleegd.'

'Laat horen.'

'Op de hoek van Kelly Street en 9 Mile Road,' zei hij. 'Eastpointebuurt. Dat is ten zuiden van hier, terug langs de I-94 richting Detroit.'

'Waar is die telefoon nu?' vroeg Stevens.

Hall drukte op een paar toetsen. 'Het lijkt erop dat die van de kaart verdwenen is. Vast en zeker uitgeschakeld. Wil je naar die locatie toe?'

'Ja,' zei Windermere. 'Laten we eens een kijkje nemen.'

Ze parkeerden de Crown Vic in Kelly Street en liepen naar de kruising. Toen ze om zich heen keken, zagen ze vooral autogarages, benzinestations en pandjeshuizen. Geen motels te zien. Windermere keek 9 Mile Road af. 'Er is hier niets,' zei ze.

'Hij wist dat we hem zouden lokaliseren,' zei Stevens. 'Hij heeft vanaf een neutrale plek gebeld.'

'Denk je dat ze hierheen zijn gereden? Zou hij dat risico in de Explorer hebben genomen?'

'Misschien hebben ze nog een auto.'

'Dat zou kunnen.' Stevens draaide zich naar Hall toe. 'Wat voor auto hadden ze toen ze naar Cincinnati reden?'

Hall haalde zijn schouders op. 'Ze hebben Stirzakers lichaam gevonden in een aftandse Dodge Caravan. Echt een wrak.'

'Oud?'

'Stokoud.'

'En waar reden ze daarvoor in? Een Durango toch?'

'Ja,' zei Windermere. 'Bijna nieuw.'

'En elke andere auto die ze hadden gekocht was ook bijna nieuw. Natuurlijk gehuurd of geleased. Deze bende reed niet in oude tweedehandsbakken rond.'

'Behalve die MPV dan.'

'Ja,' zei Stevens. 'Toen het geld bijna op was.'

Stevens draaide zich om en bekeek de omgeving van de kruising. Een lege slagerij halverwege. Een paar handelaars in autobanden en uitlaten. Druk verkeer op 9 Mile Road, een gestage stroom vrachtauto's en om de vijf of zes minuten een stadsbus. 'Lastig voor hen om een tweedehandsauto te kopen als ze bijna geen geld meer hebben, hun aliassen bijna opgebruikt zijn en hun foto's op het avondnieuws getoond worden,' zei hij.

'Je denkt dat hij is gaan lopen,' zei Windermere.

'Nou ja, laten we dat als hypothese stellen. Zijn er hotels in de buurt?'

'Wacht even.' Hall liep naar de Crown Vic en kwam terug met een paar A4'tjes, die hij aan Stevens gaf. 'Dit zijn de accommodaties zoals ze in de Gele Gids staan. Het lijkt erop dat er een paar kilometer verderop aan beide kanten langs de I-94 een aantal motels ligt.'

'Maar dichterbij is er niks. Hij moet dus een aantal kilometers gelopen hebben om hier te komen, en ook weer een aantal kilometers terug zijn gelopen.'

'Tenzij hij toch met de auto hierheen is gereden. Misschien hebben ze een auto gestolen.'

Windermere mengde zich in het gesprek. 'Zijn deze motels al bezocht?'

Hall knikte. 'Franklin en Georges hebben ze stuk voor stuk gecontroleerd en hebben niets gevonden. Geen Explorers, geen bendeleden.'

'Ga dat nog eens na,' zei Stevens. 'We moeten zeker weten dat ze allemaal gecontroleerd zijn.'

Hall knikte en haalde zijn mobieltje tevoorschijn. Hij liep langzaam terug naar de auto om te bellen en toen hij even later terugkwam, speelde er een lachje rond zijn mond. 'Het schijnt dat een zekere Landry heeft geprobeerd jou te bereiken. Ken je die?'

'Paul Landry,' zei Stevens. 'Rechercheur Moordzaken. Hij houdt zich met de moord op Beneteau bezig.'

'Oké,' zei Hall. 'Hij bevindt zich nu bij het Motor City Motel. En raad eens wat hij heeft gevonden?'

'Zeg op.'

'Een donkergroene Ford Explorer. Hij heeft die verborgen achter de parkeerplaats aangetroffen. Het enige is dat er een kenteken van Michigan op zit. Maar het raam aan de passagierskant ligt eruit, en hij dacht dat jullie misschien toch een kijkje wilden nemen.'

Windermere keek fronsend. 'Ik dacht dat Franklin en Georges dat motel hadden gecontroleerd.'

'Landry zei dat de MPV goed verstopt stond. Waarschijnlijk hebben ze hem gewoon niet gezien.'

Windermere wierp Stevens een veelbetekenende blik toe. Stevens kon een lachje ternauwernood onderdrukken. 'Waar is dat motel?'

'Zuidwaarts,' zei Hall. 'Drie kilometer van de I-94 vandaan.'

Windermere opende de Crown Vic. 'Instappen en riemen vast,' zei ze tegen de mannen. 'En vergeet niet om assistentie te vragen. We gaan die lui vanavond nog oppakken.'

79

'Wacht even... Wat zeg je daar?' zei Sawyer. 'Is Marie een verraadster?'

Sawyer zat bij de tafel in de motelkamer naar zijn pistool te staren. Tiffany lag op het ene bed en Cardinal zat op het andere aandachtig toe te kijken, maar hij zei niets.

'Vijf miljoen dollar,' zei Tiffany. Ze had tv zitten kijken, maar nu was ze een en al aandacht voor Pender. 'Dus ze zeiden dat we gewoon met het geld konden vertrekken.'

'Ja,' zei Pender. Hij zuchtte. 'En ja.'

'Wat heb je tegen hen gezegd?'

'Wat denk je? Ik zei dat ze mijn rug op konden.'

Tiffany keek hem doordringend aan. 'Je hebt daarmee vijf miljoen dollar afgeslagen. Alsof het niks is.'

'Ik heb niets afgeslagen,' zei Pender. 'Maar als ik tussen Marie en het geld moet kiezen, dan weet ik wel welke weg ik kies.'

Tiffany keek fronsend en richtte haar aandacht weer op de tv, terwijl Pender de deur sloot. 'Denk je dat het vijf miljoen dollar waard is om een verklikster terug te nemen?'

Pender gaf geen antwoord. Sinds hij het telefoongesprek had beëindigd, speelde die vraag al door zijn hoofd. De klus zou gemakkelijker verlopen als het puur en alleen om losgeld ging, zo veel was zeker. Het was een waanzinnige gok om te proberen Marie terug te krijgen. En als Marie gemene zaak met de politie had gemaakt, dan was het inderdaad levensgevaarlijk zo veel te riskeren voor een meisje dat hen had verraden.

Sawyer keek hem aan. 'Denk je dat ze dat echt heeft gedaan, chef?'

Pender schudde zijn hoofd. Hij wist niet precies wat hij dacht. Hij wist dat er iets in Marie was veranderd nadat ze Donald Beneteau hadden vermoord. Misschien wist ze dat ze genoeg had van die ontvoeringen – met ons – toen ze op het vliegtuig naar Seattle stapte, dacht hij. Of misschien was ze alleen maar geschrokken van het vooruitzicht op gevangenisstraf. Iedereen zou in zo'n situatie bang worden.

Maar toch had hij het gevoel dat hij een dolk in zijn rug had gekregen en hij werd ziek bij de gedachte dat ze hem had verraden.

'We hadden een andere advocaat voor haar moeten zoeken in Jacksonville,' zei hij tegen Sawyer. 'We hadden voortvarender te werk moeten gaan.'

'We hadden geen geld. Mouse was neergeschoten.'

'Ze zal vast gedacht hebben dat we haar in de steek hadden gelaten,' zei Pender. Hij beende nu op en neer in de kamer. 'Ik bedoel, hoe kunnen we zeker weten wat ze hun heeft verteld?'

'Wat wist ze trouwens echt? Ze was op de hoogte van de aliassen, de bankrekeningen, alle vorige ontvoeringen. Prima. De FBI had dat zelf ook allemaal kunnen uitvogelen.'

'Ze wist waar we ons terug wilden trekken.'

'Dan veranderen we de bestemming toch? Dan zoeken we ons heil ergens anders dan op de Malediven. Dat is alles.'

'Het maakt niet uit wat ze hun heeft verteld,' zei Tiffany. 'Het is gewoon een feit dat ze jullie heeft verraden. En toch zijn jullie nog steeds bereid alles op het spel te zetten om haar te redden. We zouden er nu, op dit moment, vandoor kunnen gaan. Denk daar maar eens over na.'

'Jij bent rijk,' zei Sawyer. 'Wat zou het jou kunnen schelen?'

'Mijn vader heeft me financieel gekortwiekt,' zei Tiffany. 'Mijn creditcards, alles. Ik heb niet meer dan honderd dollar op mijn eigen naam staan.'

Pender bestudeerde de vlekken in het tapijt. Hij voelde dat Tiffany's en Sawyers ogen op hem gericht waren en hij wist dat ze op zijn besluit wachtten. Hij dacht erover om de vijf miljoen dollar te pakken, maar vervolgens dacht hij meteen: maar wat zou ik zonder Marie moeten? Verraadster of niet, ik hou van die meid. Al had ik al het losgeld van de hele wereld, ik zou het mezelf nooit vergeven als ik ervandoor ging. Hij keek eerst naar Sawyer op en toen naar Tiffany.

'Nou?' zei Tiffany.

'We doen het als volgt,' zei Pender tegen hen. 'Ik blijf totdat Marie uit de gevangenis is. Jullie kunnen naar believen blijven of vertrekken. Jullie hebben paspoorten en creditcards en op je bestemming ligt geld te wachten. Als jullie niet willen blijven, kunnen jullie vertrekken. Even goede vrienden.'

'Ze is een verklikster, Pender,' zei Tiffany. 'Je maakt een grandioze vergissing.'

Sawyer sloeg met zijn vlakke hand op tafel. 'Ze is godverdomme geen verklikster!' zei hij. 'Ze maakt deel uit van het team.'

Tiffany stond op. 'Goed,' zei ze. 'Ik zie al hoe dit gaat aflopen. Ik ben weg.'

Sawyer staarde haar aan. 'Vertrek je?'

'Laat haar gaan, Sawyer,' zei Pender. 'Het is beter dat ze nu wegloopt dan wanneer we haar echt nodig hebben.'

Tiffany liep naar de deur. Ze keek achterom naar hen. 'Jullie laten je door dit meisje naar de afgrond voeren,' zei ze. 'Ik kan hier niet blijven als alles uit elkaar valt.'

Ze draaide zich naar de deur toe, maar voordat ze de klink kon vastpakken, verstijfde iedereen in de kamer omdat er aan de andere kant op de deur werd geklopt. Sawyer en Pender staarden elkaar aan, en Sawyer greep de uzi. 'Wie is daar?' riep Pender.

'Arthur Pender,' klonk de stem vanaf de andere kant. 'Dit is de FBI. Doe open. Je bent omsingeld.'

80

Tiffany was midden in een pas stil blijven staan. Terwijl Sawyer langzaam de uzi greep, staarde Pender naar de deur met het gevoel alsof hij zonder parachute uit een vliegtuig was gesprongen.

Ze waren erbij. Op een of andere manier had de FBI hen getraceerd en was dit opeens een heel andere zaak geworden. In plaats van een simpele ontvoering was dit ineens tot een gijzelingssituatie uitgegroeid, en Pender hoefde niet naar het raam te lopen om zich te kunnen voorstellen hoe het er buiten aan toe ging. Overal zouden politieauto's en federale agenten zijn, naast helikopters, verslaggevers, SWAT-teams, sluipschutters en gijzelingsonderhandelaars. Ze waren nu het middelpunt geworden van iets enorms, iets rampzaligs.

Oké, dacht hij. Niet in paniek raken. Hij draaide zich weer naar Sawyer toe. 'Help me dit bed te verplaatsen,' zei hij. 'We moeten die deur barricaderen.'

Sawyer stond op en hielp Pender het bed naar de deur te slepen. Ze zetten het strak tegen de muur aan, waarna Pender een paar stappen terug deed en de kamer overzag. Dit is het dus, dacht hij. Het slagveld. Hier zullen we de beslissende strijd aangaan.

Er werd weer op de deur geklopt. 'Arthur, we weten dat je daar zit.'

Dat moest Stevens zijn. Pender liep naar het raam en schoof het zware gordijn zo voorzichtig mogelijk terug. Hij tuurde naar de parkeerplaats, en nadat zijn ogen zich aan het licht hadden aangepast, zag hij dat het tafereel er precies zo uitzag als hij het zich had voorgesteld, als een surrealistische film.

Hij zag twee Grosse Pointe-politieauto's en twee burgerauto's staan. De politieauto's stonden dwars opgesteld en de inzittenden zaten geknield achter de open portieren, terwijl ze hun dienstpistolen recht op de motelkamerdeur gericht hielden. Voor de deur stonden twee FBI-agenten: een man van middelbare leeftijd en een jongere vrouw, allebei met getrokken wapens. De man bracht zijn arm omhoog en klopte nogmaals. 'Arthur,' zei hij. 'Als je niet opendoet, zullen we de deur moeten forceren.'

Pender trok de gordijnen dicht en deed een stap terug. 'Ga je gang,' zei hij, terwijl hij probeerde kalm te blijven klinken. 'Als jullie hier met minder dan vijf miljoen dollar binnenkomen, zullen jullie hier een dode gijzelaar aantreffen.'

Het bleef even stil. De vrouw nam nu het woord. 'Arthur,' zei ze. 'Luister nou. We hebben je omsingeld. Je maakt geen schijn van kans om hier levend uit te komen. Het spel is uit, snap je? Maak het voor jezelf nou niet onnodig moeilijk.'

'Het spel is nog niet uit,' zei Pender. 'En als jullie denken dat jullie ons kunnen dwingen, dan maken jullie een enorme vergissing.'

Hij liep naar het nachtkastje en pakte de TEC-9, een blik op Sawyer werpend. Sawyer knikte, en hij liep terug naar de deur.

'Als jullie Angel Cardinals man niet in stukjes en brokken aan haar willen teruggeven,' vervolgde Pender met een stem die nauwelijks als de zijne klonk, 'dan moeten jullie onze eisen ditmaal toch eens nauwkeuriger bestuderen. Luisteren jullie naar me?'

Pender wachtte. Uiteindelijk nam agent Stevens het woord. 'We luisteren, Arthur.'

'Goed,' zei Pender. 'We willen het losgeld binnen twaalf uur hebben. We willen een vrijgeleide naar het dichtstbijzijnde vliegveld, een vliegtuig en piloten die ons naar Azië of Noord-Afrika kunnen vliegen. Jullie leveren Marie McAllister op het vliegveld af en zetten haar in het vliegtuig. Als we bevestigd hebben dat het geld afgeleverd is en dat het vliegtuig aan onze eisen voldoet, zullen we Cardinal vrijlaten en hoeven jullie je niet meer druk om ons te maken.'

'Arthur.' Dat was Windermere. 'We hebben hier al over gesproken. Het geld is geen probleem. Maar we kunnen je Marie niet geven. Het spijt me.'

'Dit zijn geen onderhandelingen,' zei Pender. 'Als onze eisen niet voor honderd procent worden ingewilligd, zal Cardinal worden doodgeschoten. We zijn niet bereid naar excuses te luisteren.'

'Ik heb een vliegtuig.' Iedereen werd verrast door Cardinals stem. 'Ik heb een Gulfstream 550 op het vliegveld Coleman Young staan. Die kunnen jullie gebruiken, net als mijn piloot. Geen probleem. En het geld evenmin. Zolang jullie me maar niet doden.'

'Hoor je dat?' zei Pender. 'Cardinal zal jullie met het vliegtuig helpen. Dat betekent dat alleen Marie en het geld overblijven. Jullie hebben twaalf uur.'

Hij liep van de deur weg en pakte de afstandsbediening van de tv, zapte langs de kanalen totdat hij het nieuws had gevonden en ging op de rand van het bed zitten om te kijken. Met de afstandsbediening in de ene hand en het machinepistool in de andere keek hij naar het scherm, terwijl hij probeerde zijn razende hartslag onder controle te krijgen.

81

Agent Stevens keek toe hoe de eerste nieuwshelikopter met de bloedrode ondergaande zon op de achtergrond boven het Motor City Motel begon te cirkelen. Hij richtte zijn ogen weer op de grond en overzag het parkeerterrein en het circus dat zich daar afspeelde.

Windermere en hij hadden de gasten opgedragen het motel te verlaten zodra de receptionist had bevestigd dat het inderdaad Pender en zijn bende waren die zich in het motel hadden verschanst. De gasten hadden zich nu achter de gele politielinten verzameld en gooiden fastfoodverpakkingen op de stoep, terwijl ze de politiefunctionarissen voortdurend in de weg liepen.

De politie van Grosse Pointe had een handvol agenten in uniform en surveillanceauto's ter plaatse gebracht om de meute onder controle te houden en de gevarenzone rond kamer 23, waar Pender zich ophield, te beveiligen. Agent Stent van St. Clair Shores stond ergens in de menigte met Angel Cardinal en haar kinderen en probeerde de vrouw te kalmeren. Ondertussen wachtte rechercheur Landry met zijn collega in zijn burgerauto de gebeurtenissen af. Die bende had Donald Beneteau vermoord, en zodra die gasten geboeid en opgeborgen waren, zou Landry de oplossing van een belangrijke zaak op zijn naam mogen schrijven, wat hem zeker een maand lang de goodwill van zijn chef bij Moordzaken zou opleveren.

En dan had je nog het tactische team, de superhelden in kogelvrije vesten, voorzien van zware geweren: het FBI-gijzelingsreddingsteam. Zodra Stevens en Windermere bureau Detroit van de situatie op de hoogte hadden gebracht, waren ze uit Quantico ingevlogen, onder commando van een potige speciaal agent, Wellwood genaamd, die al een halfuur lang probeerde het bevel ter plaatse van Windermere over te nemen.

'Deze jongens zijn hier niet voor opgeleid,' zei Wellwood. Hij had de plattegrond van het motel achter in de FBI-commandowagen uitgespreid en zat die te bestuderen terwijl hij sprak. 'We kunnen daar met een flitsgranaat naar binnen dringen en hen binnen een minuut uitschakelen. Probleem opgelost en we kunnen allemaal naar huis.'

Stevens schudde zijn hoofd. 'Zodra ze je zien aankomen grijpen ze die gijzelaar vast en jagen ze een kogel door zijn kop.'

Wellwood keek op van de plattegrond. 'Met alle respect, agent Stevens, maar mijn mannen zijn professionals. We hebben die lui al uitgeschakeld voordat ze het eerste schot kunnen lossen.'

Wij zijn ook professionals, dacht Stevens, en ik wil die bende levend in handen krijgen. Ik wil er helemaal geen getuige van zijn dat ze neergeknald worden. Ik wil ze met woorden uit die motelkamer naar buiten zien te leiden en ze dan geboeid naar het FBI-hoofdbureau afvoeren. Ik heb te lang aan deze zaak gewerkt om toe te kijken hoe de bendeleden door een stel cowboys met M16's doorzeefd worden.

Windermere stapte de commandowagen in, haar mobieltje dichtklappend. 'Gilbert zegt dat wij nu de leiding hebben,' zei ze. 'Als het er slecht begint uit te zien, agent Wellwood, neem jij het over met je mannen. Voorlopig gaan we proberen hen zonder geweld naar buiten te praten. Duidelijk?'

Wellwood fronste zijn wenkbrauwen. 'Wil je dat mijn onderhandelaars het gesprek voeren?'

Windermere schudde haar hoofd. 'Wij kennen deze jongens. Ze praten alleen met ons.' Ze wendde zich tot Stevens. 'We gaan aan de slag, grote vriend. Hoe krijgen we ze die kamer uit?'

Stevens keek naar het motel achter hem en luisterde naar de diverse portofoonconversaties en het geraas van de helikopters in de lucht. 'In hoeverre zijn we in staat op hun eisen in te gaan?' zei hij.

'Angel Cardinal is bereid om het losgeld te betalen. Ze kan het geld naar elke plaats ter wereld overmaken. Bevestiging in seconden. Dat zal echt geen probleem zijn.'

'En het vliegtuig?'

'Hall heeft met de vliegmaatschappij van Cardinal gesproken. Op dit moment wordt het toestel volgetankt. De piloot wordt van de situatie op de hoogte gebracht.'

'Het hangt dus allemaal af van Marie.'

'Ja.' Windermere liep naar het motel terug. 'Ik stap nog eerder zelf in dat vliegtuig dan dat ik dat meisje daar zelfs maar in de buurt laat komen. Cardinal kan hun zijn geld geven en hij kan hun zijn vliegtuig geven, maar ze krijgen ons meisje niet.'

'Mee eens.' Stevens keek over het parkeerterrein naar de rij politieauto's en de donkere motelkamer daarachter. Hij stelde zich voor hoe Arthur Pender achter die deur verschanst zat, en hij vroeg zich af wat die jongen dacht. Was hij bang? Was hij boos? Dacht hij dat hij bepaalde wat er ging gebeuren?

Hij keek Windermere aan. 'Die bendeleden willen McAllister zien,' zei hij. 'Nou, dan laten we McAllister toch zien?'

82

Marie sliep toen de FBI-agent haar kwam halen. Ze had liggen dromen, en ze werd wakker met het ellendige gevoel dat Arthur in gevaar verkeerde. Het was al dagen en misschien zelfs weken geleden dat ze haar opgesloten hadden. Ze sliep als ze moe was en de rest van de tijd zat ze naar de muur van haar cel te staren, luisterde ze naar de andere gevangenen en probeerde ze zich in te beelden dat ze ergens anders was. Als ze wakker werd stond er soms een bord met smakeloos eten voor haar deur, en soms nam een norse bewaker haar mee naar buiten voor een uurtje lichaamsbeweging op het kale binnenterrein. Maar meestal was ze alleen met haar gedachten en sliep ze, of probeerde ze te slapen, en dacht ze aan Pender en Sawyer, en altijd aan Mouse.

Ze werd wakker doordat er een sleutel in het slot van de deur werd gestoken. Toen ze opkeek zag ze Stevens, die FBI-agent, op de gang staan. 'Opstaan,' zei hij. 'We gaan een eindje rijden.'

Eerst dacht ze dat hij haar meenam voor een nieuw verhoor, maar toen hij haar het cellencomplex uit leidde zag ze aan de manier waarop de bewaarders naar haar keken en de politie openlijk naar haar staarde dat dit iets anders was. Er was iets mis.

Stevens ondertekende wat formulieren en bracht haar naar de parkeerplaats, waar zijn burgerauto stond. Naast het achterportier bleef hij staan. 'Steek je polsen naar voren.'

Ze keek hem aan en zag de handboeien. 'Ik zal echt niet wegrennen,' zei ze.

Hij schudde zijn hoofd en deed haar de boeien om. 'Sorry,' zei hij. 'Ik krijg hier op deze manier al genoeg last mee.'

Hij opende het portier en duwde haar naar binnen. Nog steeds half slapend en verward nam Marie op de achterbank plaats.

De agent ging achter het stuur zitten en reed van de parkeerplaats weg, een van de grauwe straten van Detroit in. Marie zat een tijdje te kijken hoe hij door de stad reed. Toen boog ze zich naar voren. 'Waar gaan we naartoe?'

Stevens keek naar haar in de achteruitkijkspiegel. Zijn blik trof de hare, en ze zag dat hij haar opnam. Hij keek weer naar de weg en reed een paar stratenblokken verder. Opeens zei hij: 'Weet je, ik ben niet eens een FBI-agent.'

Wat heeft dat nou weer te betekenen, dacht Marie, maar ze zei niets.

'Ik zit bij de staatspolitie van Minnesota, de BCA. Ik doe eigenlijk nooit ontvoeringen.'

Marie keek naar hem in de achteruitkijkspiegel. Hij hield zijn blik op haar gericht.

'Dat komt vooral doordat er in dat deel van het land niet veel ontvoeringen zijn. Maar dat zul je vast wel weten als beroepsontvoerder.'

Hij sloeg rechts af en reed een volgende lange straat door, terwijl zijn blik heen en weer schoot tussen Marie en de weg. 'Ik heb een vrouw en twee kinderen in St. Paul,' zei hij. 'Ik heb ze al een week niet gezien. Eigenlijk ben ik al in geen maand echt thuis geweest. Ik had nooit gedacht dat een staatspolitieman zo veel op reis zou zijn.'

Hij reed snel naar links tussen het verkeer door en even later reden ze accelererend een lager gelegen doorgaande vierbaansweg op, terwijl de motor flink toeren maakte.

'Ik mis ze,' zei Stevens. 'Ik mis ze vreselijk. Maar weet je wat raar is? Als je me vertelde dat ik hen vanavond kon zien, maar dat ik dan jouw zaak zou moeten opgeven en die gewoon zou moeten laten lopen, dan zou ik dat geen moment overwegen. Ik denk zelfs wel eens dat ik jouw vriend en zijn maten helemaal niet wil oppakken. En dat komt doordat ik zo graag aan deze zaak werk dat ik er zelfs blij mee zou zijn als er nooit een eind aan kwam.'

Terwijl hij met flinke snelheid door bleef rijden, tuurde hij naar de weg, die omhoog en weer omlaag liep. Marie zat onderuitgezakt op de achterbank. 'Waar breng je me naartoe?'

Ze namen een afslag en reden weer op straatniveau, terwijl Stevens zijn ogen op de weg gericht hield. Hij zei niets. Marie keek uit het zijraampje en zuchtte. 'Ga je me dat nog vertellen?'

Stevens gaf geen antwoord maar gebaarde naar voren. In de verte kon Marie de plek zien waar ze blijkbaar heen reden. Een heleboel zwaailichten en knipperende lampen, een hele meute mensen en auto's, en daarbovenuit de vale luifel van het Motor City Motel.

Ze stopten bij de meute toeschouwers, waar een naar hen gebarende agent in uniform het gele politielint voor hen optilde zodat

Stevens verder kon rijden. Marie voelde dat de gezichten van de wachtende meute zich naar haar toe draaiden en dat iedereen in haar richting keek en ze liet zich helemaal onderuitzakken om die niet te hoeven zien.

Op het motelterrein was de situatie minder chaotisch, maar het was er zeker niet minder bedrijvig. Er stond een verzameling surveillanceauto's als kinderspeelgoed op een rij opgesteld, agenten in uniform renden heen en weer en boven hun hoofd klonk het voortdurende geraas van helikopters. Ieders aandacht ging uit naar een moteldeur die door schijnwerpers werd belicht, nummer 23. Daaromheen had zich een halve kring van politieagenten en hun auto's gevormd. Niemand ging hier naar binnen of naar buiten.

'Wat is dit?' vroeg Marie, terwijl haar maag ineenkromp. 'Waarom zijn we hier?'

Stevens zette de auto stil. 'Je vriend zit daar,' zei hij, naar de deur gebarend. 'Arthur en Matt Sawyer en hun nieuwe vriendin Tiffany Prentice. Ze hebben een gijzelaar, een man die Jason Cardinal heet. Hij heeft een vrouw en twee kinderen. Die zijn hier ook ergens. Ze zijn natuurlijk doodsbang.'

'Lieve god,' zei Marie.

'Je vriend vraagt om vijf miljoen dollar losgeld en een privéjet richting Afrika. De familie is bereid het losgeld te betalen. De gijzelaar wil zijn vliegtuig aan hen ter beschikking stellen. Maar dat is voor je vriend niet genoeg. Hij wil jou ook.'

Stevens draaide zich om in zijn stoel en keek haar doordringend aan. 'Hij krijgt jou niet, Marie. Daar kan geen sprake van zijn. Er staat een tactisch team klaar dat popelt om met machinegeweren en granaten naar binnen te stormen, maar dat willen we niet. We willen dat iedereen rustig naar buiten komt. Maar onze tijd is bijna op.'

Marie staarde naar de man en toen naar de chaos buiten. Pender zat in die motelkamer en Sawyer was bij hem.

'We hebben jou nodig om met Arthur te praten, Marie,' zei Stevens. 'Je kunt zijn leven redden.'

Marie voelde hoe het bloed uit haar hoofd wegtrok. De zwaailampen leken in haar lichaam door te dringen, de stemmen, de motorgeluiden en de portofoonruis echoden in haar hoofd tot het allemaal te veel werd en ze wist dat ze flauw zou vallen. Ze verzette zich er zo lang mogelijk tegen, maar na een paar wanhopige seconden moest ze eraan toegeven en ging ze onderuit in de FBI-auto.

83

Terwijl de handboeien pijnlijk in haar polsen drukten, werd Marie wakker in haar nachtmerrie en ze zag dat de FBI-agent en een verpleger over haar heen gebogen stonden bij de burgerauto van de politieman. 'Opstaan,' zei Stevens. 'We hebben geen tijd om spelletjes te spelen.'

Het is geen spel, wilde ze tegen hen zeggen, maar als ze haar mond zou openen, zou ze waarschijnlijk moeten overgeven, dacht ze. Daarom bleef ze zwijgen terwijl hij haar omhoog hielp en van de auto wegleidde, terwijl de hele wereld naar haar keek, met haar oranje gevangeniskleren, de handboeien, haar futloze haar en haar slaperige ogen.

Hij had haar dus toch niet in de steek gelaten. Zelfs na de dood van Mouse niet. Pender had haar niet verlaten en was niet naar Thailand of de Malediven gevlogen. Hij was niet ontsnapt. Hij was hier, in deze enorme chaos. Pender had dit voor haar gedaan.

Marie keek rond naar de politie, de verslaggevers en de omstanders in het duister, en ze voelde zich angstiger dan ze zich ooit in haar leven had gevoeld. Waarom is hij niet gewoon vertrokken, vroeg ze zich af. Waarom dacht hij in godsnaam dat dit een uitvoerbaar plan was?

Ze realiseerde zich met een kil, schuldig gevoel dat ze nooit had gewild dat ze verlaten werd. Ze had juist gewild dat Pender naar haar terug zou komen, en dat had hij nu gedaan. Dit had ze toch de hele tijd gewild, of niet soms?

Stevens leidde haar door de meute heen naar een grote blauwe FBI-wagen. Hij hielp haar aan de achterzijde in te stappen, waar een paar FBI-technici naar een reeks computerschermen en elektronische apparatuur zaten te staren. Agent Windermere zat voor een monitor en keek op toen Marie binnenkwam. 'Marie McAllister,' zei ze. 'De oorzaak van alle verwarring. Heeft agent Stevens je al over de situatie ingelicht?'

'Ik heb haar een overzicht gegeven,' zei Stevens.

'Je moet Arthur zien te overtuigen zijn plan op te geven voordat hem iets aangedaan wordt, snap je?'

Marie wilde dat ze ergens kon gaan zitten. Ze knikte.

'Luister goed naar me,' zei Windermere. 'We hebben Pender verteld dat je bent doorgeslagen. De chaos zal een stuk hanteerbaarder worden als hij niet langer aan jou denkt. Als je wilt dat hij blijft leven, moet je het spel meespelen, want zonder jou, dame, wil hij nergens heen,' zei ze, naar Marie opkijkend.

Stevens rolde een stoel naar haar toe en klopte op de zitting. Marie liet zich door hem in de stoel zetten en Windermere pakte een telefoon. Ze gaf Marie de hoorn. 'We hebben een omleiding naar Arthurs kamer gemaakt,' zei ze. 'Ik ga je nu met hem verbinden.'

Terwijl de zon onderging en het duister werd in de kamer, aten ze de laatste beetjes eten op. Het enige licht kwam nu van de tv en de lampen die op de deur gericht waren en waarvan het licht langs de gordijnranden in de kamer doordrong. Pender knipte een lamp aan. In het schemerduister luisterden ze naar de commotie buiten en keken ze naar het nieuws op tv.

Er waren honderden politieagenten buiten. Het nieuwsstation schakelde over op livebeelden uit een helikopter, en Pender zag dat de FBI een team sluipschutters op een belendend dak had geposteerd. Hij vroeg zich af waar de politie zich nog meer schuil kon houden. De enige uitgang van de motelkamer was de voordeur. De badkamer lag aan de achterkant, en er liep een verwarmingsbuis langs de achterkant die te klein leek om een mens te kunnen doorlaten. Hoe dan ook, Pender wist dat de politie een manier zou zoeken.

Hij zocht Sawyers blik. 'Let goed op of je geluiden hoort,' zei hij. 'Als ze komen, verschaffen ze zich misschien geen toegang via de voordeur.'

Sawyer knikte. 'Ze hebben een SWAT-team meegebracht.'

'En sluipschutters,' zei Pender. 'We moeten bij het raam vandaan blijven.'

De telefoon op het nachtkastje ging, en Pender sprong op. Hij keek naar Sawyer en zag dat zijn vriend zijn hand op de uzi hield. Sawyer trok een wenkbrauw op en Pender bracht een lachje op zijn gezicht. Toen nam hij de telefoon op. 'Met Arthur Pender.'

'Arthur?' Haar stem zoog de lucht uit zijn longen. Marie. Hij probeerde te antwoorden, maar dat lukte niet. Zijn mond bewoog wel, maar er kwam geen geluid uit. 'Ben je daar?'

'Marie,' zei hij uiteindelijk. 'Waar zit je?'

'Met mij gaat het goed,' zei ze. 'Ik zit in een busje voor het motel. Ze hebben me hierheen gebracht.'

'Ik zou zonder jou niet weg kunnen,' zei hij. 'Ik heb je enorm gemist.'

'Arthur, dit is belachelijk. Weet je wel hoeveel agenten hier zijn? Ze hebben geweren, schatje. Ze willen je allemaal ombrengen.'

'Ik weet het,' zei Pender. 'Het zal niet lang meer duren, dan zijn we vrij.'

'Arthur, alsjeblieft. Als je het geld nu aanpakt, heb je een goede kans dat je hier wegkomt. Vergeet mij nu maar.'

'Marie...'

'Luister, Arthur. Het is mijn schuld dat de politie ons gevonden heeft. Ik heb de creditcard van Ashley McAdams in Seattle gebruikt. Alles is mijn schuld. Laat de anderen niet boeten voor mijn fouten.'

'Ik ga niet weg zonder jou.'

Marie zweeg even. Toen ze weer het woord nam, klonk haar stem krachtiger. 'Arthur, ik heb de boel verlinkt. Ik heb hun alles verteld. Ik heb je verraden.' Haar stem brak en hij merkte dat ze huilde. 'Ik ben het niet waard, Arthur. Ik ben het niet waard dat jij je leven riskeert.'

'Zeker wel,' zei hij tegen haar. 'Of je me nu hebt verlinkt of niet, ik ga niet weg zonder jou.'

'Arthur,' zei ze op smekende toon. 'Denk erover na. Blijf professioneel. Vertrek.'

Hij bleef nog een moment staan en hing toen op. Hij moest wel. Als het nog langer geduurd had, had hij haar misschien geloofd. En dan had hij het misschien opgegeven, alleen om haar te zien.

84

Pender liet zich tegen het nachtkastje aan zakken. Blijf professioneel, had ze gezegd. 'Vertrek.' Hij wist dat ze gelijk had. Een professional zou nu in Cardinals vliegtuig zitten, champagne drinken en op een leven vol vrije tijd proosten. Een professional zou zijn verlies genomen hebben en gevlucht zijn zolang het nog kon.

Toch konden ze nog altijd als professionals handelen. Als hij Maries advies opvolgde en haar in de kou liet staan, konden ze binnen een etmaal toeterlazarus, rijk en vrij aan een tropisch strand liggen. Daar was alleen maar een enorme dosis moed en een heleboel egoïsme voor nodig. Misschien draaide het juist daarom als je een professional was.

Sawyer keek hem aan. 'Alles goed, chef?'

'Ja,' zei Pender. 'Marie wil dat we haar in de steek laten. Ze zei dat ik een professional moest zijn en ervandoor moest gaan.'

'Een professional,' zei Sawyer. 'Klinkt goed.'

'Ze zei tegen me dat we het geld moesten accepteren, in het vliegtuig moesten stappen en haar uit ons hoofd moesten zetten. Ze zei tegen me... ze zei dat het haar eigen schuld was dat ze opgepakt was. Ik denk dat de FBI haar heeft gearresteerd toen ze in Seattle de verkeerde creditcard gebruikte. Ze zei tegen me dat ze het allemaal aan zichzelf te wijten heeft.'

'Gelul,' zei Sawyer. 'Het is mijn schuld dat we gepakt zijn.'

'Nee.'

Sawyer keek dwars door Pender heen, zijn blik ontwijkend. 'Ik heb Beneteau doodgeschoten. Dat was een ongelooflijke stommiteit. Als ik die vent niet had gedood, waren we zonder problemen weggekomen. We zouden nergens mee in verband worden gebracht. Dit is mijn schuld.'

Pender keek Sawyer verwijtend aan. 'Het is niemands schuld,' zei hij. 'We hebben als team gewonnen en als team verloren. We hadden allemaal professioneler moeten zijn.'

Sawyer zei niets.

'Marie vertelde me dat ze doorgeslagen is, Sawyer. Ik weet dat we haar in de steek moeten laten, maar ik kan het niet.'

Sawyer reageerde nog steeds niet, en de woorden bleven in de lucht hangen, totdat Sawyer uiteindelijk opkeek en Penders blik trof. 'Ik kan dat ook niet over mijn hart verkrijgen,' zei hij. 'Wij moeten de schuld op ons nemen voor haar fouten.'

Tiffany zuchtte luid vanuit de hoek van de kamer, waar ze met opgetrokken knieën op de grond zat. Pender keek naar haar, waarop ze met een fronsende blik haar gezicht afwendde. Als ze een paar minuten eerder was vertrokken, had ze het misschien gered, dacht hij. Maar nu zit ze met ons opgesloten en is het einde voor haar misschien nabij.

'Je wist waar je aan begon,' zei hij tegen haar. 'Als je iets anders had gewild, had je naar Princeton terug kunnen gaan. Ik heb je volop kansen gegeven om te vertrekken.'

Tiffany keek hem woedend aan. 'Ik heb hier schoon genoeg van,' zei ze terwijl ze opstond. 'We hebben de kans gekregen hier levend uit te komen met een zak geld, en nu blijven jullie maar praten alsof er nog andere mogelijkheden zijn. Ik kan zo echt niet verder.'

Ze liep naar de deur en maakte aanstalten het bed weg te trekken. Pender liep naar haar toe, ging achter haar staan en sloeg zijn armen om haar heen. Ze stribbelde tegen, met haar armen zwaaiend en vloekend. 'Laat me los,' zei ze. 'Ik ben niet van plan mijn leven op te geven, alleen maar omdat jullie te stom zijn om te zien wat er voor je ligt.'

'Als jij door die deur naar buiten loopt, gooien ze je in de cel,' zei Pender tegen haar. 'We zijn inmiddels het punt gepasseerd waarop je zomaar kunt weglopen.'

'Jullie misschien wel,' zei ze. 'Mijn vader is bijna miljardair. Hij heeft beroemde advocaten. Ik zeg tegen hen dat het door het stockholmsyndroom kwam en dat jullie me hiertoe gedwongen hebben. Laat me los!'

Tiffany rukte zich uit Penders armen los en hij keek toe hoe ze het bed van de muur weg probeerde te slepen. Sawyer wilde haar tegenhouden, maar Pender sneed hem de pas af. 'Laat haar gaan,' zei hij. 'We zijn beter af zonder haar.'

'Jezus, nee,' zei Sawyer. 'Ze kan hier niet zomaar naar buiten lopen en er ongestraft mee wegkomen. Geen sprake van, chef.'

Pender hield hem tegen en terwijl hij met zijn vriend aan het worstelen was, sleepte Tiffany het bed van de deur weg. Ze duwde de deurklink naar beneden en had de deur al half geopend toen Sawyer zich van Pender losrukte.

'Terug naar binnen,' zei hij, Pender ontwijkend, en hij klom over het bed heen naar Tiffany toe. Hij greep haar beet toen ze over de drempel liep en er volgde een korte worsteling in het licht van de politieschijnwerpers. Sawyer had Tiffany's arm vastgegrepen en schreeuwde iets wat Pender niet kon verstaan, terwijl zij zich wanhopig los probeerde te rukken. Maar Sawyer hield haar stevig vast en sleepte haar terug de kamer in. Op dat moment hoorde Pender het schot.

Sawyer wankelde, Tiffany rukte zich los en verdween richting parkeerplaats.

Terwijl Sawyer tegen de deurlijst aan geleund stond, werd er op de achterzijde van zijn shirt een rode vlek zichtbaar.

Pender greep zijn vriend beet, trok hem de kamer in en sloeg de deur achter hem dicht. Hij liep met Sawyer naar Cardinals bed en zei tegen de gijzelaar dat hij op moest staan. Terwijl Cardinal plaatsmaakte legde Pender Sawyer op bed.

De grote man zag lijkbleek en zei niets. Hij had zijn ogen opengesperd en voelde met beide handen aan de intredewond, terwijl het bloed eruit gutste. Pender sloot de voordeur af en duwde het bed weer op zijn plek, liep naar Sawyers bed terug en bleef daar met de TEC-9 in zijn hand staan, luisterend naar de moeizame ademhaling van zijn vriend. Zo wachtte hij af tot het SWAT-team de deur zou forceren.

85

Stevens hoorde het geweerschot, en een moment was het stil. Iedereen hield de adem in. Hij rende langs de FBI-commandowagen en zag nog net hoe Tiffany Prentice zich van de grote man losrukte en op de politieauto's af rende. Toen zag hij dat Windermere zich woedend een weg baande door de menigte in de richting van de commandowagen, terwijl Wellwood iets in zijn headset riep. Stevens droeg een agent in uniform op Marie McAllister te bewaken en liep zelf ook naar de commandowagen toe.

Windermere greep Wellwood bij zijn revers en duwde hem tegen de commandowagen aan. 'Waar ben jij godverdomme mee bezig?'

'Mijn mannen hadden een vrij schootsveld,' zei Wellwood. 'Ze moesten daarvan profiteren.'

'Wie heeft hun verdomme verteld dat ze konden schieten?'

Wellwood staarde haar zonder iets te zeggen aan.

'Geweldig, hoor,' zei Windermere. 'Nu zit daar een opgefokte jongen met een machinegeweer, en god weet wat hij zich nu in zijn harses haalt. Je hebt het voor ons allemaal verknald.'

Windermere leek op het punt te staan de leider van de tactische eenheid een oplawaai te verkopen. Stevens stapte naar voren voordat ze haar voornemen ten uitvoer bracht. 'Dat was een waardeloze actie,' zei hij tegen Wellwood. 'Er is hier een bepaalde commandostructuur, en daar ben jij dwars doorheen gestiefeld. Maar er zit nog altijd een gijzelaar binnen en zolang die nog in leven is, zullen we met beleid te werk moeten gaan. Laten we dus proberen die jongen te kalmeren, goed?'

'Ik probeer hem aan de telefoon te krijgen,' zei Windermere. 'We moeten hem weer aan onze kant zien te krijgen.'

Op het moment dat ze in de commandowagen verdween, kwam rechercheur Landry met Tiffany Prentice aanlopen. Ze had handboeien om en stribbelde hevig tegen. 'Laat me gaan, klootzak,' zei ze. 'Die jongens hebben me gedwongen, ik zweer het je.'

Landry trok een wenkbrauw op in Stevens richting. 'Ze beweert dat ze zelf gijzelaar was.'

Het meisje keek Stevens door haar verwarde blonde haren angstig aan. Hij wilde haar in haar gezicht uitlachen. 'Ze is geen gijzelaar,' zei hij. 'Laat Hall haar aanhouding regelen en haar naar de stad brengen.'

Het meisje knipperde met haar ogen en haar angstige blik verdween. 'Wat is dit voor onzin,' zei ze, naar Landry trappend. 'Mijn vader zal je dit betaald zetten. Dat beloof ik je.'

Stevens zag hoe Landry het meisje naar zijn burgerauto sleepte, en daarna klom hij weer in de commandowagen, waar Windermere zat te wachten die naar een rij monitoren tuurde. Ze pakte de hoorn van een telefoon op en stak die naar Stevens uit. 'Ik verbind je door met Penders kamer,' zei ze.

Stevens nam de hoorn aan en hield die tegen zijn oor. Er klonk een klik, gevolgd door een beltoon. Hij wachtte af wat Pender zou doen. Die jongen was natuurlijk helemaal over de rooie. Elke fout kon het hele plan doen mislukken – aangenomen dat dat al niet gebeurd was.

De beltoon stopte, en toen was het stil. Stevens keek naar Windermere, die hem kort toeknikte. 'Arthur?' zei hij. 'Met agent Stevens.'

Er kwam geen reactie. Geen enkel geluid. Windermere gebaarde dat hij moest blijven praten.

'Arthur,' zei Stevens. 'Wij hebben geen opdracht gegeven tot dat schot. Iemand is zijn boekje te buiten gegaan en we zullen ervoor zorgen dat hij daarvoor zal boeten. We willen alleen voorkomen dat je nu domme dingen gaat doen.'

Uiteindelijk nam Pender het woord, en zijn stem klonk doodkalm. 'Jullie hebben je missie verknald en mijn vertrouwen beschaamd,' zei hij. 'Jullie brengen het leven van de gijzelaar nodeloos in gevaar. En dan waarschuw jij mij dat ik geen domme dingen moet doen?'

'Het spijt me,' zei Stevens. 'We weten dat we het verknald hebben. Maar we zullen er nog steeds alles aan doen om jou zonder geweld daar weg te halen.'

Pender zei niets.

'Arthur,' zei Stevens. 'We kunnen nog steeds zaken met elkaar doen. Ja toch?'

Weer een pauze. Pender verbrak de stilte weer. 'Geen spelletjes meer,' zei hij. 'Als je het weer verknalt, zul je daar spijt van krijgen.'

Hij hing op. Stevens hing een seconde later eveneens op. Hij was doornat van het zweet en zijn hart ging als een razende tekeer. Hij keek Windermere aan. 'We zijn hem nog niet kwijt.'

Windermere slaakte een zucht. 'Wat een stelletje hufters,' zei ze. 'Ik zal ervoor zorgen dat ze in Alaska te werk worden gesteld.'

Stevens stond op en liep naar de deur van de commandowagen. Aan de overkant van het parkeerterrein werd de deur van kamer 23 door schijnwerpers verlicht, als in een scène uit een oude B-film. 'Wat betekent dit voor ons?' zei hij. 'Zal hij zonder McAllister willen vertrekken?'

Windermere schudde haar hoofd. 'Hij heeft net gezien hoe zijn beste vriend werd neergeschoten. Hij zal nu zeker niet meer zonder het meisje vertrekken.'

'Dat betekent dat hij niet vertrekt,' zei Stevens.

'En dat betekent ook dat de gijzelaar niet vertrekt.'

Stevens wreef over zijn kin en staarde naar de moteldeur. 'Niet per se,' zei hij, zich weer naar Windermere toe draaiend. 'Bel Hall. Ik heb nog een idee.'

86

Pender staarde naar Sawyer. Hij zag hoe moeizaam zijn vriend ademde en hoe diep de schotwond was. De grote man had nog steeds geen kik gegeven. Hij lag op bed naar het plafond te staren alsof hij op zijn sterfbed lag.

Pender bleef naar hem kijken. De commotie buiten was niets meer dan achtergrondgeluid geworden; hij voelde zich onthecht. Het leek wel alsof hij zichzelf op tv zag in een of andere waardeloze actiefilm.

Hij had zijn vrienden teleurgesteld. Ze hadden op hem vertrouwd, en hij had hen in het verderf gestort. Mouse was dood en Sawyer leek elk moment te kunnen sterven. Waarschijnlijk zou hij zelf in deze motelkamer aan zijn eind komen en Marie zou de rest van haar leven in de cel doorbrengen. En dat was allemaal aan hem te wijten.

Sawyer raakte zijn arm aan, hijgend van de inspanning. Pender keek hem in zijn ogen en Sawyer wist een lachje rond zijn mondhoeken tevoorschijn te brengen. 'Nu weet ik hoe Mouse zich voelde,' zei hij. Hij liet zijn hoofd weer op zijn kussen zakken. 'Dat huftertje was taaier dan hij eruitzag.'

Pender zei niets. Een professional zou ervandoor zijn gegaan, dacht hij. Hij zag hoeveel moeite het Sawyer kostte om adem te halen en vroeg zich af hoelang zijn doodsstrijd zou duren.

Cardinal zat in een stoel in de hoek van de kamer. Hij had zwijgend zitten toekijken sinds de komst van de FBI. Nu ving hij Penders blik. 'Het ging helemaal niet om het geld, hè?' zei hij.

Pender keek naar hem op. De man had zijn situatie de afgelopen uren kennelijk leren accepteren en keek Pender nu met een beangstigend kalme blik aan. Pender ontweek zijn blik niet. 'Waar heb je het over?'

'Over het losgeld,' zei Cardinal. 'Dat interesseerde jou helemaal niet, toch?'

'Denk je dat ik jou voor de lol heb ontvoerd?'

'Je had vast je redenen. Maar geld had daar niets mee van doen.'

'Dat zie je verkeerd,' zei Pender. 'Ik heb die klussen de afgelopen twee jaar aangepakt om genoeg spaargeld bij elkaar te krijgen om stil te gaan leven. Als de politie ons niet op het spoor was gekomen, zouden we nog steeds aan het werk zijn geweest en zou het hoogstens nog een paar jaar geduurd hebben voordat ik van dit continent weggevlucht zou zijn en nooit meer had hoeven werken. Maar we hebben er een zooitje van gemaakt, zodat de politie ons in de smiezen kreeg, en toen kwamen we in geldproblemen en moesten we nog één klus uitvoeren om ervandoor te kunnen gaan. En daarom zitten we nu hier.'

'Nee,' zei Cardinal. 'Zo is het niet. Als het allemaal om geld ging, was je nu al verdwenen. Je hebt mij ontvoerd om je vriendin terug te krijgen. Zo zit het en niet anders. Maar je krijgt haar niet terug, en dat weet je best. De FBI zal mij nog eerder laten sterven dan dat ze haar laten gaan.'

Pender haalde zijn schouders op. 'Ze weten wat we willen. Of ze aan onze eisen voldoen, is geheel en al hun keuze.'

'Tja,' zei Cardinal. 'Laten we zeggen dat ik er niet veel vertrouwen in heb.'

Pender pakte de TEC-9 op en liep naar Cardinal toe. 'Of je er wel of geen vertrouwen in hebt, maakt mij niet uit,' zei hij. 'Wat er ook met mij – of met jou – moge gebeuren, dat meisje daar zal niet de rest van haar leven in de cel doorbrengen. Is dat duidelijk?'

Cardinal staarde naar Pender en vervolgens naar het wapen. Hij slikte. 'Ja,' zei hij. 'Prima. Ik begrijp het.'

87

'Nee,' zei Stevens. 'Het was mijn idee. Ik kan jou dat risico niet laten nemen.'

Ze stonden in de commandowagen te wachten tot agent Hall met een kogelvrij vest terugkwam. Een kogelvrij vest voor een vrouw.

'Je maakt je veel te veel zorgen,' zei Windermere. 'Het gaat me best lukken.'

'Geen sprake van. Ik kan niet toestaan dat je daar zo naar binnen gaat.'

Windermere liep naar hem toe. Ze legde haar handen op zijn gezicht en keek in zijn ogen. 'Je bent een schat,' zei ze. 'En dat waardeer ik. Maar je hebt een gezin, Stevens.'

'Jij hebt Mark.'

'Praat me niet over Mark. Die heeft waarschijnlijk al een ander gevonden.'

Stevens keek haar aan. 'Dit is belachelijk.'

'Doe niet zo mal,' zei Windermere. 'Ik red me wel. Daar komt bij dat ik het moeilijkste aan jou overlaat. Ik hoef alleen maar daar naar binnen te gaan en hulpeloos te kijken, terwijl jij buiten de zaak onder controle moet houden.'

'En stel dat je gewond raakt?'

Ze knipoogde naar hem en draaide zich om naar Hall, die met een kevlarvest terugkwam. 'Daar is dat vest voor.'

Hall gaf haar het vest, en de mannen keken toe hoe ze dat over haar blouse aantrok. Toen het vest strak zat, trok ze haar jas erover aan en nam ze een pose aan. 'Wat denken jullie ervan?'

Hall schudde zijn hoofd. 'Onbegrijpelijk dat we dit doen.'

'Liever ik dan Cardinal, toch?' zei Windermere. 'Kom nou toch, jongens. Dit heet vooruitgang.'

'Over vooruitgang gesproken,' zei Hall. 'Bureau Buffalo heeft een naam doorgegeven in verband met die Amtrak-enveloppen. Een zekere Rod Stirzaker.'

Stevens keek hem een moment lang in verwarring aan. 'Bens...'

'... broer, inderdaad. Ze hebben hem opgepakt in een souterrain, waar hij voor een ton aan computers en printers had staan. Hij gilde als een varken toen ze hem betrapten.'

'Wat zei hij?'

'Hij heeft aliassen, paspoortnummers en creditcardgegevens voor Pender en Sawyer gegeven. Toen vertelde een of andere gek hem dat zijn broer was doodgeschoten, en toen begon hij te janken en sloeg dicht. Hij wilde niets meer zeggen.'

'Verdomme,' zei Windermere. 'Ik denk dat onze jongens niet ver komen, zelfs niet als ze deze orkaan weten te doorstaan.' Ze streek haar jas glad over het vest en keek Stevens aan. 'Heb je ooit iemand neergeschoten, Stevens?'

Stevens keek haar even aan en knikte toen. 'Eén keer,' zei hij. 'In Duluth. Een jongen had zich met een geweer in een drogisterij verschanst.'

'Heb je hem doodgeschoten?'

Hij knikte weer. 'Hij stond op het punt de winkelier dood te schieten.'

Windermere keek hem doordringend aan. 'Je zult deze jongen ook moeten doodschieten,' zei ze. 'Pender dus. Zelfs als dat betekent dat hij mij doodschiet.'

'Ik ben niet van plan om jou in gevaar te brengen,' zei hij.

'Stevens, luister.' Ze keek hem weer aan. Ze boog zich voorover en kuste zijn wang. 'Gewoon schieten. Laat die schoft niet lopen.' Ze rechtte haar rug en keek naar Hall. 'Zijn jullie er klaar voor? Zorg dat die jongen aan de telefoon komt, dan kunnen we aan de slag.'

Hall liep naar de rij telefoons en toetste een nummer in.

Stevens keek Windermere een moment lang aan. 'Ik ga Marie halen,' zei hij uiteindelijk. 'Misschien hebben we nog wat aan haar als ze een paar verstandige dingen zegt.'

Marie pakte de telefoon van Hall over en luisterde, terwijl de computer haar met Arthurs kamer doorverbond. De telefoon ging een paar seconden over, waarna hij opnam. 'Wat?'

'Arthur, met mij.'

'Marie,' zei hij. Hij zweeg even. 'Heb je het gehoord van Sawyer?'

'Ja,' zei ze. 'Arthur, dit is niet de moeite waard om voor te sterven. Het is beter dat we allebei levend in de gevangenis zitten dan dat een van ons dood is.'

'Niet als jij vrij bent.'

'Ik kom niet vrij,' zei ze. 'Pak het geld en vertrek.'

'Ik vertrek niet zonder jou. Ik ben met iets bezig. Is dit de reden dat je belt?'

'Nee,' zei Marie. Ze keek de commandowagen rond. Stevens knikte naar haar. 'Ze willen gijzelaars ruilen. Cardinal voor een FBI-agent, Windermere. Ze willen Cardinal hieruit halen.'

Pender zweeg. 'Goed,' zei hij uiteindelijk. 'Mits ze ongewapend is.'

Marie keek naar Stevens, die weer knikte. 'Uiteraard.'

'Jij moet dat controleren.'

'Zal ik doen.'

'Goed,' zei hij. 'Maar ik stel wel een aantal voorwaarden. Geef me een van de agenten.' Hij bleef even stil. 'Ik hou van je, Marie. Hoe dit ook afloopt.'

'Ik weet het,' zei Marie. 'Ik hou ook van jou. Doe geen gekke dingen.'

Ze gaf de telefoon aan Stevens en ging achterover zitten, met het gevoel dat ze voorgoed afscheid had genomen. Naast haar zat Stevens met Arthur te praten, en Marie pakte zijn reserveheadset en probeerde die op te zetten, ondanks haar handboeien. Windermere keek haar misprijzend aan, maar ze negeerde de agent en luisterde mee om Arthurs voorwaarden te vernemen.

'Als we dit doen,' hoorde ze hem zeggen, 'zul je dat moeten verdienen. Jullie hebben mijn beste vriend neergeschoten. Verwacht niet dat ik ook maar een greintje vertrouwen in jullie stel.'

'Met alle respect,' zei Stevens, 'maar je beste vriend is een ontvoerder en een moordenaar. Hij wist waar hij aan begon.'

'Als jullie het zo willen spelen, stuur ik Sawyer met Cardinals lijk naar buiten. Dan kunnen jullie me komen halen.'

'Goed, goed,' zei Windermere, haar headset oppakkend. 'Jullie zijn allebei macho's. We geloven het. Vertel ons je voorwaarden, Arthur.'

'Goed,' zei Pender. 'Ik wil dat Cardinals vliegtuig volgetankt gereedstaat. Ik wil dat de vijf miljoen dollar van Cardinal meteen wordt overgemaakt naar een bankrekening van mijn keuze. Als jullie mij het geld leveren, ruilen we Cardinal tegen Windermere. Daarna kunnen we over Marie ruziën.'

'Oké,' zei Windermere. 'Nog meer?'

'Ik wil eten. Het kan me niet schelen wat het is, maar Windermere zal het ook moeten eten, dus stop er geen vergif in. Als Windermere arriveert, zal ze ongewapend zijn. Marie zal dat controleren, anders is er geen deal. En als Cardinal naar buiten komt, neemt hij Sawyer mee, die dan meteen door jullie mensen behandeld zal worden. Dat zijn de voorwaarden. Graag of niet.'

Windermere wierp een blik op Stevens. 'Daarmee kunnen we wel verder,' zei Stevens tegen hem.

'Goed,' zei Pender. 'Pak een pen. Het geld moet hiernaartoe worden overgemaakt.' Hij gaf de naam en een rekeningnummer van een buitenlandse bank. Stevens schreef alles op en herhaalde het.

'Goed,' zei Pender. 'Stuur Windermere nu naar me toe, met een rolstoel voor Sawyer.'

88

Pender legde de telefoon neer. Hij keek weer naar Sawyer, die oppervlakkig ademend op bed lag. 'We hoeven dit niet zo te spelen,' zei Pender. 'Als je denkt dat je het nog een tijdje volhoudt, kan ik je ook hier bij mij houden. Maar ik wil niet dat je hier ter plekke doodgaat.'

Sawyer staarde hem enige tijd aan. 'Laat me gaan,' zei hij uiteindelijk. 'Ik ga dood als ik hier blijf.'

'Dan stoppen ze je in de gevangenis.'

Sawyer knikte. 'Dat weet ik.'

'Ik kan je hier echt wel uit krijgen. Je hoeft alleen nog maar een tijdje vol te houden.'

Sawyer schudde zijn hoofd. 'Het was mijn schuld, Pender. Ik aanvaard de consequenties.'

'We zijn een team,' hield Pender hem voor. 'Het is ieders schuld.'

'Ik wil alleen dit nog doen.' Sawyer stak zijn hand uit naar die van Pender, pakte Penders vingers zwakjes beet en hield ze vast. 'Voor jou en Marie. Jullie hebben me al vaak genoeg gered. Laat me dit doen.'

Pender keek zijn vriend een tijdlang aan. Lieve god, dacht hij. Zo mag het niet aflopen. Opeens ging de telefoon. Sawyer greep zijn vingers nog eens vast, en Pender richtte zich op en nam de telefoon op. 'Ja.'

'Arthur, met mij. Windermere is ongewapend. Geen pistool of zo. Ik heb het zelf gecontroleerd.' Ze zweeg even. 'Maar ze draagt wel een vest. Ik heb tegen hen gezegd dat je dat niks vindt, maar ze wilden niet luisteren.'

Pender vloekte. 'Laat mij dat maar regelen. En het geld?'

'Dat is overgeboekt naar de Imperial Luxembourg Bank.'

'Goed,' zei Pender. 'Bedankt.'

'Ze willen nu naar binnen, Arthur. Wees voorzichtig.'

'Tot straks,' zei hij. Hij hing op en liep naar Cardinal. Terwijl hij met zijn linkerhand het geweer vasthield, maakte hij met zijn rechterhand de polsen van de man los. 'Goed nieuws voor jou,' zei hij tegen de gijzelaar. 'Je mag hier weg.'

Cardinal knikte. 'Dank je.'

'Geen dank,' zei Pender. Hij glimlachte. 'Als je hier een film over maakt, hoop ik wel dat je me wat meer spieren toebedeelt.'

Cardinal glimlachte naar hem. 'Zoals je wilt.'

Pender duwde de man naar de deur. 'Ze komen met een rolstoel,' zei hij. 'Jij fungeert als mijn schild. We rijden de rolstoel de kamer in, zetten Sawyer erin en dan rij jij met hem naar buiten. En niet achterom kijken. Is dat duidelijk?'

Cardinal knikte.

'Goed,' zei Pender. 'Dan gaan we nu dit bed verplaatsen.'

Pender en Cardinal sleepten het bed van de deur weg en gingen zitten, wachtend op wat komen ging. Na een paar minuten werd er op de deur geklopt. Pender tuurde door het kijkgaatje en zag Windermere aan de andere kant met een rolstoel staan.

Pender gebaarde dat Cardinal de deur moest openen en ging vlak achter hem staan. Cardinal haalde de deur van het slot en opende die. Opeens drong het lawaai van buiten luid in de kamer door. De deuropening werd opeens fel verlicht door de schijnwerpers en Pender kneep zijn ogen toe om de parkeerplaats te kunnen zien. Hij zag de halve kring van politieauto's en agenten daarachter, die allemaal achter de loop van hun geweren naar hem zaten te kijken. Hij zag de commandowagen, de meute in de verte en de rondcirkelende nieuwshelikopters, en hij stelde zich voor dat hij de sluipschutters op het dak aan de overkant kon zien die hem door hun telescoopvizieren in de gaten hielden. Hij rilde en deed een stap naar achteren. Cardinal pakte de rolstoel en ze sloten de deur weer.

Pender zette de rolstoel aan de kant van het bed neer waar Sawyer lag te wachten. Sawyer lachte hem zwakjes toe. 'Dus dit is ons afscheid.'

Pender boog zich naar zijn vriend toe en pakte zijn hand beet. 'Je weet dat je dit niet hoeft te doen,' zei hij.

'Zorg dat je hier veilig wegkomt,' zei Sawyer. 'Is dat duidelijk?'

Pender keek hem nog iets langer aan. Daarna dwong hij zichzelf in actie te komen. Hij tilde zijn vriend voorzichtig in de rolstoel. 'Kom hier,' zei hij tegen Cardinal.

Cardinal reed Sawyer naar de voordeur, en Pender tuurde weer door het kijkgaatje. Windermere stond op de stoep met een zak fastfood.

Terwijl Pender het machinepistool tegen Cardinals achterhoofd aan drukte, droeg hij hem op de deur te openen. Cardinal opende de deur en weer drongen het lawaai en het felle licht naar binnen.

Windermere wachtte naast de deur. 'Geef me die zak en loop de kamer in,' zei Pender tegen haar. Hij gaf Cardinal een zet met het pistool.

Cardinal rolde Sawyer de parkeerplaats op, en Windermere nam zijn plaats in. Pender nam de zak met fastfood in zijn linkerhand en richtte het pistool in zijn rechterhand op haar. Langzaam leidde hij haar de kamer in. 'Sluit de deur,' zei hij. 'Doe hem op slot.'

Zonder een woord te zeggen gehoorzaamde ze en Pender opende de zak met eten, er rekening mee houdend dat er een bom onderin zat. In plaats daarvan zag hij cheeseburgers en frietjes. 'Ik hoop dat je honger hebt.'

'We hebben het niet vergiftigd,' zei ze. 'Dat eten is al giftig genoeg.'

'Ja,' zei Pender. 'Maar om een of andere reden denk ik dat ik ergens anders aan zal overlijden, lang voordat ik door dat fastfood ben dichtgeslibd.'

Hij legde de zak met eten op het bed en fouilleerde Windermere, op zoek naar de bobbel die haar zou verraden. Hij stopte toen hij de dikke laag onder haar jas voelde. 'Ik hoor dat je een vest draagt.'

Ze keek hem koeltjes aan.

'Dat was niet de afspraak,' zei hij. Hij richtte het pistool op haar. 'Trek dat vest uit.'

Windermere keek weer naar hem. Ze zuchtte en begon haar jas los te knopen. 'Ben je van plan me neer te schieten?'

Pender schudde zijn hoofd. 'Ik wil alleen niet dat je iets creatiefs verzint als we eenmaal bezig zijn.'

Hij keek toe hoe Windermere het vest uittrok en het op bed legde. 'Maak het je vooral niet gemakkelijk,' zei hij tegen haar. Hij pakte de telefoon. 'Geef me agent Stevens.'

Terwijl Pender wachtte tot de politie hem doorverbond, dacht hij koortsachtig na over een nieuw plan. Het was een riskant idee, dat alleen kon slagen als Sawyer in leven bleef en een zware last op zijn schouders nam. Maar als het werkte, zou zowel hij als Marie vrijkomen. Het moest werken, hield Pender zichzelf voor. We zijn bijna aan het eind van onze mogelijkheden.

De telefoon werd opgenomen. 'Met agent Stevens, Arthur. Hoe is het eten?'

'Het eten is prima. Ik heb Windermere moeten opdragen haar kogelvrije vest uit te trekken, agent Stevens. Dus hou dat in gedachten als je iets slims wilt ondernemen.'

Stevens wachtte een moment. 'Waarvan akte.'

Pender hield zijn pistool op Windermere gericht. 'Mooi. Dan is het nu tijd voor de volgende fase. Ik wil een busje en een chauffeur om me naar Cardinals vliegtuig te brengen. De chauffeur moet ongewapend zijn. Cardinals vliegtuig moet volgetankt zijn en gereed zijn voor een vlucht over de oceaan. Als jullie aan deze voorwaarden voldoen, zal ik agent Windermere vrijlaten zodra ik aan boord van het vliegtuig ben.'

Stevens nam even de tijd om daarover na te denken. 'En Marie?'

'Het meisje?' zei Pender. 'Dat mogen jullie houden. Ik heb besloten dat ik alleen vertrek.' Hij zweeg even. 'Je hebt één uur de tijd, agent Stevens.'

89

Stevens staarde naar het motel, zich afvragend wat de jongen dacht. Hij had de hele avond strijd gevoerd om het meisje te kunnen meenemen, en nu hij eenmaal het losgeld binnen had, liet hij haar gaan. Wat was er veranderd toen ze Cardinal voor Windermere hadden ingeruild?

Stevens keerde zich van het motel af en richtte zijn blik op Marie McAllister, die somber op een stoel in de commandowagen zat. 'Waar is hij mee bezig?' vroeg hij haar. 'Hebben jullie een geheime code of zo?'

Ze keek naar hem op en haalde haar schouders op. 'Welnee,' zei ze. 'Misschien is hij alleen maar tot bezinning gekomen.'

Stevens keek haar aan. Ze is al net zo in de war als ik, dacht hij.

Agent Hall regelde een veertienpersoons-Chevy bij een nabijgelegen motel en reed driftig claxonnerend het motelterrein op, wat zowel de politie als de omstanders uiteenjoeg. Hij parkeerde naast de commandowagen en stapte uit.

'Snap jij dat nou?' vroeg Stevens hem. 'Waarom maakt hij zo'n ommezwaai?'

Hall haalde zijn schouders op. 'Misschien zag hij een kans om zijn vriend vrij te krijgen en heeft hij die gegrepen.'

'Hoe is het met die Sawyer?'

'Die is er niet best aan toe.' Hij wierp een blik op Marie, die naar de grond zat te kijken. 'Hij heeft een fors gat in zijn borst. Ze zeggen dat het een dubbeltje op zijn kant is.'

Stevens knikte. Ik ben er niet van overtuigd dat dit allemaal om Sawyer gaat, dacht hij, terwijl hij toekeek hoe Hall uitstapte. Er is hier meer aan de hand.

'Agent Stevens?'

Stevens draaide zich om en zag Wellwood achter zich staan. De chef van het tactische team keek Stevens doordringend aan. 'Mijn mannen kunnen van nut zijn als je van plan bent die jongen te onderscheppen voordat hij op het vliegtuig stapt.'

'Akkoord,' zei Stevens. 'Haal je mannen en laat hen positie kiezen rond Cardinals vliegtuig. We volgen hem op de rit naar het vliegveld en hopelijk kunnen we hem uitschakelen voordat hij aan boord gaat. Maar jouw mannen dienen op mijn akkoord te wachten voordat ze schieten. Is dat duidelijk?'

'Begrepen.'

Stevens keek Wellwood na en voelde de adrenalinerush opkomen. De climax naderde, en nerveus vroeg hij zich af hoe het allemaal zou aflopen. 'Gewoon schieten,' had Windermere gezegd. Stevens herinnerde zich haar lippen op zijn huid en vroeg zich af of hij het zou kunnen.

Hall kwam terug met een kevlarvest, en Stevens stak zijn duim naar hem op. 'Geef me een minuutje de tijd om Pender te bellen. Dan geef ik je het groene licht.'

Hall knikte en Stevens deed een stap naar achteren in de commandowagen. Hij pakte de telefoon. 'Verbind me door met Penders kamer.'

De telefoon ging over en Pender nam op. 'Pender.'

'Met Stevens. We sturen nu een busje naar je toe.'

'Goed,' zei Pender. 'We zijn klaar voor vertrek.'

Stevens draaide zich naar Hall toe. 'Stap in dat busje en rij naar hun deur. We hebben een politie-escorte voor je geregeld naar het vliegveld. Niet bang of nerveus worden. En probeer niet de held uit te hangen, goed?'

'Dat is begrepen, meneer.'

Hall stapte de commandowagen uit en Stevens draaide zich naar Marie toe, die naar hem zat te staren. 'En ik dan?' zei ze.

'We zijn klaar met jou,' zei hij tegen haar. 'Een andere agent zal je naar je cel terugbrengen.'

'Nee,' zei ze. 'Alstublieft, neem me mee.'

'Naar het vliegveld?'

Ze knikte. 'Ik moet het zien. Ik moet weten hoe het afloopt.'

Stevens wreef over zijn kin. 'Prima. Maar je moet dan wel de hele tijd vlak bij mij blijven. Als je iets geks probeert te doen, schiet ik je ter plekke neer.'

Hij leidde haar uit de commandowagen naar zijn burgerauto. Daar zette hij haar op de achterbank neer. Zelf ging hij achter het stuur zitten en reed langzaam door de menigte en de halve kring politieauto's. Hij stopte voor kamer 19, vier deuren van de plek waar Hall het busje had geparkeerd, en hij keek door de voorruit toe hoe de deur van Penders kamer werd geopend en Windermere naar buiten liep, gevolgd door Pender, die zijn machinepistool tegen haar hoofd had gedrukt en een uzi in zijn andere hand hield.

Windermere klom achter in het busje, gevolgd door Pender. Terwijl hij het geweer op Windermere gericht hield, liet hij haar het portier sluiten, waarna Hall de versnelling inschakelde en het busje van het motel wegreed.

Stevens haalde zijn voet van de rem en volgde het busje, dat rond de achterkant van het motel reed en achter twee Grosse Pointe-surveillanceauto's aan reed. In de achteruitkijkspiegel zag hij dat het busje van Wellwoods tactische team en nog twee surveillanceauto's zich in de rij aansloten. Het konvooi reed de grote weg op en zette koers naar het vliegveld, terwijl het rumoer in de verte wegstierf en de menigte uit het zicht verdween.

90

Terwijl het busje over de grote weg reed, hield Pender Windermere voortdurend onder schot. Met zijn vrije hand hield hij de zak met eten omhoog. 'Eet,' zei hij. 'Het lijkt me heel uitputtend om gijzelaar te moeten spelen.'

Windermere opende de zak en haalde er een cheeseburger in vetvrij papier uit. Ze wikkelde het eraf en nam een hap. 'Vertel eens,' zei ze al kauwend, 'waarom die plotselinge verandering van ideeën? Wat is er mis met Marie?'

Pender staarde haar aan. 'Ze heeft me verlinkt.'

'Denk je dat echt?'

'Dat heeft ze zelf gezegd. En jij hebt het ook gezegd. Ik denk dat het uiteindelijk toch tot me doordrong.'

Windermere nam nog een hap. 'Ze vreesde voor je leven. En wij zeggen van alles zolang dat nuttig kan zijn om jou de wapens te laten neerleggen.'

'Dus je zegt nu dat ze me niet heeft verlinkt.'

Ze haalde haar schouders op. 'Denk wat je wilt. Maar ik geloof niet dat dat de reden is waarom je van gedachten bent veranderd.'

'Het doet er verder niet toe,' zei Pender. 'Ik ben hier in elk geval weg.'

'Misschien wel,' zei ze. Ze stak haar hand in de zak en pakte een handvol frietjes. 'Ben je nu tevreden? Mag ik nu stoppen?'

Pender knikte. Ze gaf hem de zak weer en hij haalde er nog een cheeseburger uit, die hij uit het papier haalde. Het was een lauwwarme hap op een oud broodje, maar het was het eerste echte voedsel dat hij in meer dan acht uur verorberde, en het smaakte beter dan biefstuk.

De stad trok aan hen voorbij, verlicht door de blauw-rode zwaailichten van het politie-escorte. Pender zag door de ramen dat de chauffeur langs lage winkelcentra en sombere huisjes reed, langs bedrijventerreinen en nog meer luizige motels. Toen ze vaart minderden en langs een restaurant reden, ving Pender een glimp op van de gasten binnen – gezinnen, jonge stelletjes en oude echtparen, en eenzame oude mannen – en hij werd opeens een beetje verdrietig. Wat zou het fijn geweest zijn, dacht hij, om ook zo'n normaal leven te kunnen leiden. Een fatsoenlijke baan, een huis en op zaterdagavond lekker uit eten met je vriendin. Maar de chauffeur accelereerde weer en hij zette die gedachten meteen weer uit zijn hoofd. Ik heb het leven nog niet opgegeven, dacht hij. Nog lang niet.

In de verte dook de luchthaven op, een uitgestrekt terrein vol knipperende lampen en donkere terminals achter hekken met prikkeldraad. De eerste politieauto's van het konvooi reden langs de terminals naar een hangar en een tankstation aan het eind, waar de zakenjet van Jason Cardinal in de verte in het licht van de schijnwerpers baadde.

'Nog één vraag,' zei Windermere. 'Waarom heb je het gedaan?'

Pender draaide zich van het raam naar haar toe. 'Wat?'

'Het interesseert mij niet echt waarom je al die mensen ontvoerd hebt. Ik weet hoe het gegaan is en wie het waren, en daar heb ik genoeg aan. Maar mijn partner, agent Stevens, wil graag weten waarom je het hebt gedaan. Hij vertelde me dat hij je heel graag in de ogen wilde kijken en wilde proberen te begrijpen waarom jullie het hebben gedaan.'

Ze keek Pender aan met een scheef lachje rond haar mond. De chauffeur keek naar hen in de achteruitkijkspiegel. Pender keek uit het raam. 'Kijk eens om je heen, Windermere,' zei hij. 'Dan zie je dat we niet echt andere opties hadden.'

Ze volgde zijn blik. 'Ik weet niet precies wat je bedoelt.'

Hij glimlachte verwrongen naar haar. 'Ik bedoel, weet je hoe het de laatste tijd met de arbeidsmarkt gesteld is?'

Windermere lachte langdurig en hard. 'Dus jullie zochten gewoon werk? Verdomme, Arthur, de FBI heeft altijd mensen nodig.'

'We dachten dat we slim genoeg waren om hiermee weg te komen,' zei Pender. 'Herverdeling van de welvaart, als je begrijpt wat ik bedoel. We wilden onszelf testen en uitproberen of het ons lukte.'

'Dus je wilde jezelf testen,' zei Windermere. 'Hoe ging dat dan in zijn werk?'

Pender zag de hangar dichterbij komen en keek naar het ranke, glinsterend witte vliegtuig op het platform, dat hem de vrijheid beloofde. 'Vraag me dat morgen maar,' zei hij.

De politieauto's leidden het konvooi het luchthaventerrein op en reden in de richting van de hangar, waar ze stopten, terwijl het busje naar het vliegtuig doorreed. Pender draaide zich om in zijn stoel en zag dat de Crown Victoria en de tweede bus eveneens achterbleven.

'Er is een SWAT-team meegereden,' zei hij.

'HRT,' zei Windermere, 'een gijzelingsreddingsteam.'

'Zal best. In elk geval hebben ze grote geweren.'

'Ze zullen niets doen, tenzij Stevens daartoe opdracht geeft.'

'Dat is mooi,' zei Pender. 'Stevens mag jou wel.'

'Denk je?'

Pender keek haar aan. 'Dat mag jij me vertellen.'

'Ik denk het wel,' zei ze. 'Hij zal ze niet inzetten.'

Pender leunde voorover in zijn stoel. 'Chauffeur,' zei hij. 'Rij meteen naar het vliegtuig. Stop voor de trap, met de passagierskant naar het vliegtuig toe, zodat jij op de HRT-mannen uitkijkt. Jij stapt eerst uit en gaat het vliegtuig in. Doe wat ik zeg, dan zal ik jullie geen haar krenken.'

Hij keek Windermere aan. 'Als hij in het vliegtuig zit, open je het portier aan jouw kant en stap je ook in. Ik zal controleren of het vliegtuig gereed is om te vliegen en laat jullie dan allebei gaan. Is dat duidelijk?'

Windermere knikte. De chauffeur knikte eveneens. Hij reed over het platform naar het vliegtuig, keerde en stopte naast de vliegtuigtrap. Pender keek toe hoe de chauffeur de auto in de parkeerstand zette en op de passagiersstoel plaatsnam. Hij opende het portier, stapte het platform op en klom de trap naar het vliegtuig op.

'Goed,' zei Pender. 'Tijd om te gaan.'

Hij stootte Windermere aan, en de instructies opvolgend opende ze het achterportier en stapte uit. Pender volgde en terwijl hij de loop van het geweer tegen Windermeres nek aan hield, maakte ze aanstalten de vliegtuigtrap op te klimmen.

'Oké,' zei ze. 'En nu geen gekke dingen doen.'

'Over mij hoef je je geen zorgen te maken,' zei Pender. Ze klommen met één trede tegelijk naar boven, waarbij Pender zich realiseerde dat zijn rug een doelwit voor het SWAT-team achter hem vormde. 'Als ze me neerschieten, haal ik de trekker over en dan ben je er geweest,' zei hij tegen Windermere. 'Dus ik zou maar duimen dat ze niet opeens de geest krijgen.'

De chauffeur verscheen in de deuropening van de cabine. 'Ga terug in het vliegtuig,' zei Pender tegen hem. 'We zijn er zo.'

De chauffeur schudde zijn hoofd, en toen zag Pender het wapen in zijn hand: een kleine revolver.

De jonge agent staarde naar Pender, de revolver op zijn gezicht richtend. 'Laat haar gaan,' zei hij.

'Rustig aan,' zei Pender. 'Doe geen domme dingen. Laat dat wapen vallen.'

'Laat haar gaan.' De agent beefde en de revolver in zijn hand trilde. Met onvaste stem nam hij het woord. 'Laat haar gaan of ik schiet.'

'Laat die revolver vallen,' zei Pender tegen hem. Hij hield Windermere strak tegen zich aan en drukte de TEC-9 tegen haar aan.

'Ik zweer je dat ik je zal neerschieten.'

Pender duwde Windermere naar voren en ze klom nog een trede hoger. 'Schiet dan,' zei hij. 'Maar doe het wel snel.'

'Schiet, Hall,' zei Windermere. 'Schiet nou.'

De jonge agent knipperde met zijn ogen. Hij keek naar Windermere. Hij begon nog meer te beven. Pender haalde het geweer van Windermeres nek en richtte het op hem. 'Als je die revolver niet laat vallen, schiet ik je hier ter plekke neer.'

De agent bleef Pender strak aankijken. Pender zag hoe zijn vinger zich om de trekker klemde. 'Godverdomme,' zei hij. 'Je hebt erom gevraagd.' Hij sloot zijn ogen en vuurde een salvo met het machinegeweer af. Windermere gilde. De jonge agent ging meteen neer.

91

Stevens zag aan de overkant van het platform dat Hall probeerde om Pender te slim af te zijn. De jonge agent had een wapen – Pender had hem niet gefouilleerd – en Stevens zag met steeds grotere afschuw dat de aspirant probeerde de ontvoerder zijn wil op te leggen. Pender schreeuwde iets naar Hall, en terwijl de tijd leek te vertragen joeg de ontvoerder een salvo door de buik van de agent. Stevens hoorde Windermere van vijftig meter afstand gillen.

Stevens zag hoe Hall ineenzakte en hoe Pender Windermere naar voren duwde, waarna ze beiden in het vliegtuig verdwenen. Hall lag aan de voet van de vliegtuigtrap en bewoog niet.

Stevens rende meteen naar de bus van Wellwoods tactische team. 'Wie heeft Hall in godsnaam dat wapen gegeven?' zei hij. 'Hoe hebben ze ooit een wapen in dat vliegtuig kunnen klaarleggen?'

'Wij zijn het niet geweest,' zei Wellwood tegen hem. 'Wij hebben er niets mee van doen.'

'Godverdomme,' zei hij. 'En nu geen fouten meer. Laat je mannen een kring rond het vliegtuig vormen. Zorg voor sluipschutters met een vrij schootsveld op de cabinedeur.'

'Begrepen. En hoe zit het met je collega?'

Stevens slikte, zich realiserend dat Wellwood hem nauwgezet in de gaten hield. 'Als jullie kunnen schieten, moet je schieten.'

'Begrepen.' Wellwood keerde terug naar zijn bus en Stevens zag dat het tactische team zich verspreidde. Op het moment dat hij zich naar het vliegtuig toe draaide, hoorde hij geluid uit zijn portofoon.

'Agent Stevens?'

'Pender?' Hij had Halls portofoon kennelijk afgepakt.

Stevens pakte zijn portofoon. 'Arthur, dat was een vergissing. We weten niet hoe dat wapen in het vliegtuig is gekomen.'

'Onzin, agent Stevens. Jullie blijven maar foutjes maken totdat ik de pijp uit ben. Luister goed naar me. Ik heb nu twee gijzelaars. De piloot en je collega Windermere. Als ik goed heb geteld, betekent dat dat Windermere er eentje te veel is.'

Er trok een rilling over Stevens' rug.

'Wat ik zou moeten doen, agent Stevens, is Windermere doden en de piloot voor mezelf houden. Maar zover ben ik nog niet. Waar is Marie?'

'In het motel,' zei Stevens. 'Sorry.'

'Kul. Je speelt nog steeds een spelletje. Ik zie Marie op de achterbank van je auto zitten. Haal haar uit die auto.'

'Wat je ook van plan bent, Pender, het gaat niet lukken.'

'Haal haar uit die auto of ik schiet Windermere nu neer, Stevens.'

Stevens tuurde naar het vliegtuig. 'Best,' zei hij. Hij liep rond de Crown Vic en opende het achterportier. Marie keek hem fronsend aan en liet zich door Stevens uit de auto helpen.

'Maak haar handboeien los,' zei Pender.

'Arthur...'

'Losmaken.'

Stevens keek een moment naar het vliegtuig. Daarna keerde hij zich om naar Marie. Hij pakte het sleuteltje van de handboeien en bevrijdde de polsen van het meisje. Ze keek hem vol haat aan, over haar ruwe huid wrijvend. Stevens draaide zich weer naar het vliegtuig toe.

'We gaan een deal sluiten,' zei Pender. 'Je legt je pistool neer en brengt Marie naar de cabinedeur toe, en dan ruilen we hen uit.'

'Geen sprake van.'

'Goed, dan zal ik haar ombrengen,' zei Pender.

Stevens vloekte. 'Goed, we ruilen,' zei hij tandenknarsend.

'Mooi. Leg je pistool neer.'

Stevens bracht op overdreven wijze zijn hand naar zijn holster en haalde er de FBI-Glock uit. Hij legde die op de stoel in de Crown Vic en stak beide handen omhoog.

'Breng Marie nu naar het vliegtuig.'

Stevens legde de portofoon neer. Hij pakte McAllister bij haar arm en leidde haar over het platform naar het vliegtuig. Hij hoorde Wellwood op de achtergrond iets roepen, maar lette er niet op en bleef doorlopen.

De twee motoren van de Gulfstream-zakenjet begonnen op toeren te komen.

Stevens voelde zich naakt en kwetsbaar op het platform, en de afstand tot het vliegtuig leek eindeloos. Het meisje beefde in zijn armen. Hij had geen idee of dat van angst of opwinding kwam. Uiteindelijk bereikten ze de vliegtuigtrap, waar het bebloede lichaam van Hall lag. Toen Stevens zijn blik op de jonge agent richtte, zag hij dat zijn ogen wijd open waren. Het was toch niet zo makkelijk als het leek, dacht hij. Je moet niet per se de held willen uithangen.

Toen zag hij zijn wapen liggen. Het was een .38-revolver, op dertig centimeter afstand van zijn rechterhand. Pender had het niet gezien of er verder geen aandacht aan besteed. In ieder geval lag het daar nog.

Stevens duwde Marie de trap op en bukte zich, alsof hij Halls lichaam opzij wilde schuiven. Met zijn rechterhand pakte hij de revolver op en stopte die in zijn zak. Hij volgde Marie de trap op, ervoor zorgend dat hij achter haar bleef zodat de bobbel niet zichtbaar was.

Terwijl ze haar razende hartslag tot bedaren probeerde te brengen klom Marie de vliegtuigtrap op en bukte zich om de Gulfstream binnen te gaan. Ze bleef even in de deuropening staan, haalde diep adem en liep de passagierscabine binnen. Het interieur van het kleine toestel straalde luxe uit: crèmekleurige leren stoelen, hoogpolig tapijt en drie of vier flatscreen-tv's. Achterin stond Pender met Windermere voor zich en een machinegeweer in zijn hand, terwijl de piloot in de stoel naast hem naar Penders geweer zat te staren.

'Arthur,' zei ze. Ze wilde overgeven, van haar stokje gaan en sterven. Pender glimlachte naar haar, maar zelfs zijn glimlach leek onwerkelijk.

'Alles komt in orde, Marie,' zei hij. Hij was rustiger dan ze hem ooit had gezien. 'We zijn vrij. Je hoeft niet bang meer te zijn.'

Ze hoorde Stevens achter zich het toestel in klimmen, en Pender richtte zijn blik nu op hem. 'Agent Stevens,' zei hij. 'Klaar voor de ruil?'

'Ik ben er klaar voor,' zei Stevens. 'Laten we het snel regelen, dan is het klaar.'

'Doe het niet,' zei Windermere. 'We hebben keihard aan deze zaak gewerkt en mogen niet alles zomaar opgeven.'

'Hou je mond,' zei Pender. 'Er komen wel weer nieuwe zaken voor jou. Alleen zal ik degene zijn die weg wist te komen.' Hij draaide zich weer naar Stevens toe. 'Ik kom met Windermere naar je toe, en dan geven we hen door, goed? En dan maken jullie dat jullie wegkomen, het vliegtuig uit.'

'Goed,' zei Stevens. Marie voelde dat hij zijn hand gespannen op haar rug legde, terwijl Pender op haar toe liep. 'Kom op.'

Stevens zag dat Pender Windermere naar voren duwde en zorgde ervoor dat hij vlak achter McAllister bleef, op zoek naar een opening. Hij stak zijn rechterhand in zijn zak, het meisje precies voor zich houdend.

Pender en Windermere kwamen dichterbij, totdat Windermere en McAllister elkaar bijna raakten. Pender hield zijn ogen op hem gericht terwijl ze naar elkaar toe schuifelden, met zijn hand stevig op het machinegeweer. Stevens keek Pender aan en zag hem naar voren komen, wachtend tot hij een misstap maakte.

Pender zette nog een stap en bleef toen staan. Hij keek heel even naar McAllister en Stevens sloeg gelijk toe. Hij trok zijn revolver en stapte naar achteren, McAllister stevig vasthoudend, en richtte de revolver op Pender. 'Naar achteren,' zei hij tegen de ontvoerder. 'Naar achteren of ik schiet je overhoop.'

92

Stevens tuurde door de cabine heen naar Pender, de revolver recht op het hoofd van de ontvoerder richtend. 'Ik kan niet toestaan dat je dit doet,' zei hij tegen Pender. 'Ik kan je niet laten gaan.'

Pender staarde hem aan. De glimlach was geheel van zijn gezicht verdwenen, maar zijn ogen stonden doodkalm, en Stevens vroeg zich af wat de jongen dacht. Hij leek beslist niet bang.

'Als jij mij doodt, dood ik Windermere,' zei Pender. 'Hou daar rekening mee.'

Stevens keek naar Windermere. Met het machinegeweer opzij tegen haar hals aan gedrukt bleef ze in Penders greep stokstijf staan. Ze staarde naar Stevens alsof ze wilde zeggen: leg hem om. Stevens schudde zijn hoofd.

'Als je haar doodt, ben je je laatste onderhandelingstroef kwijt,' zei hij. 'Dan weet je hoe dit afloopt.'

'Je vergeet de piloot.'

'Je kunt niet zonder de piloot. Als je de piloot doodt, zul je op dit platform sterven.'

Pender keek hem aan. 'Je hebt vijf seconden om die revolver weg te leggen. Dan schiet ik je vriendin neer.'

'Ik ben getrouwd,' zei Stevens. 'Ga je gang.'

Pender bleef hem doordringend aanstaren. 'Eén,' zei hij.

Stevens richtte zijn blik op Windermere. 'Schiet hem neer, Kirk,' zei ze.

'Twee,' zei Pender.

'De laatste kans om je wapen neer te leggen, Arthur.'

'Drie.'

'Arthur.' Maries stem klonk smekend. 'Leg alsjeblieft dat geweer neer, schatje. Ik wil dit allemaal niet meer.'

'Ik haal je hier weg,' zei Pender. 'Vier, agent Stevens.'

'Luister naar Marie, Arthur. Dit hoeft zo echt niet af te lopen.'
'Ik denk van wel,' zei Pender. 'En vijf.'

Pender telde af, met het geweer tegen de FBI-agent aan gedrukt, en hij wist dat hij iets moest doen op het moment dat hij 'vijf' zei. Hij telde langzaam in een poging Stevens door bluf zover te krijgen dat hij toegaf, maar hij voelde een steeds grotere deprimerende leegte vanbinnen naarmate hij steeds meer tot het besef kwam dat bluffen ditmaal niet zou werken en dat hij Windermere daadwerkelijk dood zou moeten schieten.

Toen hij bij 'vier' was gekomen, leek hij buiten zijn lichaam te zijn getreden en hoorde hij zichzelf 'vijf' zeggen tegen Stevens, en hij voelde hoe zijn vinger zich om de trekker spande en hoe Windermere onder hem verstijfde. Maar heel even slechts wachtte hij en keek hij naar Marie. Hij zag dat haar gezicht vlekkerig was van de tranen, hoorde haar roepen en kwam weer tot zichzelf. Hij bleef als in slow motion staan, niet in staat zich te verroeren.

Windermere rukte zich los met een kracht die hem verraste en opeens was hij het initiatief kwijt. Hij worstelde met haar en hij hoorde haar gillen, maar haar partner schoot niet, en heel even dacht hij dat hij haar weer in zijn macht had, dat hij de agent en Marie had en dat hij alsnog weg kon komen. Op dat moment klonk het eerste schot en voelde hij de kogel in zijn schouder slaan.

Windermere rende weg en Pender bracht het machinegeweer omhoog om beide agenten te doorzeven, maar nu werd hij door een tweede en derde kogel getroffen en liet hij het machinegeweer vallen, meer door de schok dan door de daadwerkelijke pijn, en hij viel naast het wapen op de cabinevloer.

Hij hoorde Marie schreeuwen en hij zag haar gezicht toen ze zich over hem heen boog, zag haar tranen. Opeens voelde hij de pijn, die heviger was dan alles wat hij ooit in zijn leven had gevoeld, en hij voelde dat zijn krachten hem in de steek lieten en dat hij stervende was. Hij sloot zijn ogen en probeerde zich voor te stellen dat hij van het vliegtuig, van de FBI en van de kogels weg zweefde en dat hij ergens op dat droomstrand op de Malediven lag. Hij zag het strand voor zich, zag hoe hij vanuit zijn hangmat tussen twee palmen naar de branding lag te kijken.

Hij liet zichzelf daar liggen, zich inbeeldend hoe de zon op zijn huid voelde, terwijl hij alles vergat wat hij over een koude winter in Detroit wist. En Marie was er ook en ze huilde en hij wist niet waarom, maar hij glimlachte toch naar haar en probeerde haar gezicht aan te raken. 'Het spijt me,' zei hij, maar ze stopte niet met huilen.

Marie drukte haar wang tegen Penders wang en smeekte hem om niet te gaan, maar hij luisterde niet naar haar en ze wist dat hij al ergens anders was.

Hij glimlachte naar haar en fluisterde dat het hem speet, en ze wilde hem vertellen dat hij geen spijt hoefde te hebben en dat alles in orde was. Maar hij bewoog al niet meer en zijn blik leek hol en afwezig, en nu kon ze zien dat hij weg was.

Zo lang als ze kon bleef ze over hem heen gebogen zitten, terwijl ze voelde hoe het bloed uit zijn lichaam sijpelde en haar kleren bevlekte. Toen namen de FBI-agenten haar bij haar arm, eerst Windermere en toen Stevens, maar ze stribbelde tegen en begon te gillen en te schoppen totdat ze haar allebei onder haar armen grepen, haar oppakten en wegvoerden, terwijl ze nog steeds snikkend bleef gillen.

Ze tilden haar uit het vliegtuig en voerden haar over het platform weg, over het lichaam van de jonge FBI-agent heen stappend. Ze liepen met haar terug naar de plek waar de auto's in het natriumlicht van de hangar geparkeerd stonden. Daar deden ze haar de handboeien weer om en zetten haar in de burgerauto neer.

Stevens nam plaats achter het stuur en startte de motor. Windermere stapte aan de passagierskant in en ze reden langs de hangar van het vliegveld weg, terwijl Marie zich op de achterbank omdraaide en zag hoe het vliegtuig in de verte verdween, totdat er niets meer te zien was.

Ze brachten haar terug door de winterse straten van Detroit, en geen van allen zei een woord tijdens de rit.

93

Na de dood van Arthur Pender waren er nog een paar lange werkdagen nodig om een eind aan de zaak te breien en de troep op te ruimen, maar Stevens wist dat er ook in Minnesota nog het nodige papierwerk lag te wachten.

Ze schreven rapporten in drievoud in hun kleine kantoortje, en tien dagen nadat Penders lichaam uit de cabine van de Gulfstream van Jason Cardinal was gereden stonden ze dicht tegen elkaar aan op een begraafplaats in Detroit te kijken hoe de kist van agent Hall in de koude decemberaarde werd neergelaten.

Het was een ellendige dag: natte sneeuw daalde op de rouwenden neer, Halls familie stond te snikken en ook Windermere huilde, haar gezicht in Stevens jas verbergend en hem dicht tegen zich aan drukkend.

Toen de dienst voorbij was, namen ze een taxi van de begraafplaats naar het vliegveld van Detroit, waar ze de late middagvlucht van Delta Airlines naar de Twin Cities namen. Toen het vliegtuig het luchtruim koos, hield Stevens Windermeres hand in de zijne, maar ditmaal wist hij niet zeker of dat voor zijn eigen of voor haar gemoedsrust bedoeld was. Hij staarde uit het raampje en zag hoe de stad onder hem kleiner werd, een nat, grijs doolhof van snelwegen en fabrieken. In de verte meende hij Coleman Young Airport en de hangar te zien waar Pender aan zijn eind was gekomen, en voordat de stad onder de wolken verdween, zag hij nog de kronkelende lijn van de Interstate-autoweg, waarlangs het Motor City Motel nog altijd stond. Daarna werd alles wit en keek hij weg.

'We komen terug,' zei Windermere op de stoel naast hem. 'De voorgeleiding van Sawyer is over een maand of zo. En god weet wat ze met de meisjes gaan doen.'

De meisjes, dacht Stevens, zouden er waarschijnlijk wel met een lichte straf afkomen. Tiffany Prentice had haar vader de sluwste advocaten van het land laten inhuren, zoals ze al had beloofd, en Stevens twijfelde er niet aan dat de jury gevoelig zou zijn voor de argumentatie dat het meisje aan het stockholmsyndroom leed, als de zaak al zover zou komen. Zaken als de hare werden gewoonlijk in stilte met een boete en een taakstraf afgedaan, waarna niemand er ooit nog aan terugdacht.

McAllister daarentegen was afhankelijk van Gloria Wallace, de pro-Deoadvocaat. En hoewel de vrouw met geld van de belastingbetaler werd betaald, deed ze het toch lang niet slecht in de rechtszaal. Volgens de eerste verklaringen van Matt Sawyer was McAllister helemaal niet in de buurt van Donald Beneteau geweest toen hij werd vermoord, en de grote man nam de schuld voortdurend zo veel mogelijk op zich om McAllister vrij te pleiten. Dankzij Sawyers medewerking slaagde Wallace erin de celstraf voor haar cliënte tot een minimum te beperken, en assistent-officier van justitie Obradovich was zelfs bezig een heel mooie deal voor het meisje te sluiten, ondanks de bezwaren van Stevens en Windermere.

Het was donker toen het vliegtuig in Minneapolis landde, waar een dun sneeuwdek de landingsbanen en de straten van de stad bedekte. Stevens en Windermere liepen samen naar de bagageterminal en sloten een weddenschap wiens bagage als eerste zou arriveren.

Windermere won de weddenschap en ze lachte Stevens uit toen ze haar koffer van de band tilde. 'Ik zie je maandag wel weer,' zei ze, zich naar hem toe draaiend. 'We moeten nu met de eerdere zaken beginnen. Eens kijken wat Sawyer en McAllister nog meer op hun kerfstok hebben.'

'O jee,' zei Stevens. 'Ik dacht dat je het al wist. De BCA wil me terug hebben. Ik heb genoeg tijd verspild aan FBI-klussen, vinden ze.'

Windermere lachte. 'Dus je wilt wel een feestje bouwen, maar je laat mij de rommel opruimen, hè? Een echte staatspolitieman, dus.' Ze lachten even naar elkaar, en Stevens vroeg zich af wat hij nu moest zeggen.

Hij liep al een paar dagen aan dit moment te denken, maar toen hij in Windermeres ogen keek, wist hij dat ze al afstand aan het nemen was. 'Dan zie ik je nog wel eens,' zei ze. 'Het zal vreemd zijn om niet elke ochtend jouw mok te zien.'

'Zeker,' zei Stevens. 'Het was best leuk om samen te werken, niet?'

'Beslist. Ook al was je helemaal verkikkerd op me.'

'Verkikkerd?' Stevens lachte. 'Nonsens. Ik heb je bijna doodgeschoten.'

Ze zette haar koffer neer en omhelsde hem. Toen kuste ze zijn wang. 'Toen wist ik dat je gek op me was, schat.'

Ze maakte zich te snel weer los van hem. Stevens moest zich bedwingen om haar niet nog langer vast te houden. 'Misschien zien we elkaar nog eens,' zei hij.

Ze knikte. 'Het zou fijn zijn om vrienden in Minnesota te hebben.' Ze pakte haar koffer op. 'Goed, Stevens. Ik zie je nog wel.'

'Succes,' zei hij. 'Met Mark.'

Ze keek nauwelijks nog om. 'Bedankt. Geniet van je gezin.' En toen verdween ze in de menigte passagiers, de terminaldeur uit. Stevens gaf haar de tijd om een taxi te nemen en liep terug naar de bagageband, waar zijn koffer als een van de laatste nog ronddraaide. Hij pakte hem op en liep naar de uitgang, hijgend in de bittere kou. Hij betrapte zich erop dat hij op het lege trottoir naar Windermere zocht. Ze was weg. Ze was weg, en dat was dat.

In de taxi terug naar St. Paul keek hij naar de vallende sneeuw in het licht van de straatlantaarns en hij tuurde door de ramen van woningen naar de helverlichte tableaus daarachter. In zijn eigen woonkamer was het donker toen hij aankwam; alleen het slaapkamerlicht op de eerste verdieping brandde nog.

Stevens betaalde de chauffeur en stapte de straat op, terwijl de sneeuw onder zijn voeten knerpte. Iemand had de oprit in zijn afwezigheid schoongeveegd en terwijl hij naar de voordeur liep, vroeg hij zich afwezig af wie dat geweest kon zijn. Hij stak zijn sleutel in het slot, opende de deur en stapte de donkere hal in, de vertrouwde geur van thuis opsnuivend.

Hij bleef een paar minuten in de stille hal staan, zich afvragend waarom hij aarzelde. In het duister zag hij Arthur Pender en Marie McAllister voor zich. Hij zette zijn koffer neer en liep het huis door, liep de trap naar het souterrain af en ging in zijn favoriete stoel zitten. Hij zette de tv aan op een sportkanaal, legde zijn voeten op de salontafel en zakte onderuit om naar de basketbalhoogtepunten te kijken.

Na een paar minuten hoorde hij de vloerbalken boven kraken en werd de roze pyjamabroek van Nancy Stevens op de trap zichtbaar. 'Bent u een inbreker?' riep ze.

'Rustig maar,' zei hij tegen haar. 'Ik ben een politieman, mevrouw.'

Ze kwam de trap af, en Stevens keek toe hoe ze voor hem verscheen, vermoeid en met haar haar in de war, maar ze zag er tegelijk ook prachtig uit. 'Ik dacht al dat u een behoorlijk domme inbreker moest zijn om hier een bezoek te brengen. Niets in deze kamer dateert van na 1980.'

Ze bleef onder aan de trap naar hem staan kijken, en even later stond hij op en liep naar haar toe. Hij omhelsde en kuste haar; hij proefde de pepermuntsmaak van haar tandpasta en rook haar huidcrème. 'Het spijt me dat ik weg was,' zei hij.

'Ben je nu weer terug?' vroeg ze hem.

Hij knikte. 'Ik ben terug. En ditmaal voorgoed.'

'Mooi.' Ze stapte naar achteren en keek hem aan. 'Kom dan mee naar bed. We hebben je allemaal gemist.'

Dankwoord

Ik prijs me gelukkig dat ik mijn geweldige agent Stacia Decker van Donald Maass Literary Agency tot mijn bondgenoten mag rekenen, evenals mijn redacteur Neil Nyren van Putnam. Ze vormen een ideaal uitgeversteam. Zonder hun inzicht en enthousiasme zou dit project nooit vorm hebben gekregen.

Dit boek is tot stand gekomen dankzij de inspanningen van tal van mensen op de achtergrond. Dank aan iedereen bij Putnam die een rol heeft gespeeld in het publicatieproces.

Dank aan mijn leraren, die hun eigen rol hebben gespeeld in het publicatieproces. Ik wil vooral mijn dank uitspreken aan Michael James, Thomas King en de Creative Writing-faculteit van de University of British Columbia, met name Steven Galloway, Bryan Wade, Maureen Medved, Peggy Thompson, Meah Martin en de onvermoeibare Pat Rose.

Vele vrienden en familieleden hebben me aangemoedigd en gesteund. Ik zou een boek kunnen vullen met hun vriendelijke raad en opmerkingen; laat het voldoende zijn te zeggen dat ik diep onder de indruk ben van hun grootmoedigheid en dat ik hun dankbaar ben.

Ariane Thompson-Campbell blijft mijn beste vriendin, mijn stem van de rede, en vooral mijn grote inspiratiebron. Ik ben een beter mens geworden dankzij haar, en ook een betere schrijver.

Tot slot wil ik vooral mijn familie bedanken: mijn broers Terrence en Andrew Laukkanen en mijn ouders Ethan Laukkanen en Ruth Sellers, die altijd in mij zijn blijven geloven en wier steun voor mij onontbeerlijk is geweest.